Oscar classici

Dello stesso autore

nella collezione Oscar

Emma
Northanger Abbey
Persuasione

Jane Austen

ORGOGLIO E PREGIUDIZIO

Con uno scritto di W. Somerset Maugham

Introduzione di Isobel Armstrong

Traduzione di Giulio Caprin

OSCAR MONDADORI

Titolo originale dell'opera: *Pride and Prejudice*

I edizione Biblioteca Romantica marzo 1932
3 edizioni B.M.M.
6 edizioni Oscar Mondadori
I edizione Oscar classici aprile 1983

ISBN 88-04-50615-6

Questo volume è stato stampato
presso Mondadori Printing S.p.A.
Stabilimento NSM - Cles (TN)
Stampato in Italia - Printed in Italy

Ristampe:

27 28 29 30 31 32 33 34

2006 2007 2008 2009

www.librimondadori.it

Introduzione*

di Isobel Armstrong

Un umorismo vitale e sicuro, unito a piacevoli elementi fiabeschi, hanno fatto di *Orgoglio e pregiudizio* il romanzo più conosciuto e forse più apprezzato di Jane Austen.

Due sorelle senza fortune sposano uomini facoltosi e di alto ceto sociale. Nonostante l'impedimento di una madre ossessionata dal matrimonio delle figlie, e la discesa di una terza sorella nel *demi-monde* della fuga d'amore e delle camere in affitto di Londra, esse giungono alla ricompensa, in un testo ossessionato dal grande matrimonio almeno quanto la madre delle ragazze, la signora Bennet. La seconda sorella, Elizabeth, una ragazza in grado di correre per i campi per soccorrere una sorella malata incurante della propria sottoveste che si insudicia e dello scherno delle sue ospiti involontarie; capace di reggere gli insulti e le invettive di Lady Catherine de Bourgh e affermare il proprio diritto a sposare Darcy, nipote di Lady Catherine, nel caso decida in questo senso, entra infine, grazie al matrimonio, in una delle più grandi famiglie aristocratiche latifondiste d'Inghilterra. Probabilmente, la scena più famosa del romanzo suggerisce la possi-

* Lo scritto qui riportato è tratto da: Isobel Armstrong, *Introduction*, in Jane Austen, *Pride and Prejudice*, Oxford University Press, Oxford 1990 (trad. it. di Marco Fiocca).

bilità di varcare i confini sociali. Quando Elizabeth, che ancora non conosce Darcy, visita la sua proprietà nel Derbyshire, lo incontra nei pressi della sua casa; allora lei e i suoi compagni visitano i terreni della proprietà, attraversano un ponte e si trovano in uno stretto sentiero, vedendo per la seconda volta Darcy che si affretta verso di loro. È come se in questo punto il testo ci comunicasse, attraverso la delicata matafora spaziale della vicenda, la possibilità di attraversare il ponte che unisce temperamenti e ceti sociali diversi, di riempire lo spazio vuoto.

La facilità con la quale Elizabeth Bennet riesce a entrare nell'alta società, adeguandosi alle sue esigenze, ha portato alcuni critici ad affermare che questo romanzo è essenzialmente conservatore e «antigiacobino». Nel suo *Jane Austen and the War of Ideas* Marilyn Butler legge questo romanzo come un'esemplare parabola nella quale Elizabeth abbandona le tendenze verso la protesta radicale e il pregiudizio nei confronti dei potenti.[1] In *The Way of the World: the Bildungsroman in European Culture* Franco Moretti legge *Orgoglio e pregiudizio* come un romanzo risolutivo, un lavoro che rappresenta la tendenza innata del *Bildungsroman* (il romanzo di crescita e di formazione) di rendere stabile il proprio mondo circoscritto attraverso la socializzazione piuttosto che attraverso la libera esplorazione individuale.[2] Il contratto di matrimonio tra Elizabeth e Darcy è effettivamente un accordo politico tra aristocrazia e borghesia, un contratto che assume in sé un muto adattamento nel qua-

[1] Marilyn Butler, *Jane Austen and the War of Ideas*, Oxford 1975 (ripubblicato con una nuova introduzione, 1987).
[2] Franco Moretti, *The Way of the World: the Bildungsroman in European Culture*, London 1987, pp. 1-73.

le potere da una parte e critica dall'altra assumono toni morbidi ed esteticizzati, in una relazione armoniosa. Jane Bennet, la quale finisce per sposare Bingley, un *nouveau riche* (la sua famiglia si è arricchita con il commercio), che diventa proprietario terriero, può essere riportata come esempio di una seconda versione di questa soluzione «estetica». Il romanzo, notevole per il suo muoversi da luogo a luogo, da contesto a contesto, comincia e finisce nella tenuta di Bingley di Netherfield Park, affermando forse una nuova negoziata stabilità. Probabilmente, anche quest'elemento conferma l'interpretazione di Moretti di *Orgoglio e pregiudizio* come un classico *Bildungsroman* che, come un'altra opera illuminista, il *Wilhelm Meister* di Goethe, proporrebbe implicitamente una versione, derivata dall'ottimismo conservatore, di come la Rivoluzione francese avrebbe potuto essere evitata.

In particolare, la fine della storia crea un senso di gradevole pace e luminosità che porta a pensare, come spesso accade nelle commedie, che tutto venga risolto senza problemi. Ma *Orgoglio e pregiudizio* non è un romanzo senza problemi: se implicitamente riguarda la possibilità di evitare la Rivoluzione, concerne in modo almeno altrettanto forte la sfida all'oppressione; questo doppio programma crea delle complessità che ne fanno sparire la patina superficialmente luccicante. La stessa Jane Austen si domandava in modo deciso e autocritico se il suo romanzo non fosse «un po' troppo chiaro e luminoso e brillante», e se la sua «gaiezza e la sua epigrammaticità» non richiedessero il contraltare di «qualcosa», come l'inserimento di una «storia di Buonaparte», che interrompesse la luminosità uniforme.[3] Tuttavia,

[3] R.W. Chapman (a cura di), *Jane Austen's Letters to her Sister Cassandra and Others*, London 1952, pp. 299-300.

accorgendosi da sola della gaiezza del testo, si era forse resa conto che una tale «storia» era già presente, in forma nascosta, nel romanzo. Nelle sue ultime pagine nota come la coppia più povera, Wickham e Lydia, continui a non avere una residenza fissa, anche dopo «il ritorno della pace». Che si tratti qui della pace sancita dal Trattato di Amiens (1802), o una delle pause, più tarde, della Guerra peninsulare (forse dopo la liberazione del Portogallo, nel 1812), o di una pace ipotetica non è chiaro. Ma ciò che è importante, qui, è la sorprendente noncuranza con la quale l'unico riferimento al principale evento politico, le guerre napoleoniche, giunge quando il romanzo si avvia ormai al termine. Naturalmente, i lettori contemporanei potevano comprendere dalla presenza dell'esercito che la storia era ambientata nel periodo postrivoluzionario, durante le guerre napoleoniche, ma occorre sottolineare il rifiuto a nominare quest'evento determinante. E questo silenzio forse si deve, più che a una volontà di destoricizzare la propria storia d'amore, alla coscienza dell'autore del fatto che questa *sia*, semplicemente, troppo influenzata dalla storia, benché in maniera indiretta. La scintillante arguzia del romanzo ci ricorda che la strategia del gioco è stata vista come una modalità di dissimulazione di aggressività, ansietà o dolore. Il testo ne è ben cosciente: cosa può fare Elizabeth, dopo l'umiliazione subita al ballo di Netherfield da parte di Darcy, il quale la rifiuta come compagna di danze, e quasi sicuramente come compagna a livello amoroso, se non scherzarci sopra, subito dopo? In modo simile operano nel romanzo le ansie rimosse del periodo postrivoluzionario. La risoluzione «estetica» della trama è continuamente posta in discussione dal processo narrativo e sovvertita dalle complessità linguistiche.

Per rendersi conto di quanto il testo sia segnato,

in maniera profonda, dalla storia è necessario ricordare che il romanzo fu scritto e revisionato in un periodo di sedici o diciassette anni. Una prima versione, *Prime impressioni*, dev'essere stata composta tra il 1796 e il 1797, per poi subire una revisione e divenire il romanzo conosciuto come *Orgoglio e pregiudizio*, pubblicato nel 1813.[4] Sotto questo aspetto ricorda un'altra ansiosa opera postrivoluzionaria, *Preludio* di Wordsworth, anch'essa composta in un lungo periodo. In modo significativo, un titolo che fa riferimento all'esperienza soggettiva, individuale, viene sostituito con un altro che enfatizza qualità astratte, morali, pubbliche e sociali. Il cambio di titolo è forse segno di una nuova situazione storica. Il romanzo fu cominciato dopo il collasso, con il Terrore, di quello che era essenzialmente un radicalismo della classe media borghese, individualista, e dopo che la Francia, durante le guerre, aveva mostrato una nuova aggressività politica e una tendenza all'espansione territoriale. Fu ultimato dopo più di dieci anni di guerra, nei quali Napoleone si era dimostrato un dittatore, e in un periodo in cui, in Inghilterra, le idee libertarie e la critica aperta al governo venivano severamente represse. La composizione del romanzo copre dunque un lungo e *mutevole* periodo della storia rivoluzionaria francese, così come copre una mutevole serie di eventi nella storia inglese. Quando si legge il romanzo come una risposta alla Rivoluzione francese, occorre chiedersi a quale periodo di questa Rivoluzione risponda, e con quale fase della risposta britannica alla Rivoluzione francese intrattenga un

[4] B.C. Southam, *Jane Austen's Litterary Manuscripts: A Study of the Novelist's Development through the Surviving Papers*, London - New York 1964, p. 58.

dialogo. Non si può, di fatto, rispondere con precisione a questa domanda. È possibile soltanto dire che le complessità del testo registrano una situazione nella quale l'individualismo borghese e le sue radici richiedevano un esame e una critica, e una fase successiva in cui le posizioni si erano rovesciate, in cui dispotismo e repressione erano divenute una minaccia sociale. Il romanzo mette quindi in scena energie e posizioni in conflitto. Si tratta dunque di un'opera che pone domande profonde.

Il doppio titolo ci conduce, in un certo modo, verso le domande poste dal romanzo. Come ha notato Tony Tanner nel suo saggio su *Orgoglio e pregiudizio*, il termine «impressione», nel titolo *Prime impressioni*, ha implicazioni filosofiche.[5] Aveva un significato molto preciso nel *Trattato sulla natura umana* di David Hume. Ma Hume ci risulta prezioso anche per il termine «orgoglio». Nel secondo libro del suo *Trattato*, «Delle passioni», Hume fa dell'orgoglio la passione dominante, cominciando la propria argomentazione con un resoconto del significato morale e sociale dell'Orgoglio. La sua demitizzazione dell'Orgoglio (al quale non attribuisce alcun significato teologico) suggerisce quale fu il motivo che spinse Jane Austen a farne uno dei temi principali del romanzo e perché si trovi qui legato al Pregiudizio, che in alcuni casi ne è l'attributo e in altri è la risposta reattiva che l'Orgoglio suscita negli altri. Benché sappiamo che questo titolo allitterativo sia preso dalle pagine di chiusura di *Cecilia*, di Fanny Burney, si tratta senza dubbio di un titolo semplice.[6] I primi romanzi, come *Northanger Abbey* o

[5] Tony Tanner, *Introduction*, in Jane Austen, *Pride and Prejudice*, Harmondsworth 1972, p. 58.
[6] B.C. Southam, *op. cit.*, p. 60.

Senso e sensibilità, una parodia dei romanzi gotici il primo e una satira parziale del romanzo romantico il secondo, mostrano la dipendenza di Jane Austen dalle convenzioni e dalle forme letterarie. I titoli sono chiari. Contrariamente a *Senso e sensibilità*, tuttavia, *Orgoglio e pregiudizio* non cade nella facile opposizione che l'allitterazione pare suggerire: il rapporto tra le due qualità non è né stabile né tanto meno chiaro.

Ciò che interessa Hume è il fatto che l'Orgoglio, pur potendo essere considerato una passione universale, non è «naturale». Infatti, contrariamente all'avidità, alla fame e alla lussuria, non scaturisce da specifici organi del corpo umano né da bisogni interni. Il suo oggetto è esclusivamente individuale; eppure l'individuo prova Orgoglio in virtù di attributi *esterni*, visti come *cose possedute*, si tratti di oggetti fisici o di attributi mentali. Queste *cose* sono quasi infinite e dipendono dal valore dato loro dai costumi e dalla società. È possibile trasformare in Orgoglio pressoché tutto: «Un uomo può essere orgoglioso dell'aspetto, della forza, dell'agilità, del portamento, dell'abilità nella danza, nel cavalcare ... La nostra patria, famiglia, figli, relazioni, ricchezze, case, giardini, cavalli, cani, vestiti: tutto ciò può essere causa di orgoglio o di umiltà».[7] Lo stesso discutibile orgoglio, riferito ai possedimenti di famiglia, echeggia nei vanti di Lady Catherine de Bourgh, la quale, appoggiandosi alle convinzioni conservatrici di Burke in rapporto alla tradizione aristocratica, spiega a Elizabeth che la propria figlia e Darcy sono fatti l'uno per l'altra:

> Discendono entrambi, per parte materna, dallo stesso nobile lignaggio e, da quella del padre, da rispettabili, onorevoli, antiche famiglie, anche se non titolate.

[7] David Hume, *A Treatise of Human Nature* (1739), London - New York 1911, libro II, sezione II, «Of the Passions, pp. 6-7.

Di qui segue la grottesca iperbole che Lady Catherine de Bourgh usa nel considerare un eventuale matrimonio tra Elizabeth e Darcy:

> Si profanano così le ombre di Pemberley?

Forse è la coscienza del fatto che la parte maschile *non* sia di stirpe nobile a rendere difensiva la sua arroganza, dato che il suo orgoglio si ferma, più volgarmente, sulla ricchezza e sui possedimenti di quanto non vorrebbe far intendere. Di certo, il suo discorso mette in luce una verità riguardo agli oggetti dell'orgoglio che Hume aveva notato: le cose che possediamo non sono solo strumenti delle nostre capacità, ma ci mettono in balia dei capricci della sorte.[8] Sviata dal proprio tono «poetico», Lady Catherine dimentica che non è possibile, a rigor di logica, profanare materialmente un'«ombra», o uno spirito ancestrale o un fantasma. Non è nemmeno possibile schierare ombre attorno alle proprie terre, davanti agli alberi che circondano la propri tenuta, dato che sono immateriali. Per lei, tuttavia, i suoi spiriti ancestrali hanno la stessa solidità dei suoi possedimenti: le ombre di Pemberley sembrano appartenere al suo lignaggio, ma la fortuna della sua discendenza è essenzialmente un capriccio del fato, dato che, come ha appena rivelato a Elizabeth, essa è dovuta all'eventualità che la tenuta di famiglia non spettasse al ramo maschile. I prodotti delle capacità personali e della sorte, sembra suggerirci la prosa di Jane Austen, per noi diventano normali, proprio come a Lady Catherine sembra quasi possibile esercitare un'influenza sul tempo e sulla natura in generale:

[8] David Hume, *op. cit.*, libro II, sezione II, p. 8.

I convitati si radunarono quindi intorno al fuoco ad ascoltare le previsioni di Lady Catherine sul tempo che avrebbe fatto l'indomani.

«Previsioni», con il suo doppio significato di «pronostici» e «decisioni sul futuro», è un termine interessante. Come spesso accade negli scritti di Jane Austen, la voce narrante è molto più precisa del linguaggio dei personaggi.

Il *Dizionario* del dottor Johnson, che ai tempi di Jane Austen godeva di grande autorità, mette in primo piano alcuni significati di «Orgoglio» che vengono ritenuti secondari dai dizionari moderni.[9] Il primo significato riportato da Johnson, per esempio, è «esagerata e immotivata autostima», laddove un dizionario moderno riporta come primo significato «un sentimento di onore e di rispetto di sé». La seconda definizione di Johnson è «insolenza; maleducazione; esultanza arrogante», mentre alcuni significati secondari sono: «dignità nei modi; atteggiamento nobile», «lustro» e «splendore; ostentazione». I significati negativi predominano su quelli positivi; «generoso slancio di animo» è la quarta occorrenza. Come si può vedere, i significati di «orgoglio» e «pregiudizio» appaiono in contrasto, ma secondo le definizioni del *Dizionario* e dall'argomentazione di Hume, il *pregiudizio*, ciò che pregiudica, può essere ugualmente un attributo per «Orgoglio», dato che secondo queste definizioni esso si basa su un *pre*-giudizio su se stessi e sul valore di ciò che si possiede. Secondo Hume l'Orgoglio è un esemplare oggetto di studio per comprendere i meccanismi delle passioni umane: come le impressioni e

[9] Il *Dictionary* di Samuel Johnson fu pubblicato per la prima volta nel 1755.

le idee si rinvigoriscono a vicenda, in un circolo continuo, così l'Orgoglio si rinforza per mezzo dell'Orgoglio che esso stesso ha generato.[10] La cecità morale e la cecità ideologica sono virtualmente inevitabili. Proprio come nel Medioevo il peccato di orgoglio racchiudeva tutti gli altri, nel romanzo l'orgoglio racchiude il pregiudizio.

Verso la fine del libro, quando Darcy è ormai divenuto un personaggio più accettabile, veniamo a sapere che intendeva far sposare sua sorella con Bingley, e non ci viene chiarito se questa sua intenzione abbia a che fare con il fatto che avesse convinto Bingley a lasciare Netherfield per evitare, come dice suo cugino, il colonnello Fitzwilliam, con grande umiliazione di Elizabeth, «un matrimonio quanto mai imprudente». Alla fine del libro veniamo inoltre a sapere dalla signorina Bingley che Darcy, dopo il loro primo incontro, avrebbe crudelmente detto di Elizabeth: «Una bellezza *quella*? Sarebbe lo stesso che chiamare sua madre un genio». Darcy crede che la sua elevata posizione sociale lo autorizzi a controllare in maniera perentoria le azioni e i sotterfugi del suo amico (collabora a nascondere a Bingley la presenza a Londra di Jane); si crede giustificato a mettere in evidenza con Elizabeth, persino durante una dichiarazione d'amore, la mancanza di decoro e il basso lignaggio della sua famiglia. Elizabeth, mortificata per la propria cecità e il proprio pregiudizio, mentre afferma con dolore di non aver potuto essere più cieca nemmeno «se fossi stata innamorata» riguardo all'immoralità di Wickham, dimentica che anche Darcy si è comporta-

[10] David Hume, *op. cit.*, libro II, sezione II: «Questi due movimenti si assistono l'un l'altro, e la mente ne riceve un impulso sia dalle proprie impressioni sia dalle proprie idee!».

to male. Gli amici di Darcy possono comportarsi in maniera tanto sfrontata, indecorosa e stupida quanto quelli di lei. I segnali amorosi della signorina Bingley sono volgari quanto quelli di Lydia; proprio come Lydia «si espone» alla vista della gente di Brighton, non appena il padre glielo permette, Caroline si aggira senza pudori per la sala del disegno di Netherfield per attrarre Darcy. Persino Darcy è in imbarazzo per «la mala creanza della zia» quando questa afferma che, se Elizabeth suonerà il piano nella stanza della dama di compagnia della figlia, «non darà noia a nessuno»: Elizabeth occuperebbe dunque lo spazio sociale della servitù. La sorella di Bingley è la più crudele, quando si tratta di deridere le stranezze e il basso lignaggio degli altri. La classe e il denaro proteggono queste persone dai loro pregiudizi. In reazione alla disistima di Elizabeth, un lettore poco accorto può cadere in una seconda disistima, dimenticare o reprimere ciò che è lampante, e provare, senza rendersene conto, una simpatia, determinata dal pregiudizio, verso i personaggi del romanzo di classe più elevata.

Un'altra trappola del titolo è il fatto che questo lasci pensare a una distribuzione dell'orgoglio e del pregiudizio tra i personaggi. Se è a Darcy che va tutto l'orgoglio, è Elizabeth ad avere il pregiudizio, parrebbe. Johnson riporta un secondo «accidentale» significato della parola «pregiudizio», un giudizio espresso in anticipo che egli descrive come: «malizia; danno; offesa, ingiuria». Dato che il pregiudizio è qualcosa di negativo, *crea*, per associazione, cose negative e dannose. Gli sprezzanti e falsi pettegolezzi di Wickham su Darcy sono ingiurie di questo tipo. Anche Elizabeth le accetta subito, per quanto non a lungo. Si accusa tuttavia di pregiudizio, come anche la voce narrante; le sue reazioni decise e il suo eccesso di fiducia nei propri giudizi hanno portato alcuni a pensare che Elizabeth sia una figura sovversiva, in forte conflitto con l'autorità e con la gerarchia costituita del potere. «Lei ha opinioni recise per essere così giovane» dice Lady Catherine. «Noi non siamo abbastanza ricchi o altolocati per loro» sbotta Elizabeth, quando si rende conto dell'amarezza di Jane per l'improvvisa partenza di Bingley per Londra. Elizabeth si ribella contro il privilegio e lo sfruttamento del privilegio per assicurarsi matrimoni vantaggiosi. Il suo pregiudizio, se si può davvero chiamare così, ha un'origine diversa da quello di Darcy. Tornando per un attimo a Hume, si tratta di una fierezza rivolta verso gli altri che il filosofo associa ad amore e odio, passioni che egli vede in antitesi all'Orgoglio, in quanto rivolte all'esterno. Hume associa Orgoglio e Umiltà, in un rapporto di interdipendenza, dato che entrambi si rivolgono all'interno. Non c'è bisogno di legare Hume al romanzo per vedere l'ironia della sostanziale somiglianza tra l'Orgoglio di Darcy e l'ossequiosa, possessivamente affettata «Umiltà» del signor Collins all'inizio del libro. Collins e Wickham fanno il loro ingresso nella storia quasi allo stesso momento, forse perché anche Wickham è un esempio di «Umiltà», ossia di qualcuno umiliato e reso egoista dal proprio senso di immeritata inferiorità sociale. D'altra parte, desiderio e aggressività sono legati dal fatto che essi si rivolgono al di fuori del sé.[11] Lo scetticismo di Hume giunge a ritenere che ogni tipo di passione possa essere pericoloso, o benefico, socialmente e politicamente, quanto qualsiasi altro.

Si direbbe che il romanzo sia stato scritto in un

[11] David Hume, *op. cit.*, libro II, sezione II.

periodo nel quale i significati precisi delle parole «orgoglio» e «pregiudizio» erano ancora in discussione e in cui il loro senso era ancora instabile. Quest'idea pare confermata da *On Prejudice*, un saggio di Anna Laetitia Barbauld, una poetessa e pensatrice radicale della generazione precedente a quella di Jane Austen. Forse, non assoceremmo di norma una scrittrice radicale con Jane Austen, ma entrambe le autrici sembrano occuparsi della stessa problematica. Barbauld sostiene che, benché ci venga detto di non creare pregiudizi nei nostri figli, non è possibile educarli in una forma puramente culturale e intellettuale, in modo da permettere loro di formulare giudizi esclusivamente a partire dall'«evidenza».[12] Tutte le società e tutte le culture inevitabilmente educano i propri bambini inculcando loro dei pregiudizi. Certamente, è possibile poi crearsi dei *principi filosofici*, e coloro i quali «aspirano a influenzare l'opinione pubblica» non possono mostrarsi indulgenti verso il pregiudizio; ma per i più è proprio questo a formare le più profonde convinzioni, che siano o meno parti essenziali del carattere di un individuo (e per l'autrice lo sono).[13] Il saggio di Barbauld fa parte di un dibattito al quale partecipa anche il romanzo di Jane Austen, con la sua analisi del Pregiudizio. La sua ricerca fa luce su un aspetto del pregiudizio: il fatto che questo si manifesti quando non si vede o non si sa qualcosa; e due persone non possono sapere o vedere allo stesso modo. Il saggio, usando la metafora della vista e della prospettiva per illustrare quest'idea, suggerisce il perché il libro di Jane Austen sia tanto dominato dalla visione, per quale motivo sia

[12] Anna Laetita Barbauld, *On Prejudice*, in *Works*, with a memoir by Lucy Aikin, London 1825, 2 voll., pp. 321-337.
[13] *Ibid.*, p. 322.

più di ogni altro il romanzo del contatto visivo, dell'ottica. Ognuno ha un particolare punto di vista,

> e la sua visione delle cose si contrae o si distende a seconda della sua posizione nella società: dato che due individui non hanno mai lo stesso orizzonte, non possono avere le stesse associazioni. Associazioni distinte producono opinioni distinte, come, secondo le leggi della prospettiva, distanze diverse producono differenti immagini degli oggetti visibili.[14]

Per Barbauld, l'opposto di ciò che potremmo chiamare l'impegnato e appassionato relativismo del pregiudizio è lo scetticismo profondamente negativo. Il signor Bennet, il quale si tiene lontano dalla vicenda, osservando il fiasco della famiglia Bennet, i cui modi vengono giudicati inopportuni dopo il ballo di Netherfield, come se si trattasse di qualcosa che non lo riguarda, assumendo un distacco obiettivo che lo autorizza persino a esprimere disprezzo per la propria moglie e le proprie figlie, ha tutte le caratteristiche di tale scetticismo. D'altra parte, le sue due figlie maggiori hanno più fiducia rispetto a lui. Entrambe credono nella possibilità di raggiungere una profonda comprensione delle persone che le circondano, e questo include anche la possibilità del mutuo amore sessuale. Ma, ci si chiede nel romanzo, è possibile arrivare alla comprensione degli altri senza errore o

[14] Si noti che Barbauld insiste sul fatto che le idee di «onore e decoro femminile» non siano innate, ma dovute a un condizionamento culturale o «impresse in primo luogo come pregiudizio» (p. 330). Il pregiudizio che una ragazza debba avere un marito si è «impresso» in Lydia con forza maggiore di quanta non ne abbia avuta l'idea di decoro. Questo è il risultato degli ansiosi timori della signora Bennet riguardo alla situazione economica delle proprie figlie.

pregiudizio? Questa domanda ricorre in modo particolare quando è in gioco il sentimento sessuale. In un contesto nel quale, «a seconda della propria posizione nella società», la «visione» delle cose «si contrae o si distende», cercare «i segni» che permettano una comprensione dell'orizzonte logico e morale di un'altra persona è infatti certamente difficile. Gli orizzonti delle classi elevate erano ridotti dalle rigide restrizioni che governano la proprietà. Le relazioni sociali erano governate da costumi gerarchici, da regole e, soprattutto, da codici non scritti. Eppure, l'atto del *vedere*, nel romanzo, è determinante.

Il ritmo del libro è scandito da una serie di eventi pubblici, seguiti poi dal ricordo analitico, spesso segnato dall'ansia, che di essi hanno due dei personaggi: Charlotte ed Elizabeth, Elizabeth e Jane, Elizabeth e la signora Gardiner. Uno dei verbi più comuni del romanzo è «osservare». Sia nell'accezione di «guardare», sia in quella di «rimarcare». Ma il verbo «osservare» ha anche un riferimento paradossale al detto e al non detto, al dominio privato e a quello pubblico. Guardare con attenzione può essere un atto privato individuale. Ma parlare è sempre un gesto pubblico: facciamo un'osservazione *a* qualcuno. Le donne *guardano* in pubblico, ma *parlano* in privato. Tony Tanner ha ragione a notare l'importanza per il romanzo della volatile e deludente natura delle «impressioni» sensoriali che, come Hume ci ricorda, si «mischiano» con le passioni e pregiudicano la formazione di «idee» precise.[15] Ma non è facile comprendere perché in questo romanzo il processo interpretativo debba essere tanto legato all'immediatezza fisica della vista, con la quasi infinita ermeneutica

[15] David Hume, *op. cit.*, libro II, sezione II, p. 11.

dell'occhio. Il testo è ipersensibile allo sguardo o allo sguardo distolto, al movimento distratto degli occhi o allo sguardo aperto. Abbonda di momenti di percezione visiva, privi di parole. Durante la sua visita forzata a Netherfield, per assistere Jane,

> Elizabeth, nello scartabellare degli spartiti sul pianoforte, non poté non accorgersi di quanto spesso gli occhi del signor Darcy si fissavano su di lei.

Il momento di maggiore tensione, nel romanzo, è quello dell'incontro accidentale a Pemberley, quando

> erano sì e no a venti piedi di distanza ... I loro occhi si incontrarono all'istante ... Istintivamente ella aveva distolto lo sguardo.

È l'ansia dell'occhio, piuttosto che la sua soddisfazione, a essere presente. Ma se l'occhio espone, può anche dissimulare. I «begli occhi» di Elizabeth, che conquistano gradualmente Darcy ed esasperano Miss Bingley, rendono chiaro il fatto (come sa ogni post-freudiano) che gli occhi sono il centro dell'energia erotica. Per questo l'occhio è sottilmente scandaloso e profondamente mistificante. È l'unica espressione pubblica di libido possibile sia per chi percepisce sia per chi viene percepito, in un ordine sociale nel quale il sentimento erotico è dissimulato nel movimento di una sedia (come quando Darcy, a Rosings, viene deluso dalla risposta di Elizabeth alla sua domanda sulla sua disponibilità ad allontanarsi dalla famiglia), nel quale l'interesse è espresso da pochi passi compiuti verso un gruppo di giocatori di carte o nel quale un commento sull'altezza della sorella di un uomo provoca un interesse nella donna che ha fatto da termine di paragone. A Netherfield Darcy preferisce paragonare la propria sorella a Elizabeth piuttosto che alla signorina Bingley, la quale lo tormenta perché egli definisca l'altezza della sorella in relazione alla sua. È un fatto interessante che Darcy si trovi in leggero imbarazzo a dire che la sorella è alta «più o meno» come Elizabeth «o forse è più alta». È come se temesse che il suo occhio, come il suo cuore a questo punto del romanzo, gli stia giocando degli scherzi. Solo quando la signorina Darcy fa la sua apparizione, più avanti nel romanzo, scopriamo che è «più alta, e di molto, di Elizabeth». Attraverso questi minuziosi dettagli Jane Austen enfatizza l'ansia dello sguardo. L'ansia dell'occhio nel libro viene dall'idea che il discorso dell'occhio tradisca, sia significando troppo e troppo poco, sia esponendo o mascherando all'eccesso. L'occhio è la fonte della dissimulazione e dunque mette in moto lo spossante processo dell'interpretazione. E dato che, come ci ricorda Barbauld e ci conferma l'esitazione di Darcy sull'altezza della sorella, «distanze diverse producono differenti immagini degli oggetti visibili» secondo le «leggi della prospettiva», il problema ermeneutico è infinito e irrisolvibile.

Non sapere, non saper vedere, essere lasciati nell'ignoranza è uno degli argomenti ossessivi del romanzo, come dimostra in maniera decisamente drammatica l'angoscia suscitata dalla fuga d'amore di Lydia. La preoccupazione del romanzo nei confronti della visione, tuttavia, è più ricca e più profonda del timore della dissimulazione e del relativismo e delle sue incertezze, per quanto forti questi possano essere. Per il testo, ciò che la *visione* come atto significa, in particolare nella propria cultura, è importante quanto l'occhio significante in un ordine sociale chiuso. La visione come significazione è oggetto del romanzo quanto la significazione della visione. Questa problematica è indagata attraverso Elizabeth, le «leggi della prospettiva» e la categoria estetica del pittoresco, quando Elizabeth visita la tenuta di Darcy, Pemberley. La complessità di Elizabeth suggerisce il motivo per il quale è una figura sovversiva e potenzialmente distruttiva, per la sua indipendenza e il suo intrepido individualismo, un «pericolo» secondo il pensiero di Darcy al loro primo incontro e, allo stesso tempo, in contrasto con il suo ruolo precedente, una fonte di cambiamento, una sfida alla tirannia e alle forme costituite.

La suggestione illuminista di controllare e ordinare la visione attraverso leggi come quelle della prospettiva e del colore pare essere stata la causa e l'effetto degli esperimenti che ne dimostrarono la complessità. Trasformare la natura in una categoria estetica, operazione portata a compimento dalla terminologia del pittoresco e del bello attraverso l'esperienza visiva, significa assicurarsi una padronanza della vista che è in realtà una padronanza del mondo dei fenomeni. I continui esperimenti di Newton sulla luce, attraverso la riflessione, la rifrazione e il colore, potrebbero aver dato un appoggio alle «leggi» estetiche, grazie alla terminologia pittorica che egli spesso utilizza: «La luce che giunge dai diversi Punti dell'oggetto viene rifratta ... in modo tale da convergere e unirsi nuovamente nello stesso numero di Punti sul fondo dell'Occhio, e lì dipingere la Figura dell'Oggetto».[16] Dopo la dissezione, gli anatomisti vedono nell'occhio «figure di oggetti lievemente dipintevi», che sono «propagate dal Moto attraverso le Fibre del Nervo Ottico, fino al Cervello».[17] Elizabeth, impressionata e affascinata da Pemberley, rivaluta letteralmente la propria opinione su Darcy attraverso una re-visione.

[16] Isaac Newton, *Opticks or a Treatise of the Reflexions, Refractions, Inflexions and Colours of Light*, London 1704, p. 10.
[17] *Ibid.*

Camminando da una stanza all'altra e da una finestra all'altra, vede cambiare il paesaggio esterno col cambiare della propria prospettiva, vede nuove figure «propagate dal Moto». «Veduti dalle altre stanze per le quali passavano, i luoghi assumevano aspetti diversi.» Elizabeth avverte il contrasto con la fissità e l'ostentazione dei luoghi di Rosings. Si tratta di un paesaggio in movimento, ma tale movimento è regolato dal suo rapporto con esso, attraverso le «leggi della prospettiva». Prima che lei e i suoi compagni entrino materialmente nel paesaggio pittoresco della tenuta di Pemberley, Elizabeth cerca il ritratto di Darcy e, attraverso la rappresentazione, mitiga quel senso di disparità di prestigio e di imbarazzata e irritabile inferiorità che aveva caratterizzato la loro relazione, sostenendo lo sguardo del volto dipinto. I ritratti, come abbiamo già appreso nel libro, grazie alle osservazioni sarcastiche della signorina Bingley che immagina i ritratti dei parenti di Elizabeth, di basso lignaggio, appesi a lato di quelli di Darcy, aumentano il prestigio dei potenti e confermano il loro potere. I ritratti confermano il potere e la signoria dello sguardo in modo inequivocabile, poiché gli occhi possono controllare lo spazio che osservano. In un bel momento di ambiguità sintattica che richiama e muta con sottigliezza la prima descrizione dello sguardo di Darcy, il ritratto, per un attimo essere vivente e dipinto al tempo stesso, «teneva gli occhi fissi su di lei». La reciprocità del momento, nel quale ognuno dà forza all'altro, ha luogo a causa dell'indeterminatezza della sintassi, rara in Jane Austen, permettendo a Elizabeth di essere l'agente che «teneva» su di sé gli occhi del ritratto.

Alcuni lettori ritengono che il libro finisca qui: Elizabeth è cambiata; gli orizzonti dei personaggi sono mutati; si è «ottenuto» un nuovo equilibrio, secondo nuove leggi. Elizabeth è pronta a cambiare la propria indipendenza e a entrare nel mondo di Darcy. Ma il ritratto *è* un ritratto, e Reynolds ci ricorda nei suoi *Discourses* che i ritratti sono «indefiniti» e ci rimandano all'originale solo a patto che «sia l'immaginazione a fornirci ciò che manca».[18] Elizabeth deve ancora incontrare il «vero» Darcy e andare nelle sue terre, e poco dopo vacilla nella sua risoluzione raggiunta attraverso l'arte.

Elizabeth e i Gardiner si ritrovano in un paesaggio che è, in un certo senso, un paradigma del pittoresco. Il fiume scorre, le radure irregolari che si aprono su rilievi coperti dagli alberi «permettevano allo sguardo di spaziare al di fuori». Si tratta di un ambiente dalle improvvise circonvoluzioni, ricco di gole e di repentine discese. «Le irregolarità», «le improvvise e repentine deviazioni», scrisse Uvedale Price, uno dei principali teorici del pittoresco, «sono una delle cause principali del pittoresco».[19] Egli associava il pittoresco alla «curiosità» e all'eccitazione, e lo legava di fatto all'indipendenza in politica e alla capacità di cambiamento.[20]

È interessante che Elizabeth venga associata non solo a una categoria dirompente e trasgressiva, ma a una categoria che, nel diciottesimo secolo, distrusse tutte le altre. È stata la categoria estetica più discussa in quel momento. Richard Pane Knight, in contrasto con Uvedale Price, affermò che il pittoresco non esisteva e non poteva esistere come separata catego-

[18] Joshua Reynolds, *Fourteenth Discourse*, in *Discourses (1769-1790)*, London 1842, p. 255.
[19] Uvedale Price, *A Dialogue on the Distinct Characters of the Picturesque and the Beautiful. In Answer to the Objections of Mr Knight: Prefaced by an Introductory Essay on Beauty; with Remarks on the Ideal of Sir Joshua Reynolds and Mr Burke upon that Subject*, London 1801, pp. 130-131.
[20] Cfr. Walter John Nipple, *The Beautiful, The Sublime, and the Picturesque in Eighteenth-Century British Aesthetic Theory*, Carbondale 1957, p. 241.

ria, dato che sovvertiva la distinzione simmetrica tra il bello (che rappresentava la regolarità, l'uniformità, la simmetria e l'equilibrio) e il suo opposto, la spaventosa grandezza del sublime.[21]

Humphrey Rempton, attaccato da Price per le rigide combinazioni cromatiche dei suoi paesaggi, concepiva il pittoresco come un compromesso gentile e addomesticato (come la Costituzione inglese!) tra gli estremi dello stato di natura e del dispotismo, mentre Price lo considerava l'epitome della sfida al conformismo.[22] Ma è forse meno importante scoprire cosa rappresenti il pittoresco, rispetto a rendersi conto del fatto che si tratta di una categoria complessa e problematica, difficilmente legittimabile. Price, che fu il suo più strenuo difensore nel diciottesimo secolo, affermò che si trattava di una categoria mobile che si manifesta con il bello e il sublime, in maniera più o meno indipendente. Era soprattutto un *esperimento* con la visione. Dato che ha a che fare con il processo temporale, con il mutamento e la decadenza, e dato che include in sé oggetti insignificanti e addirittura brutti, il pittoresco ha maggior significato culturale e maggiori riferimenti sociali di ogni altra categoria estetica. Sovverte il rife-

[21] Il *Dialogo* di Uvedale Price fu scritto in risposta a Payne Knight, il quale si riufiutava di considerare il pittoresco come una categoria estetica. Il *Dialogo* si svolge tra Hamilton, rappresentante di Price, Howard, rappresentante di Knight, e un uomo sensibile ma ignorante della materia, Seymour, il quale svolge la funzione di provocatore intellettuale e di intelligente commentatore. Le idee sul bello di Knight, l'armonia tra gli estremi del monotono e dello stridente, sono esposte al meglio dalla discussione di Howard sui dipinti della galleria appena visitata, verso la fine del libro (pp. 140-160).

[22] Walter John Nipple, *op. cit.*: «Dovrebbero le nostre opinioni esserci prescritte e, come le nostre posizioni, essere plasmate in una forma?».

rimento e l'associazione visiva defamiliarizzando gli oggetti – un vecchio zingaro abbronzato di fronte a una baracca, per esempio – e raggruppandoli poi come pittoresco. Questa defamiliarizzazione dipende sia dal nostro riconfigurare sia dal nostro *conoscere* il significato sociale e culturale degli oggetti.[23] È interessante notare che Price fa entrare i generi nel discorso sul pittoresco, dato che afferma che non sono solo le belle donne a ispirare l'amore carnale appassionato.[24]

È chiaro che il pittoresco spezza le categorie piuttosto che farvi da ponte; è senz'altro affascinante che la legittimità della presenza di un ponte rustico in un paesaggio fosse un punto di discussione tra Knight e Repton, come se su questo punto si concentrasse l'intera problematica.[25] Elizabeth, associata con tanta forza all'ineffabile categoria del pittoresco, «abbronzata» come lo zingaro di Price, mentre attraversa il ruscello di Darcy passando su di un ponte che oltrepassa una gola e la conduce in un sentiero largo abbastanza per una sola persona, portando con sé quella «leggerezza d'animo» che ha fatto innamorare Darcy, è la rappresentante del non conformismo e la messaggera del cambiamento. La sua sola presenza, il suo interevento a Pemberley, produce un mutamento radicale. Le cose viste dalle finestre di Pemberley (ed Elizabeth si ritrova più volte a guardare da quelle fine-

[23] I tre partecipanti al *Dialogo* incontrano un vecchio zingaro abbronzato di fronte a una baracca, all'inizio del loro cammino. Gli elementi pittoreschi di questa scena, una pietra miliare in questa categoria, vengono analizzati nel dettaglio (pp. 130-132). Vengono inoltre discusse l'importanza del tempo e la posizione delle rovine nella cultura del diciottesimo secolo (pp. 183-191).

[24] Uvedale Price, *A Dialogue on the Distinct Characters of the Pictoresque and the Beautiful...*, cit., pp. 136-138.

[25] Cfr. Walter John Nipple, *The Beautiful...*, cit., p. 249: Price nel *Dialogo* tratta anche dei ponti rustici, individuandoli come un importante elemento del pittoresco.

stre, dato che la sua prima visita formale comincia in una stanza dalle finestre «che s'aprivano sulla fresca veduta delle alte colline») assumono «aspetti diversi» secondo le leggi della prospettiva: ma tale mutamento è reciprocamente determinato dal cambiamento di posizione della persona che è in relazione con tali oggetti e, inoltre, è necessaria una certa *attenzione* per accorgersi del cambiamento. A Netherfield Elizabeth era stata un'intrusa. Se ne era resa conto nel momento in cui si era rifiutata di seguire «il gruppo incantevole» e le «pittoresche» figure attorno a esso, le quali, letteralmente, non avevano spazio per lei, nel sentiero; il romanzo lascia intendere che a Pemberley rimanga un'intrusa.

Pare che il femminile, nel romanzo, sia una categoria intrinsecamente distruttiva, proprio come il pittoresco di Price. È un segno di eccesso; la signora Bennet che, in maniera goffamente malthusiana, riesce a generare cinque figlie e non un solo figlio maschio, è una forma di eccesso. Le limitazioni sull'ere dità per la discendenza femminile sono citate più volte, nel libro.[26] Troppe donne sono interessate a troppo pochi uomini: la signorina Bingley, la signorina de Bourgh ed Elizabeth a Darcy; Jane e Georgia na Darcy a Bingley; Lydia, la signorina King (e persino Elizabeth, per un attimo) a Wickham. Eppure la

[26] Sir William Blackstone (*Commentaries on the Laws of England*, London 1783, 4 voll., vol. I, pp. 449-450) critica la rigidità delle leggi inglesi di successione. Benché venga rispettato il principio di «libertà», permettendo a ognuno di disporre come desidera dei propri beni, ai figli dovrebbe essere garantita «una sussistenza minima». Altrove nel testo (vol. II, p. 114) egli considera l'obbligo di inalienabilità sui beni ereditati un retaggio del sistema feudale. È evidente che le sorelle Bennet soffrono di una scelta «pregiudiziale» nei confronti delle donne. Benché si sbagli nell'intendere questo fatto come un problema personale, la signora Bennet ha tutte le ragioni di lamentarsene.

prima frase del libro suggerisce il contrario: «È una verità universalmente riconosciuta che una ragazza scarsamente provvista di beni di fortuna debba sentire il bisogno di ammogliarsi», come sa bene Charlotte, la quale intende essere sicura di sposare il signor Collins.

Le «prospettive» e gli «orizzonti» particolari delle donne, per tornare alla terminologia di Barbauld, le portano a porsi domande radicali. Tali domande si trovano nel testo, non solo nella fredda decostruzione di Charlotte del matrimonio come operazione finanziaria, ma in maniera più trasgressiva nella vivace sovversione delle convenzioni sessuali di Lydia. Di certo, è con Lydia, la quale scherza sull'eccitazione di vestire da donna un ufficiale, che il romanzo confonde le rigide distinzioni di genere. Il signor Bennet si lamenta con scettica ironia del fatto che Wickham, suo genero, «sorrida» in maniera effeminata. Quest'affermazione, rivolta a un ufficiale dell'esercito, solitamente associato a un'idea di mascolinità, mette radicalmente in dubbio la costruzione artificiale dei generi operata dalla società. È interessante notare che Mary Wollstonecraft ha sfidato le comuni distinzioni di genere puntando sull'effeminatezza dei viziati ufficiali dell'esercito nel suo *A Vindication of the Rights of Woman*.[27] Si tratta di una convergenza inaspettata di testi molto diversi.

[27] Mary Wollstonecraft, *A Vindication of the Rights of Woman* (1792), a cura di Miriam Brody Kromnick, Harmondworth 1978, p. 97. Wollstonecraft si esprime su quale potrebbe essere il contesto di *Orgoglio e pregiudizio*: «Inoltre, nulla può essere tanto *pregiudiziale* [corsivo mio] per la morale degli abitanti di una cittadina di provincia quanto l'occasionale soggiorno di un gruppo di giovani oziosi e superficiali, la cui unica attività è la galanteria, le cui buone maniere rendono il vizio ancor più pericoloso, celandone la deformità sotto il velo della spensieratezza. L'aria di moda non è altro che uno stemma della schiavitù».

Dato che le donne possono oltrepassare i limiti del decoro con tanta facilità, facendo o dicendo cose che scatenino la pubblica censura, Jane, Elizabeth e Charlotte si domandano con apprensione quanto, o quanto poco, sia possibile lasciarsi trasportare, specialmente riguardo all'attrazione fisica. È come se fossero conscie del significato di «Orgoglio» come esibizione della sessualità femminile, che Johnson riporta come raro, e i moderni dizionari come arcaico. La trama del romanzo è incentrata sull'inadeguatezza dei segnali di Jane a Bingley, poco chiari e scarni, che lei può legittimamente fargli comprendere. Tutte le donne del romanzo risentono del dispotismo delle convenzioni: che oltrepassino il limite del decoro o reprimano i loro sentimenti, sono destinate a essere vittime dell'oppressione e dell'incomprensione.

Attraverso la tematica dei difficili limiti dei segnali tra i sessi il romanzo esplora indirettamente una questione politica profonda e importante: quando è giusto nascondere o rivelare un'informazione? Quando è giusto essere franchi? Lady Catherine condanna implicitamente Elizabeth perché esprime «idee». Ma queste stesse «idee» vincono ogni disputa verbale riguardo a classe, stato sociale e indipendenza, quando la zia di Darcy visita Longbourn. I segreti arrecano più danno delle opinioni, in questo romanzo. Darcy, preoccupato di esporre la propria famiglia, non rivela la seduzione di sua sorella da parte di Wickham; similmente, Elizabeth e Jane decidono di non rovinare la reputazione dell'ufficiale rivelando la sua immoralità. Kitty mantiene segreta la fuga d'amore di Lydia. Il signor Bennet, il quale evita di comunicare ogni più futile notizia alla propria famiglia per continuare a esercitare la sua autorità, è il miglior esempio di dispotismo esercitato attraverso l'informazione. Non dice alla propria famiglia che il signor

Collins arriverà per colazione, benché lo sappia da un mese. Poco prima, mostrando una vena di meschinità che lo rende sotto molteplici aspetti un cattivo padre, aveva nascosto alla famiglia di essere andato a visitare Bingley. Al contrario, Lydia fa sapere a Elizabeth della presenza di Darcy al suo matrimonio. È una rivelazione cruciale, dato che conferma la sensazione di Elizabeth della trasformazione di Darcy: senza questo catalizzatore, non arriverebbero tanto presto, se mai vi potessero giungere, alla loro nuova comprensione reciproca. La sorella «perduta» fa inavvertitamente in modo che il matrimonio rispettabile abbia luogo.

Il romanzo fu scritto in un periodo durante il quale la repressione da parte dello Stato era veemente, e la definizione di «sedizione» molto limitata. Dalla sfida all'autorità di John Wilkes, ai processi di tradimento della fine degli anni Novanta del diciottesimo secolo, e soprattutto ai processi di Hone del 1815, la questione di ciò che si poteva legittimamente *dire* o *sapere* era davvero urgente. Cosa fosse sovversivo per lo Stato, quali fossero i limiti della repressione e della censura, cosa appartenesse al dominio pubblico e cosa a quello privato erano questioni urgenti sia per l'azione rivoluzionaria sia per il dispotismo. Solo nel 1812, con Hansard, fu stabilito il carattere pubblico dei dibattiti in parlamento.

La preoccupazione di cosa si possa o non si possa sapere o dire e la tematica delle limitazioni poste alla comunicazione determinano la parte finale del romanzo con una forza tale da rendere inadeguati sia il primo sia il secondo titolo del libro. In molti punti si ha l'impressione che le parole «orgoglio» e «pregiudizio» siano inserite nel testo solo per rispondere alle esigenze poste dal nuovo titolo, mi riferisco per esempio alle secche e fredde generalizzazioni di

Mary o al pregiudizio e all'orgoglio della domestica di Darcy nei confronti del suo padrone. Verso la fine del romanzo, si può vedere un vago tentativo di sottolineare gli aspetti positivi dell'orgoglio: Elizabeth, per esempio, ha un disinteressato sentimento d'orgoglio per il nobile e generoso intervento di Darcy in favore di Lydia, dopo la fuga d'amore. Ma è come se il testo perdesse interesse in quest'operazione. Piuttosto, viene affascinato dall'investigazione di come le notizie e le informazioni (e i pettegolezzi) circolano in una comunità ristretta. Quest'ansia nella ricerca aumenta con il finire del libro.

Le parole «vicino» e «vicinato» appaiono con frequenza quando Jane ed Elizabeth stanno per lasciare il piccolo mondo di Longbourn e Meryton. Il romanzo abbonda di riferimenti a persone (come la signora Long, la signorina King e il ragazzo del negozio del signor Jones) e a eventi («un soldato era stato fustigato»), dei quali sentiamo parlare ma che non vediamo mai direttamente. Johnson definisce il «vicinato» come «l'insieme delle persone che vivono a una distanza che rende possibile la comunicazione». Definisce inoltre «vicino» come «termine di cortesia» e riporta un significato legato alla teologia: «ciò che condivide la stessa natura». Un vicinato può essere molto stretto e può escludere come includere, facendo oscillare le persone fuori e dentro la sua «cortesia». La signora Bennet, che ha un'idea molto ampia di vicinato, riconducendolo al gruppo di quattrocentoventi famiglie che vivono a Longbourn, non sa neppure dove si trovi Newcastle, la destinazione di Wickham e Lydia. Sono le voci e i pettegolezzi locali a convincere Darcy ad allontanare Bingley da Netherfield e Lady Catherine ad accusare Elizabeth. È la natura locale del pettegolezzo a permettere gli inganni dello sconosciuto Wickham.

D'altra parte, il vicinato genera una vita piena di supporto e di energia. Malgrado lo scetticismo del signor Bennet, i vicini offrono sempre amicizia e supporto.

L'informalità di Longbourn contrasta con la gerarchia del vicinato di Rosings, con le sue palizzate, che segnano con precisione i confini delle proprietà e i suoi vicini che vivono nello stile di Collins, e con la tenuta di Darcy, i cui abitanti non vanno mai in paese. Queste differenze producono l'idea sinistra di un'organizzazione sociale in disgregazione. La signora Bennet sembra inclinare verso una definizione di vicinato più antica quando ritiene che gli affittuari di Netherfield abbiano l'obbligo di essere presenti nella comunità. La sua capacità di enumerare un vasto numero di possibili residenze per Lydia e Wickham nella zona suggerisce che molte persone stiano abbandonando la comunità. Allo stesso tempo, quest'interesse rivela un suo lato positivo: la signora Bennet ha un forte senso della comunità. Per quanto la sua idea di vicinato sia erronea, è una migliore vicina di suo marito, come, a volte, è un migliore genitore. È invece Darcy a introdurre il relativismo nel discorso sul vicinato, esprimendo perplessità sul «grande attaccamento» locale e portando Elizabeth ad ammettere che «vicinanza e lontananza sono cose relative», durante una conversazione a Rosings. Questo è un altro punto del romanzo nel quale la distanza cambia la prospettiva. Come sottolinea Elizabeth, un uomo ricco come Darc può viaggiare ovunque.

Ma cos'è un vicinato, una comunità? Quando le solide strutture della comunicazione locale cominciano ad atrofizzarsi, cosa prende il loro posto? Il libro trae una profonda soddisfazione nella partenza verso nord delle sorelle Bennet, la cui mobilità sociale si getta alle spalle parecchie difficoltà; eppure, partendo, esse entrano in un nuovo mondo, meno coesivo e più relativista, il nuovo mondo delle classi medie ed elevate. Quale tipo di coesione e quale tipo di scambio informativo prendono il posto dei legami di vicinato? Si trova qui una spietata preveggenza riguardo al cambiamento della percezione dell'organizzazione sociale che fa di questo testo un autentico romanzo postrivoluzionario, un testo pienamente inserito nel clima delle guerre napoleoniche.

Forse non è per caso che Uvedale Price, con il suo acuto senso della mobilità dei confini delle nostre categorie, sia stato capace di rendere chiaro un cambio delle percezioni creato dalle guerre. Egli scrisse un pamphlet sulla necessità di sfruttare le forze delle piccole comunità, e le strutture esistenti della fedeltà e dell'obbedienza locali, per difendere il paese dall'invasione francese. La struttura eccezionalmente coesiva della società britannica fu creata con una distribuzione «graduale» delle proprietà, dai ceti più alti fino a quelli medi.[28] È interessante notare che Elizabeth ricorda a Lady Catherine di essere, malgrado l'attività commerciale della famiglia Bennet, la figlia di un gentiluomo. Per Price sono proprio i gentiluomini di questo tipo a costituire un fronte unito, in caso di guerra. In guerra, ogni comunità locale si difenderebbe da sola. Price deprecava un esercito centrale *nazionale* che, a suo parere, indeboliva i legami locali e frazionava le relazioni sociali. La presenza di un esercito nazionale, di certo, provoca ai suoi occhi una crisi nella definizione sociale e nell'identità comunitaria, che egli tenta di evitare. Ma tale crisi è esattamente ciò che accade con l'arrivo della

[28] Uvedale Price, *Thoughts on Defence of Property. Addressed to the County of Hereford*, Hereford 1797, p. 16.

milizia del ...shire. Tutte le complessità e le crisi del romanzo derivano da tale presenza. La milizia, un tempo gruppo di provenienza e di azione locale, fu riorganizzata durante le guerre napoleoniche con lo scopo di fornire una difesa nazionale.[29] Wickham, in coincidenza con il matrimonio, passa dalla milizia ai regolari, l'esercito nazionale, come a confermare quella mancanza di fedeltà che deriva dalla frammentazione e dalla centralizzazione. Questa dispersione interessa quasi tutti i personaggi del romanzo, siano essi uomini o donne, di alta o bassa estrazione, sovversivi o reazionari.

Orgoglio e pregiudizio pone per primo una serie di domande di grande complessità. È difficile ascrivere questo libro a una determinata categoria politica: giacobino, antigiacobino, conservatore, rivoluzionario. Ma si può dire che pone domande complesse e radicali, molto radicali per il loro carattere indiretto. Il personaggio più fortunato del romanzo attraversa uno stretto ponte verso la sicurezza, verso la soddisfazione e, virtualmente, verso una nuova classe sociale. Ma i ponti dimostrano che ci sono gole e fenditure da oltrepassare e che possono anche esistere voragini inattraversabili. Il romanzo non esplora queste implicazioni. E forse fu proprio l'agio con il quale avvengono le riconciliazioni a provocare l'autocritica di Jane Austen, la quale parlò di «leggerezza» del ro-

[29] Cfr. John Randle Western, *The English Militia in the Eighteenth Century. The Story of a Political Issue (1660-1802)*, London, Toronto 1965, per un resoconto della politica militare durante le campagne napoleoniche. Per uno studio dell'organizzazione locale e della politica militare, focalizzata su di un periodo di poco successivo, nello Hampshire, la contea di residenza di Jane Austen, si veda Ruscombe Foster, *The Politics of a Country Power: Wellington and the Hampshire Gentlemen, 1820-1852*, Hemel Hempstead 1989.

manzo. Si ha la netta sensazione che fu *Orgoglio e pregiudizio* a rendere inevitabile il romanzo successivo, *Mansfield Park*, opera che prende in esame la questione del privilegio di classe e del potere, e delle loro basi. *Mansfield Park* esplora le problematiche della mobilità sociale, attraverso le intense difficoltà affrontate da Fanny Price. *Orgoglio e pregiudizio* abbandona questi problemi prima che si acutizzino. Per questo, la calma e incoraggiante dimensione di sogno di questo romanzo non ha eguali tra le opere di Jane Austen. Senza essere una sognatrice, l'autrice ha costruito un testo che sfidava i suoi stessi sogni.

Cronologia della vita e delle opere

1775
Il 16 dicembre nasce a Steventon nello Hampshire, Jane, settima degli otto figli del reverendo George Austen, rettore delle parrocchie di Steventon e Deane, e di Cassandra Leigh. Degli otto figli, il primogenito, James, segue la carriera ecclesiastica come il padre, a cui succede nella parrocchia di Steventon; Edward viene «adottato» da Thomas Knight, *squire* del villaggio di Steventon e lontano parente e amico di George Austen, di cui eredita la ricchezza; Henry, dopo essere stato capitano nella milizia di Oxford, sposa a ventisei anni la cugina trentaseienne Elizabeth de Feuillide, vedova di un aristocratico francese ghigliottinato durante il Terrore, diventa banchiere a Londra, fallisce e prende infine gli ordini come il fratello James; Francis e Charles scelgono la marina raggiungendo entrambi il grado di ammiraglio; le due figlie, Cassandra e Jane, rimangono in famiglia senza sposarsi. Gli Austen sono una famiglia molto unita, non ricca ma in buone condizioni finanziarie, con parentele importanti sia dal lato materno che paterno, le cui vicende, come si è visto, hanno a volte del «romanzesco». Il clima intellettuale è particolarmente vivo: George Austen è appassionato di letteratura; due dei fratelli di Jane, James e Henry, redigono un giornale letterario.

1781-1785
Jane, a sei anni, ha una prima esperienza scolastica insieme alla sorella Cassandra; successivamente le due sorelle frequentano la Abbey School a Reading, che lasciano nel 1785.

1789-1790
Jane comincia a scrivere i racconti, i romanzi brevi, le parodie, che ricopierà e raccoglierà in tre volumi.

1790-1795
Jane adulta è, nelle parole del fratello Henry, una ragazza alta, attraente, aggraziata, dal carattere gaio e amabile, ottima conversatrice, amante del ballo. Sebbene non si abbiano notizie precise, si accenna a un fidanzamento fallito di Jane, a un suo amore per un amico di famiglia, Tom Lefroy, e per un giovane conosciuto in un soggiorno al mare, morto prima di potersi dichiarare. Nel 1793-1794 (secondo altre datazioni, nel 1795) Jane scrive *Lady Susan*; nel 1795 inizia *Elinor and Marianne*, prima versione di *Sense and Sensibility*.

1796-1799
Inizia (ottobre 1796) *First Impressions*, prima versione di *Pride e Prejudice*. Nel 1797 riprende *Elinor and Marianne*, lo cambia dalla forma epistolare alla narrazione in terza persona e lo intitola *Sense and Sensibility*. Nello stesso anno il padre, favorevolmente colpito dalla qualità della narrativa di Jane, offre per la pubblicazione *First Impressions* all'editore Cadell, che lo respinge. Nel 1798-1799 scrive il romanzo intitolato prima *Susan*, poi *Catherine*, che verrà pubblicato postumo come *Northanger Abbey*.

1801
George Austen decide di lasciare la parrocchia di Steventon al figlio James e si trasferisce con la famiglia a Bath. Alla notizia del trasferimento, la ventiseienne Jane, che non ha mai amato Bath e che spesso ha riso nei suoi romanzi degli svenimenti femminili, sviene per l'emozione. Dopo la continua attività degli anni precedenti, inizia per lei un periodo di silenzio narrativo.

1803
L'editore Crosby and Co. acquista *Susan*, che tuttavia non pubblicherà.

1805
George Austen muore. Jane inizia un nuovo romanzo, noto come *The Watsons*, che abbandona dopo una cinquantina di pagine; corregge e ricopia *Lady Susan*.

1806-1807
Con la madre e la sorella Cassandra, Jane lascia Bath e si trasferisce a Clifton, poi a Castle Square.

1806
Edward Austen offre alla madre e alle sorelle un cottage nella sua proprietà di Chawton, nell'Hampshire.

1811
Jane riprende l'attività letteraria: inizia *Mansfield Park* e pubblica a sue spese (in novembre) *Sense and Sensibility*, che le frutta, con suo grande stupore (a quanto afferma il fratello Henry), 150 sterline.

1813
Dopo il buon successo di *Sense and Sensibility*, l'editore Egerton pubblica in gennaio *Pride and Prejudice* che verrà ristampato nel novembre dello stesso anno insieme a una seconda edizione di *Sense and Sensibility*. La carriera letteraria di Jane è ormai avviata e le procura non poche soddisfazioni; ma lei rifiuta risolutamente la notorietà e la vita letteraria: continuerà a pubblicare anonimi i suoi romanzi e rifiuterà un invito a un ricevimento a cui sarebbe stata presente anche Madame de Staël.

1814
In gennaio inizia a scrivere *Emma*. Pubblica *Mansfield Park* (in maggio).

1815
Scrive *Persuasion*. Cambia editore e pubblica da John Murray (l'editore di Byron) *Emma*, dedicato al Principe Reggente, appassionato lettore dei suoi libri, di cui teneva sempre con sé una copia in tutte le sue residenze, che le

aveva fatto chiedere la dedica dal suo bibliotecario. Con il titolo *Raison et Sensibilité, ou les deux manières d'aimer*, *Sense and Sensibility* viene tradotto in francese.

1816
Sulla «Quartely Review» Walter Scott pubblica una lusinghiera recensione, non firmata, di *Emma*. *Mansfield Park* esce in Inghilterra nella seconda edizione e viene tradotto in Francia (*Le Parc de Mansfield, ou les trois cousines*), dove esce anche una traduzione di *Emma* (*La nouvelle Emma, ou les caractères anglais du siècle*). Agli inizi dell'anno si dichiarano i primi segni di una malattia allora incurabile e sconosciuta, diagnosticata nel 1964 come morbo di Addison.

1817
Inizia a scrivere *Sanditon*, di cui completa dodici capitoli. In maggio, la malattia si aggrava al punto che Jane si trasferisce per curarsi a Winchester. Muore il 18 luglio e viene seppellita nella cattedrale di Winchester. In dicembre (ma l'edizione porta la data del 1818) esce da Murray l'edizione postuma di *Northanger Abbey* e *Persuasion* a cura del fratello Henry con una «Nota biografica» dello stesso Henry in cui per la prima volta viene fatto pubblicamente il nome di Jane come autrice dei suoi romanzi, dando inizio a quella che viene definita la «canonizzazione» di Jane a opera della famiglia, preoccupata di sfatare l'ipotesi che nei personaggi femminili più vivaci, spiritosi e indipendenti come Elizabeth Bennet, Jane ritraesse se stessa e che i suoi «mostri» si ispirassero a persone reali.

1871
Il nipote James Edward Austen Leigh pubblica *A Memoir of Jane Austen*, inserendovi *The Watsons*, *Lady Susan* e numerosi brani di *Sanditon*.

1922-1951
Viene pubblicato *Love and Friendship* (che costituisce quasi tutto il volume secondo delle opere giovanili), nel

1922; successivamente il primo (*Volume the First*, 1932) e il terzo (*Volume the Third*, 1951); nel 1932 R.W. Chapman, il più illustre curatore delle opere di Jane Austen, pubblica la raccolta completa delle sue lettere (escluse naturalmente quelle distrutte dalla sorella Cassandra e dai familiari) con il titolo *Jane Austen's Letters to her sister Cassandra and Others*.

Bibliografia

Opere di Jane Austen

Nel Novecento l'edizione principe dei sei romanzi adulti di Jane Austen (*Sense and Sensibility, Pride and Prejudice, Northanger Abbey, Mansfield Park, Emma, Persuasion*) è quella curata da R.W. Chapman, Oxford, 1923-1954, rivista da Mary Lascelles, 1965-1967, corredata di commenti e appendici.
Lady Susan e il frammento intitolato *The Watsons* vennero inseriti nell'edizione del 1871 della *Memoir of Jane Austen* del nipote J.E. Austen Leigh, che includeva anche ampi stralci dal romanzo incompleto *Sanditon*, pubblicato per intero nel 1925.
Le opere giovanili (*Volume the First, Volume the Second* e *Volume the Third*) sono state pubblicate, isolate o in raccolta, tra il 1922 e il 1951.
Le lettere, di cui precedentemente erano state pubblicate raccolte incomplete o estratti inclusi in opere biografiche, sono uscite a cura di R.W. Chapman, nel 1932, con il titolo *Jane Austen's Letters to her sister Cassandra and Others*.

Opere bibliografiche

Gilson, David, *A Bibliography of Jane Austen*, Oxford 1982.
Grey, J. David, Litz, A. Walton, Southam, Brian (a cura di), *The Jane Austen Companion*, New York 1986; ed. inglese, *The Jane Austen Handbook*, London 1986.

Opere biografiche

Austen Leigh, James Edward, *A Memoir of Jane Austen*, 1870 e 1871; ristampa a cura di R.W. Chapman, Oxford 1926 e 1951.

Chapman, R.W., *Jane Austen: Facts and Problems*, Oxford 1948.

Halperin, John, *The Life of Jane Austen*, Baltimora 1984.

Honan, Park, *Jane Austen: her Life*, London 1987.

Laski, M., *Jane Austen and her World*, London 1969.

Tucker, George Herbert, *A Goodly Heritage: a History of Jane Austen's Family*, Manchester 1983.

Opere critiche

Babb, Howard S., *Jane Austen's Novels: The Fabric of Dialogue*, Columbus 1962.

Battaglia, B., *La zitella illetterata: parodia e ironia nei romanzi di Jane Austen*, Ravenna 1983.

Bloom, H. (a cura di), *Jane Austen*, New York 1986.

Bompiani, Ginevra, *Lo spazio narrante: Jane Austen, Emily Brontë, Sylvia Plath*, Milano 1978.

Bradbrook, Frank W., *Jane Austen and her Predecessors*, Cambridge 1966.

Brown, Julia Prewitt, *Jane Austen's Novels: Social Change and Literary Form*, Cambridge (Mass.) 1979.

Brown, Lloyd W., *Bits of Ivory: Narrative Techniques in Jane Austen's Fiction*, Baton Rouge 1973.

Duckworth, Alistair, *The Improvement of the Estate: A Study of Jane Austen's Novels*, Baltimora 1971.

Forster, E.M., *Jane Austen: The Six Novels and* Sanditon, in *Abinger Harvest*, London 1936.

Halperin, John (a cura di), *Jane Austen. Bicentenary Essays*, Cambridge 1975.

Harris, Jocelyn, *Jane Austen's Art of Memory*, Cambridge 1989.

Johnson, Claudia, *Jane Austen: Women, Politics and the Novel*, Chicago, London 1988.

Kirkham, Margaret, *Jane Austen, Feminism and Fiction*, Brighton 1982.
Lascelles, Mary, *Jane Austen and her Art*, London 1939.
Litz, A. Walton, *Jane Austen: A Study of her Artistic Development*, London 1965.
Morgan, Susan, *In the Meantime: Character and Perception in Jane Austen's Fiction*, Chicago 1980.
Mudrick, Marvin, *Jane Austen: Irony as Defense and Discovery*, Princeton, London 1952.
Page, Norman, *The Language of Jane Austen*, Oxford 1972.
Southam, B.C., *Jane Austen's Literary Manuscripts: A Study of the Novelist's Development through the Surviving Papers*, London, New York 1964.
– (a cura di), *Jane Austen: The Critical Heritage*, London 1968.
Tanner, Tony, *Jane Austen*, Cambridge 1986.
Watt, Jan (a cura di), *Jane Austen: A Collection of Critical Essays*, Englewood Cliffs (NJ) 1963.

Orgoglio e pregiudizio

I

È verità universalmente riconosciuta che uno scapolo largamente provvisto di beni di fortuna debba sentire il bisogno di ammogliarsi.

Per quanto poco si conoscano, di costui, i sentimenti e le intenzioni, fino dal suo primo apparire nelle vicinanze, questa verità si trova così radicata nelle teste delle famiglie circostanti che queste lo considerano senz'altro come la legittima proprietà dell'una o dell'altra delle loro figliuole.

«Mio caro Bennet» gli disse un giorno la sua signora «hai sentito che Netherfield Park è stato finalmente affittato?»

Il signor Bennet rispose che non lo sapeva.

«Eppure, sì,» replicò lei «la signora Long è stata qui in questo momento e mi ha detto tutto.»

Il signor Bennet non rispose.

«Non t'importa dunque sapere chi lo ha preso?» esclamò la moglie impazientita.

«Se hai proprio bisogno di dirmelo, posso anche starti a sentire.»

L'invito bastava.

«Ebbene, mio caro, sappi che la signora Long dice che Netherfield è stato preso in affitto da un giovanotto ricchissimo, dell'Inghilterra del Nord, ch'è venuto lunedì scorso, in tiro a quattro, a vedere il posto e lo ha trovato così di suo gusto che si è subito inteso col signor Morris. Dice che ne prenderà possesso prima di San Michele e una parte dei suoi servitori ci si troverà già alla fine di quest'altra settimana.»

«E si chiama?»

«Bingley.»

«Ammogliato o scapolo?»

«Scapolo, si capisce. Un giovanotto con un bel patrimonio; quattro o cinquemila sterline all'anno. Bella casa per le nostre ragazze.»

«Come? Che c'entrano le ragazze?»

«Ma, caro mio,» replicò la moglie «quanto sei uggioso! Sappi che medito di fargliene sposare una.»

«E questa sarebbe anche l'intenzione di lui nel venire a stabilirsi qui?»

«Intenzione! Che sciocchezza! Come si fa a ragionare a codesto modo? È però probabilissimo che s'innamorerà d'una delle nostre figliuole e perciò appena arriva tu devi andare a trovarlo.»

«Non vedo un pretesto. Potresti invece andarci tu con le ragazze, o mandarle sole, che sarebbe anche meglio, poiché se ci vai anche tu, seducente non meno di loro, potresti piacere più di tutte al signor Bingley.»

«Non mi adulare, caro mio. Certo anche io avrò avuto le mie bellezze. Ma oramai non pretendo davvero a nulla di speciale. Quando una donna ha cinque figliuole da marito, ha da rinunciare a qualunque pensiero per la propria bellezza.»

«Con cinque figliuole, non succede spesso che una donna ne abbia ancora tanta da doverci pensare.»

«Sei proprio tu, mio caro, che devi andare a trova re il signor Bingley, quando si sarà stabilito da que ste parti.»

«È un po' più di quello che posso promettere.»

«Ma pensa un po' alle tue figliuole, a quello che vuol dire un buon partito. Sir William e Lady Lucas sono ben decisi ad andare a trovarlo unicamente per questo scopo, perché, come sai, loro non vanno di solito a far visita ai nuovi arrivati. Sei proprio tu che devi andarci. Noi non possiamo assolutamente fargli visita se non gliel'hai fatta tu prima.»

«Ne hai di scrupoli! Io direi che il signor Bingley sarà felicissimo di vederti: gli farò avere, per mezzo tuo, alcune righe che lo assicurino del mio sincero consenso al suo matrimonio con una delle ragazze, a sua scelta: soltanto bisognerà che vi metta una buona parola per Lizzy.»

«Mi auguro che tu non lo faccia. Lizzy non ha nulla di meglio delle altre; certo non ha nemmeno la metà della bellezza di Jane, né del brio di Lydia. Però tu le dai sempre la preferenza.»

«Nessuna di loro tre ha nulla di speciale» rispose Bennet. «Sono tutte e tre sciocchine e ignoranti come tutte le ragazze; è solo che Lizzy è un po' più sveglia delle sorelle.»

«Come puoi trattare a codesto modo le tue figliuole? Ti diverti a torturarmi! Non hai proprio pietà dei miei poveri nervi...»

«Ti sbagli della grossa, cara. Ho il massimo rispetto per i tuoi nervi. Sono mie vecchie e care conoscenze. Sono per lo meno vent'anni che te li sento nominare.»

«Ah! tu non hai idea di quello che soffro!»

«Spero sinceramente che riuscirai a vincere codesta sofferenza e che vivrai tanto da vedere arrivare nelle vicinanze parecchi giovanotti con quattromila sterline di rendita l'uno.»

«Non servirebbe nemmeno se ne venissero cento dal momento che tu non vuoi andare a fargli visita.»

«Ma figurati, anche se saranno cento io andrò a far visita a tutti.»

Il signor Bennet era un così buffo miscuglio di vivacità, di sarcasmo, di riservato e di capriccioso, che ventitré anni di pratica non erano bastati a farne capire il carattere a sua moglie. Il carattere di lei era molto meno difficile. Era una donna di intelligenza modesta, di scarsa istruzione e di carattere incerto. Quando era scontenta si metteva in testa d'essere nervosa. Lo scopo della sua vita era trovar marito alle sue figliuole; il suo svago le visite e il raccattar chiacchiere.

II

Il signor Bennet fu dei primi che andarono a trovare il signor Bingley. Aveva avuto sempre l'intenzione di andarci, benché con sua moglie sostenesse fino all'ultimo che non ci sarebbe andato mai; e fino alla sera successiva alla visita essa non ne seppe nulla. La cosa fu rivelata a questo modo: osservando che la sua secondogenita era intenta ad aggiustarsi un cappellino, le rivolse a un tratto queste parole:

«Spero, Lizzy, che piacerà al signor Bingley.»

«Non siamo certo sulla via di sapere quello che può piacere al signor Bingley» saltò su a dire la madre, risentita «dal momento che non gli faremo visita.»

«Si dimentica, mamma» disse Elizabeth «che lo incontreremo in qualche ritrovo e che la signora Long ha promesso di presentarcelo.»

«Non credo che la signora Long ce lo presenterà. Ha due nipoti di suo. È una egoista e ipocrita, e non la stimo punto.»

«Nemmeno io» disse il signor Bennet «e sono felice che non abbia a esser lei a rendervi questo servizio.»

La signora Bennet non si degnò di rispondere; ma, incapace di contenersi, incominciò a sgridare una delle ragazze.

«Non tossire a codesto modo, Kitty, per l'amor del cielo! Abbi un po' di compassione per i miei nervi. Me li sconquassi.»

«Kitty manca di discrezione nel tossire,» disse il padre «non tossisce a tempo.»

«Non tossisco mica per divertimento» fece Kitty, stizzita.

«Quando è il tuo prossimo ballo, Lizzy?»

«Domani a quindici.»

«Già» esclamò la madre «e la signora Long non torna che il giorno prima; così, non conoscendolo neanche lei, le sarà impossibile presentarcelo.»

«Allora potrai aver tu il sopravvento sulla vostra amica e presentare tu a lei il signor Bingley.»

«Ma come vuoi, Bennet, che sia possibile, se io stessa non lo conosco ancora? Perché tormentarmi a codesto modo?»

«Mi inchino alla tua prudenza; una conoscenza di quindici giorni è certo un po' cortina. Non si può sapere quello che è veramente una persona dopo appena due settimane; ma se non ci arrischieremo noi, qualcun altro oserà: dopo tutto, la signora Long e le sue nipoti hanno il diritto di tentare la fortuna, e perciò essa lo considererà un atto di cortesia; se tu ti rifiuti, me ne incaricherò io.»

Le ragazze guardarono il babbo con tanto d'occhi. La signora Bennet disse soltanto: «Sciocchezze!».

«Che cosa vorrebbe dire codesta esclamazione?» replicò il signor Bennet. «Diresti, dunque, che una presentazione e l'importanza che le si dà sia una sciocchezza? In questo non riesco a trovarmi completamente d'accordo con te. Che ne dici tu, Mary, tu che sei, lo sappiamo, una signorina saputa, che legge dei grossi volumi e ne fa dei sunti?»

Mary avrebbe voluto dire qualcosa di molto profondo, ma non sapeva che cosa.

«Mentre Mary sta ordinando le sue idee» continuò Bennet «ritorniamo al signor Bingley.»

«Sono stufa del signor Bingley!» strillò la moglie.

«Mi dispiace che tu lo dica. Perché non me l'hai detto prima? Se lo avessi saputo stamattina, non sarei andato davvero a trovarlo. È proprio un contrattempo; ma siccome questa visita è avvenuta, adesso non possiamo più evitare una conoscenza ch'è ormai fatta.»

Lo stupore della signora e delle signorine fu proprio quello ch'egli s'era proposto di provocare; quello della signora Bennet forse lo superò, quantunque, trascorso il primo tumulto di gioia, essa dichiarasse che se l'era sempre immaginato.

«Come sei bravo, mio caro! Lo sapevo che alla fine ti avrei persuaso. So che vuoi troppo bene alle tue figliuole per trascurare una simile conoscenza. Sono proprio contenta. E che bella burletta la tua d'esserci stato stamani e di non averne fatto parola sinora!»

«Adesso, Kitty, puoi tossire quanto vuoi» disse il signor Bennet, e nel dirlo uscì dalla stanza, seccato dalle manifestazioni d'entusiasmo della moglie.

«Gran padre che avete, ragazze mie» disse la signora quando la porta fu chiusa. «Non so come potrete mai compensarlo di tanta amorevolezza, lui e un pochino anche me. Alla nostra età non si ha più piacere di fare ogni dì nuove conoscenze, ma per amor vostro si farebbe qualsiasi cosa. Lydia, amor mio, anche se tu sei la minore, io direi che al prossimo ballo il signor Bingley ballerà con te.»

«Oh!» disse Lydia con fierezza «non ho mica paura! Se sono la più giovane, sono anche la più alta.»

Il resto della serata trascorse in calcoli su quando il signor Bingley avrebbe restituito la visita al signor Bennet e quando lo si avesse a invitare a pranzo.

III

Tutto quello che la signora Bennet, aiutata dalle sue cinque figliuole, poté chiedere sull'importante argomento non bastò a ricavare da suo marito quanto ci voleva per farsi un'idea del signor Bingley.

Lo assalirono in vari modi: con domande dirette, con supposizioni sottili, con aggiramenti alla lontana; egli li schivò tutti e le donne dovettero alla fine contentarsi delle notizie di seconda mano della loro vicina, Lady Lucas. I ragguagli di questa furono quanto mai favorevoli. Sir William n'era rimasto rapito. Bingley era giovane, bello assai, quanto mai simpatico e, per colmo di felicità, sarebbe venuto alla prossima festa con una numerosa comitiva. Delizia delle delizie! Il suo fanatismo per il ballo era un avviamento sicuro all'innamorarsi e vivaci speranze furono coltivate sul cuore del signor Bingley.

«Se potessi vedere una delle mie figlie felicemente accasata a Netherfield» sospirò la signora Bennet al marito «e tutte le altre egualmente ben maritate, non mi resterebbe più nulla da desiderare a questo mondo.»

Dopo qualche giorno, il signor Bingley restituì la visita al signor Bennet e stette circa dieci minuti con lui nella biblioteca, con la speranza d'essere ammesso alla vista delle signorine, della cui avvenenza aveva sentito molto parlare, ma non vide che il padre. Le signorine furono in un certo qual modo più fortunate, poiché da una delle finestre alte poterono accertarsi ch'egli indossava un abito blu e che cavalcava un cavallo nero.

Di lì a poco fu mandato un invito a pranzo e di già la signora Bennet stava ideando le portate che dovevano dar credito al buon governo di casa sua, quando arrivò una risposta che rimandava ogni cosa.

Il signor Bingley doveva essere il giorno dopo a Londra e quindi era nella impossibilità di accettare l'onore del loro invito, ecc. ecc. La signora Bennet ne fu sconcertatissima. Non arrivava a immaginare quale affare potesse chiamarlo in città così subito dopo il suo arrivo nell'Hertfordshire; e incominciò a temere ch'egli avesse sempre a svolazzare da un luogo all'altro senza mai fissarsi a Netherfield, come sarebbe stato suo dovere. Lady Lucas calmò alquanto le sue apprensioni buttando l'idea che fosse andato a Londra soltanto per prendervi una numerosa comitiva da condurre al ballo; e tosto si precisò la notizia che il signor Bingley avrebbe condotto con sé alla festa dodici signore e sette signori.

Le ragazze si rattristarono per un così gran numero di dame, ma ne furono consolate la vigilia della festa, apprendendo che ne aveva condotte da Londra soltanto sei e non più dodici, le sue cinque sorelle e una cugina. Quando poi la comitiva fece il suo ingresso nella sala da ballo, consisteva in tutto di solo cinque persone: il signor Bingley, le sue due sorelle, il marito della maggiore e un altro giovane signore.

Il signor Bingley era di bella presenza aristocratica; aveva un contegno garbato, maniere disinvolte e senza affettazione. Le sue sorelle erano due persone piacenti, elegantissime, all'ultima moda. Il cognato, il signor Hurst, era un distinto signore, ma il suo amico, il signor Darcy, attrasse di colpo l'attenzione di tutta la sala per il suo personale alto e slanciato, i bei lineamenti, il nobile portamento e per la sua rendita di diecimila sterline all'anno, informazione che cinque minuti dopo il suo ingresso era già diffusa tra tutti. I cavalieri lo definirono una compita figura d'uomo, le dame lo dichiararono molto più avvenente del signor Bingley, e tutti attesero a guardarlo, per metà serata, con grande ammirazione. Ma poi il suo contegno produsse un effetto così ingrato da rovesciare tutta la corrente della sua popolarità, poiché si diede a conoscere come una persona superba che si teneva al di sopra della compagnia e del divertimento e tutto il suo gran possesso nel Derbyshire non riuscì a salvarlo dal rimprovero di tenere un contegno che era quanto ci poteva essere di più antipatico e spiacente, indegno di essere neppure messo a confronto con quello del suo amico Bingley.

Questi aveva fatto subito conoscenza con le persone più in vista della sala: era vivace e franco; danzò tutte le danze, si mise in collera che il ballo finisse così presto e parlò di darne uno lui a Netherfield. Qualità così amabili si raccomandano da sé! Che contrasto fra lui e il suo amico! Il signor Darcy danzò solo una volta con la signora Hurst e un'altra con la signorina Bingley; si rifiutò di essere presentato a tutte le altre signore e passò il resto della serata a passeggiare per la stanza, scambiando di quando in quando qualche parola con qualcuno della sua comitiva. Fu giudicato definitivamente. Era l'uomo più orgoglioso e antipatico del mondo e ognuno sperò che non avesse a ripresentarsi mai più. Fra i più inferociti era la signora Bennet, nella quale la disapprovazione per il contegno di lui in genere era esacerbata dal risentimento particolare per avere egli trattato dall'alto in basso una delle sue figlie.

Per la scarsità dei cavalieri, Elizabeth Bennet era dovuta rimanere seduta due giri e durante questo tempo il signor Darcy era rimasto in piedi vicino a lei, tanto da farle sentire, senza esser notata, una conversazione tra lui e il signor Bingley che aveva un momento smesso di ballare per sollecitare l'amico a unirsi a lui.

«Venite, Darcy,» gli aveva detto «voglio che balliate. Mi dà noia vedervi lì solo impalato. Fareste molto meglio a ballare.»

«No, proprio. Sapete quanto detesto la danza, a meno di non essere in familiarità con la mia dama. In un ritrovo come questo la troverei insopportabile. Le vostre sorelle sono impegnate e non vi è in tutta la sala altra dama con la quale non mi parrebbe un castigo starci insieme.»

«Per tutto l'oro del mondo, non vorrei esser schizzinoso come voi» esclamò Bingley. «Parola d'onore, non ho incontrato in vita mia tante ragazze simpatiche e ve ne sono parecchie, guardate, straordinariamente carine.»

«Siete voi che state ballando con l'unica bella ragazza della sala» disse il signor Darcy ammiccando alla maggiore delle signorine Bennet.

«Ih! quella è la più bella creatura che abbia mai incontrato! Ma proprio dietro a voi sta seduta una delle sue sorelle, che è molto graziosa e, direi, molto simpatica. Permettetemi di chiedere alla mia dama di presentarvi.»

«Quale intendete?» e voltandosi fissò un momento Elizabeth tanto da afferrarne lo sguardo, quindi ritrasse il suo e disse freddamente: «È passabile, ma non così bella da sedurre me, né per il momento mi sento disposto a prendere in considerazione delle signorine lasciate in disparte dagli altri cavalieri. Fareste meglio a ritornare alla vostra dama e goderne i sorrisi, perché con me sprecate il vostro tempo.»

Il signor Bingley seguì il consiglio. Il signor Darcy passò oltre ed Elizabeth rimase con dei sentimenti per nulla cordiali a suo riguardo. Pur nonostante raccontò il fatto con molto spirito alle sue amiche, perché aveva un naturale vivace e giocoso che si dilettava di tutto ciò che poteva far ridere.

La serata, tutto sommato, passò nel modo più piacevole per l'intera famiglia. La signora Bennet aveva veduto la sua maggiore molto ammirata dalla comitiva di Netherfield. Il signor Bingley aveva danzato con lei due volte e le sorelle di lui lo avevano notato. Jane ne era compiaciuta quanto lo poteva essere sua madre, ma più tranquillamente. Elizabeth condivideva tutto il piacere che provava Jane. Mary si era sentita menzionare dalla signorina Bingley come la più compita donzella del luogo; e Catherine e Lydia erano state così fortunate da non rimanere mai senza cavalieri, che era tutto quello che avevano sino allora imparato a tenere in conto a un ballo. Tornarono perciò in ottimo umore a Longbourn, il villaggio dove vivevano e del quale erano i più cospicui abitanti. Trovarono il signor Bennet ancora alzato. In compagnia di un libro egli non si accorgeva del tempo, e in questo caso vi si aggiungeva molta curiosità per l'esito di una serata che aveva suscitato così splendide aspettative. Egli veramente aveva accarezzato la speranza che tutte le mire di sua moglie sul forestiero rimanessero deluse; ma si avvide presto di dovere ascoltare una storia ben diversa.

«Oh! mio caro Bennet,» esclamò la signora appena entrata nella stanza «una serata incantevole, un ballo meraviglioso! Avrei voluto che ci fossi stato anche tu. Jane è stata ammirata che più non avrebbe potuto esserlo. Tutti dicevano come stava bene e il signor Bingley l'ha trovata proprio bella e ci ha ballato due volte! Ed è stata l'unica della sala ch'egli abbia invitata una seconda volta. Per prima, aveva invitato la signorina Lucas. Mi dava proprio noia vederlo stare con lei. Ma non ci mostrava nessuna ammirazione; già, chi potrebbe avercela! Parve invece molto colpito da Jane, quando essa ebbe finito un giro. S'informò chi era, si fece presentare e la invitò per le due danze seguenti. Poi ballò le due terze con la signorina King e le due quarte con Maria Lucas e le due quinte nuovamente con Jane, e le due seste con Lizzy e il *boulanger*...»

«Se avesse avuto un briciolo di compassione per me,» esclamò suo marito impazientito «non ne avrebbe ballate nemmeno la metà. Per amor di Dio, non mi raccontare altro delle sue dame. Gli fosse venuta una storta al primo giro.»

«Caro mio,» continuò imperterrita la signora Bennet «sono proprio incantata di lui. È bello, bello, e le sue sorelle sono così affascinanti! Non ho mai visto in vita mia vestiti più eleganti. E direi che il merletto sul vestito della signora Hurst...»

Ma qui venne nuovamente interrotta. Il signor Bennet si ribellava a qualunque descrizione di bellurie. La signora fu perciò costretta a passare a un'altra parte dell'argomento e, non senza amarezza e con qualche esagerazione, dipinse la urtante scontrosità del signor Darcy.

«Ti assicuro» soggiunse «che Lizzy non ha perduto nulla a non essere di suo gusto, poiché quello è un uomo antipaticissimo e rusticissimo, indegno di piacere. Superbo e così pieno di sé che nessuno ci resisteva. Andava su e giù immaginandosi d'essere chi sa chi. Ah! Non era abbastanza bella da ballarci insieme? Avrei voluto che ci fossi stato tu, mio caro, per metterlo a posto con qualcuna delle tue paroline. Io detesto quell'uomo.»

IV

Quando Jane ed Elizabeth furono sole, la prima, che in precedenza era stata così parca nel fare le lodi del signor Bingley, disse alla sorella quanto lo ammirava.

«È proprio» disse «quello che dovrebbe essere un giovane: di senno e sempre di buonumore. Non ne ho mai veduto uno più compìto: tanta disinvoltura unita a una così squisita educazione.»

«Ed è anche bello» rispose Elizabeth «come dovrebbe essere ogni giovanotto, se ci pensasse. Davvero ha tutte le qualità.»

«Sono stata molto lusingata che mi abbia fatto ballare una seconda volta. Non mi attendevo un'attenzione simile.»

«Non te la attendevi tu? Ma io, per te, sì. Questo è un gran divario fra noi due. Le attenzioni a te fanno sempre sorpresa; a me mai. Niente di più naturale del suo secondo invito. Non poteva non accorgersi che tu eri il doppio più bella di tutte le altre nella sala. Non c'è da ringraziarlo della sua galanteria. Però, veramente, è molto simpatico e ti do il permesso che ti piaccia. Te ne sono piaciuti di molto più insulsi.»

«Cara Lizzy!»

«Oh! sai! Tu sei troppo portata a trovare del buono in tutti. Non scorgi mai un difetto in nessuno. Ai tuoi occhi tutto l'universo è buono e caro. Non ti ho mai sentito dir male di un essere al mondo.»

«Non vorrei esser corriva nel criticare; ma pure dico sempre quello che penso.»

«Lo so; e questo è il prodigio. L'essere, con tutto il tuo buon senso, così candidamente cieca alla mancanza di senso comune negli altri. L'affettazione del candore è cosa assai comune e si riscontra ovunque, ma esser candidi senza ostentazione e senza partito preso, prendere il buono del carattere d'ognuno e renderlo ancora migliore sorvolando sui lati cattivi è una specialità tutta tua. E così ti piacciono anche le sorelle di questo signore, nevvero? Eppure le loro maniere non valgono quelle di lui.»

«A prima vista, no certo. Ma sono molto carine, quando ci si parla. La signorina Bingley verrà a stare col fratello e dirigerà la casa; o mi sbaglio, o in lei noi avremo una vicina deliziosa.»

Elizabeth ascoltava in silenzio, ma non bene convinta. Il modo con cui quelle signorine si erano comportate alla festa non era il più adatto a garbare a tutti; e lei, con uno spirito di osservazione più pronto e un carattere meno arrendevole della sorella e per di più con una lucidità di giudizio non appannata da nessuna particolare attenzione rivolta a lei, era assai poco disposta ad approvarle.

Quelle signorine erano indiscutibilmente graziose; non mancavano di gaiezza quando erano contente e sapevano esser carine quando volevano; ma erano piene di sé e superbe. Erano piuttosto belle; erano state educate alla capitale in uno dei migliori collegi; possedevano un patrimonio di ventimila sterline, erano abituate a spendere più di quello che avrebbero dovuto e a mescolarsi con la gente di alto bordo. Si sentivano perciò in diritto di avere in tutto un alto concetto di sé e mediocre degli altri. Appartenevano a una ragguardevole famiglia dell'Inghilterra del Nord, circostanza che nella loro testa rimaneva più profondamente impressa di quest'altra: che il patrimonio del loro fratello e il loro era stato messo insieme con il commercio.

Il signor Bingley aveva ereditato un patrimonio di circa centomila sterline da suo padre, che aveva avuto l'intenzione di comperare una tenuta ma che non era vissuto abbastanza per attuarla. Il signor Bingley aveva avuto la stessa idea e ogni tanto faceva la scelta della contea nella quale stabilirsi, ma dato che adesso era provveduto di una buona casa e della comodità d'una enfiteusi, molti di quelli che conoscevano meglio il suo carattere potevano anche immaginare ch'egli avrebbe trascorso il restante dei suoi giorni a Netherfield, rimettendo l'acquisto definitivo della tenuta a un'altra generazione.

Le sorelle avrebbero avuto gran voglia ch'egli possedesse una terra sua propria ma, sebbene egli si fosse stabilito solo come affittuario, né la signorina

Bingley aveva difficoltà a fargli da padrona di casa né la signora Hurst, che aveva sposato un signore più di mondo che di sostanza, era meno disposta a considerare la casa del fratello come propria, quando le conveniva. Il signor Bingley era uscito dalla mi nore età appena da due anni, quando, per una raccomandazione fortuita, fu tentato d'andare a vedere casa Netherfield. La guardò una mezz'ora, di fuori e di dentro; gli piacquero la posizione e le stanze principali; rimase convinto delle lodi del proprietario e la prese senza indugio.

Un saldissima amicizia lo legava a Darcy, nonostante la grande diversità dei loro caratteri. Bingley s'era cattivato l'affetto di Darcy con una indole facile, aperta e malleabile, che pure era completamente in contrasto con quella di Darcy, della quale, d'altra parte, questi non sembrava scontento affatto. Nella solidità dei suoi sentimenti aveva la più grande fiducia e del suo giudizio la massima stima. Come intelligenza, Darcy gli era superiore. Non che Bingley ne fosse scarso ma Darcy aveva più ingegno. Nello stesso tempo però era altero, sostenuto e sprezzante, e i suoi modi, benché fossero correttissimi, non riuscivano attraenti. Sotto questo rapporto il suo amico aveva un grande vantaggio. Bingley era sicuro di farsi benvolere ovunque comparisse; Darcy invece non faceva che urtare.

Il modo con cui parlarono della festa di Meryton li caratterizzava abbastanza. A sentire Bingley, non aveva mai incontrato in vita sua persone più piacevoli e ragazze più carine: tutti erano stati gentilissimi e premurosissimi con lui; non vi erano state né formalità né sussieghi e si era presto sentito affiatato con tutta la compagnia della sala. Quanto alla signorina Bennet, non avrebbe saputo immaginare un angelo più angelo. Darcy, invece, non aveva veduto che una raccolta di persone tra le quali poco c'era di bello e meno di distinto; nessuno che gli avesse ispirato il più piccolo interesse; da nessuno aveva ricevuto cortesia né piacere. Che la signorina Bennet fosse graziosa, lo ammetteva, ma trovava che rideva troppo.

La signora Hurst e sua sorella erano d'accordo su quest'ultimo punto, tuttavia la ammiravano e la trovavano piacente. Dichiararono ch'era una soave fanciulla e che non si sarebbero opposte a conoscerla meglio.

La signorina Bennet ebbe perciò la qualifica di soave fanciulla e di fronte a questa lode il fratello delle signorine Bingley si sentì autorizzato a pensare di lei quello che più gli piaceva.

V

A breve distanza da Longbourn viveva una famiglia con la quale i Bennet erano molto legati. Sir William Lucas aveva esercitato in passato il commercio a Meryton, ove aveva fatto una discreta fortuna; era salito all'onore del cavalierato in grazia d'un discorso rivolto al Sovrano all'epoca ch'era stato sindaco. Forse questa distinzione lo aveva toccato un po' troppo a fondo e gli aveva ispirato avversione agli affari e al soggiorno in una cittadina di mercato. Perciò, lasciati gli uni e l'altra, si era trasferito con la famiglia a un miglio da Meryton, in una casa che da quel giorno si chiamò casa Lucas: qui aveva agio di riflettere, compiacendosene, sulla propria importanza e, senza il legame degli affari, dedicarsi a esercitare tutti i suoi doveri sociali. Poiché, sebbene innalzato dal suo primo stato, questo non lo aveva reso orgoglioso, anzi pieno di premure per tutti. Incapace di far male, benevolo e affabile per natura, la sua presentazione a Corte gli aveva dato del cortigianesco. Lady Lucas era una buona pasta di donna, non troppo intelligente, una vicina quale ci voleva per la signora Bennet. I Lucas avevano parecchi figli. La maggiore, una ragazza intelligente e assennata, di circa ventisette anni, era l'amica intima di Elizabeth.

Che le signorine Lucas e le signorine Bennet si ritrovassero a discorrere del ballo era cosa assolutamente necessaria, e il mattino seguente trovò le prime a Longbourn a dare e a ricevere impressioni sul grande argomento.

«Avete incominciato molto bene la serata, Charlotte» disse la signora Bennet con affabilità, senza abbandono. «Voi siete stata la prima scelta dal signor Bingley.»

«Sì, ma pare che la seconda gli piacesse di più.»

«Vorreste dire di Jane? Per via che con lei ha ballato due volte? Di certo poteva parere che provasse dell'ammirazione, e voglio anzi credere che ce l'avesse. Ho sentito buccinare qualche cosa... non saprei però dire con precisione... a proposito del signor Robinson.»

«Volete forse alludere a un certo discorso che ho afferrato per caso fra lui e il signor Robinson? Non ve ne ho fatto parola io stessa? Che il signor Robinson gli ha chiesto se gli piacevano le nostre riunioni di Meryton e se non trovava che vi fossero molte belle si gnore e quale gli pareva la più bella, e che lui rispose subito all'ultima domanda: "Oh, di certo la maggiore delle signorine Bennet: non c'è da discuterne".»

«Parola d'onore! Era proprio lampante. Sembrereb be come se... ma tutto può anche finire nel nulla, sai!»

«In ogni modo, la conversazione che ho afferrato al volo io era più a proposito di quella che hai colto tu, Eliza» disse Charlotte. «Il signor Darcy non merita davvero d'essere ascoltato come il suo amico, non è vero? Povera Eliza! appena passabile!»

«Vi prego di non mettere in testa a Lizzy di aversene a male, poiché costui è un uomo così antipatico che incontrare il suo gusto sarebbe una disgrazia. La signora Long mi ha raccontato ieri sera che le è ri masto seduto mezz'ora accanto senza aprir bocca.»

«Ne è proprio sicura, signora, che non ci sia un po' d'esagerazione?» chiese Jane. «Io posso dire d'aver visto Darcy che le diceva qualche cosa.»

«Si capisce, perché da ultimo lei gli domandò se Netherfield gli piaceva, e allora lui non poté fare a meno di risponderle; ma lei mi ha detto che pareva molto seccato che gli fosse rivolta la parola.»

«La signorina Bingley ha detto» interloquì Jane «ch'egli non parla mai, a meno che non si trovi fra i suoi intimi amici. Con questi è anzi assai garbato.»

«Non credo una parola di tutto questo, mia cara. Se fosse veramente garbato, avrebbe discorso con la signora Long. Ma forse ne indovino la ragione. Dicono ch'è divorato dall'orgoglio, e chi sa che non abbia saputo che la signora Long non possiede una carrozza di suo e che è venuta al ballo in una da nolo.»

«Non importa affatto che non abbia parlato con la signora Long,» disse la signorina Lucas «ma avrei voluto che ballasse con Eliza.»

«Un'altra volta, Lizzy,» disse sua madre «se fossi in te, non ci ballerei.»

«Credo di poterglielo promettere.»

«Però codesta sua alterigia» osservò la signorina Lucas «non la trovo offensiva quanto in altri casi, perché ha le sue attenuanti. Non c'è da stupirsi se un giovane così distinto, con famiglia, sostanze e ogni cosa a suo vantaggio abbia un'opinione così alta di sé. Se mi si permette di esprimerlo, direi ch'egli ha un certo diritto d'essere orgoglioso.»

«Verissimo» rispose Elizabeth «e gli perdonerei anche il suo amor proprio, se non avesse mortificato il mio.»

«L'orgoglio» osservò Mary che si piccava di sentenziosità «credo che sia un difetto molto comune. Per tutto quello che ho letto, sono convinta che sia comunissimo; la natura umana vi è in special modo inclinata e ben pochi sono coloro che non coltivano teneramente un certo senso di compiacenza per questa o per quella delle loro doti, reale o immaginaria che sia. Vanità e orgoglio son cose molto diverse, benché le due parole vengano spesso confuse. Si può esser orgogliosi senza essere vanitosi. L'orgoglio si riferisce piuttosto all'opinione che abbiamo di noi stessi; la vanità a quella che si vorrebbe che gli altri avessero di noi.»

«Se fossi ricco quanto il signor Darcy» esclamò uno dei ragazzi Lucas, comparso con le sue sorelle «non farei questione di amor proprio. Vorrei tenere una muta di cani da volpe e bermi ogni giorno una bottiglia di vino.»

«Berresti molto più di quello che si deve» disse la signora Bennet «e se ti ci pigliassi io, ti porterei via subito la bottiglia.»

Il ragazzo protestò ch'essa non gliela avrebbe portata via, ma lei seguitò a dire di sì e la discussione non finì che con la fine della visita.

VI

Ora toccava alle signore di Longbourn aspettare presto quelle di Netherfield. La visita fu restituita nelle debite forme. Il garbo della signorina Bennet accrebbe la benevolenza della signora Hurst e della signorina Bingley e, sebbene la madre fosse giudicata insopportabile e le sorelle minori nemmeno degne d'esser considerate, il desiderio di una conoscenza più intima fu manifestato verso le due maggiori. Jane accolse questa attenzione col più vivo piacere, ma Elizabeth continuò a vedere nei loro modi di fare un grande sussiego verso tutti, esclusa sì e no sua sorella, e non riuscì a prenderle in simpatia: nonostante che la loro cortesia verso Jane, comunque fosse, avesse un valore in quanto probabilmente era un riflesso dell'ammirazione del fratello. Era chiaro che ogni volta che si incontravano, lui ammirava lei e a essa riusciva egualmente chiaro che Jane si lasciava andare alla predilezione che aveva sentita per lui sino dal principio e che stava proprio per innamorarsi. Pure, Elizabeth rifletté con soddisfazione che la gente non se ne sarebbe accorta perché Jane univa a una grande forza di sentimento una eguaglianza di umore e un'inalterabile serenità che la salvavano dai sospetti degli estranei. Ne fece parola alla sua amica, la signorina Lucas.

«In questo caso può esserci della soddisfazione» rispose Charlotte «a tenere all'oscuro la gente, ma a volte anche ci si scapita. Se una donna mette la stessa arte a nascondere il suo sentimento anche a chi lo ha ispirato, può perdere l'occasione di conquistarselo, e ben magra consolazione sarebbe allora il sapere che il mondo è del pari all'oscuro. In quasi ogni affetto c'è tanta parte di gratitudine, o magari di vanità, che non c'è da fidarsi a lasciarlo in balìa di se stesso. Si può incominciare da una parte sola; una preferenza, sia pure leggera, è più che naturale; ma sono ben pochi coloro che hanno abbastanza cuore da innamorarsi veramente senza alcun incoraggiamento. Nove volte su dieci una donna guadagnerebbe a mostrare un po' più di simpatia di quella che prova in realtà. A Bingley tua sorella piace: è indiscutibile, ma resterà allo stesso punto se lei non lo aiuta.»

«Ma lei lo aiuta quanto il suo carattere glielo permette. Se riesco io a vedere l'inclinazione di lei, dovrebbe essere un gran semplicione lui a non avvedersene.»

«Ricordati, Eliza, che lui non conosce le disposizioni di Jane come le conosci tu.»

«Ma se una donna mostra una certa parzialità per un uomo e non fa uno sforzo speciale per nasconderla, bisogna bene che anche lui se ne accorga.»

«Se ne accorgerà, forse, se avrà occasione di vederla di frequente: ma anche se Bingley e Jane si incontrano abbastanza spesso, non è mai per molte ore; e siccome si vedono sempre in compagnie numerose e mescolate, è impossibile che stiano tutti i momenti a parlarsi tra di loro. Perciò Jane dovrebbe fare tutto quello che può in quella mezz'ora in cui riesce ad avere la sua attenzione. Quando sarà sicura di lui, avrà tutto il tempo che vorrà per farlo innamorare di lei.»

«È un magnifico progetto il tuo» rispose Elizabeth «se non si tratta che di fare un buon matrimonio; e se mi decidessi a prender marito, ricco o no, credo che lo adotterei. Ma questo non è il sentimento di Jane: lei non agisce per calcolo, non può conoscere la misura del suo stesso sentimento, né se sia ragionevole. Conosce lui da un paio di settimane appena. Ci ha ballato quattro volte a Meryton; lo ha veduto una mattina a casa sua e da allora ci ha pranzato insieme quattro volte. Non basta perché ne abbia capito il carattere.»

«Come presenti tu le cose, no certo. Se lei avesse semplicemente pranzato con lui, avrebbe potuto scoprire soltanto se egli ha un buon appetito; dovresti però ricordare che hanno passato insieme anche quattro serate, e quattro serate sono qualche cosa.»

«Certo: queste quattro serate li hanno messi in grado di accertarsi che preferiscono entrambi il Ventuno al Mercante in fiera; quanto al fondo dei loro caratteri, non vedo come possano aver fatto grandi scoperte.»

«Ebbene» disse Charlotte «di tutto cuore desidero

che Jane riesca e se lo sposi domani, ma, secondo me, avrebbe la stessa probabilità d'essere felice come se ne avesse studiato il carattere per un anno di seguito. La felicità nel matrimonio è tutta questione di fortuna. Che i due si conoscano prima quanto si vuole e che si trovino quanto si vuole somiglianti è cosa che non aggiungerà nulla alla loro felicità. Continueranno a essere abbastanza diversi da avere la loro parte di dispiaceri: è meglio conoscere meno che sia possibile i difetti della persona con cui si ha da passare la vita.»

«Mi fai ridere, Charlotte; ma hai torto, e lo sai. Tu stessa non agiresti mai a codesto modo.»

Occupata a osservare le cortesie del signor Bingley verso sua sorella, Elizabeth era ben lungi dal sospettare d'essere diventata lei stessa oggetto di qualche interesse per l'amico di lui. Da prima il signor Darcy aveva ammesso sì e no ch'essa era graziosa; al ballo l'aveva guardata senza ammirazione e negl'incontri successivi aveva seguitato a guardarla per trovarci da ridire, soltanto. Ma non appena tra lui e i suoi amici fu ammesso che essa poteva avere qualche fattezza discreta, subito egli iniziò ad accorgersi che quel volto era straordinariamente illuminato dalla intelligenza di due bellissimi occhi neri. A questa scoperta ne seguirono altre egualmente mortificanti per lui. Poiché, sebbene il suo occhio critico avesse scorto nelle fattezze di lei più d'un difetto di simmetria, poi si trovò costretto a riconoscere che aveva un personale ben fatto; e nonostante la sua affermazione che le maniere di lei non erano quelle del gran mondo, egli rimase lo stesso preso da quella franca giovialità. Elizabeth ignorava tutto questo: per lei egli era sempre l'individuo che riesce antipatico dovunque e che non la aveva giudicata abbastanza bella per ballarci insieme. Darcy iniziò a sentire il desiderio di sapere di lei qualche cosa di più, e il primo passo per entrare in discorso fu quello di prender parte alle conversazioni di lei con gli altri. Fu così che attrasse l'attenzione di Elizabeth. Fu in casa di Sir William Lucas, dov'era riunita una numerosa compagnia.

«Che cosa vuole il signor Darcy» chiese Elizabeth a Charlotte «che stava a sentire tutto quello che dicevo al colonnello Forster?»

«Bisognerebbe domandarlo a lui.»

«Se ricomincia, gli farò sapere io che capisco benone che cosa vuole. Ha un modo di guardare così sarcastico che, se non principio io stessa a essere impertinente, finirò per averne paura.»

In quel momento il signor Darcy venne verso di loro, senza tuttavia aver l'aria di volerle parlare. Ma la signorina Lucas ne approfittò per prendere in parola l'amica che, messa nell'impegno, gli si rivolse senz'altro dicendo:

«Non le pare, signor Darcy, che or ora mi sono espressa proprio bene, punzecchiando il colonnello Forster per convincerlo a offrirci una festa da ballo a Meryton?»

«Lo ha fatto con grande energia. Del resto, codesto è un argomento che rende sempre energiche le signore.»

«È molto severo a nostro riguardo...»

«Intanto è il momento che punita sarà lei» interruppe la signorina Lucas; «apro il piano ed Eliza sa che cosa le tocca.»

«Per amica, sei una curiosa amica, tu! sempre con la pretesa che suoni e canti davanti a tutti e a chiunque. Se avessi l'ambizione di figurare come musicista, saresti impagabile; ma ora come ora, preferirei non dovermi produrre davanti a persone abituate certo a non ascoltare che i più grandi esecutori.»

Ma siccome la signorina Lucas insisteva, concluse: «Benissimo. Se così ha da essere, così sia». E lanciata una occhiata severa al signor Darcy: «Vi è un bel detto antico che tutti i presenti certo conoscono: "serbati il fiato per raffreddare la zuppa". Vuol dire che il mio lo serberò per riscaldare il mio canto».

La sua esecuzione fu piacevole, sebbene non straordinaria. Dopo una o due canzoni e prima che potesse rispondere alle istanze di cantare ancora, fu sostituita con entusiasmo al pianoforte dalla sorella Mary che, essendo la sola della famiglia che non avesse delle bravure naturali, aveva lavorato d'impegno a procurarsene con lo studio, e aveva sempre la smania di farne pompa.

Mary mancava di vera attitudine e di gusto: e benché, per l'ambizione di riuscire, ci si fosse applicata, aveva preso un'arietta pedante e delle maniere presuntuose che avrebbero guastato anche una perfezione assai più perfetta di quella a cui lei era arrivata. Elizabeth con la sua disinvoltura e naturalezza era stata ascoltata con molto più diletto, pur suonando la metà meno bene della sorella. Mary, dopo un lungo concerto, fu felice di riscuotere elogi riconoscenti in grazia di alcune ariette scozzesi e irlandesi, eseguite a richiesta delle sorelle minori che con alcuni dei Lucas e due o tre ufficiali si misero con ardore a ballare in fondo alla sala.

Il signor Darcy rimaneva lì vicino in una tacita indignazione per quel modo di passare la serata che escludeva ogni conversare ed era troppo immerso nei suoi pensieri per accorgersi che Sir Lucas gli era accanto, finché questi incominciò:

«Piacevole passatempo per la gioventù, non è vero, signor Darcy? Dopo tutto non vi è niente che valga il ballo. È sempre uno dei principali ornamenti delle società civili.»

«Certamente, signore; e ha pure il merito di essere in voga anche nelle società meno civili del mondo. Non c'è selvaggio che non balli.»

Sir William si contentò di sorridere.
«Il suo amico balla egregiamente» continuò dopo una pausa, vedendo Bingley che si univa al gruppo «e non dubito che anche lei sia un fedele di Tersicore.»
«Credo, signore, che mi abbia veduto a Meryton.»
«Precisamente; e il vederla era già un piacere. Va spesso ai balli di Corte?»
«Mai, signore.»
«Le pare che non sia cosa adatta al luogo?»
«È una cosa che non uso praticare in nessun luogo, quando posso schivarla.»
«Suppongo che lei abbia casa a Londra.»
Il signor Darcy fece un segno affermativo con la testa.
«Tempo fa feci io pure il pensiero di stabilirmi alla capitale, poiché amo le società scelte; ma non ero sicuro se il clima di Londra avrebbe potuto confarsi a Lady Lucas.»
Qui si fermò nella speranza di ottenere una risposta, ma il suo interlocutore non era disposto a darne e, siccome Elizabeth in quell'istante veniva alla loro volta, fu preso dall'ispirazione di fare una cosa molto galante chiamandola:
«Cara signorina Eliza, perché non balla? Signor Darcy, mi permetta di proporle questa signorina come una dama molto desiderabile: sono sicuro che non potrà rifiutarsi a ballare davanti a tanta bellezza.» E prendendo la mano di Elizabeth, voleva metterla in quella del signor Darcy, il quale, per quanto sorpreso, non era per niente riluttante ad accettarla, ma fu lei che si fece indietro di colpo e disse a Sir William Lucas, un poco alterata:
«Non ho la minima intenzione di ballare, signore. La prego di non credere che venivo da questa parte per mendicare un cavaliere.»
Il signor Darcy con la più solenne correttezza la pregò di concedergli l'onore della sua mano, ma in-

vano. Elizabeth era decisa: e neppure Sir William con tutti i suoi tentativi di persuasione riuscì a smuoverla.

«Lei balla così divinamente, signorina Eliza, che è crudele da parte sua rifiutarmi la gioia di ammirarla; e benché il signore in massima disdegni questo divertimento, sono certo che in questo caso non si rifiuterà di procurarci questo piccolo favore.»

«Il signor Darcy è la cortesia in persona» disse Elizabeth con un risolino.

«Sempre; ma in questo caso, considerando chi gliela ispira, non c'è da meravigliarsi della sua compiacenza particolare.»

Elizabeth volse uno sguardo indispettito e se ne andò. La sua resistenza non le aveva nociuto presso Darcy, e questi stava appunto pensando a lei con un certo compiacimento, quando fu accostato dalla signorina Bingley.

«Mi pare d'indovinare che cosa c'è dentro la sua *rêverie*.»

«Io invece non lo indovino.»

«Sta pensando quanto sarebbe insopportabile dover passare molte serate come questa, in mezzo a una simile società, e sono completamente del suo parere. Non mi son mai annoiata a questo punto! L'insulsaggine e per di più il frastuono, la nullità e tuttavia l'importanza che si dà tutta questa gente! Cosa darei per sentire le sue critiche!»

«Non ha colto per nulla nel segno. Il mio spirito era assorto in pensieri più piacevoli. Stavo riflettendo sul diletto che possono offrire due begli occhi nel volto di una donna leggiadra.»

La signorina Bingley gli piantò i suoi in faccia ed espresse il desiderio di sapere chi era la signora che aveva la potenza d'ispirargli tali riflessioni. Il signor Darcy rispose intrepido:

«La signorina Elizabeth Bennet.»

«La signorina Elizabeth Bennet!» ripeté la signorina Bingley. «Casco dalle nuvole. Da quando in qua ha meritato codesto favore? E, la prego, quando è che potrò farle i miei rallegramenti?»

«Ecco la domanda che mi aspettavo da lei. L'immaginazione di una donna corre sempre: dall'ammirazione passa all'amore, dall'amore al matrimonio, tutto d'un salto. Sapevo benissimo che mi avrebbe fatto le congratulazioni.»

«Si capisce. Se ha delle intenzioni serie, debbo considerare l'affare bello e concluso. Le toccherà anche una deliziosa suocera, e naturalmente essa verrà a stare sempre a Pemberley da lei.»

Egli stette ad ascoltarla con la massima indifferenza, finché a essa piacque divertirsi a quel modo e siccome la perfetta tranquillità di lui la persuase che la cosa era sicura, i suoi frizzi durarono un pezzo.

VII

Tutto l'avere del signor Bennet consisteva quasi unicamente in una rendita annua di duemila sterline, la quale per disgrazia delle sue figlie era vincolata, mancando il figlio maschio, a un diritto di trasmissione a un lontano parente: e il patrimonio della madre, benché notevole per la sua posizione sociale, non poteva che malamente supplire alla deficienza di quello paterno. Suo padre era stato avvocato a Meryton e le aveva lasciato quattromila sterline.

Aveva una sorella maritata al signor Phillips, il quale era stato assistente nello studio del padre e gli era succeduto negli affari, e un fratello stabilito a Londra in un importante ramo di commercio.

Il villaggio di Longbourn si trovava soltanto a un miglio da Meryton, distanza comodissima per le signorine ch'erano allettate ad andarci tre o quattro volte la settimana a presentare i loro omaggi alla zia e alla bottega di una modista che si trovava proprio sulla strada. Le due minori, Catherine e Lydia, erano in special modo assidue: in testa avevano anche meno pensieri delle loro sorelle e, quando non c'era nulla di meglio, una gita a Meryton era una ricreazione necessaria delle loro ore mattutine e un rifornimento di argomenti per la conversazione serale: per quanto la regione fosse scarsa di novità, esse s'ingegnavano sempre di trarne fuori qualcuna dalla zia. In quel momento si trovavano tutte e due a essere ben fornite di notizie e di beatitudine per il recente arrivo in quei paraggi di un reggimento di Milizia che sarebbe rimasto tutto l'inverno, con lo Stato Maggiore a Meryton.

Le loro visite alla signora Phillips fruttavano adesso le più interessanti notizie. Ogni giorno aggiungeva qualcosa alle loro cognizioni dei nomi e parentadi degli ufficiali. Gli alloggi di questi non rimasero a lungo un mistero, e infine cominciarono a conoscere di persona gli ufficiali stessi. Il signor Phillips fece visita a tutti e questo schiuse alle sue nipoti una fontana di felicità ignorata per l'avanti. Non sapevano più parlare che di ufficiali; e la grande ricchezza del signor Bingley, che solo a nominarla mandava in estasi la madre, non aveva più alcun valore ai loro occhi di fronte all'uniforme di un alfiere.

Una mattina, dopo avere ascoltato le loro effusioni su questo argomento, il signor Bennet osservò freddamente:

«A sentire i vostri discorsi debbo concludere che siete due sciocchine come non ce ne sono altre in tutto il paese. Ne dubitavo già, ma ora ne son convinto.»

Catherine sconcertata non rispose, ma Lydia con

tinuò con la massima indifferenza a manifestare la sua ammirazione per il capitano Carter e a esprimere la speranza di poterlo vedere nel corso della giornata, poiché la mattina seguente egli doveva recarsi a Londra.

«Sono piuttosto stupita, caro mio» disse la signora Bennet «della disinvoltura con cui giudichi sciocche le tue figlie. Se io volessi giudicare malamente i figli di qualcuno, non sarebbero mai i miei.»

«Se la mia figliolanza è un pochino grulla, spero che saprò accorgermene sempre.»

«Se fosse così, avresti ragione, ma in questo caso è proprio l'opposto.»

«Ecco l'unico punto sul quale mi faccio un vanto di non andare d'accordo con te. Avrei sempre sperato che i nostri pareri coincidessero in ogni punto ma questa volta debbo purtroppo avere una opinione contraria alla tua e trovo le nostre ragazze notevolmente grulle.»

«Caro mio, non puoi mica attenderti da esse il senno del loro padre o della loro madre. Quando avranno la nostra età, non mi perito a garantirti ch'esse non penseranno agli ufficiali più di quello che ci pensiamo noi. Ma ricordo il tempo che anche a me piacevano molto le uniformi scarlatte; in fondo al cuore mi piacciono ancora; e se un giovane, elegante colonnello con cinquemila o seimila sterline all'anno chiedesse una delle mie figlie, non gli direi di no. E bisogna dire che il colonnello Forster stava molto bene nella sua divisa, ieri sera, da Sir William.»

«Mamma» esclamò Lydia «la zia dice che il colonnello Forster e il capitano Carter non vanno più tanto dalla signorina Watson come facevano appena arrivati Ora li vede spesso che si fermano alla libreria Clarke.»

La signora Bennet fu impedita di rispondere dall'entrata dello staffiere con un biglietto per la signo rina Bennet: veniva da Netherfield e il messaggero aspettava la risposta. Gli occhi della signora Bennet brillarono di gioia; mentre la figlia lo leggeva non faceva che interromperla di domande.

«Ebbene, Jane, chi è che scrive? Di che si tratta? Cosa dice...? Bene, Jane, via, diccelo, spicciati, amore mio.»

«È della signorina Bingley» disse Jane e lesse a voce alta: «"Mia cara amica, se non ci fai la carità di venire a pranzare oggi con la Louisa e con me, correremo il pericolo di prenderci a noia per il resto della vita, perché una giornata intera in *tête-à-tête* fra due donne non finisce mai senza una disputa. Vieni prima che puoi, appena ricevuta questa mia. Mio fratello e gli altri signori pranzano dagli ufficiali. Sempre tua Caroline Bingley"».

«Con gli ufficiali!» esclamò Lydia. «Mi stupisce che la zia non ce lo abbia detto.»

«A pranzo fuori» disse il signor Bennet. «Che peccato!»

«Posso prendere la vettura?» chiese Jane.

«No, cara, è meglio che tu vada a cavallo, perché è probabile che piova e che tu debba rimanerci la notte.»

«Sarebbe una buona idea» disse Elizabeth «se fosse certo ch'essi non si offriranno a riaccompagnarla a casa.»

«Oh! i signori prenderanno la carrozza del signor Bingley per andare a Meryton: e i signori Hurst non hanno cavalli per le loro.»

«Preferirei molto andare in carrozza.»

«Ma via, cara, tuo padre non può proprio cedere i cavalli. Ne hanno bisogno in fattoria, nevvero, Bennet?»

«La fattoria ne avrebbe bisogno più spesso di quanto io riesca a darglieli.»

«Se glieli dà oggi, si rimedierà come ha pensato la mamma.»

Riuscita a estorcere da suo padre la dichiarazione

che i cavalli da tiro erano proprio impegnati, a Jane non restò che montare in sella, e sua madre la accompagnò fino alla porta con molti convinti pronostici di cattivo tempo. Le sue speranze furono appagate: Jane non doveva essere ancora molto lontana che l'acqua cominciò a venire a rovesci. Le sue sorelle erano inquiete per lei ma sua madre era raggiante. La pioggia continuò incessante tutta la sera. Jane non poteva assolutamente tornare.

«Ho avuto proprio un'idea felice!» esclamò a più riprese la signora Bennet, come se il far piovere fosse merito tutto suo.

Tuttavia sino alla mattina seguente non poté apprendere tutte le conseguenze della sua bella trovata. La prima colazione era appena terminata quando un servitore di Netherfield portò questo biglietto per Elizabeth:

> Carissima Lizzy – non mi sento punto bene stamani, e credo di poterlo attribuire all'essermi bagnata zuppa ieri. I miei cortesi amici non vogliono sentir parlare del mio ritorno a casa finché non starò meglio. Insistono anche perché mi faccia visitare dal dottor Jones; perciò non allarmatevi se sapete che è passato da me. Tolto il mal di gola e il mal di capo, non ho altro. – La tua, ecc.

«Benone, cara,» disse il signor Bennet, quando Elizabeth ebbe letto ad alta voce il biglietto «se tua figlia dovesse avere una malattia pericolosa, se dovesse morire, sarebbe una bella consolazione sapere che tutto questo è successo per dare la caccia al signor Bingley e dietro tuoi ordini.»

«Che esagerazioni! Non si muore per un raffreddore. Non le mancheranno cure. Finché starà là non c'è da inquietarsi. Se sapessi di poter avere la carrozza, andrei a trovarla.»

Elizabeth, ch'era realmente in pensiero, decise di andare dalla sorella anche senza carrozza e, siccome non era cavallerizza, prese l'unico partito che le rimaneva, quello d'andare a piedi, e annunciò che così avrebbe fatto.

«Come si può essere così stupidi» esclamò sua madre «da pensare a una cosa simile con questo fango! Sarai in uno stato da non poterti presentare, quando arriverai.»

«Sarò sempre nella condizione di vedere Jane, che è l'unica cosa che mi preme!»

«Di', Lizzy, non sarebbe per caso tutto questo un rigiro» disse il padre «perché io mi decida a mandare a prendere i cavalli?»

«Niente affatto. Non ho la minima idea di risparmiarmi una passeggiata. La distanza non esiste quando c'è una buonissima ragione; e poi, non sono che tre miglia. Sarò di ritorno per pranzo.»

«Ammiro la forza della tua abnegazione,» osservò Mary «ma ogni slancio del sentimento dovrebbe essere guidato dalla ragione. A parer mio, lo sforzo dovrebbe essere proporzionato allo scopo.»

«E noi veniamo con te sino a Meryton» dissero Catherine e Lydia. Elizabeth accettò la loro compagnia e partirono tutte e tre insieme.

«Se ci spicciamo» disse Lydia mentre camminavano «potremo forse vedere un momento il capitano Carter prima che se ne vada...»

A Meryton si separarono: le due minori andarono in casa della moglie d'uno degli ufficiali ed Elizabeth seguitò sola, a passo svelto, la sua passeggiata attraversando un campo dopo l'altro, scavalcando steccati e saltando pozzanghere, agile e impaziente, finché si trovò finalmente di fronte alla casa, con le caviglie stanche, le calze infangate e la faccia infiammata dal movimento.

Fu condotta nel tinello dove tutti, all'infuori di Jane, erano riuniti a far colazione e dove la sua apparizione produsse enorme sorpresa. Che avesse fatto a piedi tre miglia così di buon'ora, con un tempo così brutto, e così sola, era cosa che la signora Hurst e la signorina Bingley non volevano quasi credere, ed Elizabeth sentì benone che il suo gesto la diminuiva materialmente ai loro occhi. Tuttavia esse la ricevettero con perfetta civiltà, anzi nei modi del fratello vi era qualche cosa di più della semplice civiltà: v'era del lieto compiacimento e della benevolenza. Il signor Darcy disse poche cose, quasi nulla, e il signor Hurst nulla addirittura. Il primo si trovava diviso fra l'ammirazione per la freschezza risplendente che il moto aveva data alla carnagione di Elizabeth e il dubbio se questo arrivo così da lontano e sola avesse una giustificazione sufficiente. Il secondo aveva l'aria di pensare soltanto alla colazione.

Le sue prime domande sulla salute della sorella non ebbero risposta consolante. La signorina Bennet aveva dormito male e, quantunque alzata, era febbricitante e non si sentiva di lasciare la camera. Elizabeth fu contenta che la conducessero subito da lei, e Jane, che solo per timore di dare allarme o disturbo s'era trattenuta dal dire nel suo biglietto quanto desiderasse quella visita, fu proprio felice di vedere entrare la sorella. Non era però in grado di sostenere una lunga conversazione e, quando la signorina Bingley le ebbe lasciate sole, poco poté dire oltre la sua gratitudine per la grande affettuosità con cui la trattavano. Elizabeth stava a sentirla tacendo.

Quando la colazione fu terminata, vennero a raggiungerla le sorelle Bingley, ed Elizabeth, al vedere quanta affettuosa sollecitudine mostravano verso Jane, iniziò a voler loro bene anch'essa. Lo speziale venne ed, esaminata la malata, sentenziò, com'era da immaginarsi, che si era presa un potente raffreddore e che non c'era che da prenderlo in santa pace. Le ordinò di rimettersi a letto e le prescrisse dei calmanti. L'ordine fu prontamente eseguito poiché i sintomi della febbre aumentavano e i dolori alla testa si facevano più acuti. Elizabeth non lasciò un istante la camera e anche le altre signore non ne rimasero a lungo lontane. Essendo via i signori, esse non avevano nulla da fare altrove.

Quando suonarono le tre, Elizabeth capì che era l'ora di andarsene e, quantunque assai poco volentieri, ne manifestò l'intenzione. Allora la signorina Bingley le offrì la carrozza, che dopo qualche altra cortese insistenza sarebbe stata accettata, ma davan ti al dispiacere di Jane nel separarsi dalla sorella, la signorina Bingley fu costretta a cambiare l'offerta della carrozza nell'invito a restare per il momento con loro a Netherfield. Elizabeth accettò riconoscen tissima, e di corsa fu spedito un servitore a Long bourn a informare la famiglia e a portare al ritorno una provvista di vestiti.

VIII

Alle cinque le due signore andarono a vestirsi, e alle sei e mezzo Elizabeth fu chiamata a pranzo. Alle domande di cortesia che le piovvero, fra le quali ebbe il piacere di distinguere la premura speciale del signor Bingley, non poté rispondere come avrebbe voluto. Jane non stava punto meglio. A ciò le sorelle risposero ripetendo più volte quanto ne erano afflitte, che un brutto raffreddore era un'orribile cosa e come esse stesse avevano una gran paura di ammalarsi. Dopo di che non ci pensarono più, e la loro indifferenza per Jane, quando proprio non l'avevano davanti agli occhi, riportò Elizabeth alla sua prima avversione verso di loro.

Il fratello era l'unico della compagnia ch'essa riuscisse a considerare con qualche simpatia. La preoccupazione di Bingley per Jane era evidente e le sue attenzioni erano squisite, il che le impediva di sentirsi troppo quella intrusa che temeva di essere. All'infuori di lui, nessuno faceva grande attenzione a lei. La signorina Bingley era accaparrata dal signor Darcy e sua sorella poco meno. Quanto al signor Hurst, accanto al quale Elizabeth era seduta, era un uomo indolente che viveva soltanto per mangiare, bere e giocare a carte, e che, quando ebbe constatato ch'essa preferiva una pietanza casalinga a un *ragoùt*, non ebbe più nulla da dirle.

Quando il pranzo fu finito, Elizabeth risalì subito da Jane e non era ancora bene uscita dalla sala che la signorina Bingley incominciò a tagliarle i panni addosso. Fu dichiarato che le sue maniere erano insopportabili: un misto d'alterigia e d'impertinenza che non sapeva parlare e che non aveva né garbo né gusto né bellezza. La signora Hurst fu dello stesso parere e soggiunse:

«Insomma, non ha proprio nessuna qualità all'infuori di quella di essere un'ottima camminatrice. Non dimenticherò mai la sua comparsa di stamani! Aveva l'aria di una selvaggia.»

«Ben detto, Louisa. Non so come ho fatto a contenermi! Che pazzia questa sua venuta! Che ragione c'era di mettersi a scorrazzare per la campagna, perché la sorella ha un raffreddore? E con quei capelli scaruffati!»

«Già: e la sottana? Gliela hai osservata? Aveva due buone dita di fango; e il mantello fatto scendere apposta per nasconderla, ma non ci riusciva.»

«La tua descrizione, Louisa, sarà anche esattissima,» interloquì Bingley «ma con me è sprecata

Quando la signorina è entrata stamani, a me fece ottima impressione. Dell'abito infangato non mi sono neppure accorto.»

«Ma no, sono sicura che anche lei, signor Darcy, ci ha badato» replicò la signorina Bingley. «Non credo che le piacerebbe che sua sorella si mostrasse in quello stato...»

«No, di certo. Fare tre o quattro o cinque miglia e anche più a piedi diguazzando nel fango, e completamente sola! Che cosa pretendeva di fare? A me sembra che abbia voluto mostrare un pessimo genere d'indipendenza presuntuosa e un'indifferenza ultraprovinciale per qualunque decoro.»

«Ha dimostrato però anche un grande affetto per la sorella, il che è molto simpatico» osservò Bingley.

«Ho paura, signor Darcy» bisbigliò la signorina Bingley «che quest'avventura abbia un po' intaccato la sua ammirazione per quei begli occhi.»

«Anzi» rispose Darcy «il moto li aveva resi anche più fulgidi.»

Seguì una breve pausa, e la signora Hurst ricominciò:

«Ho la più grande stima per Jane Bennet. È proprio una cara ragazza e vorrei con tutto il cuore che facesse un bel matrimonio, ma con un padre e una madre a quel modo e un parentado così basso, temo proprio che non avrà fortuna.»

«Mi pare di averti sentito dire che il loro zio fa l'avvocato a Meryton?»

«Sì; ma ne hanno un altro che deve avere un negozio dalle parti di Cheapside.»

«Questo è quello che conta» soggiunse sua sorella, e tutt'e due risero di cuore.

«Se anche avessero tanti zii da empirne tutta Cheapside,» esclamò Bingley «non per questo sarebbero un briciolo meno graziose di quello che sono.»

«Bisogna però convenire che questo diminuirebbe parecchio la loro probabilità di sposarsi con persone di un certo rango» rispose Darcy.

Bingley non replicò, ma le sue sorelle lo approvarono di gran cuore e diedero sfogo, per un po' di tempo, alla loro allegria a spese dei volgari parenti della loro cara amica.

Per altro, con una ripresa di tenerezza, quando uscirono dalla sala da pranzo, tornarono nella camera di lei e vi rimasero finché non furono chiamate per il caffè. Jane stava sempre assai poco bene ed Elizabeth non volle lasciarla sino a tardi, nella serata, quando ebbe il conforto di vederla addormentata; allora le parve opportuno, se non proprio piacevole, scendere anch'essa. Entrando nel salotto trovò tutta la brigata che stava giocando a *bestia* e fu subito invitata a unirsi a loro; ma, temendo che giocassero forte, rifiutò col pretesto della sorella e disse che invece si sarebbe divertita quel po' di tempo che poteva rimanere giù con un libro. Il signor Hurst la guardò meravigliato e le chiese:

«Strano! Preferisce la lettura alle carte?»

«La signorina Eliza Bennet» affermò la signorina Bingley «disprezza le carte. È una grande lettrice e niente altro la interessa.»

«Non mi merito né questa lode né questo biasimo» replicò Elizabeth. «Non sono poi una grande lettrice e ci son molte altre cose che mi divertono.»

«Anche assistere sua sorella,» disse Bingley «e spero che il piacere sarà ancora più grande quando la vedrà del tutto ristabilita.»

Elizabeth lo ringraziò di cuore e si avviò verso una tavola sulla quale c'erano alcuni libri. Egli si profferì d'andare a prendergliene degli altri, tutti quelli che poteva fornire la sua biblioteca.

«E vorrei» soggiunse «che la mia raccolta fosse molto più vasta per il suo diletto e per l'onore mio;

ma sono un pigrone; benché non abbia moltissimi libri, ne ho sempre più di quanti ne legga.»

Elizabeth lo assicurò che le strabastavano quelli che si trovavano lì nella stanza.

«Mi stupisco» disse la signorina Bingley «che mio padre abbia lasciato una biblioteca così magra. Ma che biblioteca è quella che ha lei a Pemberley, signor Darcy?»

«Per forza dovrebbe essere buona» rispose Darcy. «È stata l'opera di molte e molte generazioni.»

«E anche lei, dopo, vi ha fatto delle grandi aggiunte; non fa che comprare libri.»

«Non so come si potrebbe ai nostri giorni trascurare una biblioteca di famiglia.»

«Trascurare! Sono sicura che lei non trascura nulla di quanto possa aumentare la bellezza di quella nobile dimora. Quando fabbricherai la tua casa, Charles, mi basterebbe che fosse metà meno bella di Pemberley.»

«Volevo consigliarti sul serio di fare un acquisto in quei dintorni e di prendere a modello Pemberley. Non vi è contea dell'Inghilterra più bella del Derbyshire.»

«Con vero entusiasmo seguirò il tuo consiglio e comprerò Pemberley stesso, se Darcy me lo venderà.»

«Io parlo sul serio, Charles.»

«Parola d'onore, Caroline, sono convinto che sia ancora meno impossibile avere Pemberley comprandolo che cercando di ricopiarlo.»

Elizabeth era così presa da quanto le stava succedendo intorno che non riusciva a badare al suo libro e, messolo da parte, s'avvicinò alla tavola da gioco fermandosi fra il signor Bingley e sua sorella maggiore a osservare la partita.

«È cresciuta molto da questa primavera la signori

na Darcy?» domandava la signorina Bingley. «Sarà già alta quanto me?»

«Credo che lo diventerà. Adesso avrà più o meno la statura della signorina Elizabeth Bennet, o forse è più alta.»

«Che voglia ho di rivederla! Non ho mai incontrato persona che mi abbia così affascinata. Che contegno, che modi! E che istruzione finita per la sua età! Al pianoforte è perfetta!»

«È una cosa che mi riempie sempre di stupore» disse Bingley «come delle signorine possano avere la pazienza di arrivare alla istruzione che tutte possiedono.»

«Tutte le signorine istruite! Cosa vorresti dire, caro Charles?»

«Sì, tutte; ne sono convinto. Tutte quante sanno dipingere, ricoprire paraventi e fare borse a rete. Non ne conosco nemmeno una che non sappia fare tutte queste belle cose. Non ho mai sentito parlare di una signorina senza che mi abbiano subito soggiunto ch'era perfettamente istruita.»

«La tua lista delle materie che formerebbero l'istruzione femminile» disse Darcy «è fin troppo esatta. La parola "istruita" si dà a molte donne che non la meritano che per saper fare una borsa a rete o ricoprire un paravento. Non posso proprio essere d'accordo nel tuo apprezzamento sulle signore in genere. In tutto il cerchio delle mie conoscenze non saprei citare più di mezza dozzina di donne che possiedano una vera istruzione.»

«Nemmeno io» confermò la signorina Bingley.

«Quindi» osservò Elizabeth «la sua idea di una donna veramente istruita deve comprendere delle bravure non comuni.»

«Proprio così.»

«Di certo» esclamò la sua zelante partigiana «non

può dirsi veramente istruita una che non sia molto al di sopra dell'usuale. Per meritarsi codesto attributo, una donna deve conoscere a fondo la musica, il canto, il disegno, il ballo e le lingue moderne; oltre a questo deve possedere un certo non so che nell'aspetto, nel modo di camminare, nel tono della voce, nel contegno, in tutta la espressione, senza di che non meriterà che a mezzo codesta lode.»

«Deve possedere tutto questo» soggiunse Darcy «e deve unirvi qualcosa di più sostanziale: una vera cultura dello spirito risultato di estese letture.»

«Se è così, non mi fa più meraviglia che lei conosca poche donne veramente istruite. Mi meraviglio anzi che ne conosca qualcheduna.»

«È così severa verso il suo sesso da dubitare che questo sia possibile?»

«Una donna simile non la ho mai incontrata. Mai ho visto riunite insieme tutte codeste abilità, gusto e cultura ed eleganza quali le descrive lei.»

La signora Hurst e la signorina Bingley protestarono entrambe contro l'ingiustizia implicita in codesto dubbio e giurarono di conoscere parecchie donne che corrispondevano a quella ideale descrizione, quando furono richiamate all'ordine dal signor Hurst che le rimproverò per la loro disattenzione a quello che stava succedendo. Terminata così ogni conversazione, Elizabeth poco dopo lasciò la stanza. La porta si era appena richiusa dietro di lei che la signorina Bingley sentenziò:

«Eliza Bennet è una di quelle giovani che cercano di ingraziarsi l'altro sesso deprimendo il proprio; e con molti uomini purtroppo vi riescono; ma secondo me, è una trovata meschina e un artificio volgare.»

«Lo ammetto» rispose Darcy, al quale l'osservazione era principalmente diretta; «vi è della bassezza in qualunque specie di artificio che le signore usano per catturarci. Tutto ciò che rassomiglia all'astuzia è spregevole.»

La risposta non soddisfece però tanto la signorina Bingley da incoraggiarla a continuare su codesto argomento.

Elizabeth li raggiunse nuovamente ma soltanto per comunicare loro che sua sorella stava peggio e che non poteva lasciarla. Bingley insisteva che si mandasse a chiamare subito il signor Jones, mentre le sue sorelle, convinte che i consigli di un Esculapio di campagna non sarebbero serviti a nulla, raccomandavano di mandare un messaggio in città a uno dei più eminenti medici. Di questo essa non volle sentir parlare, ma accondiscese volentieri alla proposta del fratello; perciò fu stabilito che, se la signorina Bennet non migliorava, il signor Jones sarebbe stato chiamato di buon'ora nella mattinata. Bingley era inquieto: le sue sorelle si dicevano afflittissime, ma questo non impedì che, dopo cena, consolassero la loro afflizione cantando dei duetti mentre Bingley non trovò miglior conforto che quello di dare ordini alla sua governante di casa perché si usassero tutte le attenzioni possibili verso la signorina ammalata e la sorella di lei.

IX

Elizabeth passò buona parte della nottata nella camera della sorella e al mattino ebbe il piacere di poter dare una risposta confortante alle domande che di buon'ora il signor Bingley le fece arrivare per mezzo d'una cameriera; e poco dopo a quelle delle eleganti signore che vennero a trovare Jane. Nonostante il miglioramento, essa chiese di mandare un biglietto a Longbourn desiderando che sua madre vedesse la sorella e si formasse un proprio giudizio sul suo vero stato. Il biglietto fu subito spedito e, con non minore prontezza, il desiderio che vi era significato fu esaudito. La signora Bennet, accompagnata dalle due figlie minori, arrivò a Netherfield poco dopo la prima colazione.

Se avesse trovato Jane in apparente pericolo, la signora Bennet sarebbe stata infelicissima; ma, soddisfatta di riscontrare che il male della figlia non era allarmante, non aveva il minimo desiderio che si rimettesse immediatamente, perché un troppo pronto ristabilimento in salute la avrebbe con ogni probabilità fatta sloggiare da Netherfield. Non volle perciò dare ascolto all'ammalata che chiedeva d'essere trasportata a casa; né lo speziale, ch'era arrivato circa nello stesso tempo, credette di doverla consigliare in questo senso. Dopo essersi trattenute un poco da Jane, la madre e le tre figlie, dietro la comparsa e l'invito della signorina Bingley, seguirono questa nel tinello. Bingley le accolse esprimendo la speranza che la signora Bennet non avesse trovato la signorina peggio di quanto si aspettasse.

«Purtroppo» fu la sua risposta «è ancora troppo malata per poterla trasportare. Il signor Jones dice che non ci dobbiamo pensare. Siamo perciò costretti ad abusare un altro po' della loro gentilezza.»

«Trasportarla!» esclamò Bingley. «Nemmeno pensarci. Sono sicuro che mia sorella non ne vuole sentir parlare.»

«Stia pur certa, signora» disse la signorina Bingley freddamente cortese «che la signorina Bennet non mancherà di nessuna cura possibile finché resterà con noi.»

La signora Bennet si profuse in ringraziamenti.

«Se non c'erano» soggiunse «dei così buoni amici, non so che cosa sarebbe oggi di lei, perché Jane è veramente molto malata e soffre moltissimo, sebbene con la più grande pazienza del mondo, come sempre lei, perché, posso dirlo, essa ha il carattere più dolce che si possa trovare. Le altre mie figlie debbo dire che, in confronto di lei, non valgono niente. Ma che simpatica stanza è questa, signor Bingley, e che delizioso colpo d'occhio su quel viale inghiaiato! Non conosco in tutta questa regione un luogo da stare a paro con Netherfield. Non penserà mica ad abbandonarlo a precipizio, spero, anche se il suo affitto è breve.»

«Tutto quello che faccio lo faccio a precipizio» rispose Bingley «quindi, se mi decidessi a lasciare Netherfield, è probabile che in cinque minuti ne sarei partito. Però per il momento mi considero stabilmente fissato qui.»

«È proprio quello che m'immaginavo» disse Elizabeth.

«Comincia a comprendermi, vero?» esclamò egli rivolgendosi a essa.

«Oh! sì, la comprendo benissimo.»

«Desidererei poterlo prendere per un complimento, ma temo che l'essere indovinato con tanta facilità sia piuttosto una cosa che mi deve affliggere.»

«Non ne segue che un carattere profondo e complicato debba necessariamente valere più o meno di uno come il suo.»

«Lizzy,» esclamò sua madre «ricordati dove sei e non seguitare su codesto tono rustico. Non sei mica a casa tua dove ti si sopporta.»

«Non sapevo» continuò subito Bingley «che lei fosse una osservatrice di caratteri. Deve essere uno studio interessante.»

«Sì, ma i caratteri complicati sono i più divertenti. Hanno per lo meno questa superiorità.»

«La provincia» affermò Darcy «non può fornire che pochi soggetti a un tale studio. In campagna si vive in mezzo a una società limitatissima, che è sempre la stessa.»

«Ma le stesse persone cambiano tanto che qualcosa di nuovo da osservare non manca mai.»

«Davvero» esclamò la signora Bennet, offesa da codesto modo di parlare della società di campagna. «Le assicuro che in campagna succedono tutte le stesse cose precise come in città.»

Ci fu un certo stupore. Darcy, datale un'occhiata, le volse le spalle in silenzio. La signora Bennet, convinta di aver già riportata piena vittoria su di lui, continuò con aria di trionfo:

«Non riesco proprio a vedere, almeno io, questa grande superiorità di Londra sulla provincia, eccettuati i negozi e i luoghi pubblici. La campagna è infinitamente più piacevole, non è vero signor Bingley?»

«Quando sono in campagna» rispose questi «non vorrei mai andarmene; ma quando sono in città, mi accade a un dipresso lo stesso. Hanno i loro vantaggi tutte e due, e posso trovarmi egualmente contento nell'una come nell'altra.»

«Già, perché lei è sempre ben disposto. Ma quel signore» aggiunse, guardando Darcy «parrebbe che in campagna non ci trovi niente di buono.»

«Ma no, mamma, ti sbagli» disse Elizabeth arrossendo per lei. «Non hai capito. Il signor Darcy voleva dire soltanto che in campagna non s'incontra la varietà di persone che si può avere in città, il che, lo riconoscerai, è vero.»

«Ma sì, mia cara; non ho mai detto il contrario: ma che in queste vicinanze non si trovi gente? Io direi che ci sono pochi luoghi dove se ne incontri di più. C'è un giro di per lo meno ventiquattro famiglie che anche noi frequentiamo.»

Soltanto per un riguardo a Elizabeth il signor Bingley riuscì a trattenersi. Sua sorella fu meno delicata e guardò il signor Darcy con un sorrisetto molto espressivo. Elizabeth, tanto per dire qualche cosa che sviasse le idee di sua madre, le chiese a questo punto se, dopo la sua partenza, Charlotte Lucas era stata a Longbourn.

«Sì, ci è passata ieri con suo padre. Che uomo simpatico è Sir William, non è vero, signor Bingley? Veramente un uomo di mondo! Così cortese e affabile! Ha sempre qualche cosa da dire a tutti. Così la capisco la buona educazione, mentre certuni che si danno grande importanza e non aprono mai la bocca non sanno dove sta di casa.»

«Ha pranzato da noi Charlotte?»

«No; è voluta tornare a casa. Immagino che l'aspettassero per fare le frittelle. Quanto a me, signor Bingley, tengo sempre gente di servizio che sappia fare il suo mestiere; le mie figlie sono state allevate diversamente. Ma ognuno deve esser preso come è e le Lucas sono delle gran care ragazze, glielo dico io. Peccato che non siano belle! Non che trovi la Charlotte proprio insignificante, ma lei è la nostra particolare amica.»

«Sembra una giovane molto simpatica» disse Bingley.

«Dio mio! sì, però deve convenire che proprio non sa di nulla. Lady Lucas stessa lo dice spesso e m'invidia la bellezza di Jane. Non mi piace vantarmi della mia propria figlia, ma è la verità. Jane, non s'incontra spesso una così bella faccina. Lo dicono tutti. Io potrei esser parziale. Quando aveva appena quindici anni, c'era a Londra, dove sta mio fratello Gardiner, un gentiluomo così innamorato di lei che mia cognata era sicura che la avrebbe chiesta prima della nostra partenza. Non lo fece. Probabilmente perché gli pareva troppo bambina, ma scrisse per lei dei versi molto carini.»

«E così terminò questa passione» disse Elizabeth. «Ve ne sono state anche altre finite a codesto modo. Vorrei sapere chi fu il primo che scoprì l'efficacia della poesia per scacciare l'amore!»

«Io invece considero la poesia nutrimento dell'amore» disse Darcy.

«Per un grande, deciso e vigoroso amore, magari lo sarà. Tutto serve a nutrire quello che è già forte. Ma se si tratta di un amore deboluccio, di una inclinazione leggera, sono convinta che un buon sonetto basta a farlo morire di fame.»

Darcy si contentò di sorridere; e la pausa di silenzio generale che ne seguì fece tremare Elizabeth per paura che la madre ricominciasse con le sue. La signora Bennet avrebbe voluto sì, parlare ancora, ma non trovò niente da dire; dopo un breve silenzio si contentò di ripetere i suoi ringraziamenti al signor Bingley per la grande gentilezza verso Jane, con molte scuse per il disturbo che anche Lizzy aveva portato. Il signor Bingley fu naturalmente cortese nel risponderle e costrinse sua sorella a esserlo anche lei e a dire quello che l'occasione comportava. Essa veramente fece la sua parte senza grazia, ma la signora Bennet rimase soddisfatta lo stesso e ordinò la carrozza. A questo segnale la minore delle sue figlie si fece avanti. Le due ragazze non avevano fatto che bisbigliare tra loro tutto il tempo della visita e il risultato fu che la minore avrebbe voluto ricordare al signor Bingley la sua promessa di dare, appena arrivato a Netherfield, un ballo.

Lydia era un bel pezzo di ragazza di quindici anni, con una bella carnagione su una faccia di buonumore; era una favorita della madre, che l'aveva condotta in società giovanissima. Possedeva una vivacità fisica e una certa franchezza naturale: le attenzioni ricevute dagli ufficiali, ai quali i buoni pranzi dello zio e la sua spigliatezza la rendevano interessante, avevano esagerato codesta franchezza e ne avevano fatto quasi una sfacciataggine. Era perciò molto adatta ad attaccare il signor Bingley sull'argomento del ballo e gli rammentò a bruciapelo la promessa, soggiungendo che sarebbe stata una vera vergogna se non la avesse mantenuta. La risposta a quell'attacco improvviso deliziò gli orecchi della madre.

«Sono prontissimo a mantenere il mio impegno, lo giuro; e quando sua sorella sarà guarita, se non le dispiace, indicherà lei stessa la data del ballo. Ma fino a che non sta bene, lei non vorrà certo ballare.»

Lydia si dichiarò soddisfatta.

«Oh! sì! sarà certo opportuno aspettare che Jane stia meglio, tanto più che facilmente, a quell'epoca, il capitano Carter sarà di ritorno a Meryton. E quando lei avrà dato il suo ballo» soggiunse «insisterò perché ne diano uno anche gli ufficiali. Dirò al colonnello Forster che sarebbe una bella vergogna se non lo desse.»

Dopo di che la signora Bennet e le figlie se ne andarono ed Elizabeth tornò sull'istante da Jane, abbandonando se stessa e i suoi parenti ai commenti delle due signore e del signor Darcy. Questi, per altro, non si lasciò trascinare a unirsi alle loro critiche su Elizabeth, a dispetto di tutti i frizzi della signorina Bingley sui begli occhi di lei.

X

La giornata trascorse all'incirca come quella avanti. La signora Hurst e la signorina Bingley passarono alcune ore della mattina con la malata che continuava, per quanto lentamente, a migliorare; e nella serata Elizabeth si unì alla comitiva in salotto. Quale che ne fosse la ragione, il tavolino da gioco non fece la sua comparsa. Il signor Darcy scriveva e la signorina Bingley, sedutagli accanto, seguiva il procedere della lettera e stornava ogni poco l'attenzione dello scrivente col passargli delle ambasciate per sua sorella. Il signor Hurst e il signor Bingley facevano un picchetto e la signora stava osservando la partita.

Elizabeth prese un lavoretto d'ago ed ebbe abbastanza divertimento a tener dietro a quello che succedeva tra Darcy e la sua compagna. I continui elogi della dama o per la sua calligrafia o perché andava così diritto o per la lunghezza della lettera, elogi fatti senza punto badare a come l'elogiato li accogliesse, formavano un curioso dialogo che corrispondeva esattamente all'opinione che Elizabeth aveva dei due interlocutori.

«Come sarà contenta la signorina Darcy di ricevere una così bella lettera!»

E Darcy zitto.

«Ma come scrive svelto, lei.»

«Tutt'altro, anzi sono piuttosto lento.»

«Quante lettere scriverà in un anno! Anche lettere d'affari! Come mi riuscirebbero antipatiche!»

«Dunque è una fortuna che a scriverle tocchi a me e non a lei.»

«Dica, per favore, a sua sorella che ho proprio una gran voglia di rivederla.»

«Gliel'ho già detto una volta, come lei desiderava.»

«Ho paura che non le faccia la penna. Me la dia, che gliela temperi. Ci riesco bene, sa.»

«Grazie, ma io me la tempero sempre da me.»

«Come fa a scrivere così fitto?»

Un altro silenzio.

«Dica a sua sorella che sono proprio contenta d'apprendere i suoi progressi nell'arpa; le faccia sapere, la prego, che sono fanatica di quel suo splendido disegnino per tavola! infinitamente superiore a quello della signorina Grantley.»

«Mi permetta di rimandare il suo fanatismo a quest'altra volta che le scriverò. Ora mi manca lo spazio per dargli degna e adeguata espressione.»

«Oh! non importa. La vedrò nel gennaio. Ma le scrive sempre delle belle lettere così lunghe, signor Darcy?»

«Le scrivo generalmente delle lunghe lettere, ma se sono sempre belle non sta a me a giudicarlo.»

«Per me è precetto che se uno scrive con facilità non può scriver male.»

«Questo, Caroline, non è un complimento per Darcy,» interloquì suo fratello «perché lui non scrive con facilità. Si studia troppo di metterci paroloni; non è vero, Darcy?»

«Il mio stile è differentissimo dal vostro.»

«Oh!» esclamò la signorina Bingley «Charles scrive trascuratissimo. Lascia nella penna metà delle parole e scarabocchia il resto.»

«A me le idee vengono così rapide che non ho tempo di fissarle. A questo modo a volte succede che chi mi legge non riesce a capirci niente.»

«La sua modestia, signor Bingley,» disse Elizabeth «disarma qualunque rimprovero.»

«Niente inganna quanto l'apparenza della modestia» sentenziò Darcy. «Spesso non è che indifferenza per l'opinione altrui e qualche volta una forma indiretta di orgoglio.»

«A quale dei due apparterrebbe il mio piccolo atto di umiltà?»

«Un orgoglio indiretto, poiché voi siete realmente orgoglioso dei vostri difetti nello scrivere, in quanto li giudicate derivati da una grande rapidità di pensiero e da noncuranza di esecuzione, cose che, se non sono proprio due pregi, vi sembrano per lo meno assai interessanti. Il dono di fare presto le cose è sempre molto pregiato da chi lo possiede, magari non badando punto all'imperfezione del risultato. Quando stamani avete detto alla signora Bennet che, una volta deciso a lasciar Netherfield, ve ne sareste andato via in cinque minuti, pensavate che questo fosse una specie di elogio che vi facevate, ma che cosa vi è di lodevole in una precipitazione che lascerebbe a mezzo molti affari importanti e che non può recare alcun vero profitto né a voi né ad altri?»

«Via,» esclamò Bingley «codesto è troppo: ricordare la sera tutte le sciocchezze che si sono dette al mattino! Parola d'onore, ho creduto che quello che ho detto di me fosse verissimo e lo credo tuttora. In fin dei conti non mi sono attribuito codesta precipitazione superflua soltanto per farmi bello davanti alle signore.»

«Direi che ci avete veramente creduto ma non sono punto convinto che poi ve ne andreste con codesta velocità. La vostra condotta dipenderà esclusivamente dal caso, tale e quale come quella di qualunque altro; e se, al momento di montare in sella, ci fosse un amico che vi dicesse: "Bingley, fareste meglio a fermarvi sino alla prossima settimana", voi probabilmente lo ascoltereste e non vi movereste più; e se quello ve lo ripete ancora una volta, c'è il caso che vi fermiate un altro mese.»

«Con questo» esclamò Elizabeth «lei viene solo a dimostrare che il signor Bingley non si è lasciato dominare dalla sua tendenza. Così lo ha messo in una luce molto più bella di quella in cui sarebbe apparso da sé.»

«Le sono gratissimo» disse Bingley «di avere trasformato il mezzo rimprovero del mio amico in un complimento alla mia arrendevolezza. Ma ho paura che gli faccia dire qualche cosa che non era affatto nelle sue intenzioni, poiché egli avrebbe la migliore opinione di me se, in un caso come quello, io rispondessi proprio con un bel no e me ne andassi via col mio cavallo il più svelto possibile.»

«Allora il signor Darcy penserebbe che la sua impetuosità è temperata dalla ostinazione a rimanerle coerente.»

«Parola d'onore, non saprei spiegarlo esattamente. Parli Darcy in difesa di se stesso.»

«Lei vorrebbe che mi giustificassi con opinioni, come le piace chiamare le mie, che non ho mai avuto. Tuttavia, ammesso il caso come lo ha presentato lei, si ricordi, signorina Bennet, che l'amico che si suppone abbia desiderato di ritornare a casa e poi ha rimandato la decisione non ha fatto che esprimere un desiderio senza appoggiarlo con una ragione appropriata.»

«Cedere prontamente, con garbo, alle persuasioni di un amico è già un merito per lei?»

«Credere senza una vera convinzione non deporrebbe a favore dell'intelligenza né dell'uno né dell'altro.»

«Gli pare, signor Darcy, che lei non riconosca nessuna influenza all'amicizia e all'affetto. Un riguardo per la persona che chiede dovrebbe bastare a far cedere prontamente senza aspettare anche gli argomenti di convinzione logica. Non parlo di un caso particolare come quello che ha supposto per il signor Bingley. Prima di discutere come si comporterebbe, aspettiamo che il caso si presenti davvero. Ma in genere, nei soliti casi fra amico e amico nei quali l'uno desidera che l'altro cambi una decisione in cose di poco conto, lei giudicherebbe male la persona che accondiscendesse a quel desiderio senza aspettare anche di esserne convinto logicamente?»

«Prima di seguitare su questo tema, non sarebbe opportuno stabilire più precisamente due cose: la importanza effettiva della cosa chiesta e il grado d'intimità fra le due parti?»

«Approfondiamo dunque» esclamò Bingley «tutti gli elementi, non trascurando di confrontarne l'intensità e l'altezza relativa; in una discussione sono cose di maggior peso di quello che si immagina, signorina Bennet. Le assicuro che, se Darcy non fosse un amico così alto in confronto di me, non gli porterei la metà del rispetto che gli porto. Dichiaro di non conoscere un personaggio più terribile di Darcy, specialmente in certe circostanze di tempo e di luogo: soprattutto a casa sua e in una serata di domenica, quando non ha niente da fare.»

Il signor Darcy sorrise; ma a Elizabeth parve di poter distinguere che era rimasto un po' offeso e trattenne il suo riso. La signorina Bingley si risentì vivamente dell'impertinenza fatta a Darcy, rimproverando suo fratello di aver detto una sciocchezza.

«Capisco la vostra intenzione, Bingley» disse il suo amico. «Le discussioni logiche poco vi piacciono e vorreste che si smettesse.»

«Forse. Le discussioni assomigliano troppo alle dispute e, se voi e la signorina Bennet vorrete rimettere la vostra a quando io sia uscito dalla stanza, ve ne sarò gratissimo; dopo, potrete dire di me tutto quello che vorrete.»

«Quello che lei chiede» disse Elizabeth «non è un sacrificio per me; e il signor Darcy farà meglio a terminare la sua lettera.»

Il signor Darcy seguì il consiglio e concluse la sua epistola.

Terminata questa faccenda, egli pregò la cortesia della signorina Bingley e di Elizabeth perché sonassero qualche cosa. La signorina Bingley si precipitò al pianoforte e dopo una domanda di cortesia a Elizabeth perché cominciasse lei, alla quale non meno cortesemente ma più sul serio fu risposto di no, prese posto.

La signora Hurst cantò con sua sorella e, mentre questo succedeva, Elizabeth, nello scartabellare degli spartiti sul pianoforte, non poté non accorgersi di quanto spesso gli occhi del signor Darcy si fissavano su di lei. Non poteva neanche lontanamente supporre d'essere un oggetto d'ammirazione a un personaggio di spiriti così elevati; ma sarebbe stato anche più strano ch'egli la guardasse perché aveva dell'avversione per lei. Finì per immaginare semplicemente che lo facesse perché in lei più che in tutti gli altri presenti c'era qualcosa di non corretto e di reprensibile secondo le sue idee di correttezza. Ma quest'ipotesi non l'afflisse. Darcy le piaceva troppo poco per tenere a una sua approvazione.

Dopo aver suonato qualche canzone italiana, la signorina Bingley variò il divertimento con una vispa aria scozzese e allora il signor Darcy si accostò a Elizabeth per dirle:

«Non si sentirebbe disposta, signorina, a profittare di questa occasione per ballare un *reel*?»

Essa sorrise ma tacque. Darcy, un po' stupito di quel silenzio, ripeté la domanda.

«Oh!» rispose Elizabeth «avevo sentito alla prima, ma non potevo decidere subito che cosa rispondere. Lei desiderava, lo so, che dicessi di sì per avere il piacere di disapprovare i miei gusti; ma io mi diverto quando riesco a scombussolare queste premeditazioni e a confondere la gente che pensa di pungermi. Perciò preferisco dirle che non ho nessuna voglia di ballare un *reel*: e ora mi mostri ancora il suo disprezzo, se osa.»

«No, davvero, che non oso.»

Elizabeth, che si era preparata a tenergli di nuovo testa, rimase stupita di quella gentilezza. Nelle maniere di lei vi era un misto di dolcezza e di furberia che le rendeva difficile offendere qualcuno; e Darcy non era mai stato ammaliato da nessuna donna come ora da Elizabeth. Cominciava sul serio a pensare che, se non fosse stata l'inferiorità della famiglia di lei, sarebbe stato in un certo pericolo.

La signorina Bingley vide, o sospettò, quanto bastava per ingelosirsi; la sua grande sollecitudine per il ristabilimento della sua cara amica Jane era anche rafforzato dal desiderio di disfarsi di Elizabeth.

Provò più volte a provocare in Darcy dell'antipatia verso la sua ospite, ragionando del loro supposto matrimonio e facendo il quadro della sua futura felicità in una unione di quella sorte.

«Spero» gli disse il giorno dopo, mentre passeggiavano nel boschetto «che quando si compirà il fausto evento darà qualche buon consiglio a sua suocera sul vantaggio di tenere la lingua a posto e, se ci riuscirà, di emendare le sue minori dalla smania di correre dietro agli ufficiali. E, se posso toccare un tasto così delicato, procuri anche di emendare quel certo modo di fare tra il presuntuoso e l'impertinente che è un dono della sua signora.»

«Ha altro da consigliarmi per la mia felicità domestica?»

«Oh! sì; faccia mettere nella galleria di Pemberley i ritratti del nuovo zio e della zia Phillips. Li metta accanto al giudice suo prozio. Sono tutti professionisti, quantunque in rami diversi. Quanto a quello della sua Elizabeth, non cerchi di farla ritrattare, poiché quale pittore riuscirà mai a riprodurre così stupendi occhi?»

«Non deve essere facile davvero coglierne l'espres sione; ma il colore, la forma e le ciglia così fini possono esser riprodotti.»

In quel momento s'incontrarono con la signora Hurst e con Elizabeth stessa, che venivano da un altro viottolo.

«Non sapevo che eravate a passeggio» disse la signorina Bingley, un po' confusa per il timore di essere stati forse uditi.

«Ci avete fatto un bello sgarbo» rispose la signora Hurst «a scapparvene senza dircelo.»

Quindi, infilato il braccio libero del signor Darcy,

lasciò che Elizabeth passeggiasse per conto suo. Il viottolo era argo appena per tre persone. Il signor Darcy capì la loro scortesia e cercò di correggerla.

«Il viottolo è troppo stretto per la nostra compagnia. Andiamo piuttosto nel viale.»

Ma Elizabeth, che non aveva la minima idea di ri manere con loro, rispose ridendo:

«No, no, restate dove siete. Formate un gruppo incantevole, perfetto in tutte le sue parti. Tutto il pittoresco sarebbe guastato da un quarto. Addio.»

Indi corse via allegramente; e andando a zonzo si rallegrava tutta nella speranza di essere di nuovo, fra uno o due giorni, a casa sua.

Jane era di già così rimessa da poter lasciare pei un paio d'ore la camera quella stessa sera.

XI

Quando, dopo pranzo, le signore si ritirarono, Elizabeth corse su da sua sorella e, trovatala ben coperta, l'accompagnò nel salotto, dove fu ricevuta con grandi dimostrazioni di compiacimento delle sue due amiche. Elizabeth non le aveva mai viste così carine come durante quell'ora, prima della comparsa del signori uomini. La loro facoltà di conversare era veramente cospicua. Erano capaci di descrivere una festa con precisione, di riportare un aneddoto con brio, di motteggiare sui loro conoscenti con spirito.

Ma appena furono entrati i signori, Jane cessò di essere il soggetto principale della compagnia; gli occhi della signorina Bingley si erano istantaneamente girati dalla parte di Darcy e prima che questi si fosse fatto avanti di un passo, essa aveva già qualche cosa da dirgli. Darcy era andato difilato dalla signorina Bennet con parole di cortese congratulazione, anche il signor Hurst fece un lieve inchino e disse che se ne "compiaceva" molto. Ma vera effusione e calore furono prodigati dal saluto del signor Bingley. Questi era tutto contentezza e premure. La prima mezz'ora fu occupata ad attizzare il fuoco per tema che la convalescente avesse a risentirsi della variazione d'ambiente e, dietro preghiera di lui, questa passò dall'altra parte del caminetto per essere il più lontano possibile dalla porta. Poi le si mise a sedere accanto e non ebbe quasi più parole per altra persona. Elizabeth, che lavorava nell'angolo di faccia, osservava ogni cosa con grande gioia.

Quando il tè fu portato via, il signor Hurst rammentò alla cognata il tavolino da gioco, ma invano. Essa si era privatamente informata che il signor Darcy non gradiva le carte e anche la richiesta ripetuta pubblicamente dal signor Hurst fu respinta. Lo assicurò che nessuno aveva voglia di giocare e il silenzio di tutta la compagnia parve darle ragione. Al signor Hurst non rimase perciò altro da fare che stendersi su un divano e schiacciare un pisolino. Darcy prese un libro e la signorina Bingley fece lo stesso; quanto alla signora Hurst, particolarmente occupata a gingillarsi coi suoi braccialetti, si limitò a mettere di tanto in tanto qualche parola di suo nella conversazione tra suo fratello e la signorina Bennet.

La signorina Bingley era tutta presa dal sorvegliare come procedeva la lettura del signor Darcy, cercando di leggere anche lei nel suo libro; non faceva che rivolgergli domande o guardargli nella pagina. Non riuscì lo stesso a intavolare una conversazione; egli rispondeva alle domande, ma seguitava a leggere. Finalmente, rinunciando all'inutile tentativo di trovare un diletto nel proprio libro, che aveva preso soltanto perché era il secondo volume di quello di lui, fece un bello sbadiglio e disse:

«È proprio un piacere passare una serata come questa! Dopo tutto, bisogna convenire, non vi è piacere uguale a quello della lettura. Tutte le cose vengono a noia; un libro no. Quando avrò una casa mia, sarò infelicissima se non possederò un'ottima biblioteca.»

Nessuna risposta. Allora sbadigliò di nuovo, mise da parte il libro e volse gli sguardi in giro per la stanza alla ricerca di una distrazione qualunque: sentendo che suo fratello faceva parole di non so che ballo con la signorina Bennet, si volse di colpo a lui:

«A proposito, Charles, pensi proprio sul serio di dare un ballo a Netherfield? Prima di decidere ti direi di sentire un po' tutti i presenti: mi sbaglio, o qui fra noi c'è qualcuno per il quale un ballo sarebbe un castigo anziché un divertimento.»

«Se alludi a Darcy,» rispose suo fratello «nessuno gli impedisce di andare a letto, se così gli piace, prima che incominci; ma il ballo è cosa ormai stabilita e appena San Nicolò avrà mostrato un po' della sua barba bianca manderò gl'inviti.»

«I balli mi piacerebbero infinitamente di più» replicò la signorina Bingley «se si facessero con un cerimoniale diverso. Come si svolgono comunemente sono d'una noia insopportabile. Sarebbe assai più ragionevole se all'ordine del giorno dei ritrovi si mettesse la conversazione.»

«Più ragionevole, lo ammetto anche io, ma non avrebbero quell'intimità che offre un ballo.»

La signorina Bingley non rispose; dopo un po' si alzò e si mise a girare per la sala. Aveva un bel personale e si moveva con eleganza; ma Darcy, che era la mira di tutto questo maneggio, rimase impassibilmente immerso nella lettura. Disperando ormai di commuoverlo, fece ancora un tentativo e, voltatasi a Elizabeth, le disse:

«Signorina Bennet, dovrebbe fare come me due

passi per la sala. È un vero ristoro dopo essere stati seduti tanto tempo nella stessa posizione.»

Elizabeth rimase un po' stupita ma accondiscese senz'altro. A questo modo la signorina Bingley riuscì anche in quello che era il vero intento del suo cortese consiglio: il signor Darcy aveva finalmente alzato gli occhi. La novità di una cortesia della Bingley verso Elizabeth lo aveva colpito quanto aveva colpito Elizabeth e senza pensarci chiuse il libro. Allora fu subito invitato a raggiungerle, ma rifiutò osservando che due soli motivi, secondo lui, avevano potuto indurle a passeggiare insieme per la stanza e, fosse vero l'uno o fosse vero l'altro, in tutti e due i casi la sua compagnia sarebbe stata un di più. "Che cosa intendeva dire?". La signorina Bingley moriva dalla voglia di sapere quali potevano essere codesti motivi e domandò a Elizabeth se lei ci arrivava.

«Nemmeno da lontano,» fu la risposta «ma deve entrarci la sua intenzione di voler essere severo a nostro riguardo; ora il modo più sicuro per fargli dispetto è di non chiedergliene nessuna spiegazione.»

Ma la signorina Bingley si sentiva incapace di fare qualunque cosa per indispettire Darcy e perciò insistette a chiedergli la spiegazione dei due motivi.

«Non ho la minima difficoltà a spiegarli» rispose Darcy appena essa gli permise d'aprir bocca. «Loro devono aver scelto codesto modo di passare la serata o perché sono in grande confidenza e hanno dei segreti da discutere tra loro, o perché sanno che il passeggiare mette in bella mostra i loro personali: nel primo caso io non sarei che un impiccio; e nel secondo le posso ammirare anche meglio restando seduto accanto al fuoco.»

«Orrore!» esclamò la signorina Bingley «non ho mai sentito dire una cosa così nefanda. Come lo puniremo?»

«Facilissimo, se veramente ne ha l'intenzione» disse Elizabeth. «I mezzi di colpire e di punire non mancano mai. Lo punga, si prenda gioco di lui. Intimi come sono, dovrebbe sapere quali sono i suoi punti deboli.»

«Non lo so, parola d'onore. Le giuro che la mia in timità non me li ha ancora insegnati. Stuzzicare un carattere così calmo, tanta presenza di spirito! No, no; so che in questo è lui che può darci dei punti. E in quanto a riderne non facciamo noi stesse la brutta figura, la prego, di ridere senza un motivo. Tutto è ammirevole nel signor Darcy.»

«Non poter ridere del signor Darcy!» esclamò Elizabeth. «Ecco un privilegio eccezionale e mi auguro che continui a essere eccezionale, poiché sarebbe un bel guaio per me l'avere molte conoscenze simili. Non c'è niente che mi piaccia tanto come una bella risata.»

«La signorina Bingley» disse Darcy «mi ha fatto più onore di quello che meriti. I più savi e i migliori degli uomini, anzi le più savie e le migliori loro azioni possono essere messe in ridicolo da chi non abbia nella sua vita scopo migliore che fare dello spirito.»

«Di codesta gente» rispose Elizabeth «se ne trova di certo, ma io spererei di non essere una di costoro. Credo di non mettere mai in ridicolo quello che è saggio o buono. Invece le stramberie e le sciocchezze, le stravaganze e le incoerenze mi divertono, lo ammetto e, quando posso, ne rido. Ma queste, direi, sono tutte cose che voi non avete.»

«Tutte, tutte forse non è possibile. Ma nella mia vita mi son sempre studiato di evitare quelle debolezze che espongono spesso al ridicolo anche un uomo con la testa sulle spalle.»

«Come per esempio, la vanità e la superbia.»

«Sì, la vanità è senz'altro una debolezza, ma l'orgoglio, quando si tratta di uno spirito veramente superiore, l'orgoglio sarà sempre ben regolato.»

Elizabeth si voltò dall'altra parte per nascondere un sorriso.

«Parrebbe che l'esame che ha fatto al signor Darcy sia finito» disse la signorina Bingley. «Si potrebbe saperne, per favore, il risultato?»

«Mi ha pienamente convinta che il signor Darcy è senza difetti. È lui che lo confessa senza infingimenti.»

«No» rispose Darcy «non ho avuto questa pretesa. Ho mancamenti quanti bastano ma non sono, spererei, mancamenti dell'intelletto. Quanto al mio carattere, non lo garantisco. Credo che sia troppo poco arrendevole, certo troppo poco per il comodo del mondo. Non so dimenticare presto, come dovrei, le sciocchezze e i mancamenti degli altri né le offese fatte a me. I miei sentimenti non si esaltano al minimo sforzo che si faccia per metterli in moto. Il mio carattere potrebbe esser detto un carattere risentito. Persa una volta, la mia stima è persa per sempre.»

«Codesto sì che è difetto!» esclamò Elizabeth. «Il risentimento implacabile getta un'ombra su tutto il carattere. Ma ha saputo scegliere bene i suoi difetti. Non ci trovo niente da ridire. Per me è salvo.»

«Credo che in ogni temperamento vi sia una tendenza a qualche male particolare, un difetto di natura che neanche la migliore educazione riesce a vincere.»

«E il suo difetto è una tendenza ad avere a noia tutti.»

«E il suo» rispose Darcy con un sorriso «è quello di ostinarsi a capirlo a rovescio.»

«Facciamo un po' di musica» esclamò la signorina Bingley, seccata di una conversazione in cui non aveva parte. «Non ti dispiace, Louisa, se sveglio Hurst?»

Sua sorella non fece obiezioni e il pianoforte fu aperto; Darcy, dopo pochi minuti di concentrazione, non ne fu scontento. Iniziava a sentire il pericolo di fare troppa attenzione a Elizabeth.

XII

Intesasi con la sorella, Elizabeth scrisse la mattina seguente a sua madre pregandola di mandarle la carrozza in giornata. Ma la signora Bennet, che aveva calcolato sulla permanenza delle sue figlie a Netherfield sino al martedì successivo, il che avrebbe fatto per Jane una settimana precisa, non aveva punto piacere a riaverle in casa prima. Perciò la sua risposta non fu quella che avrebbe desiderata Elizabeth, che era impaziente di tornare a casa sua. La signora Bennet mandò loro un rigo per dire che non era possibile avere una vettura prima di martedì e in poscritto aggiunse che, se il signor Bingley e sua sorella avessero insistito perché si trattenessero dell'altro, lei ci si adattava ancora. Ma Elizabeth era assolutamente decisa di non fermarsi più a lungo né si aspettava grandi insistenze; anzi, per timore che si pensasse che si erano trattenute più del necessario, indusse Jane a chiedere subito in prestito la carrozza del signor Bingley e così fu stabilito di parlare quella mattina stessa del loro primo proposito di lasciare Netherfield e di chiedere la vettura.

La comunicazione provocò molte manifestazioni di rincrescimento, e il desiderio che restassero per lo meno sino al giorno dopo fu espresso con insistenza bastante per piegare Jane; e così la partenza fu rimessa all'indomani. La signorina Bingley veramente rimpianse di aver proposto quèsto rinvio, perché la sua gelosia e antipatia per una delle due sorelle superava di molto il suo affetto per l'altra.

Il padrone di casa apprese con sincero rincrescimento che esse stavano per partire così presto e cercò ripetutamente di convincere la signorina Bennet che non si era rimessa ancora abbastanza bene; ma Jane sapeva tener duro quando sentiva di aver ragione.

Al signor Darcy la cosa riuscì gradita. Elizabeth era stata abbastanza a Netherfield. Ella lo attraeva più di quanto egli avrebbe voluto e la signorina Bingley era scortese con lei e più pungente del solito con lui. Così, egli si propose di stare bene in guardia e di non lasciarsi scappare, ora, nessun segno d'ammirazione, niente che potesse destare in lei una qualche speranza d'influire sulla sua felicità, persuaso che, se un'idea simile le fosse stata fatta passare per la testa, il suo contegno dell'ultimo giorno avrebbe dovuto o confermarla o distruggergliela. Saldo nel suo proposito, le disse a malapena dieci parole in tutta la giornata del sabato e, benché si ritrovassero insieme soli per una mezz'ora, rimase scrupolosamente immerso nel suo libro e non volle nemmeno guardarla.

La domenica mattina, dopo il culto, avvenne la separazione così grata a quasi tutti. La cortesia della signorina Bingley verso Elizabeth aumentò rapidamente verso la fine, come pure il suo affetto per Jane, e quando partirono, dopo aver rassicurata questa del piacere che avrebbe sempre avuto a vederla o a Longbourn o a Netherfield e averla abbracciata teneramente, strinse la mano anche all'altra. Elizabeth si accomiatò da tutti in perfetta letizia.

A casa non furono accolte con troppa effusione dalla madre. La signora Bennet si meravigliava che fossero già di ritorno e trovò che avevano fatto malissimo a dare tanto disturbo e si disse sicura che Jane aveva preso nuovamente freddo. Ma il padre, benché laconicissimo nelle sue manifestazioni, fu veramente contento; lontane, egli aveva sentito quello che contavano Jane ed Elizabeth nell'insieme della famiglia. Assenti loro due, la conversazione della sera, quando si trovavano tutti riuniti, aveva perduto molto della sua vivacità e quasi ogni sapore.

Esse trovarono Mary, come al solito, immersa nello studio più profondo dell'umana natura ed ebbero da ammirare dei nuovissimi sunti e da ascoltare delle nuove osservazioni di alta morale. Catherine e Lydia avevano da far loro delle comunicazioni di tutt'altro genere. Tante cose erano avvenute e tante erano state dette al reggimento dall'ultimo mercoledì in poi: diversi ufficiali avevano pranzato dallo zio, un soldato era stato fustigato e ora si buccinava che il colonnello Forster stesse per sposarsi.

XIII

«Spero, mia cara» disse il signor Bennet a sua moglie la mattina seguente, mentre stavano facendo colazione «che oggi avrai ordinato un buon pranzo, perché credo che avremo qualcuno di fuori a tavola.»

«Chi vuoi dire, mio caro? Che io sappia, non ha da venire nessuno, a meno che non capiti Charlotte Lucas, ma spererei che per lei i miei pranzi ordinari siano buoni quanto basta. Non credo che ne abbia spesso dei simili a casa sua.»

«La persona di cui parlo è un gentiluomo di fuori via.»

Gli occhi della signora Bennet scintillarono.

«Un gentiluomo di fuori via! Ma è di sicuro il signor Bingley! Come mai, Jane, non me lo hai accennato, furbacchiona che sei? Ebbene, sono proprio contenta di vedere il signor Bingley. Ma, Dio mio, che disgrazia! Non c'è da trovare un po' di pesce oggi. Lydia, amor mio, suona il campanello; devo parlare a Hill subito subito...»

«Non è il signor Bingley» disse suo marito «è un tale che non ho mai veduto in vita mia.»

Fu uno stupore generale; Bennet ebbe la soddisfazione di sentirsi avidamente interrogare dalla moglie e dalle cinque figlie tutte in una volta.

Dopo averle tenute un po' sulla corda, si spiegò:

«Circa un mese fa ho ricevuto questa lettera, e un quindici giorni più tardi ho risposto perché ritenevo che il caso era delicatissimo e richiedeva la più diligente attenzione. La lettera è di mio cugino, il signor Collins, il quale, alla mia morte, può mettervi tutte fuori da questa casa, a piacer suo.»

«Ah sì!» esclamò la moglie. «Non voglio sentirne più parlare. Non nominarmi, ti prego, quell'odioso individuo. È la cosa più triste del mondo che il tuo possesso debba essere trasmesso ad altri che alle tue figlie; e sono sicura che se fossi stata in te, avrei da un pezzo tentato non so quale rimedio.»

Jane ed Elizabeth si provarono a spiegarle che cos'era il trapasso di un bene immobile. Ci si erano provate parecchie volte, anche prima, ma inutilmente; era un tema al quale si rifiutava la ragione della signora Bennet, la quale continuò a protestare amaramente contro la crudeltà di togliere un possesso a una famiglia di cinque figlie, per trasmetterlo a un individuo di cui non importava niente a nessuno.

«È certamente una cosa iniqua» disse il signor Bennet «e non c'è nulla che possa assolvere il signor Collins dal delitto di ereditare Longbourn. Ma se ti senti di ascoltare questa lettera, forse ti potrà un po' ammansire il modo in cui egli stesso si esprime.»

«No, non sarà mai! Trovo che è il colmo della sfacciataggine e dell'ipocrisia da parte sua lo scriverti. Odio codesti amici finti. Perché non si risparmia di litigare con te, come almeno ha fatto suo padre?»

«Perché pare che gli siano passati per il capo degli scrupoli filiali, come ora sentirete.

Hunsford presso Westerham, Kent, 15 ottobre

Caro Signore,

il disaccordo esistente fra Lei e il mio defunto riverito padre mi ha sempre dato gran turbamento e da quando ho avuto la sventura di perderlo ho di frequente provato il desiderio di colmare la breccia; pure, per più tempo ne sono stato trattenuto dal mio stesso dubbio, paventando che potesse esser men che rispettoso da parte mia alla sua memoria l'intrattenere buoni rapporti con la persona con la quale a lui piacque l'essere in dissapore.

«Ci siamo, signora Bennet...»

Ciò nonostante il mio pensiero è ora ritornato su questo soggetto, poiché, avendo ricevuto a Pasqua i sacri ordini, ho avuto la fortuna di venire distinto dal patrocinio dell'Illustre signora Lady Catherine de Bourgh, vedova di Sir Lewis de Bourgh, la cui munificenza e liberalità mi hanno prescelto alla cospicua carica di rettore di questa parrocchia, nella quale sarà mio precipuo intento comportarmi con rispettosa riconoscenza verso Sua Signoria ed essere sempre pronto a compiere quei riti e cerimonie sacre che sono stati istituiti dalla Chiesa d'Inghilterra. Inoltre, come ecclesiastico, considero mio dovere promuovere e portare la grazia della pace in tutte le famiglie entro il raggio della mia influenza; e per queste ragioni mi lusingo che la mia presente apertura, piena di buon volere, sia altamente commendevole e che la circostanza che a me avvenga di essere il primo nella trasmissione del possesso di Longbourn sia benignamente trascurata da parte Sua e non La induca a respingere il ramo d'olivo ch'io Le tendo. Non posso sentirmi altrimenti che desolato di essere cagione di danno alle sue amabili figlie e Le chiedo di permettermi di fare perciò le mie scuse, come pure d'assicurarLe che sono pronto a ogni possibile risarcimento a loro riguardo – ma di questo, ulteriormente. Se non avrà obiezioni a ricevermi nella Sua casa, mi procurerò la soddisfazione di venire a trovare Lei e la Sua famiglia, lunedì, 18 novembre, alle ore quattro e, forse, abuserò della sua ospitalità sino al sabato della settimana seguente, ciò che mi è dato di fare senza alcun inconveniente, dato che Lady Catherine è lungi dall'opporsi alla mia casuale assenza di una domenica ed ha provveduto che un altro ecclesiastico sia incaricato delle funzioni di quel giorno. Resto, caro signore, con i miei rispettosi ossequi alla Sua Signora e figlie, il Suo affezionato conoscente e amico

William Collins

«Alle quattro, dunque, ci dobbiamo aspettare questo signor piacere» disse il signor Bennet, ripiegando la lettera. «Parrebbe un giovane quanto mai coscienzioso e garbato e non dubito che riuscirà, specialmente se Lady Catherine sarà così benigna da permettergli di ritornare ancora da noi.»

«Vi è però qualcosa di significante in quello che dice a proposito delle ragazze e, se egli è disposto a fare ammenda verso di loro, non sarò certo io a scoraggiarlo.»

«Benché sia difficile» disse Jane «indovinare in che modo possa offrire la riparazione ch'egli crede di doverci, la sua intenzione certo gli fa onore.»

Elizabeth rimase soprattutto colpita dalla straordinaria deferenza di costui verso Lady Catherine e dal suo cortese proposito di battezzare, sposare e seppellire i suoi parrocchiani ogni volta che ne fosse richiesto.

«Dev'essere uno stravagante» disse Elizabeth. «Non riesco a capirlo bene. Vi è qualcosa di pomposo nel suo stile. E che cosa intende dire quando si scusa di essere il primo nell'eredità vincolata? Non si può credere che ne farebbe a meno, se potesse. È possibile che sia una persona fine, papà?»

«No, cara: non lo credo. Mi aspetto proprio il contrario. Nella sua lettera c'è un miscuglio di servilità e di boria che promette bene. Non vedo l'ora di conoscerlo.»

«Come composizione» osservò Mary «la sua lettera non mi pare mal fatta. Forse l'idea del ramo d'ulivo non è del tutto nuova, però la trovo espressa bene.»

Per Catherine e per Lydia, né la lettera né il suo autore riuscivano in nessun modo interessanti. Pareva loro quasi impossibile che il cugino comparisse con la tunica scarlatta a esse che da più settimane non avevano trovato diletto che nella compagnia di uomini in divisa. Quanto alla madre, la lettera del signor Collins le aveva portato via buona parte della sua malevolenza e stava preparandosi a vederlo con tale tranquillità da stupire suo marito e le figlie.

Il signor Collins arrivò puntualissimo alla sua ora e fu ricevuto con grande civiltà da tutta la famiglia. Veramente il signor Bennet parlò poco; ma le signore furono abbastanza pronte a discorrere e il signor Collins non parve avesse gran bisogno d'esservi incoraggiato. Era un giovanotto di venticinque anni, alto e tarchiato, con un'aria grave e dignitosa e modi cerimoniosi. Si era appena seduto che iniziò a complimentare la signora Bennet di avere una così bella famiglia di ragazze. Disse di aver già sentito parlare molto della loro bellezza, ma che la fama, in questo caso, era inferiore al vero e soggiunse che non metteva in dubbio di vederle tutte felicemente accasate, a loro tempo. Questa galanteria non fu molto di gusto per qualcuna delle uditrici; ma la signora Bennet, che non trovava da ridire su nessun complimento, fu pronta a rispondere:

«Lei è molto gentile, signore, e mi auguro di tutto cuore che così avvenga, ché per il resto sono abbastanza sfortunata. Le cose sono sistemate così stranamente...»

«Forse lei intende alludere al trapasso di questo possesso.»

«Precisamente, signore. Convenga che è una faccenda ben dolorosa per le mie povere figliuole. Non che io incolpi lei, poiché so bene che tutto è caso a questo mondo. Non si può sapere come vadano a finire i possessi una volta che sono vincolati.»

«Sono molto sensibile, o signora, alla privazione che tocca alle mie belle cugine, e potrei dire molto su questo argomento, se non temessi di apparire intempestivo e precipitoso. Posso però assicurare le signorine che son venuto qui disposto ad ammirarle. Per ora non dirò di più, ma forse, quando ci saremo meglio conosciuti...»

Fu interrotto dalla chiamata a pranzo; e le ragazze si ammiccarono fra di loro. Esse non erano l'unico oggetto dell'ammirazione del signor Collins. Il vestibolo, la sala da pranzo e tutto il mobilio furono esaminati ed elogiati; e l'elogio di ciascun pezzo sarebbe andato al cuore della signora Bennet senza l'umiliante supposizione ch'egli contemplasse ogni cosa come sua futura proprietà. Anche il pranzo, a suo tempo, ebbe la sua alta ammirazione; e l'ammiratore chiese anche di sapere a quale delle sue leggiadre cugine spettasse il merito di così squisita cucina. Ma qui ebbe una rettifica dalla signora, che lo assicurò, un po' seccamente, che i Bennet erano in condizioni di poter tenere un buon cuoco e che le sue figlie non entravano mai in cucina. Egli chiese scusa di esserle dispiaciuto. Con un tono più dolce, essa rispose di non essere offesa; tuttavia egli continuò ad aggiungere scuse per un altro buon quarto d'ora.

XIV

Durante il pranzo, il signor Bennet parlò appena, ma quando la servitù si fu ritirata, credette giunto il momento di conversare col suo ospite; perciò attaccò un argomento sul quale si attendeva di vederlo brillare e precisamente quello della grande fortuna ch'egli sembrava avere avuto nella sua patrona. La condiscendenza di Lady Catherine de Bourgh ai suoi desideri e le attenzioni per il suo benessere gli parevano veramente degni di nota. Il signor Bennet non avrebbe potuto scegliere meglio. Il signor Collins fu eloquentissimo panegirista. Il soggetto lo innalzava a una solennità maggiore dell'usuale e fu con un'aria di suprema importanza che dichiarò non aver veduto mai in vita sua tali portamenti in una persona d'alto rango, tanta affabilità e degnazione, quanta ne aveva egli stesso sperimentata in Lady Catherine. Essa si era benignamente compiaciuta di approvare tutti e due i sermoni ch'egli aveva avuto l'onore di tenere alla presenza di lei. Lo aveva invitato due volte a pranzo a Rosings e lo aveva mandato a chiamare proprio il sabato avanti con la motivazione familiare di fare il quarto alla sua partita. C'era chi giudicava Lady Catherine altezzosa, ma egli non aveva trovato in lei che affabilità, sempre. Essa gli aveva sempre rivolto la parola come a qualunque altro gentiluomo; non si era menomamente opposta a che frequentasse la società dei dintorni né di quando in quando lasciasse la parrocchia per una o due settimane, per andare a trovare i suoi parenti. Si era persino degnata di consigliarlo di prendere moglie il più presto, purché facesse una scelta giudiziosa; e una volta era venuta a fargli visita alla sua umile parrocchia dove aveva pienamente approvato tutti i cambiamenti ch'egli stava facendo e lei stessa ne aveva suggerito qualcuno, per esempio, qualche palchetto negli stanzini di sopra.

«Tutto questo è molto bello e garbato» disse la signora Bennet «e direi che deve essere una simpaticissima signora. È un vero peccato che le gran dame generalmente non le rassomiglino. Abita vicino a lei, signore?»

«Il giardino nel quale si trova la mia umile dimora è separato soltanto da un viottolo dal parco di Rosings, residenza di Sua Signoria.»

«Mi pare che abbia detto che è vedova, è vero, signore? Non ha famiglia?»

«Ha solo una figlia, l'erede di Rosings e di un vastissimo possesso.»

«Ah!» esclamò la signora Bennet, scrollando la testa «allora sta meglio di molte altre ragazze. E che specie di signorina è? È bella?»

«È veramente una leggiadrissima fanciulla. Lady Catherine stessa dice che per bellezza la signorina de Bourgh è di gran lunga superiore a qualsiasi altra del suo sesso, poiché nei suoi lineamenti è il contrassegno che distingue le giovani di alto lignaggio. Purtroppo è di costituzione delicatissima; il che le ha impedito di progredire in diversi rami di istruzione, nei quali altrimenti non avrebbe mancato di brillare, come mi è stato riferito dalla signora che soprintendeva alla sua educazione e che sta ancora con loro. Tuttavia essa è amabilissima e spesso acconsente a venire col suo calessino e coi suoi *ponies* alla mia umile dimora.»

«È stata presentata a Corte? Non rammento il suo nome tra quello delle altre dame.»

«Purtroppo il suo cagionevole stato di salute non le permette d'abitare a Londra; e per questo, come ebbi un giorno io stesso a osservare a Lady Catherine, la Corte britannica è stata privata del suo più smagliante adornamento. Sua Signoria parve compiacersi di quest'idea e può figurarsi se mi sento felice, in tutte le occasioni, di prodigarle di questi gentili complimenti che le signore gradiscono sempre. Ho fatto più volte notare a Lady Catherine che la sua incantevole figliuola pare nata per essere una duchessa e che il più alto grado di nobiltà, anziché aggiungerle dell'importanza, ne prenderebbe da lei. Queste sono le cosette che piacciono a Sua Signoria ed è una specie di attenzioni che mi considero particolarmente tenuto a prodigarle.»

«Il suo modo di pensare è giustissimo» disse il signor Bennet «ed è una fortuna che lei possieda il talento di adulare così finemente. Posso chiederle se queste delicate attenzioni procedono da un impulso momentaneo o sono frutto di uno studio premeditato?»

«Nascono principalmente dal caso e, benché talvolta mi diletti a inventare e a combinare di questi eleganti complimenti che si prestino a tutte le circostanze, il mio desiderio è sempre quello di dare loro l'apparenza della più assoluta spontaneità.»

Era proprio come il signor Bennet se l'aspettava. Suo cugino era l'uomo insulso che si era immaginato e se lo godette tutto, ascoltandolo, pur mantenendo nello stesso tempo la più grave compostezza e, all'infuori di una sbirciatina a Elizabeth, non volle nessuno a parte del suo divertimento.

Tuttavia all'ora del tè ne aveva avuto abbastanza e fu felice di ricondurre l'ospite in salotto; e quando anche il tè fu alla fine, gli piacque invitarlo a leggere, a voce alta, qualcosa alle signore. Il signor Collins assentì prontamente; gli fu portato un libro, ma esaminatolo (poiché tutto dava a vedere che fosse di una biblioteca circolante) si fece indietro e dichiarò di non leggere mai romanzi. Kitty lo fissò stranamente e Lydia si mise a gridare. Furono portati altri libri e, dopo un momento di ponderazione, egli scelse le prediche di Fordyce. Aveva appena aperto il volume che Lydia fece uno sbadiglio e prima che avesse letto, con monotona solennità, tre pagine, lo interruppe:

«Lo sa, mamma, che lo zio Phillips parla di licenziare Riccardo e che, se lo licenzia, il colonnello Forster lo prenderà lui? Me lo ha detto la zia sabato. Andrò domani a Meryton a sentire come sta la cosa e a informarmi quando il signor Denny ritorna da Londra.»

Lydia ebbe dalle due sorelle maggiori l'ordine di tenere la bocca chiusa, ma il signor Collins, offesissimo, depose il libro, e disse:

«Ho spesso osservato quanto poco le signorine s'interessino ai libri seri, benché scritti esclusivamente a loro profitto. Me ne stupisco, lo confesso; poiché niente può esservi, certo, di più vantaggioso per esse che l'istruzione. Ma non voglio più a lungo tediare la mia giovane cugina...»

Quindi, voltosi al signor Bennet, gli si offrì avversario in una partita di tric-trac. Il signor Bennet accettò la sfida, facendogli osservare che agiva da savio lasciando le ragazze ai loro frivoli passatempi. La signora Bennet e le figliuole chiesero scusa assai compitamente per l'interruzione di Lydia e promisero che non lo avrebbero fatto più, se egli voleva riprendere il libro; ma il signor Collins, pure assicurandole che non serbava rancore alla giovane cugina e che non avrebbe mai preso la sua interruzione per un affronto, si sedette a un'altra tavola col signor Bennet e si apparecchiò al tric-trac.

XV

Il signor Collins non era una persona molto fine e la sua deficienza naturale poco era stata compensata dall'educazione o dal contatto con la buona società, avendo trascorsa la maggior parte della sua vita sotto la direzione di un padre illetterato e meschino; e benché fosse stato all'Università si era limitato a frequentarla i semestri necessari, senza formarsi delle vere conoscenze utili. La sottomissione nella quale suo padre lo aveva allevato gli aveva dato in origine una grande umiltà di modi; ma ora questa era non poco alterata dalla presunzione di un cervello mediocre, da una vita appartata e dai sentimenti derivati da una precoce e inattesa prosperità. Un caso fortunato lo aveva raccomandato a Lady Catherine de Bourgh, quando il beneficio ecclesiastico di Hunsford era rimasto vacante; la reverenza che gli ispirava l'alto rango di lei e la venerazione per la sua protettrice, mescolate con un'ottima opinione di se stesso, della sua autorità di ecclesiastico e dei suoi diritti di rettore, avevano fatto di lui un impasto d'orgoglio e di servilismo, di vanagloria e di bassezza.

Possedendo ora una buona casa e una più che sufficiente entrata, pensava a prender moglie; nel ricercare la conciliazione con la famiglia di Longbourn, egli aveva in vista anche una possibile moglie da scegliere in una delle ragazze, se le avesse trovate belle e amabili come le descriveva la voce pubblica. Questo era il suo progetto, a risarcimento dell'eredità che avrebbe fatta dei loro beni paterni e lo stimava ottimo, convenientissimo e praticissimo e, da parte sua, quanto mai generoso e disinteressato.

Il progetto non cambiò dopo che ebbe viste le ragazze. Il bel visetto della maggiore signorina Bennet confermò le sue intenzioni e ribadì i suoi rigorosi concetti sulla preferenza dovutale quale sorella maggiore; così per la prima sera essa fu la prescelta. Ma la mattina dopo ci fu un mutamento. In un quarto d'ora di *tête-à tête* con la signora Bennet, prima di colazione, la conversazione prese le mosse dalla sua dimora parrocchiale per venire naturalmente a confessare le sue speranze che la futura padrona di quella dimora avesse a trovarsi a Longbourn e fece risultare da parte della signora Bennet, in mezzo a molti sorrisetti d'incoraggiamento, che esisteva già una opzione proprio su Jane sulla quale egli si era fissato. Quanto alle minori, senza prendersi una responsabilità formale di garantirlo assolutamente, non aveva tuttavia notizia d'alcun impegno precedente; ma quanto alla maggiore le incombeva lasciargli intendere che era come se fosse ben presto fidanzata.

Al signor Collins non rimaneva che passare da Jane a Elizabeth – il che fu presto fatto – nel tempo che la signora Bennet stava attizzando il fuoco. Elizabeth, che veniva subito dopo Jane per età e per bellezza, le successe naturalmente.

La signora Bennet fece tesoro delle mezze parole scambiate e tenne per fermo di avere quanto prima due figlie accasate; e l'uomo che, il giorno avanti, essa non voleva sentire nemmeno menzionare fu adesso nelle sue buonissime grazie.

Il progetto di Lydia di fare una passeggiatina a Meryton non andò nel dimenticatoio: tutte le sorelle, all'infuori di Mary, acconsentirono ad accompagnarla e anche il signor Collins su preghiera del signor Bennet, che aveva una gran voglia di liberarsi di lui e rimanere padrone della sua biblioteca: poiché, subito dopo colazione, il signor Collins ve lo avrebbe seguito e vi si sarebbe trattenuto, nominalmente occupato con uno dei più grandi in folio della raccolta, ma di fatto a chiacchierare quasi ininterrottamente col signor Bennet, della sua casa e del suo giardino di Hunsford, cosa che sconcertava oltre ogni dire il signor Bennet. Nella sua biblioteca era riuscito sempre a starsene a suo agio e tranquillo; uso, come diceva Elizabeth, a trovare in tutte le altre stanze di casa stoltezza e stravaganza, in biblioteca almeno era sicuro di essere libero; perciò la sua cortesia fu quanto mai pronta a spingere il signor Collins a unirsi alle sue figlie nella loro passeggiata; e il signor Collins, che era nato più camminatore che lettore, fu soddisfattissimo di chiudere il suo librone e di andarsene.

Sino a Meryton il tempo passò in pompose inezie da parte sua e in cortesi approvazioni da parte delle cugine. Di qui in poi, l'attenzione delle minori non poté più essere trattenuta da lui. I loro occhi incominciarono a vagare per la via alla ricerca degli ufficiali e niente valse più a richiamarle, a meno che non fosse un delizioso cappellino o una mussolina di ultima novità nella vetrina di un negozio.

Ma presto l'attenzione di tutte le ragazze fu attratta da un giovane signore di aspetto oltremodo distinto, mai prima veduto, che passeggiava dall'altra parte della strada in compagnia di un ufficiale. Questi era per l'appunto quel signor Denny sul cui ritorno da Londra Lydia veniva a cercare informazioni, e al loro passaggio s'inchinò. Tutte erano state colpite dall'aria del forestiero e cominciarono ad almanaccare chi potesse essere. Kitty e Lydia, risolute a scoprirlo in ogni modo, attraversarono la strada col pretesto di osservare qualcosa in un negozio di faccia e, fortunate, avevano appena toccato il marciapiede che i due signori, ritornati indietro, giungevano proprio allo stesso punto. Il signor Denny senz'altro si volse chiedendo il permesso di presentar loro il suo amico, signor Wickham, ritornato insieme con lui il giorno avanti da Londra e che, era lieto di poterlo annunciare, aveva accettato un brevetto d'ufficiale nel loro corpo. Era proprio quello che ci voleva: poiché a questo giovanotto non mancava che l'uniforme per essere proprio seducente. Il suo aspetto parlava in suo favore: possedeva i migliori requisiti della bellezza, un portamento elegante, una figura vantaggiosa e il più bel garbo nelle maniere. La presentazione dette luogo da parte sua a una conversazione facile e felice, facilità che era nello stesso tempo perfettamente corretta e spontanea; e la compagnia stava ancora tutta insieme discorrendo piacevolmente, quando un trotto di cavalli li fece rivoltare, e videro Darcy e Bingley che venivano cavalcando per la strada. Riconoscendo le signore del gruppo, i due signori si diressero alla loro volta e furono scambiate le cortesie d'uso. Bingley era quello che parlava di più e la maggiore delle signorine Bennet ne era l'oggetto principale. Era giusto – come disse – in procinto d'andare a Longbourn per avere notizie di lei. Il signor Darcy lo confermò con un inchino e stava imponendosi di non volgere gli occhi su Elizabeth, quando, tutt'a un tratto, dovette fermarsi alla vista del forestiero, ed Elizabeth, che ebbe a notare il contegno dei due quando i loro sguardi s'incontrarono, rimase trasecolata del loro effetto. Tutti e due avevano mutato colore; l'uno si era fatto bianco, l'altro rosso. Dopo alcuni istanti, il signor Darcy si degnò a malapena di rispondere. Che cosa voleva dire? Impossibile immaginarlo, ma impossibile anche cercare di saperlo.

Un momento dopo il signor Bingley, senza però avere l'aria d'essersi accorto dell'accaduto, prese commiato e ripartì a cavallo col suo amico.

Il signor Denny e il signor Wickham accompagnarono le signorine sino alla porta di casa del signor Phillips e qui si congedarono con i debiti inchini, nonostante le istanze più premurose della signorina Lydia perché entrassero anch'essi e nonostante che la signora Phillips aprisse la finestra del salotto per appoggiare ad alta voce l'invito.

La signora Phillips era sempre contenta quando vedeva le nipoti; e le due maggiori, di ritorno dalla loro recente assenza, ebbero un'accoglienza speciale. Stava esprimendo loro la sua sorpresa per quel subitaneo ritorno a casa, del quale non avrebbe avuto notizia, dato che la loro carrozza non era andata a riprenderle, se non le fosse capitato d'incontrare per via il garzone del signor Jones, che le aveva riferito che avevano smesso di mandare medicine a Netherfield perché le signorine Bennet ne erano venute via, quando la sua cortesia ebbe a volgersi verso il signor Collins, che Jane le presentava. Lo accolse con una perfetta urbanità ch'egli rincarò nel ricambio, scusandosi di esser venuto a disturbarla senza conoscerla prima, di che tuttavia si lusingava di poter comunque esser giustificato in grazia della parentela con le signorine che ora l'avevano presentato. La signora Phillips fu sopraffatta da tale abbondanza di complimenti; ma presto dovette smettere di interessarsi al forestiero per via delle esclamazioni delle nipoti e delle loro grandi domande sul conto di quell'altro, sul quale però non poté riferire se non quanto esse già sapevano: cioè come il signor Denny lo aveva condotto con sé da Londra e che era in procinto di ottenere il brevetto di tenente nel reggimento del ...shire. Era stata un'ora – lo disse lei – a spiarlo mentre egli passeggiava su e giù per la strada e, se frattanto il signor Wickham fosse riapparso, Kitty e Lydia non avrebbero smesso di occuparsene; ma fortunatamente adesso sotto le finestre non passò nessuno all'infuori di pochi ufficiali che a paragone del nuovo arrivato erano diventati "stupidi e antipatici". Alcuni di questi erano invitati a pranzo per il giorno dopo dai Phillips e la zia promise di mandare suo marito a cercare il signor Wickham e invitare anche lui, se la famiglia di Longbourn avesse voluto poi venire in serata. La combinazione fu accettata e la signora Phillips annunciò che si sarebbe fatto un po' di chiasso con una bella lotteria e, dopo, un boccone di cena calda. La prospettiva di tali delizie era molto attraente e si lasciarono di comune buonumore. Uscendo dal salotto, il signor Collins ripeté le sue scuse e con pari cortesia fu assicurato che erano veramente superflue.

Mentre tornavano a casa, Elizabeth riferì a Jane quel qualcosa che aveva notato fra Wickham e Darcy ma, benché Jane fosse disposta a difenderne uno o anche tutti e due, se avessero avuto l'aria di aver torto, non fu capace più che la sorella di spiegarsi quel contegno.

Al suo ritorno, il signor Collins acquistò nuove grazie nel cuore della signora Bennet con la sua ammirazione per le belle maniere e per la gentilezza della signora Phillips. Dichiarò che, eccettuata Lady Catherine e sua figlia, non aveva mai veduto una signora più compita e che non solo essa lo aveva accolto con estrema affabilità, ma lo aveva pure compreso formalmente nell'invito della sera successiva, quantunque lo avesse conosciuto soltanto allora. Supponeva che in parte lo dovesse alla sua parentela con essi; non di meno doveva dire di non aver incontrato mai, in vita sua, tanta urbanità.

XVI

Siccome nessuno fece obiezioni al fissato tra le ragazze e la loro zia e siccome anche tutti gli scrupoli del signor Collins a lasciare per una sera il signore e la signora Bennet soli, mentre ne era ospite, furono energicamente combattuti, la carrozza portò lui e le cinque cugine, a un'ora debita, a Meryton, e qui, entrando nel salotto, le ragazze ebbero il piacere d'apprendere che il signor Wickham aveva accettato l'invito dello zio e che era già lì.

Avuta questa informazione e ciascuno essendosi seduto, il signor Collins ebbe agio di volgere intorno i suoi sguardi ammirativi; e le dimensioni della sala e il mobilio lo colpirono a tal punto che disse di credersi quasi nel piccolo tinello d'estate di Rosings. Il paragone da prima non suscitò alcun speciale compiacimento: ma quando la signora Phillips fu da lui edotta di che cosa fosse Rosings e chi ne fosse la proprietaria, udita la descrizione di uno solo dei salotti di Lady Catherine e appreso che soltanto il caminetto era costato ottocento sterline, allora sentì tutta la forza del complimento e non si sarebbe forse avuta a male nemmeno se il paragone fosse stato fatto semplicemente con i locali della custode di Rosings.

La descrizione di tutte le magnificenze di Lady Catherine e della sua dimora, intercalata di qualche digressione a elogio della sua propria modesta abitazione e degli abbellimenti che vi andava facendo, lo tenne occupato nel modo più grato fino a che non sopravvennero gli altri signori. Trovò nella signora Phillips un'attentissima ascoltatrice, che mostrò di tenerlo sempre più in considerazione per quello che via via ne apprendeva e che già meditava di divulgare quanto prima tra i conoscenti del vicinato. L'intervallo dell'attesa sembrò invece assai lungo alle ragazze che, non badando al cugino, non avevano altro da fare se non desiderare un pianoforte ed esaminare senza interesse le porcellane d'imitazione cinese sulla mensola del caminetto. Finalmente anche l'attesa ebbe termine. I signori comparvero; e quando il signor Wickham entrò nel salotto, Elizabeth convenne che l'ammirazione provata prima a vederlo e poi a pensarlo non aveva proprio nulla di meno che ragionevole. Gli ufficiali del reggimento del ...shire formavano tutti un insieme di egregi gentiluomini e quella sera c'era il meglio di loro, ma il signor Wickham per la figura, il contegno e l'incesso di tanto era superiore a tutti gli altri, di quanto questi erano superiori allo zio Phillips, con quella sua faccia larga e gonfia e quel sentore di vin di Porto che lo accompagnava nella sala.

Il signor Wickham era il fortunato uomo al quale si volgevano si può dir tutti gli sguardi femminili ed Elizabeth fu la fortunata donna presso la quale finalmente egli venne a sedersi; e il modo squisito con cui egli attaccò subito conversazione, sebbene questa si aggirasse semplicemente sull'umidità della notte e sulla probabilità di una stagione piovosa, le fece sentire che l'argomento più comune, banale e stantio può divenire interessante per la maestria di chi parla.

Con rivali come il signor Wickham e gli altri ufficiali, il signor Collins stava per sparire completamente dall'attenzione del bel sesso: per le signorine certo egli non era più un bel nulla, ma a intervalli continuò ad avere una ascoltatrice nella signora Phillips e dalla vigile premura di questa fu abbondantemente provvisto di caffè e di focaccine.

Quando i tavolini da gioco furono sistemati, egli cercò di contraccambiare la gentilezza della signora Phillips sedendosi con lei al *whist*.

«Ancora non conosco molto il gioco» disse «ma sarò ben lieto di perfezionarmi, perché, data la mia posizione in società...»

La signora Phillips gli fu molto grata della compiacenza ma non ebbe la pazienza di aspettare che gliene spiegasse anche il motivo.

Il signor Wickham non giocava al *whist* e fu ricevuto all'altra tavola, con spontanea letizia, tra Elizabeth e Lydia. Da prima ci fu il pericolo che Lydia, parlatrice instancabile, se lo accaparrasse completamente ma, essendo non meno amante del gioco della lotteria, presto ci s'ingolfò e la prese troppa frenesia di lanciar sfide e di reclamare rivincite per badare a qualsiasi persona in particolare. Invece il signor Wickham, che giocava senza speciale entusiasmo, ebbe tutto l'agio di discorrere con Elizabeth e questa stette tutta orecchi ad ascoltarlo, benché poco sperasse di apprendere su ciò che più le sarebbe importato: com'era che egli conosceva il signor Darcy. Non osò neanche farne il nome. Ma la sua curiosità fu appagata quanto meno se l'aspettava. Fu lo stesso signor Wickham a entrare in argomento: s'informò della distanza che c'era fra Netherfield e Meryton e, avutane la risposta, chiese un po' titubante da quanto tempo ci stava il signor Darcy.

«Da circa un mese» disse Elizabeth; e desiderosa di non lasciar cadere l'argomento, soggiunse: «Ho sentito che possiede una vastissima tenuta nel Derbyshire».

«Sì» rispose Wickham «una tenuta grandiosa. Una rendita netta di diecimila sterline. Lei non avrebbe potuto incontrare uno che possa darle più di me informazioni precise; con quella famiglia sono stato legatissimo sino da quando ero bambino.»

Elizabeth non dissimulò un movimento di stupore.

«Capisco la sua sorpresa, signorina Bennet, se, come è probabile, ha osservato la freddezza del nostro incontro di ieri. Lo conosce bene, lei, il signor Darcy?»

«Quel tanto che mi basta» esclamò con calore Elizabeth. «Ho passato quattro giorni in una casa dov'era anche lui e lo trovo molto antipatico.»

«Simpatico o no, io non ho il diritto di giudicarlo» disse Wickham. «Non sono al caso. Da troppo tempo e troppo bene lo conosco per essere un giudice sereno. Non potrei assolutamente essere imparziale. Credo però che codesto suo giudizio su di lui così reciso stupirebbe e forse nemmeno lei avrebbe il coraggio di esprimerlo con tanta energia fuori di qui. Ma qui lei è in casa sua.»

«Le giuro che non dico niente di più, qui, di quello che direi in qualunque altra di queste case, escluso Netherfield. Non è punto ben voluto nell'Hertfordshire. La sua superbia ha disgustato tutti. Non troverà nessuno che ne parli con più benevolenza.»

«Non posso fingermi dispiacente» disse Wickham, dopo una breve interruzione «che lui, o un altro, sia tenuto nel conto che si merita; ma a lui credo che la cosa non succeda spesso. La gente è abbagliata dalla sua ricchezza e dal suo rango, o intimidita dai suoi modi altezzosi, e lo vede solo come egli pretende esser veduto.»

«Anche per quel poco che lo conosco, io lo direi un uomo di un gran cattivo carattere.»

Wickham si limitò a tentennare il capo.

«Sarei curioso di sapere» disse, appena gli si offrì il destro di dirlo «se è facile che si trattenga ancora molto da queste parti.»

«Non lo saprei proprio ma, quando ero a Netherfield, non ho sentito per nulla parlare di una sua partenza. Spero che il suo progetto di entrare in servizio in questo reggimento non abbia a risentire della presenza di costui in questi paraggi.»

«No, non tocca a me andarmene per via del signor Darcy. Se vuole evitare di vedermi, se ne vada lui. Non siamo in rapporti cordiali e mi fa sempre pena l'incontrarmi con lui, ma non ho motivi per sfuggirlo, se non uno che posso proclamare in faccia a tutti: la coscienza del suo cattivo modo di procedere e il più grande rammarico ch'egli sia quello che è. Il defunto suo padre fu una delle più care persone che siano mai state al mondo e il più sincero amico che abbia mai avuto; non posso trovarmi con quest'altro Darcy senza che mille tènere ricordanze mi rattristino l'anima. La sua condotta verso di me è stata intollerabile e credo proprio che gli potrei perdonare qualunque cosa fuori che l'aver deluso quello che suo padre si aspettava da lui e averne sciupata la memoria.»

L'argomento diventava sempre più interessante per Elizabeth, che stava a sentire con tutta l'anima, ma era troppo delicato per domandare dell'altro.

Il signor Wickham passò a discorrere di cose indifferenti, di Meryton, della società che vi era, mostrandosi entusiasta di quanto aveva veduto sino allora e parlando specialmente della sua società con una comprensibile ma proprio squisita galanteria.

«È stata la prospettiva di frequentare una società buona e stabile» soggiunse «che mi ha indotto soprattutto a entrare al ...shire. Sapevo che è un corpo simpaticissimo e distintissimo e il mio amico Denny mi ha tentato dipingendomi le grandi cortesie e le ottime conoscenze che Meryton gli ha procurato. Io ho bisogno, lo confesso, della vita di società. Ho avuto delle delusioni e non ho l'animo da resistere alla solitudine. Ho bisogno di occupazione e di distrazione. La carriera militare non è proprio quella alla quale miravo, ma le circostanze me l'hanno fatta desiderabile. La mia professione avrebbe dovuto essere quella ecclesiastica – sono stato allevato per la Chiesa e in questo momento avrei dovuto essere in possesso di un beneficio importante – se così fosse piaciuto al signore di cui si parlava un momento fa.»

«Ma no?»

«Proprio così. Il defunto signor Darcy mi aveva designato nel testamento per il miglior beneficio che dipendeva dal suo patronato. Aveva pensato a provvedermi con larghezza e credeva di avermelo assicurato: ma quando il beneficio fu disponibile, toccò ad altri.»

«Cielo!» esclamò Elizabeth. «Ma come mai? Come non è stata rispettata la sua volontà? Perché non chiese giustizia per via legale?»

«Per l'appunto nei termini del lascito vi era una

certa irregolarità di forma che non mi permetteva di sperare nulla dalla legge. Un uomo d'onore non avrebbe messo in dubbio l'intenzione del testatore ma al signor Darcy piacque metterla in dubbio, o presentarla come una semplice raccomandazione sottoposta a certe condizioni e asserire ch'io ero decaduto da ogni diritto per la mia sregolatezza; a farla breve, niente di niente. Il fatto è che quel beneficio rimase vacante proprio due anni fa, quando avevo già l'età da detenerlo e che fu dato a un altro; ed è anche un fatto ch'io non posso incolparmi d'aver commesso la minima cosa per la quale abbia meritato di perderlo. Ho un carattere vivace e impulsivo e può darsi che qualche volta abbia espresso troppo liberamente le mie opinioni su di lui e a lui. Non riesco a ricordarmi niente di più grave. Ma il fatto è che siamo due di una specie assai diversa, e che lui mi ha a noia.»

«È orribile! Si meriterebbe di esser svergognato in pubblico.»

«Una volta o l'altra lo sarà. Ma non tocca a me. Finché non riuscirò a dimenticare suo padre, non riuscirò mai a sfidarlo e smascherarlo.»

Elizabeth rese onore a questi sentimenti; chi li manifestava le parve ancora più bello.

«Ma che motivo può avere avuto» disse dopo una pausa «per agire con tale crudeltà?»

«Una profonda deliberata avversione per me, un'avversione che non posso attribuire che in parte alla gelosia. Se il defunto signor Darcy mi avesse voluto meno bene, suo figlio si sarebbe comportato meglio con me; ma lo straordinario affetto di suo padre per me credo che lo irritasse sino da principio. Non aveva un temperamento da tollerare una specie di concorrenza, questa specie di predilezione che spesso mi era dimostrata.»

«Non avrei creduto mai il signor Darcy così malvagio; benché non mi sia mai piaciuto, non lo avrei però giudicato così male. Mi ero immaginata che tenesse in dispregio i suoi simili in generale, ma non sospettavo che fosse capace di abbassarsi a una vendetta così maligna, a una tale ingiustizia, a un'inumanità come questa!»

Dopo un istante di riflessione, continuò:

«Mi ricordo che un giorno a Netherfield si vantava di essere implacabile nel risentimento, di avere un animo che non perdona. Deve avere un carattere spaventoso.»

«Su questo punto non voglio fidarmi del mio sentimento» rispose Wickham; «mi riesce troppo difficile esser giusto con lui.»

Elizabeth si raccolse di nuovo nei suoi pensieri e poi esclamò:

«Trattare così il figlioccio, l'amico, il favorito del padre!» E avrebbe potuto aggiungere: "E per di più un giovane come lui, che basta guardarlo per capire quanto deve essere amabile"; ma si contentò di dire: «E per di più uno che deve essere stato il suo compagno d'infanzia e col quale è stato, mi par che abbia detto, intimissimo».

«Siamo nati nella stessa parrocchia, entro lo stesso parco. Abbiamo passato insieme la maggior parte della nostra prima gioventù; dimoranti nella stessa casa, partecipando agli stessi divertimenti, tutti e due oggetti della medesima cura paterna. Mio padre aveva cominciato la stessa professione alla quale vostro zio Phillips fa tanto onore, ma poi rinunziò a ogni altra occupazione per rendersi utile al defunto signor Darcy e tutto il suo tempo lo dedicò all'amministrare la proprietà di Pemberley. Era tenuto in altissima stima dal signor Darcy, era il suo più intimo e fido amico. Il signor Darcy riconosceva spesso d'essere obbligatissimo alla attività sorprendente di mio padre e quando, poco prima che questi venisse a morte, gli promise spontaneamente di provvedere a me, sono sicuro che lo fece tanto per debito di riconoscenza verso di lui, quanto per affetto verso di me.»

«Incredibile!» esclamò Elizabeth. «Una cosa abominevole! Mi stupisco che il signor Darcy non sia stato più giusto a suo riguardo, se non altro per orgoglio. A meno che non derivi da una causa anche peggiore: ch'egli non abbia avuto anche l'orgoglio di essere disonesto – poiché non posso chiamare che disonestà la sua azione.»

«Proprio incredibile,» rispose Wickham «dato che tutte le sue azioni si possono attribuire all'orgoglio, che è stato spesso il suo migliore consigliere. È stato l'orgoglio, più di qualunque altro sentimento, che lo ha indirizzato alla virtù. Ma nessuno è coerente e nella sua condotta a mio riguardo ci sono stati impulsi anche più forti dell'orgoglio.»

«Ma può mai un orribile orgoglio come il suo avergli ispirato del bene?»

«Sì; spesso lo ha anche mosso a essere umano e generoso, largo di ospitalità, ad aiutare i dipendenti e a soccorrere i poveri! Per orgoglio di famiglia e per orgoglio figliale; perché è fierissimo di quello che fu suo padre. Non diminuire il prestigio della famiglia, non venir meno a certe qualità degne della pubblica considerazione, non perdere l'ascendente di casa Pemberley sono motivi potenti. Egli possiede, inoltre, un orgoglio fraterno che, insieme con un certo affetto lo rende un amorevolissimo e sollecito tutore di sua sorella; da per tutto lo sentirà lodare per il più premuroso e affettuoso dei fratelli.»

«Che tipo di ragazza è questa signorina Darcy?»

Wickham scosse la testa:

«Vorrei poter dire che è gentile. Mi affligge dir male di una Darcy; ma essa rassomiglia troppo a suo fratello; è molto molto orgogliosa. Da bambina era affettuosa e carina e mi voleva un gran bene; e io ho dato ore e ore per divertirla. Ma adesso non è più nulla per me. È una bella ragazza sui quindici o sedici anni e, per quello che si dice, molto istruita. Dalla morte di suo padre, sta a Londra con una signora che sorveglia la sua educazione.»

Dopo molte pause e qualche tentativo di cambiare argomento, Elizabeth non poté fare a meno di ricadere ancora sul primo.

«Quello che non capisco è la sua intimità col signor Bingley. Come fa a essere amico d'una persona simile il signor Bingley, che pare il buonumore in persona e che ritengo persona veramente amabile? Come possono combinare? Conosce lei il signor Bingley?»

«No, per niente.»

«È un uomo di buona indole, amabile, attraente: non deve sapere chi è il signor Darcy.»

«Probabilmente no: ma il signor Darcy riesce anche a piacere, quando vuole. Non gli mancano le qualità. Può essere un compagno socievole, quando crede che ne valga la pena. Tra la gente del suo rango è tutto diverso da come è con chi è un po' al di sotto. Il suo orgoglio non lo abbandona mai; ma con i ricchi è portato alla liberalità, è giusto, sincero, ragionevole, onorato e forse piacevole – concessioni che fa alla ricchezza e alla apparenza.»

Sciolta si la compagnia del *whist*, i giocatori si raccolsero all'altra tavola e il signor Collins prese posto fra la cugina Elizabeth e la signora Phillips. Questa gli fece le domande d'uso sulle sue vincite. Non era andata molto bene; aveva perduto ogni punto; ma quando la signora Phillips si mise a esprimergli il dovuto rammarico, la rassicurò con tutta serietà che non era cosa d'importanza; che il denaro era per lui una bagattella e la pregava di non cracciarsene.

«So benone, signora» disse «che quando uno siede a un tavolo da gioco deve accettare i rischi; e, fortunatamente, io non sono in tali condizioni che cinque scellini mi pesino. Vi sono indubbiamente molti che non potrebbero dire lo stesso, ma grazie a Lady Catherine de Bourgh, io mi trovo ben lungi dalla necessità di dover badare a simili piccolezze.»

Queste parole attrassero l'attenzione del signor Wickham, il quale, dopo aver osservato un momento il signor Collins, chiese a bassa voce a Elizabeth se i suoi parenti conoscevano intimamente la famiglia de Bourgh.

«Lady Catherine» rispose lei «gli ha concesso tempo fa un beneficio. Non so nemmeno come il signor Collins abbia potuto esserle presentato, ma certo non è molto che la conosce.»

«Lei saprà, naturalmente, che Lady Catherine de Bourgh e Lady Anne Darcy erano sorelle e che, per conseguenza, essa è zia del vivente signor Darcy.»

«No, non lo sapevo. Non avevo alcuna idea del parentado di Lady Catherine. Non è che da ieri l'altro che ho saputo che esiste.»

«Sua figlia, la signorina de Bourgh, sarà padrona di un ingente patrimonio; si ritiene ch'essa e suo cugino uniranno le due proprietà.»

Questa informazione fece sorridere Elizabeth pensando alla povera signorina Bingley. Vane dovevano essere tutte le sue attenzioni; vani e inutili il suo affetto per la sorella e tutti gli elogi che ne faceva a lui, se questi si era già destinato a un'altra.

«Il signor Collins» disse lei «parla con alta ammirazione tanto di Lady Catherine quanto della figlia, ma da certi particolari ch'egli ci ha riferito di Sua Signoria, dubito che la gratitudine lo illuda e, anche se è sua protettrice, essa rimane una donna arrogante e boriosa.»

«Credo bene che sia l'una e l'altra» rispose Wickham. «Sono diversi anni che non l'ho veduta, ma mi ricordo benone di non averla mai potuta soffrire e che aveva modi prepotenti e altezzosi. Ha nome d'essere molto intelligente e abile, ma credo che le sue supposte qualità derivino parte dal suo rango e dalla sua ricchezza, parte dalle sue maniere autoritarie e il resto dalla superbia del nipote che pretende che chi è a lui congiunto debba avere per forza delle doti superiori.»

Elizabeth convenne che codesta pittura doveva essere giustissima, e continuarono a discorrere con reciproca soddisfazione finché la cena pose termine al gioco e accordò anche alle altre signore la loro parte delle finezze del signor Wickham. Non ci po teva esser vera conversazione nel brusio della comi tiva che cenava in casa Phillips, ma bastava il suo modo di fare per renderlo grato a tutti. Tutto ciò che diceva era detto bene, tutto ciò che faceva era fatto con grazia. Elizabeth se ne partì con il pensiero pieno di lui.

Per tutta la strada del ritorno non riuscì a pensare ad altro che al signor Wickham e a quello che le aveva detto, ma non ebbe modo, strada facendo, neanche di fare il suo nome, perché Lydia e il signor Collins non stettero un momento zitti. Lydia non la smetteva di parlare dei biglietti di lotteria e delle marche che aveva perdute e di quelle che aveva guadagnate; e il signor Collins a lodare la grande gentilezza dei signori Phillips, a ripetere che non pensava affatto alle sue perdite al *whist,* a enumerare tutte le pietanze della cena ed esprimere più e più volte il timore di disturbare le sue cugine; gli restava ancora da dire molto di quello che avrebbe voluto quando la carrozza si fermò alla casa di Longbourn.

XVII

L'indomani, Elizabeth raccontò a Jane quello che era passato fra lei e il signor Wickham. Jane la ascoltò stupita e non senza rincrescimento, non potendo ammettere che il signor Darcy fosse così indegno della stima del signor Bingley; d'altra parte non era nella sua natura mettere in dubbio la veracità di un giovane dall'aria così amabile come Wickham. La possibilità ch'egli avesse sofferto tanta scortesia bastava a toccare tutti i suoi sentimenti pietosi; perciò non le rimase che pensare bene di entrambi e cercò di difendere la condotta dell'uno come quella dell'altro, facendo carico al caso o a un malinteso di quello che altrimenti non si spiegava.

«Secondo me» disse «sono stati tutti e due tratti in errore da qualche cosa di cui noi non abbiamo un'idea. Della gente interessata avrà forse riportato delle falsità a carico dell'uno all'altro, insomma non siamo noi che possiamo fare delle congetture sulle cause o sulle circostanze che possono averli inimicati, senza che nessuno dei due ci abbia colpa.»

«Ammettiamolo, ma ora, cara Jane, che cosa dirai per giustificare codesta gente interessata che si è, diciamo, intromessa? O riesci a giustificare anche costoro, o altrimenti dovremo pur pensare male di qualcuno.»

«Ridi quanto vuoi, ma col tuo riso non mi farai cambiare idea. Pensa un po', cara Lizzy, in che brutta luce mette il signor Darcy codesto suo modo di trattare il prediletto di suo padre, una persona a cui suo padre aveva promesso di provvedere. È una cosa che non può essere. Nessuno che sia normalmente umano, nessuno che abbia qualche rispetto per se stesso sarebbe capace di tanto. È possibile che i suoi intimi amici s'ingannino talmente sul conto suo? No e no.»

«Mi è più facile ammettere che il signor Bingley sia dominato da Darcy, anzi che supporre che il signor Wickham abbia inventato un caso come quello che mi ha raccontato l'altra sera, citando nomi, fatti e ogni cosa senza cerimonie. Se non è così, che il signor Darcy provi il contrario. D'altronde, gli occhi di Wickham dicevano il vero.»

«È un caso molto difficile, inquietante. Non si sa proprio che cosa pensarne.»

«Ti chiedo scusa; si sa benissimo.»

Ma la sola cosa a cui Jane riusciva a pensare con sicurezza era questa: che, se il signor Bingley era stato dominato dall'altro, avrebbe molto sofferto se il fatto fosse messo in pubblico.

Le ragazze furono richiamate dal boschetto dove erano state a discorrere per l'arrivo proprio delle persone delle quali stavano parlando. Il signor Bingley con le sorelle erano venuti a portare in persona l'invito per il tanto atteso ballo a Netherfield, ch'era fissato per il prossimo martedì. Le due donne erano in estasi a rivedere la loro cara amica; dissero ch'era un secolo che non erano state insieme e chiesero ripetutamente che cosa avesse fatto da quando s'erano lasciate. Prestarono scarsa attenzione al restante della compagnia, sfuggendo più che fosse possibile la signora Bennet, parlando con Elizabeth poco, punto con gli altri. Presto si alzarono con tale sveltezza da prendere il fratello alla sprovvista e se ne scapparono più svelte che poterono per sfuggire alle cortesie della signora Bennet.

La prospettiva del ballo di Netherfield riusciva oltremodo piacevole a tutti gli elementi femminili della famiglia. L'aver ricevuto l'invito dallo stesso signor Bingley, invece che per mezzo di un biglietto, fu interpretato dalla signora Bennet come un omaggio diretto alla sua figlia maggiore e se ne sentì in special modo lusingata. Jane immaginò la felicità di tutta una serata con le sue amiche e con le attenzioni del loro fratello ed Elizabeth pensò al piacere di ballare un bel po' col signor Wickham e di avere una riprova della verità di tutto confrontandolo sullo sguardo e sul contegno del signor Darcy. La felicità che si attendevano Catherine e Lydia dipendeva meno da un qualche fatto particolare o da una specifica persona, perché, quantunque si proponessero entrambe, come Elizabeth, di ballare metà sera col signor Wickham, questo non era l'unico cavaliere di soddisfazione, e un ballo, comunque fosse, era sempre un ballo. Persino Mary si sentì in dovere di assicurare alla sua famiglia che non aveva alcuna riluttanza per quel trattenimento.

«Mi basta d'aver la mattinata a mia disposizione» disse. «Non mi pare un sacrificio il partecipare di quando in quando a qualche passatempo serale. La società ha dei diritti su noi tutti; e io mi metto fra coloro che considerano desiderabili gli intervalli della ricreazione e del divertimento.»

Elizabeth era così eccitata da quella bella prospettiva che, sebbene non rivolgesse la parola al signor Collins se non proprio per stretta necessità, non poté fare a meno di domandargli se accettava l'invito del signor Bingley e, in caso affermativo, se giudicava conveniente, come ecclesiastico, prender parte a una festa serale, e fu alquanto stupita nel constatare ch'egli non provava alcuno scrupolo in proposito e che era ben lungi dal temere, avventurandosi a ballare, una reprimenda sia dall'arcivescovo, sia da Lady Catherine de Bourgh.

«Non sono affatto del parere» disse «che un ballo di questa specie, dato da un giovane serio a persone rispettabili, possa avere una tendenza peccaminosa; sono così lontano dal rifiutarmi a ballare anch'io che spero di aver l'onore della mano di tutte le mie belle cugine; anzi colgo questa occasione per sollecitare particolarmente per le due prime danze la sua, signorina Elizabeth; preferenza che, glielo confido, mia cugina maggiore Jane vorrà attribuire al giusto motivo e non alla minima mancanza di riguardo per lei.»

Elizabeth s'accorse di esserci cascata. Proprio per quelle danze che aveva pensato d'impegnare col signor Wickham, trovare ora in suo luogo il signor Collins!

La sua impulsività non era mai stata meno opportuna. Ma non c'era rimedio. La felicità del signor Wickham e la sua propria dovevano, per forza, essere ritardate di un poco e accettò l'offerta del signor Collins con tutta la buona grazia che riuscì a metterci. Né la galanteria di Collins le riuscì per nulla più gradita per l'idea che vi fosse insinuata un'intenzione più precisa. Per la prima volta la colpì il pensiero di esser lei fra le sue sorelle la prescelta a divenire la padrona della parrocchia di Hunsford e ad aiutare a formare un quadriglio, a Rosings, quando mancassero invitati di maggior riguardo. Questo sospetto si cambiò ben presto in certezza nell'osservare le crescenti gentilezze di lui e nel sentirsi più volte complimentare per la sua vivacità e il suo spirito. Quantunque più meravigliata che compiaciuta di questi effetti della sua grazia, non ebbe da aspettare molto perché sua madre le facesse intendere che un possibile loro matrimonio le sarebbe riuscito infinitamente grato. Non raccolse l'allusione, consapevole che qualunque sua risposta avrebbe dato luogo a una grave disputa. Poteva ancora darsi che il signor Collins non avrebbe mai fatta la domanda e sino a quel momento era inutile guastarsi per lui.

Nel frattempo, se non ci fosse stato il ballo di Netherfield a cui prepararsi e di cui discorrere, le minori signorine Bennet sarebbero state molto infelici, poiché dal giorno dell'invito a quello del ballo fu tutto un seguito di piogge da impedirle di andare una sola volta a Meryton. Non più zie, non ufficiali, non novità da raccattare; gli stessi scarpini rosa per Netherfield furono mandati loro per procura. Anche la pazienza di Elizabeth fu messa a prova dalla brutta stagione, che sospese anche qualunque progresso della sua conoscenza col signor Wickham; quanto a Kitty e a Lydia, non ci voleva meno di un ballo per far loro sopportare un venerdì, un sabato, una domenica e un lunedì.

XVIII

Fino al momento in cui Elizabeth non fu entrata nella sala da ricevimento di Netherfield e con gli occhi non ebbe ricercato, invano, il signor Wickham nel gruppo delle tuniche rosse già riunite, il dubbio ch'egli non potesse esservi non le era balenato alla mente. La certezza d'incontrarlo non era stata scossa da alcuna di quelle preoccupazioni che ragionevolmente avrebbero potuto allarmarla. Si era vestita con maggior cura del consueto e si era preparata con i più ardenti spiriti alla conquista di quel tanto di non già conquistato che poteva restare ancora nel cuore di lui, confidando che non ce ne fosse più di quanto poteva essere espugnato in una serata. Ma tutto a un tratto sorse in lei il terribile sospetto che, per compiacere al signor Darcy, egli fosse stato omesso a bella posta, fra gli ufficiali invitati dal signor Bingley. Questo non era veramente il caso, ma il fatto certo della sua assenza fu annunciato dal suo amico, il signor Denny, al quale Lydia si era premurosamente rivolta e che spiegò loro come il signor Wickham aveva dovuto, il giorno avanti, recarsi per affari a Londra e che non era ancora tornato. Anzi, con un sorriso significativo, soggiunse: «Non saprei immaginarmi che genere d'affari lo abbia allontanato proprio ora, a meno che non sia il desiderio di evitare un certo signore che si trova qui».

Quest'ultima parte della comunicazione, non udita da Lydia, fu però afferrata da Elizabeth e siccome Darcy risultava colpevole dell'assenza di Wickham non meno che se la sua prima ipotesi fosse stata giusta, così la sua cattiva disposizione verso Darcy fu talmente acuita dall'improvvisa delusione che a fatica riuscì a rispondere con sufficiente garbo alle gentili domande che il signor Darcy, fattosi più vicino, le rivolse. Le pareva che garbo, pazienza e tolleranza con Darcy fossero ingiurie per Wickham. Risoluta a schivare qualsiasi conversazione con lui, lo piantò con un tale cattivo umore che non le riuscì di vincere completamente neanche parlando col signor Bingley la cui cieca parzialità le faceva rabbia.

Ma Elizabeth non era nata per il cattivo umore e, quantunque per quella sera tutte le aspettative fossero sfumate, la stizza non le rimase dentro a lungo; una volta confidato il suo rammarico a Charlotte Lucas, che non aveva più veduto da una settimana, poté senza troppo sforzo passare alle stramberie del cugino e dimostrargli uno speciale interesse. Però le due prime danze con lui la riportarono alla sua angustia: furono due vere danze di mortificazione. Il signor Collins, sgraziato e goffo, che invece di stare attento non sapeva che scusarsi e faceva dei passi falsi senza avvedersene, le diede tutta la vergogna e afflizione che può procurare uno sgradevole cavaliere per un paio di danze di seguito. Quando riuscì a liberarsene, fu una vera delizia.

Dopo ballò con un ufficiale ed ebbe il conforto di discorrere di Wickham e di sentire come era benvoluto da tutti. Terminate queste danze, ritornò da Charlotte Lucas e stava appunto discorrendo con lei, quando si vide tutto a un tratto avvicinata dal signor Darcy, che la prese così di sorpresa a chiederle il prossimo ballo ch'essa accettò senza sapere che cosa faceva. Egli si riallontanò subito lasciandola a logorarsi sulla sua mancanza di presenza di spirito. Charlotte cercò di consolarla.

«Vorrei dirti che lo troverai molto simpatico.»

«Dio me ne liberi! Sarebbe il colmo delle disgrazie! Trovare simpatico un uomo che si è risoluti a odiare! Non me lo augurare nemmeno.»

Tuttavia, quando ricominciò il ballo e Darcy le si riavvicinò a reclamare la sua mano, Charlotte non poté fare a meno di sussurrarle un ammonimento: di non essere sciocca e di badare che il suo capriccio per Wickham non la facesse apparire spiacente agli occhi di uno che valeva cento volte di più. Elizabeth non rispose e prese il suo posto fra gli altri, stupita dell'onore al quale si vedeva innalzata di starsene di fronte al signor Darcy e leggendo negli sguardi dei vicini uno stupore identico al suo. Stettero un po' senza parlarsi ed Elizabeth cominciò a pensare che quel silenzio sarebbe durato per tutto il tempo delle due danze: da prima era decisa a non romperlo, ma poi tutto a un tratto, immaginando che il più duro castigo per il suo cavaliere sarebbe quello di esser costretto a discorrere, fece una qualunque osservazione sul ballo. Breve risposta e altro silenzio. Dopo una pausa di qualche istante, essa gli rivolse ancora la parola:

«Adesso sta a lei dire qualcosa, signor Darcy. Io ho detto qualche cosa del ballo e lei potrebbe fare un'osservazione qualunque, che so io, sulle dimensioni della sala o sul numero delle coppie.»

Egli sorrise e le assicurò che avrebbe detto tutto quello che lei avesse avuto piacere di fargli dire.

«Benissimo, codesta risposta fa per il momento. Forse potrei, così di passaggio, osservare che i balli privati sono più divertenti di quelli pubblici; ma ora possiamo stare zitti.»

«Lei dunque ha delle regole precise sul parlare mentre balla?»

«All'incirca. Bisogna pur dire qualche cosa. Sarebbe buffo restare tutta una mezz'ora insieme, zitti zitti; eppure, per il bene di certuni, la conversazione dovrebbe esser prestabilita in modo da dargli il minimo disturbo di parlare.»

«In questo caso, parla secondo il suo sentimento o s'immagina di fare cosa grata al mio?»

«L'una e l'altra cosa» rispose maliziosamente Elizabeth «poiché ho sempre veduto una grande affinità mentale fra noi due. Siamo tutti e due di natura poco socievole e taciturna e poco amanti della conversazione, a meno che non si speri di dire qualcosa da far colpo su tutta la sala e da passare ai posteri con tutto l'*éclat* di una frase storica.»

«Questa veramente non è la immagine più esatta del suo carattere» disse Darcy. «Quanto poi rassomigli al mio non saprei dirlo. Ma lei di certo crede di averne fatto un ritratto fedele.»

«Non sta a me giudicare come sono.»

Egli non replicò e di nuovo tacquero fino alla fine del giro; allora Darcy le domandò se lei e le sue sorelle andavano spesso a Meryton. Elizabeth rispose di sì e incapace di resistere alla tentazione soggiunse:

«Stavamo appunto facendo una nuova conoscenza, quando lei c'incontrò là l'altro giorno.»

L'effetto fu immediato. Un'ombra grave di *hauteur* calò sul suo volto, ma non profferì parola; ed Elizabeth, che cominciava a rimproverarsi la sua debolezza, non ebbe il coraggio di andare avanti. Finalmente Darcy, in modo sforzato, fece:

«Il signor Wickham ha la fortuna di possedere un tratto così felice che gli vale a farsi delle amicizie: se sia egualmente capace di mantenerle è meno certo.»

«Ha avuto la disgrazia di perdere la sua amicizia» rispose Elizabeth con calore «e in un modo che forse ne soffrirà per tutta la vita.»

Darcy non rispose e parve desideroso di cambiare argomento. In quel punto comparve vicino a loro Sir William Lucas, con l'intenzione di passare, attraverso le file dei ballerini, nell'altra parte della sala; ma scorgendo il signor Darcy, si fermò con un inchino di profonda cortesia, per complimentarlo per il modo in cui ballava e con chi.

«Ne ho avuto proprio un godimento, signore; non si vede spesso ballare con una tale perfezione. Ci si vede l'uso del gran mondo. Mi consenta tuttavia di dirle che la sua leggiadra dama non ne diminuisce davvero la perfezione. Vorrei sperare di procurarmi ancora spesso questo godimento, specialmente se avrà luogo un certo evento molto desiderabile, mia cara signorina Eliza (dando un'occhiata a sua sorella e a Bingley). Quante congratulazioni hanno da venire quel giorno! Ne chiamo testimone il signor Darcy; ma non voglio trattenerla più, signore. Lei non mi ringrazierà di certo di averlo distolto dall'incantevole conversazione di questa signorina i cui occhi luminosi stanno lanciando dei mortali rimproveri.»

Quest'ultima frase fu sì e no udita da Darcy; ma l'allusione di Sir William al suo amico parve colpirlo fortemente e i suoi occhi si rivolsero con un'espressione molto seria dalla parte di Bingley e di Jane, che ballavano insieme.

Tuttavia, ripresosi prontamente, ritornò ancora alla sua dama e le disse:

«L'interruzione di Sir William mi ha fatto scordare di che cosa stavamo discorrendo.»

«Non mi pare che si parlasse per niente. Sir William non avrebbe potuto in questa sala interrompere due persone che avessero da dirsi meno di noi. Abbiamo sfiorato, con poco successo, due o tre soggetti e non so proprio immaginarmi di che cosa potremo ancora discorrere.»

«Se parlassimo di libri?» propose Darcy con un sorrisetto.

«Libri? No! Sono sicura che noi non leggiamo mai gli stessi, o per lo meno non con lo stesso sentimento.»

«Mi dispiace che lei pensi così, ma se questo è il caso, almeno non mancheremo di argomenti. Avremo da confrontare le nostre opinioni differenti.»

«No, non riesco a parlare di libri in una sala da ballo, tutt'altre cose ho per la mente.»

«Son le cose presenti, nevvero, che l'occupano?» disse egli con uno sguardo dubitoso.

«Sì, sempre» rispose Elizabeth senza sapere che cosa diceva, poiché i suoi pensieri vagavano lontano, come diede a vedere, esclamando all'improvviso: «Mi rammento di averle sentito dire, una volta, signor Darcy, che lei non perdona e che il suo risentimento è implacabile, una volta che si è formato. Farà molta attenzione, suppongo, che non si formi?»

«Ci bado» disse Darcy, con voce sicura.

«E non ammette mai di lasciarsi accecare da un preconcetto?»

«Spererei di no.»

«Chi non cambia mai la propria opinione ha il dovere assoluto di essere sicuro di aver giudicato bene sin da principio.»

«E posso chiedere a che tendono codeste domande?»

«Unicamente a illuminarmi sul suo carattere», disse Elizabeth, sforzandosi di non parere più seria. «Ecco a che cosa tendo.»

«E con quale risultato?»

Ella scosse il capo: «Non vado avanti. Su lei me ne dicono di così diverse che mi ci confondo».

«Posso benissimo credere» disse seriamente Darcy «che le cose che si raccontano su di me variino all'infinito, signorina; e desidererei che in questo momento non si mettesse a fissare un abbozzo del mio carattere, poiché c'è da temere che l'esecuzione non riuscirebbe a onore né del ritratto né della ritrattista.»

«Ma se non riesco ora ad afferrare la sua somiglianza, non ne avrò più l'occasione.»

«Faccia pure: non vorrei proprio guastarle un passatempo» rispose freddamente il signor Darcy. Elizabeth non fiatò più e, terminato l'altro giro, si separarono in silenzio; malcontenti entrambi, benché non in egual misura, poiché nel cuore di Darcy c'era un sentimento piuttosto vivace per lei, che gli faceva presto perdonare e volgeva tutto il suo dispetto contro un'altra persona.

Si erano appena lasciati che la signorina Bingley la accostò e con un'espressione di cortese disprezzo le fece:

«E così, signorina Eliza, sento che è proprio contenta di George Wickham? Sua sorella mi ha parlato di lui e mi ha fatto mille domande; ma ho scoperto che, nel dare le informazioni di sé, quel giovane si è dimenticato di dire che suo padre, il vecchio Wickham, era il fattore del defunto signor Darcy. Da buona amica le raccomando di non prestare fede assoluta a tutto quello che racconta. È assolutamente falso che il signor Darcy abbia agito male con lui; al contrarlo, è stato sempre gentilissimo a suo riguardo, nonostante che George Wickham abbia trattato lui nel modo più indegno. Non conosco i particolari, ma so benissimo che il signor Darcy non merita biasimo alcuno; egli non vuol sentire menzionare George Wickham e, quantunque mio fratello non potesse fare a meno di metterlo nell'invito agli ufficiali, è stato felicissimo di vedere che ci aveva pensato da sé a tenersi lontano. L'esser venuto in questo paese è una bella insolenza e mi meraviglio che l'abbia osato. Mi rincresce, signorina Elizabeth, che debba conoscere i torti del suo favorito ma, considerando la sua origine, davvero non c'era da aspettarsi molto di meglio.»

«Da quello che lei mi racconta, pare che la colpa consista soltanto nella sua origine» replicò Elizabeth, adirata. «L'accusa più grave che ha potuto fargli è d'esser figlio del fattore del signor Darcy, ma di questo, glielo posso garantire, mi aveva informato lui stesso.»

«Le chiedo scusa» rispose la signorina Bingley, allontanandosi con un sogghigno. «Scusi se mi sono intromessa. L'ho fatto con la migliore intenzione.»

"Insolente" esclamò Elizabeth dentro di sé. "Ti sbagli di molto se credi di influenzarmi con un attacco così villano. Non ci vedo altro che la tua ignoranza caparbia e la malizia di Darcy."

Poi si mise in cerca della sorella maggiore, che si era rivolta, per informazioni sullo stesso argomento, a Bingley. Jane le venne incontro con un sorriso di così dolce compiacenza, con una espressione così raggiante di felicità che bastavano a dire quanto era contenta di com'era andata per lei la serata. Elizabeth lesse di colpo nei suoi sentimenti e di colpo le sue angustie per Wickham, il suo risentimento contro chi gli era nemico, tutto sparì di fronte alla speranza che a Jane si stesse schiudendo la via della felicità.

«Vorrei sapere» disse con un'aria non meno sorridente della sorella «che cosa hai risaputo tu del signor Wickham. Ma forse sei stata troppo piacevolmente occupata per poter pensare a un terzo e, se è così, sei già scusata.»

«No,» rispose Jane «non l'ho dimenticato; ma non

ho da dirti nulla di soddisfacente. Il signor Bingley non conosce a fondo la storia ed è completamente all'oscuro delle circostanze che possono avere specialmente offeso il signor Darcy; ma si fa garante della condotta, della probità del suo amico ed è convintissimo che il signor Wickham si è meritato molte meno attenzioni di quante ne ha ricevute; mi dispiace dover dire che, per quello che dicono tanto lui quanto sua sorella, il signor Wickham non risulta sotto nessun rapporto un giovane rispettabile. Ho paura che abbia commesso molte leggerezze e che si sia meritato di perdere la stima del signor Darcy.»

«Il signor Bingley non conosce personalmente il signor Wickham.»

«No; non lo aveva mai veduto sino all'altra mattina, a Meryton.»

«Dunque egli sa soltanto quello che ha saputo dal signor Darcy. Sono perfettamente soddisfatta. Ma che cosa racconta lui del beneficio ecclesiastico?»

«Non si ricorda esattamente le circostanze, sebbene le abbia udite raccontare più volte dal signor Darcy; ma crede che il beneficio gli fosse stato lasciato soltanto a condizione.»

«Non ho il minimo dubbio sulla sincerità del signor Bingley,» disse con vigore Elizabeth «ma devi scusarmi se delle semplici affermazioni non mi convincono. La difesa che il signor Bingley fa del suo amico è molto abile, lo riconosco; ma fin tanto che è all'oscuro di alcuni lati della faccenda e non ne conosce gli altri se non attraverso il suo amico, mi permetto di pensare su questi due signori quello che ne pensavo prima.»

Passò quindi a un discorso più gradevole per tutt'e due e sul quale non ci poteva essere diversità di opinione. Elizabeth apprese con gioia le liete, anche se lievi, speranze di Jane su Bingley e disse quanto poteva per accrescere la sua fiducia nella cosa. Raggiunte dal signor Bingley stesso, Elizabeth si ritirò per andare dalla signorina Lucas e aveva appena risposto alle sue domande sui meriti del suo ultimo cavaliere, quando venne verso di loro il signor Collins a raccontare esultante di aver avuto la fortuna di fare proprio allora una importantissima scoperta.

«Ho scoperto per un mero caso» disse «che in questa sala vi è un prossimo parente della mia protettrice. Mi è capitato di sentire questo gentiluomo, mentre parlava con la giovane signora che sta facendo gli onori di questa casa, fare il nome della signorina de Bourgh, sua cugina, e della madre di lei, Lady Catherine. Chi avrebbe mai supposto che io avessi a incontrarmi con un nipote di Lady Catherine de Bourgh proprio in questa riunione? È incredibile! Quanto mi è caro che l'ho scoperto in tempo per potergli presentare, come mi avvio a fare, i miei omaggi, confidando ch'egli mi vorrà perdonare per non averlo fatto avanti. La mia completa ignoranza su questa parentela perorerà in mia scusa.»

«Non si presenterà mica da sé al signor Darcy?»

«Ma sì. Bisogna che implori il suo perdono per non averlo fatto prima. Credo che sia niente meno che un nipote di Lady Catherine e sarò in grado di assicurargli che Sua Signoria stava benissimo sino a otto giorni fa.»

Elizabeth provò energicamente a dissuaderlo, spiegandogli che il signor Darcy avrebbe preso la sua presentazione diretta come una libertà e impertinenza più che come atto di omaggio verso la zia; che non era per nulla necessario che avessero contezza l'uno dell'altro e che, se questo doveva essere, toccava al signor Darcy, come più autorevole, iniziare la conoscenza. Il signor Collins la ascoltò con l'aria di chi è deciso a seguire la propria ispirazione e, quando essa ebbe finito, rispose:

«Cara signorina Elizabeth, io ho la massima stima del suo perfetto giudizio su tutte le materie che le appartengono, ma mi permetta di dirle che vi è grande differenza tra le forme delle cerimonie dei secolari e quelle che regolano il clero; poiché, me lo conceda, io ritengo la professione di ecclesiastico pari per dignità ai più alti ranghi del Regno, purché si tenga nello stesso tempo in una conveniente modestia di contegno. Deve perciò concedermi di obbedire, in questo caso, ai dettami della coscienza che mi muove a fare quello che ritengo mio capitalissimo dovere. Le chiedo perdono se non profitto del suo consiglio, che in qualsiasi altra evenienza sarà mia guida costante, ma nel caso presente mi ritengo più adatto io, per educazione e per studio indefesso, a giudicare ciò che sia ben fatto che non una signorina come lei.» E la lasciò con un profondo inchino per andar ad attaccare il signor Darcy, la cui accoglienza alla sua presentazione fu da lei attentamente osservata, come l'evidente stupore che mostrò di essere abbordato a quel modo. Suo cugino iniziò il discorso con un solenne inchino; e benché lei non arrivasse a coglierne una sillaba, era come se lo sentisse distintamente, e nei movimenti delle labbra gli lesse le parole: "scusi", "Hunsford" e "Lady Catherine de Bourgh". Le seccava molto vederlo esporsi a quel modo a un uomo simile. Il signor Darcy non ristava dall'osservarlo con non represso stupore; e, quando alla fine il signor Collins gli lasciò la parola, gli rispose con un'aria di distante cortesia. Ma non per questo il signor Collins fu scoraggiato a parlargli di nuovo; l'aria sprezzante del signor Darcy sembrava aumentare in proporzione con la lunghezza del secondo discorso: alla fine del quale gli fece un cenno d'inchino e se ne andò da un'altra parte, mentre il signor Collins ritornava da Elizabeth.

«Non ho alcun motivo» disse «le assicuro, di essere malcontento della accoglienza. Il signor Darcy parve molto compiaciuto della mia attenzione; mi ha risposto con tutta civiltà, anzi mi ha persino fatto un complimento, dicendosi troppo convinto della perspicacia di Lady Catherine per poter supporre che essa abbia mai concesso meno che degnamente un favore. È un bellissimo concetto. Insomma, sono proprio soddisfatto di lui.»

Dato che Elizabeth non aveva più da seguire nessun interesse proprio, rivolse tutta la sua attenzione alla sorella e al signor Bingley e i pensieri che le nacquero nell'osservarli furono tali da farla felice quasi quanto Jane. La vedeva già stabilita in quella casa, con tutta la felicità che può venire da un vero matrimonio d'amore; a questo patto si sentiva capace di voler bene anche alle due sorelle di Bingley. Si accorse facilmente che anche i pensieri di sua madre avevano presa la medesima direzione e decise fra sé di non starle vicina per paura di doverne sentire troppe. Le parve perciò maligno il destino che, al momento di sedersi a tavola, la collocò a poca distanza dalla madre e rimase seccatissima di sentir questa parlare proprio con Lady Lucas più che apertamente e continuamente del prossimo atteso matrimonio di Jane con Bingley. Era un soggetto che la ispirava: non sembrava stancarsi di enumerare tutti i vantaggi di questo matrimonio.

L'essere egli un giovane così amabile e così ricco e residente a solo tre miglia da loro erano i motivi principali del suo compiacimento; veniva poi la consolazione di pensare quanto le due sorelle di lui amavano Jane e la certezza che anche loro dovevano desiderare questa unione quanto poteva desiderarla lei stessa. Era poi una cosa ben promettente per le sue minori che Jane, facendo un così cospicuo matrimonio, aprisse loro una di quelle strade sulle quali s'incontrano dei mariti ricchi; infine era quel gran comodo, per una donna della sua età, poter affidare le ragazze a una sorella maritata, senza doverle accompagnare sempre in società. Anche nel frequentare la società, poiché l'etichetta lo esigeva, si poteva trovar piacere; ma non ci poteva essere una signora che stesse bene quanto lei, signora Bennet, sempre e soltanto a casa propria. Concluse fervidamente augurando che a Lady Lucas toccasse presto una simile fortuna, benché, evidentemente e con una certa aria di trionfo, mostrasse di non crederla punto probabile.

Invano Elizabeth provò a frenare il torrente dell'eloquio materno o a persuaderla a manifestare a voce più bassa la sua gioia, essendosi accorta, con suo vivissimo cruccio, che l'insieme del discorso giungeva agli orecchi del signor Darcy che sedeva di fronte a loro. Ma sua madre la sgridò come una sciocca.

«Ma chi è, scusa, il signor Darcy, che debba avere tanta paura di lui? Non gli dobbiamo una deferenza così particolare da non dover dire cosa che non gli suoni bene alle orecchie.»

«Per amor del cielo, mamma, parli più piano. Che ci guadagna a offendere il signor Darcy? A codesto modo, non entrerà certo nelle grazie del suo amico.»

Nulla di quanto essa poté dire valse a qualche cosa. Sua madre seguitò a ragionare delle sue intenzioni con lo stesso ben udibile tono di voce. Elizabeth arrossì più volte di vergogna e di dispetto. Non poté fare a meno di lanciare frequenti occhiate al signor Darcy, ma ognuna le riconfermava la verità di quello che paventava, poiché, sebbene egli non guardasse sempre dalla parte di sua madre, non c'era dubbio che le faceva continuamente attenzione. L'espressione del suo viso passava a grado a grado dal disprezzo a una gravità composta e ferma.

Alla lunga tuttavia la signora Bennet aveva vuotato il sacco: e Lady Lucas, che aveva sbadigliato parecchio alla ripetuta descrizione di tali delizie che lei non ne avrebbe mai avute di simili, fu lasciata a rifocillarsi col prosciutto freddo e col pollo. Elizabeth si sentì rivivere. Ma non durò molto l'intervallo di quiete. Finita la cena, fu proposto di cantare e le toccò la mortificazione di vedere Mary che, fattasi pregare appena un tantino, s'apprestava a compiacere alla compagnia. Elizabeth con tacite suppliche e con sguardi significativi tentò d'impedire questa prova di compiacenza, ma invano: Mary non voleva intendere. Era beata che le si offrisse una occasione di prodursi e attaccò a cantare. Gli occhi di Elizabeth erano fissi su di lei: in preda alle sensazioni più penose seguì lo svolgimento della canzone attraverso le varie strofe con un'ansia che alla chiusa fu molto male rimunerata, poiché, essendoci stato fra i ringraziamenti dei convitati un accenno alla speranza ch'essa accondiscendesse a ripetere tanto favore, Mary, dopo mezzo minuto, riattaccò un'altra canzone. I mezzi vocali di Mary non erano proprio idonei a un simile sfoggio: la sua voce era debole e il suo stile affettato. Elizabeth era su tutte le spine. Guardò Jane per vedere come si comportava lei, ma Jane stava discorrendo con Bingley come se niente fosse. Guardò le altre sue sorelle e vide che si ammiccavano sogghignando; e Darcy, che continuava a essere impenetrabile. Guardò suo padre supplicandolo di intervenire perché Mary non cantasse tutta la sera. Egli intese l'accenno e, quando Mary ebbe terminata la seconda canzone, disse a voce alta:

«Va bene così, bambina mia. Ci hai deliziati abbastanza. Ora da' modo di prodursi alle altre signorine.»

Mary, pure fingendo di non avere udito, rimase alquanto sconcertata ed Elizabeth, dispiacente per lei e dispiacente per il discorso di suo padre, temette di aver fatto peggio. Ora intervennero altre persone della compagnia.

«Se io avessi la fortuna» disse il signor Collins «di saper cantare, sarebbe certo per me gran piacere fare cosa grata agli altri modulando un'aria; poiché ritengo la musica una innocentissima ricreazione del tutto compatibile con lo stato ecclesiastico. Non intendo però, con questo, asserire che sia giusto dedicare troppa parte del nostro tempo alla musica, poiché esistono invero ben altre cose a cui attendere. Il rettore di una parrocchia ha molto da fare. In primo luogo deve venire a un tale accordo sulle decime che possa essere vantaggioso a lui senza danno del suo patrono. Deve scrivere da sé le sue prediche e il tempo che gli resterà non sarà mai troppo per i suoi doveri parrocchiali e per la cura e il miglioramento della sua abitazione, ché non sarebbe scusato se non cercasse di renderla quanto più confortevole sia possibile. Né ritengo meno importante ch'egli abbia modi premurosi e concilianti verso tutti, specialmente verso le persone alle quali egli deve il suo avanzamento. Non posso assolverlo da codesto dovere né potrei aver buona opinione di chi trascurasse l'occasione di testimoniare il suo rispetto verso ogni persona a codesta famiglia congiunta.» E con un inchino al signor Darcy, terminò il discorso che aveva pronunziato a voce così alta da essere udito da mezza sala.

Alcuni rimasero interdetti, altri sorrisero, ma nessuno aveva l'aria di godersela più del signor Bennet, mentre sua moglie lodava sul serio il signor Collins per aver parlato con tanto senno e sussurrava a Lady Lucas che era un egregio giovane e notevolmente intelligente.

A Elizabeth pareva che, se la sua famiglia si fosse intesa per dar spettacolo di sé, quella sera sarebbe stato impossibile ai suoi di rappresentare la loro parte con più vivacità e con miglior successo; e considerò una fortuna per Bingley, e per sua sorella, che parte di quella commedia fosse sfuggita alla sua attenzione e che i suoi sentimenti non fossero tali da rimanere scossi per le sciocchezze alle quali aveva dovuto assistere. Che il signor Darcy e le due sorelle di Bingley avessero una così bella occasione di porre in ridicolo i suoi parenti era già un male abbastanza grosso; non riusciva a distinguere se era più intollerabile il tacito disprezzo del signore o i sorrisi insolenti delle signore.

Il resto della serata non le portò gran divertimento. Fu infastidita dal signor Collins che seguitava a starle di continuo a lato e, se non gli riuscì di convincerla a ballare con lui, le tolse la possibilità di farlo con altri. Invano essa lo supplicava di attaccarsi a qualchedun'altra e si offrì di presentarlo a qualche altra signorina. Egli le assicurò che non gl'importava punto di ballare, che il suo unico scopo era di entrare, per mezzo di delicate attenzioni, nelle buone grazie di lei e che per questo si era prefisso di starle accanto tutta la sera. Con un tale progetto non c'era da ragionare. L'unico sollievo lo dovette alla sua amica, la signorina Lucas, che veniva di quando in quando incontro a loro e che di buon cuore intratteneva il signor Collins a conversare con lei.

Per lo meno fu libera dalla pena di essere osservata più oltre dal signor Darcy, il quale, benché si trovasse spesso a brevissima distanza da lei e libero, non le si avvicinò mai tanto da parlarle. Essa ci vide una possibile conseguenza della sua allusione al signor Wickham e ne gioì.

La comitiva di Longbourn fu l'ultima a partire e, grazie a una manovra della signora Bennet, ebbe da aspettare la carrozza un quarto d'ora dopo la partenza di tutti gli altri, il che diede loro il modo di accorgersi come taluno della famiglia desiderasse di cuore vederli andar via. La signora Hurst e sua sorella non aprirono quasi bocca se non per lamentarsi della fatica e si mostravano impazienti di restar libere in casa loro. Respinsero ogni tentativo di conversazione della signora Bennet e, comportandosi così, gettarono su tutta la comitiva un languido tedio, a stento mitigato dai lunghi discorsi congratulatori del signor Collins al signor Bingley e alle sorelle di questo per l'eleganza di quel trattenimento e per l'ospitalità e la cortesia che le aveva distinte verso tutti gli ospiti. Darcy non fiatava. Il signor Bennet, egualmente silenzioso, si godeva la scena. Il signor Bingley e Jane s'intrattenevano un po' in disparte parlando fra di loro. Elizabeth manteneva un risoluto silenzio come la signora Hurst e come la signorina Bingley; persino Lydia era troppo affaticata per poter fare più che esclamare a caso:

«Signore, come sono stanca!» accompagnata da un violento sbadiglio.

Quando finalmente si alzarono per prendere commiato, la signora Bennet ebbe la premurosa cortesia d'esprimere la speranza di vedere presto a Longbourn tutta la loro famiglia e si rivolse in particolar modo al signor Bingley, assicurandolo della gioia che avrebbe loro procurata venendo a prender parte al loro pranzo familiare, qualunque giorno, senza le cerimonie di un invito formale. Bingley si mostrò lietissimo e riconoscentissimo, e promise di venire a trovarla alla prima occasione appena ritornato da Londra ove era obbligato a recarsi, per breve tempo, il giorno dopo.

La signora Bennet fu soddisfattissima e lasciò la casa con la deliziosa convinzione di vedere, salvo il tempo necessario per i preparativi di una nuova sistemazione, per le nuove carrozze e per il corredo, sua figlia accasata, senza alcun dubbio, a Netherfield fra tre o quattro mesi appena. Con eguale certezza e con notevole, sebbene non eguale, compiacimento confidava di avere un'altra delle figlie maritata al signor Collins. Elizabeth le era meno cara delle altre e, sebbene la persona e il partito fossero anche troppo buoni per essa, il loro pregio era eclissato dal signor Bingley e da Netherfield.

XIX

Il giorno seguente portò qualche cosa di nuovo a Longbourn. Il signor Collins presentò la sua dichiarazione in piena regola. Deciso a non perder tempo, dato che il suo permesso non andava oltre il sabato successivo, e sicuro di sé, senza neppure il batticuore dell'ultimo momento, attaccò l'argomento in buon ordine, con tutte le formalità che riteneva fossero di prammatica in simili faccende. Subito dopo la colazione del mattino, trovate insieme la signora Bennet, Elizabeth e una delle figlie minori, si volse alla madre con queste parole:

«Posso, madama, in nome dell'interesse che ella porta alla sua leggiadra figlia Elizabeth, chiederle l'onore di un colloquio particolare con lei, questa mattina stessa?»

Elizabeth non aveva neppure avuto il tempo di arrossire per la sorpresa che la signora Bennet aveva già risposto all'istante:

«O cielo! Ma certo. Sono sicura che Lizzy ne sarà lietissima, che non può avere alcuna ragione di opporvisi. Vieni di sopra Kitty; ho bisogno di te.»

«Non vada via, mamma. La prego di non andar via. Il signor Collins mi scuserà. Non può avere da dirmi nulla che non possa essere sentito da tutti. Me ne vado io.»

«Non dire sciocchezze, Lizzy. Voglio che tu rimanga.» E siccome Elizabeth con uno sguardo indispettito e imbarazzato pareva cercasse proprio di scappare, soggiunse: «Lizzy, insisto che tu rimanga e che ascolti il signor Collins».

A un ordine simile Elizabeth non poteva opporsi e, compreso in un attimo di riflessione che sarebbe stato più savio terminare la cosa quanto più presto e più tranquillamente era possibile, si mise di nuovo a sedere e si sforzò in ogni modo di dissimulare i suoi sentimenti divisi fra l'ansia e lo spasso. La signora Bennet e Kitty se ne erano appena partite che il signor Collins cominciò il suo discorso:

«Creda a me, cara signorina Elizabeth, la sua modestia, lungi dal diminuirle, accresce le altre sue doti. Sarebbe apparsa meno amabile agli occhi miei se non avesse avuto questa piccola ritrosia; ma mi permetta di assicurarle che ho per questo colloquio il consenso della sua rispettabile madre. Lei non può avere incertezze sul contenuto del mio discorso quantunque la innata sua delicatezza possa portarla a dissimularlo: le mie attenzioni a suo riguardo sono state troppo marcate per non essere state comprese. Avevo appena fatto ingresso in questa casa che io elessi in lei la futura compagna della mia vita. Ma prima che mi faccia rapire dai miei sentimenti, sarà forse opportuno che le esponga i motivi che ho per ammogliarmi e inoltre quelli della mia venuta nell'Hertfordshire con l'intento di trovarvi moglie, come ho fatto.»

L'idea che il signor Collins, così solenne e composto, potesse essere rapito dai suoi sentimenti dette a Elizabeth una così gran voglia di ridere che non fu capace di approfittare della breve pausa che egli le concesse per tentare d'impedirgli di proseguire; ed egli riattaccò:

lasciar persuadere ad accettarlo. Del talento di cui si credeva dotata Mary essa faceva molto più alta stima che non ne facessero gli altri; nelle sue riflessioni scopriva una profondità che la colpiva; e benché egli non avesse certo l'ingegno di lei, riteneva che, incoraggiato a leggere e a perfezionarsi su codesto esempio, sarebbe potuto diventare un ottimo compagno. Ma al mattino seguente ogni siffatta speranza era svanita. La signorina Lucas era venuta a ritrovarli subito dopo la prima colazione e in un colloquio a quattr'occhi con Elizabeth aveva narrato l'accaduto del giorno innanzi.

L'idea che il signor Collins si figurasse di essere innamorato della sua amica era passata qualche momento per la mente di Elizabeth negli ultimi due o tre giorni; ma che Charlotte potesse incoraggiarlo le sembrava tanto lontano dal verosimile quanto se lo avesse incoraggiato lei stessa; il suo stupore fu dunque alla prima così grande da varcare i limiti della convenienza e farle esclamare:

«Fidanzata tu col signor Collins! Non ci credo, cara Charlotte!»

La fermezza della signorina Lucas nel raccontare il suo caso cedette a un momento di confusione nel ricevere un rimprovero così diretto; però, non essendo il rimprovero diverso da quello che si attendeva, ricuperò tosto la sua padronanza e rispose calma:

«Perché tanta sorpresa, mia cara Elizabeth? Ti pare incredibile che il signor Collins, se non è stato così fortunato da riuscire con te, sia capace di meritarsi la stima di altra donna?»

Elizabeth adesso si era ripresa e, non senza imporsi un grande sforzo, riuscì a rassicurarla con sufficiente calore che la prospettiva della loro parentela le era quanto mai gradita e che desiderava per lei ogni immaginabile felicità.

«Intendo quello che senti» rispose Charlotte. «Devi

essere molto sorpresa, così poco tempo dopo che il signor Collins voleva sposare te. Ma quando avrai avuto tempo di riflettere, spero che sarai contenta di quello che ho fatto. Tu sai che io non sono romantica e che non lo sono mai stata. Chiedo soltanto una casa comoda e, considerando il carattere, la parentela e la posizione sociale del signor Collins, sono convinta che le probabilità di essere felice con lui non sono minori di quelle di cui molte possono vantarsi maritandosi.»

Elizabeth rispose pacatamente:

«Senza dubbio.» E dopo una pausa imbarazzata, ritornarono fra gli altri della famiglia. Charlotte non si trattenne a lungo ed Elizabeth fu lasciata a riflettere su quanto aveva udito. Ci volle un bel pezzo prima che si assuefacesse all'idea di un matrimonio così male assortito. La stranezza del signor Collins nel fare due domande di matrimonio in tempo di tre giorni non era nulla di fronte alla stranezza maggiore che fosse stato ora accettato. Sempre si era accorta che l'idea di Charlotte sul matrimonio non assomigliava punto alla sua, ma non avrebbe mai creduto che nel fatto essa avrebbe sacrificato ogni sentimento migliore a un utile mondano. Charlotte moglie del signor Collins era uno spettacolo troppo umiliante! E al dolore per un'amica che decadeva dalla sua stima si aggiungeva la disinteressata persuasione che la sua amica non sarebbe stata neppure relativamente felice nel destino che si era scelto.

XXIII

Elizabeth sedeva con la madre e le sorelle rimuginando quello che aveva saputo, incerta se avesse diritto di farne parola, quando comparve Sir William Lucas in persona, mandato dalla figlia ad annunciare a tutta la famiglia il fidanzamento.

Con molti complimenti e molto compiacimento per la prospettiva di un legame fra le due case, egli espose l'evento a un uditorio non soltanto stupito ma addirittura incredulo; la signora Bennet, con più insistenza che buona educazione, badava a dire che doveva far grande errore; e Lydia, sempre poco riservata e spesso sgarbata, esclamò impetuosamente:

«Dio buono! Sir William, come può venire a raccontarci una simile frottola? Non sa che il signor Collins vuole sposare Lizzy?»

Ci voleva tutta la sua longanimità di uomo uso a Corte per sopportare codesta uscita; ma la buona creanza lo fece passar sopra ogni cosa, e, mentre le pregava di essere ben sicure della veracità della sua informazione, ascoltò le loro impertinenze con la più paziente cortesia.

Elizabeth, sentendo che toccava a lei toglierlo da quella spiacevole situazione, si fece avanti a confermare le sue parole con quello che lei sapeva già prima da Charlotte stessa; tentò di frenare le esclamazioni della madre e delle sorelle, coprendole con le sue premurose felicitazioni a Sir William, nella qual cosa fu tosto coadiuvata da Jane, aggiungendo svariate osservazioni sulla felicità che questa unione prometteva, sull'ottimo carattere del signor Collins e sulla non grande distanza che c'era fra Hunsford e Londra.

La signora Bennet era veramente troppo sopraffatta per poter dire granché mentre Sir William rimase lì; ma non appena questi fu partito, diede impetuoso sfogo ai suoi sentimenti. Anzitutto persistette nel mettere in dubbio tutta la cosa; secondariamente era arcisicura che il signor Collins era stato accalappiato; terzo, teneva per fermo che non sarebbero mai stati felici insieme e quarto che il matrimonio poteva andare a monte. Tuttavia due conclusioni ne furono naturalmente dedotte: una, che Elizabeth era la vera causa di tutto il malanno, e l'altra che tutti quanti avevano barbaramente agito verso di lei; e per tutto il resto del giorno fu impegnata a svolgere questi due temi. Nulla valse a consolarla, nulla a calmarla. Né la giornata bastò a consumare tutto il suo rancore. Passò una settimana prima che potesse rivedere Elizabeth senza rampognarla; ci volle un mese prima che riuscisse a parlare senza villania a Sir William e a Lady Lucas e molti mesi prima di poter perdonare del tutto la figliuola.

Le impressioni del signor Bennet per l'accaduto furono molto più pacate; anzi affermò di averne provate solo di molto piacevoli, poiché era soddisfatto – così disse – di riscontrare che Charlotte Lucas, che aveva giudicata una ragazza piuttosto assennata, aveva un cervellino quanto sua moglie e anche più piccolo che le sue figliuole.

Jane si confessò un po' sorpresa del connubio ma espresse meno il suo stupore che il suo ardente desiderio della loro felicità, né Elizabeth valse a convincerla ch'era una felicità improbabile. Kitty e Lydia erano ben lungi dall'invidiare la signorina Lucas, poiché il signor Collins era soltanto un ecclesiastico, e il fatto non le interessò se non come notizia da mettere in giro a Meryton.

Lady Lucas assaporò il trionfo di poter rinfacciare alla signora Bennet la consolazione di avere una figlia bene accasata e venne a Longbourn più spesso del solito a proclamare quanto era felice, benché le occhiate scure e le maligne osservazioni della signora Bennet avrebbero dovuto bastare a scacciare la sua contentezza.

Fra Elizabeth e Charlotte ci fu un ritegno che le tenne reciprocamente silenziose sull'argomento ed Elizabeth rimase convinta che mai più fra di loro ci sarebbe stata vera confidenza. Il suo disinganno su

Charlotte le fece volgere più affettuose premure a sua sorella, certa che la sua fiducia nella rettitudine e delicatezza di lei non sarebbe mai stata scossa, e ogni giorno le crebbe l'ansia per la sua felicità, poiché Bingley era partito ormai da una settimana e nulla si era sentito dire del suo ritorno.

Jane aveva mandato una sollecita risposta alla lettera di Caroline e contava i giorni che potessero ragionevolmente portarle altre nuove. Il martedì arrivò la promessa lettera di ringraziamento del signor Collins, indirizzata al padre e scritta con tutta la solennità di una riconoscenza quale avrebbe potuta ispirargli un soggiorno di un anno nella loro famiglia. Alleggerita la coscienza su questo punto, egli passava, con molte espressioni di rapimento, a manifestare la sua grande felicità per aver conquistato l'affetto della loro amabile vicina, la signorina Lucas; passava poi a spiegare come fosse unicamente per lo scopo di godersi la sua compagnia che era stato così pronto ad accettare il loro gentile desiderio di rivederlo a Longbourn, ove sperava poter tornare lunedì a quindici, poiché – soggiungeva – Lady Catherine aveva così di buon cuore approvato il suo matrimonio ch'era desiderio suo che questo avesse luogo il più presto possibile, argomento che egli riteneva inoppugnabile per farsi indicare dalla sua amabile Charlotte vicinissimo quel giorno che avrebbe fatto di lui il più felice dei mortali.

Il ritorno del signor Collins nell'Hertfordshire non presentava più un motivo di gioia per la signora Bennet; anzi essa era inclinatissima a deplorarlo quanto suo marito. Era troppo strano ch'egli venisse di nuovo a Longbourn invece che a casa Lucas; ed era anche cosa molto sconveniente e seccante. Aborriva dall'avere ospiti in casa mentre la sua salute era così malandata e gl'innamorati erano la gente che più aveva a noia. Tali erano le lamentele della signora Bennet, che cedevano solo di fronte alla pena ancora più grande per la prolungata assenza del signor Bingley.

Né Jane né Elizabeth trovavano su questo punto conforto. Passavano i giorni senza portare alcuna notizia di lui, se non la voce, che si diffuse tosto a Meryton, che non sarebbe tornato per tutto l'inverno a Netherfield; voce che irritò grandemente la signora Bennet, la quale non mancò mai di smentirla quale spudorata falsità.

Persino Elizabeth iniziò a temere non che Bingley fosse indifferente, ma che le sue sorelle riuscissero a deviarlo. Per quanto le ripugnasse ammettere un'idea così rovinosa per la felicità di Jane e così disonorante per la costanza del suo innamorato, non poté fare che non le si affacciasse di frequente al pensiero. Gli sforzi uniti delle sue insensibili sorelle e del suo ultrapotente amico, aiutati dalle attrattive della signorina Darcy e dalle distrazioni di Londra, potevano essere troppo forti per la costanza del suo affetto.

Quanto a Jane, in questa incertezza, la sua ansia era naturalmente più acuta di quella di Elizabeth; ma qualunque cosa provasse, voleva nasconderla; quindi fra lei ed Elizabeth non veniva mai fatta alcuna allusione all'argomento. Ma poiché pari delicatezza non frenava la loro madre, passava di rado un'ora senza che questa parlasse di Bingley e manifestasse impazienza per il suo arrivo o pretendesse persino di far confessare a Jane che, se egli non fosse tornato, essa avrebbe riconosciuto di esser stata trattata proprio male. Ci voleva tutta la salda dolcezza di Jane per sopportare con sufficiente calma questi attacchi.

Il signor Collins ritornò puntualissimo il lunedì a quindici, ma questa volta a Longbourn non trovò per nulla l'accoglienza della prima. Era però troppo felice per farne caso e, fortunatamente per gli altri, l'occupazione di lui nell'amore li liberò assai dalla sua compagnia. Passava la maggior parte delle giornate a casa Lucas e talvolta ritornava a Longbourn appena in tempo per scusare la sua assenza, prima che la famiglia andasse a letto.

La signora Bennet si trovava realmente in uno stato miserando. Il solo accenno a qualche cosa che toccasse il matrimonio la gettava nel più angosciato malumore e dovunque volgesse il passo era certa di sentirne parlare. La vista della signorina Lucas le era odiosa. Come colei che un giorno doveva succederle in quella casa la riguardava con geloso orrore. Ogni volta che Charlotte veniva a trovarle, traeva la conclusione che costei volesse anticipare l'ora del suo possesso e ogni volta che parlava a bassa voce col signor Collins era convinta che ragionassero della tenuta di Longbourn e che meditassero di gettare lei e le sue figlie sul lastrico, appena morto il signor Bennet. Ne fece amari lamenti con suo marito.

«È troppo duro, Bennet,» disse «pensare che Charlotte Lucas sarà padrona di questa casa, che io dovrei prepararle la strada e vivere per vedermela al mio posto!»

«Non abbandonarti, mia cara, a questi tristi pensieri. Cerchiamo di avere speranze migliori. Lasciami illudere ch'io possa sopravviverti.»

L'idea non era punto consolante per la signora Bennet e per questo, invece di rispondere a tono, continuò come prima:

«Non posso accettare l'idea ch'essi debbano avere tutta questa proprietà. Se non fosse per la trasmissione, non ne avrei pensiero.»

«Di che non avresti pensiero?»

«Di nulla di nulla...»

«Ringraziamo dunque il cielo che ti ha preservata da tale stato di insensibilità.»

«Non ho proprio da ringraziare nessuno, Bennet. Non capisco come si possa avere la coscienza di trasmettere una proprietà se non alle proprie figlie, e ancora a beneficio del signor Collins! Perché costui ha da avere più di qualunque altro?»

«Questo lo lascio indovinare a te» disse il signor Bennet.

XXIV

Giunse la lettera della signorina Bingley a porre termine a quella incertezza. Incominciava coll'informare che si erano tutti stabiliti a Londra per quell'inverno e concludeva col dire quanto era rincresciuto a suo fratello non avere avuto il tempo di presentare i suoi omaggi agli amici dell'Hertfordshire prima di lasciare la campagna.

Svaniva ogni speranza e, quando Jane riuscì a far attenzione anche al resto della lettera, ci lesse ben poco di consolante all'infuori della dichiarazione d'affetto della scrivente. La parte principale della missiva consisteva nell'elogio della signorina Darcy. Vi si decantavano nuovamente le sue molteplici attrattive; Caroline esaltava con gioia la loro crescente intimità e osava predire il compimento dei voti che aveva svelati nella sua lettera precedente. Riferiva anche con grande piacere che suo fratello era diventato intimo in casa del signor Darcy e accennava con entusiasmo a taluni progetti di questo per il nuovo ammobiliamento.

Elizabeth, alla quale Jane non tardò a comunicare il succo della lettera, stette ad ascoltarla con tacita indignazione. Il suo cuore era diviso fra la preoccupazione per la sorella e il dispetto verso tutti gli altri. Non prestò fede a quanto affermava Caroline sulla parzialità di suo fratello per la signorina Darcy. Non pose in dubbio, più di quanto non avesse fatto in passato, ch'egli fosse realmente invaghito di Jane; e, per quanto lo avesse sempre in simpatia, non riuscì a pensare senza dispetto e quasi con sdegno a quella sua pieghevolezza di carattere e mancanza di volontà, che lo rendeva ora schiavo dei progetti dei suoi amici e che lo portava a sacrificare la propria felicità ai loro capricci. Fosse stato soltanto il sacrificio della sua felicità, padrone lui di giocarsela a suo talento, ma c'entrava quella di sua sorella e anche lui doveva saperlo. Era insomma una cosa da abbandonarsi a lunghe riflessioni, anche se le riflessioni non potevano portare a nulla. Non riusciva a pensare ad altro: il sentimento di Bingley era davvero spento o solo ottenebrato dagli amici messisi di mezzo? Aveva egli avuto coscienza dell'inclinazione di Jane o gli era passata inosservata? Ma quale che fosse l'ipotesi vera, e quindi l'opinione che lei doveva farsi di Bingley, la situazione di sua sorella restava tale e quale; la sua pace era egualmente turbata.

Passò qualche giorno prima che Jane avesse il cuore di svelare i suoi sentimenti a Elizabeth; ma alla fine, lasciate sole dalla signora Bennet dopo uno sfogo più lungo del solito contro Netherfield e il suo proprietario, non poté non parlare: «Oh, se la nostra cara mamma sapesse contenersi! Non hai idea di quanta pena mi dà con quel suo continuo discorrere di lui. Ma non voglio angustiarmi. Non durerà tanto. Lo si dimenticherà e torneremo tutti a essere come prima».

Elizabeth guardò la sorella con affettuosa incredulità, ma non disse nulla.

«Tu dubiti di me» esclamò Jane arrossendo leggermente. «Non ne hai motivo. Rimanga vivo nel mio ricordo come l'uomo più gentile che abbia conosciuto;

ma questo è tutto. Non ho niente altro da sperare o da temere e niente da rimproverargli. Ringrazio Dio che mi è risparmiato questo dolore. Un po' di tempo... e mi vincerò... farò del mio meglio...» E con voce più ferma: «Ho questo conforto, che non è stato, per parte mia, più che un errore di immaginazione che non ha fatto del male a nessuno, fuori che a me».

«Jane cara,» esclamò Elizabeth «tu sei troppo buona. La tua dolcezza e il tuo disinteresse sono veramente angelici. Non so che dirti, ho il sentimento di non averti mai reso giustizia e voluto bene quanto ti meriti.»

Jane si affrettò a negarsi qualunque straordinario merito e ricambiò la dichiarazione di ardente affetto della sorella.

«No,» disse Elizabeth «non è giusto. Tu trovi l'universo intero degno di stima e ti offendi se io dico male di qualcuno. Io domando solo di trovare te perfetta e tu ti ci opponi. Non aver paura che mi spinga all'esagerazione o che usurpi a te la prerogativa della benevolenza universale. Non ne hai bisogno. Poche sono le persone che io veramente ami e ancora meno quelle di cui pensi bene. Più conosco il mondo, più ne sono scontenta; ogni giorno conferma la mia opinione sull'incoerenza di tutti i caratteri umani e sulla poca fiducia che c'è da avere in quello che sembra merito o senno. Ne ho avuto di fresco due esempi; uno non lo nominerò, l'altro è il matrimonio di Charlotte. Inverosimile; guardalo da che lato vuoi, resta inverosimile.»

«Lizzy cara, non abbandonarti a codesti sentimenti. Distruggerebbero la tua felicità. Tu non compatisci abbastanza la diversità delle situazioni e dei temperamenti. Considera la rispettabilità del signor Collins e il saldo, prudente carattere di Charlotte. Pensa che viene da una famiglia numerosa; che dal punto di vista finanziario è un partito vantaggiosissimo, cerca anche di credere, per amore di tutti e due, ch'essa abbia una certa considerazione e stima per nostro cugino.»

«Per farti piacere cercherò di credere tutto quello che vuoi, ma nessun altro ci riuscirebbe; perché, se fossi persuasa che Charlotte ha della stima per lui, dovrei pensare della sua intelligenza peggio di quello che ora pensi del suo cuore. Il signor Collins, cara Jane, è un vanitoso, tronfio, gretto e sciocco; tu lo sai quanto me; e devi sentire, come lo sento io, che la donna che lo sposa non mostra rettitudine di pensiero. Non devi difenderla, anche se è Charlotte Lucas. Non devi, per amore di una persona sola, cambiare il significato universale delle cose né cercar di persuadere te o me che la grettezza è prudenza e l'incoscienza del pericolo una garanzia di felicità.»

«Mi pare che tu parli troppo severamente di tutti e due» rispose Jane «e spero che te ne convincerai nel vederli felici insieme. Ma basta di questo. Tu hai alluso a qualche altra cosa. Hai accennato a due esempi. Non posso non comprenderti, ma ti supplico, cara Lizzy, di non affliggermi col pensare che quella persona sia da biasimarsi e col dire che egli è decaduto nella tua stima. Non dobbiamo così facilmente crederci colpiti con intenzione. Non possiamo aspettarci che un uomo giovane e pieno di vita sia sempre così cauto e circospetto. Spesso non è che la nostra vanità che ci illude. Le donne si immaginano che l'ammirazione significhi più di quello che è.»

«E gli uomini si danno un gran da fare perché esse se lo immaginino.»

«Se la cosa è fatta con intenzione, non possono essere giustificati, ma non credo che vi siano tante intenzioni a questo mondo quante uno se ne immagina.»

«Non ho la più lontana idea di attribuire alcuna

parte della condotta del signor Bingley a una sua intenzione,» disse Elizabeth «ma anche senza il proposito di agire male o di rendere infelici gli altri, vi può essere inganno e dolore. Tutto questo è frutto di spensieratezza, di mancanza di riguardo verso i sentimenti altrui e di mancanza di energia.»

«E tu attribuiresti quanto è successo a una di queste tre ragioni?»

«Sì, all'ultima. Ma se continuo, ti farei dispiacere dicendoti quel che penso di persone che tu stimi. Fermami finché sei in tempo.»

«Tu dunque persisti a supporre che le sue sorelle lo influenzino.»

«Sì, e con loro il suo amico.»

«Non posso crederlo. Perché dovrebbero influenzarlo? Che cosa possono desiderare per un fratello se non la sua felicità? E se egli ha dell'affetto per me, non c'è donna che possa carpirmelo.»

«Il tuo punto di partenza è sbagliato. Le sue sorelle possono desiderare molte altre cose oltre la sua felicità: per esempio un accrescimento della sua ricchezza e del suo stato sociale; possono volere che sposi una ragazza che gli porti quattrini, una parentela nobile e del fasto.»

«Non c'è dubbio; esse desiderano che scelga la signorina Darcy,» rispose Jane «ma questo desiderio può derivare da un sentimento migliore di quello che ti figuri tu. La conoscono da molto più tempo di quello che conoscano me; è naturale che le vogliano più bene. Ma che desiderino questo o quello, è poco probabile che ostacolino la volontà del fratello. Credi che una sorella si prenderebbe la responsabilità di farlo, senza che vi sia una ragione grave? Se credessero che mi voglia bene, non cercherebbero di separarci; se lui veramente me ne volesse, non ci riuscirebbero. Partendo dalla supposizione che codesto affetto ci sia, fai parere ognuno ingiusto e anormale e mi dai un gran dispiacere. Non angustiarmi, ti prego, con quest'idea. Non mi vergogno d'essermi sbagliata... o, per lo meno, questo ha poca importanza, non è nulla in confronto di quello che soffrirei se dovessi pensar male di lui e delle sue sorelle. Di tutto questo fammi vedere il lato migliore, quello che lo fa capire meglio.»

Elizabeth non poteva opporsi a questo desiderio; e da quella volta il nome del signor Bingley non fu quasi più pronunziato fra loro.

La signora Bennet continuò, per altro, a meravigliarsi e a dolersi che egli non tornasse e, quantunque Elizabeth gliene spiegasse chiaramente la ragione, non c'era modo che se ne capacitasse. Sua figlia cercava di convincerla di cosa a cui non credeva lei stessa: che le attenzioni di lui per Jane esprimessero una delle solite simpatie passeggere che cessano col non vedersi più; ma sebbene questa versione fosse accettata ogni volta come probabile, Elizabeth doveva ripetere la medesima storia ogni giorno. La più grande consolazione della signora Bennet era ancora il pensare che il signor Bingley sarebbe tornato nell'estate.

Il signor Bennet trattava la faccenda molto diversamente. «Così, Lizzy,» disse un giorno «vedo che tua sorella ha provato che cosa è l'amore. Mi rallegro con lei. A una ragazza da marito di quando in quando piace provare il brivido dell'amore. Le offre qualcosa a cui pensare e la fa emergere fra le sue amiche. Quando toccherà a te? Non potrai ammettere per molto tempo d'essere sorpassata da Jane. Adesso è la tua volta. Vi sono abbastanza ufficiali per far rimaner male tutte le ragazze del paese. Wickham potrebbe fare al caso tuo. È un simpatico ragazzo e se ti facesse la corte ti farebbe onore.»

«Grazie, babbo, ma mi contenterei di un tipo meno seducente. Non possiamo tutti aspettarci la buona fortuna di Jane.»

«È giusto,» disse il signor Bennet «ma è consolante pensare che qualunque cosa di questo genere ti accada, tu hai una tenera madre che se la prenderà a cuore moltissimo.»

La compagnia del signor Wickham fu provvidenziale per scacciare la malinconia che gli ultimi casi sgradevoli avevano gettata su alcuni componenti della famiglia di Longbourn. Esse lo vedevano spesso e alle molte qualità che già parlavano in suo favore aggiungeva ora un abbandono di ogni riserbo. Tutto quello che Elizabeth aveva già saputo, le sue ragioni contro il signor Darcy e tutto quello che questi gli aveva fatto soffrire, erano adesso cosa risaputa da tutti e discussa in pubblico; ognuno si congratulava con se stesso di avere sempre detestato Darcy, prima ancora di sapere nulla di codesta faccenda.

La signorina Bennet era l'unica a supporre che vi potessero essere delle circostanze attenuanti non conosciute dalla gente dell'Hertfordshire; il suo mite e fermo candore faceva valere sempre delle attenuanti e ammetteva la possibilità di qualche errore; ma tutti gli altri condannarono Darcy come il più iniquo degli uomini.

XXV

Dopo una settimana trascorsa in dichiarazioni d'amore e progetti di felicità, il signor Collins dovette allontanarsi dalla sua amabile Charlotte, perché il sabato era arrivato. Il dolore della separazione poté essere tuttavia, da parte di lui, mitigato dai preparativi per ricevere la sposa, poiché aveva motivo di sperare che, subito dopo il suo ritorno nell'Hertfordshire, si sarebbe fissato il giorno che lo avrebbe reso il più felice dei mortali. Prese commiato dai suoi parenti di Longbourn con la stessa solennità della volta avanti; rinnovò alle sue graziose cugine gli auguri di buona salute e di felicità e promise al padre un'altra lettera di ringraziamento.

Il lunedì seguente la signora Bennet ebbe il piacere di ricevere suo fratello con la moglie che venivano, come al solito, a passare il Natale a Longbourn. Il signor Gardiner era un uomo di giudizio e di modi distinti, di gran lunga superiore alla sorella sia per indole che per istruzione. Le signore di Netherfield non avrebbero mai creduto che un uomo che era nel commercio e viveva a poca distanza dai suoi magazzini potesse essere così bene educato e garbato. La signora Gardiner, che era di parecchi anni più giovane della signora Bennet e della signora Phillips, era una donna affabile, intelligente ed elegante, prediletta dalle sue nipoti di Longbourn. Specialmente fra lei e le due maggiori c'era grandissima affezione. Queste erano spesso sue ospiti a Londra.

La prima cosa che fece la signora Gardiner arrivando fu di distribuire i regali e descrivere le ultime novità della moda. Fatto questo, la sua parte divenne meno attiva e a sua volta dovette stare ad ascoltare. La signora Bennet aveva da lagnarsi di fatti più o meno immaginarii. Dall'ultima volta che aveva veduta sua cognata erano capitati loro parecchi guai. Due delle sue figliuole erano state lì lì per sposarsi e invece tutto era andato in fumo.

«Non ne faccio colpa a Jane,» continuava «lei avrebbe preso il signor Bingley, se avesse potuto. Ma Lizzy! Oh, cognata mia! È molto triste pensare che a quest'ora avrebbe potuto essere la moglie del signor Collins, se non vi fosse stato di mezzo il suo malanimo. Lui le fece la domanda di matrimonio in questa stanza e lei lo ha rifiutato. La conclusione di tutto è che Lady Lucas avrà una figlia maritata prima delle mie e che i beni di Longbourn saranno sempre più suddivisi. I Lucas sono dei grandi intriganti, te lo dico io. Si interessano alle cose solo quando c'è qualche cosa da buscarsi. Mi dispiace doverlo dire di loro, ma è proprio così. È un vero tormento per i miei poveri nervi l'essere contrariata a questo modo dalla mia famiglia e avere dei vicini che pensano a sé prima che a chiunque altro. Ma la tua visita in questo momento mi fa proprio tanto piacere e sono contenta di quello che mi dici sulla moda delle maniche lunghe.»

La signora Gardiner, alla quale le novità essenziali erano già state raccontate da Jane e da Elizabeth nelle loro lettere, diede alla sorella una risposta vaga e per amore delle nipoti cambiò argomento di conversazione.

Poi, quando si trovò sola con Elizabeth, parlò più a lungo della cosa:

«Sarebbe stato un partito proprio augurabile per Jane» disse. «Mi dispiace che sia andato a monte. Ma sono cose che capitano. È così facile che un giovane, come dici che è il signor Bingley, si invaghisca per qualche settimana di una ragazza e, se poi un caso qualunque li separa, altrettanto facilmente la dimentichi; è un genere di incostanza frequentissimo.»

«Anche codesta potrebbe essere una consolazione,» disse Elizabeth «ma non fa al caso nostro. Noi non ci lasciamo sopraffare dal destino. Non capita spesso che l'intromissione di amici induca un giovane che ha un patrimonio di suo a non pensare più a una ragazza della quale era ardentemente innamorato pochi giorni avanti.»

«"Ardentemente innamorato" è un modo di dire tanto sfruttato, così vago e indefinito che mi dice ben poco. Lo si dice con la stessa facilità per sentimenti sbocciati dopo una conoscenza di mezz'ora, quanto di un affetto vero e profondo. Sapresti dirmi fino a che punto "ardeva" l'amore del signor Bingley?»

«Non ho mai visto un'inclinazione più promettente; non badava più a nessuno, era tutto preso di lei. Ogni volta che si trovavano insieme questa simpatia si affermava e diventava più evidente. Al ballo che diede lui stesso arrivò a essere sgarbato con delle signore, si dimenticò di farle ballare; io stessa gli ho rivolto due volte la parola senza che mi rispondesse. Potrebbero esserci segni migliori? L'esser poco garbati verso il prossimo non è una delle caratteristiche del vero amore?»

«Oh, certo! proprio di quell'amore che immagino che egli provasse. Povera Jane! Mi dispiace per lei, dato il suo temperamento può darsi che non si consoli tanto presto. Sarebbe stato meglio che fosse capitato a te, Lizzy; tu ci avresti trovato il lato ridicolo più presto. Ma credi che si lascerebbe indurre a venire a Londra con noi? Un cambiamento d'ambiente potrebbe farle del bene, forse, una piacevole interruzione della vita di famiglia potrebbe giovarle assai.»

Elizabeth fu contentissima di questa proposta ed era sicura che anche sua sorella sarebbe stata d'accordo.

«Spero» soggiunse la signora Gardiner «che quel giovane non entrerà per nulla nella sua decisione. Abitiamo dalla parte opposta di Londra; tutte le nostre conoscenze sono diversissime e, come sai, usciamo così di rado che è assai poco probabile che si incontrino, a meno che egli non venga proprio a cercarla.»

«Questo è quasi impossibile; poiché lui è sotto la tutela del suo amico Darcy, che non gli permetterà certo di andare a trovare Jane in un quartiere di Londra come il vostro! Come può solo pensare a una cosa simile, zia?... Può darsi che il signor Darcy abbia sentito dire che esiste una via chiamata Gracechurch, ma se dovesse entrarvi una sola volta, nemmeno un mese di abluzioni basterebbe a purificarlo da tanta impurità; e per l'appunto il signor Bingley non si muove mai senza di lui.»

«Tanto meglio. Spero così che non si incontreranno mai. Ma Jane non è in corrispondenza con la sorella di lui? Questa non potrà fare a meno di venirla a trovare.»

«Romperà completamente la relazione.»

Ma nonostante la sicurezza che Elizabeth affettava di avere su questo proposito, come su quello più interessante, cioè che gli altri impedissero al signor Bingley di vedere Jane, ella si accorse di preoccuparsene tanto da convincersi, dopo adeguato esame di se stessa, che non riteneva la cosa completamente priva di probabilità. A volte le pareva perfino possibile che l'affetto di lui si ridestasse e che l'influenza dell'amico potesse trionfalmente esser vinta da quella più naturale delle attrattive di Jane.

La signorina Bennet accettò con piacere l'invito della zia; pensò ai Bingley solo per sperare che, poiché Caroline non abitava nella stessa casa del fratello, avrebbe potuto passare ogni tanto una mattina con lei, senza correre il rischio di incontrare lui.

I Gardiner si trattennero una settimana a Longbourn; con i numerosi inviti ora dai Phillips o dai Lucas o dagli ufficiali, non ebbero un giorno non occupato. La signora Bennet aveva tutto predisposto per far divertire suo fratello e sua cognata in modo che non una volta sola pranzassero semplicemente fra di loro. Quando rimanevano a casa, erano sempre invitati alcuni ufficiali tra i quali il signor Wickham era sicuro di essere compreso; in queste occorrenze la signora Gardiner, messa in sospetto dai grandi elogi che Elizabeth ne faceva, li osservava tutti e due attentamente.

Senza crederli, da quanto poteva vedere, innamorati sul serio, la preferenza che mostravano l'uno per l'altra era abbastanza visibile perché ne fosse un po' preoccupata; decise di parlarne a Elizabeth prima di partire dall'Hertfordshire e di farle vedere quanto era imprudente incoraggiare una simile simpatia.

Secondo la signora Gardiner, Wickham aveva una speciale facoltà di piacere che non aveva nulla a che fare con i suoi meriti veri. Dieci o dodici anni prima, avanti che si sposasse, aveva passato del tempo in quella parte del Derbyshire donde lui era oriundo. Perciò avevano molte conoscenze comuni e, benché Wickham vi fosse ritornato poche volte da cinque anni a quella parte, cioè dalla morte del padre di Darcy, era tuttavia in grado di dare molte notizie recenti dei suoi amici di una volta, più di quelle che essa stessa ne avesse.

La signora Gardiner aveva veduto Pemberley e conosciuto bene di fama il defunto signor Darcy. Questo era dunque un argomento di conversazione inesauribile. Confrontando i suoi ricordi di Pemberley con la minuta descrizione che Wickham ne faceva e cantando le lodi del defunto proprietario, faceva piacere a lui e a se stessa. Informata del modo con cui l'attuale signor Darcy si era comportato verso di lui, cercò di rammentarsi alcune delle caratteristiche più note del suo temperamento di quando era ancora un ragazzo, che potessero spiegarlo; infine fu certa di ricordarsi d'aver sentito parlare, allora, del signor Fitzwilliam Darcy come di un ragazzo molto superbo e di brutto carattere.

XXVI

La prima volta che le riuscì di parlarle da sola a sola, la signora Gardiner non mancò di mettere in guardia, con ogni garbo, Elizabeth; dettole francamente il suo pensiero, aggiunse:

«Sei una ragazza troppo ragionevole, Lizzy, per innamorarti per il solo fatto che ti si mette in guardia di non farlo; perciò non ho paura a parlarti chiaro. Vorrei proprio che tu stessi attenta. Non lasciarti trascinare e non trascinare lui in una passione che la mancanza di mezzi renderebbe assai imprudente. Non ho nulla da dire contro di lui; è un giovane che può molto interessare e, se avesse i mezzi che dovrebbe avere, non potresti trovar di meglio. Ma così come è... non devi lasciarti trascinare dalla fantasia. Tu hai giudizio e tutti ci aspettiamo che lo adopererai. Tuo padre si fida, ne sono sicura, di quello che deciderai tu perché deciderai bene. Non devi deludere la sua aspettativa.»

«Questo, cara zia, si chiama parlar davvero sul serio.»

«Sì, e spero di indurti ad agire altrettanto seriamente.»

«Ebbene, non c'è bisogno che lei si metta in ansia. Baderò a me stessa e anche al signor Wickham. Non si innamorerà di me, se io riuscirò a impedirlo.»

«Adesso, Elizabeth, non sei seria.»

«Mi scusi. Ci proverò. Per ora non sono innamorata del signor Wickham, glielo garantisco. Ma rimane lo stesso, senza confronti, la persona più simpatica che abbia mai conosciuta... e se mi si affezionasse sul serio... no, credo che sarebbe meglio che non lo facesse. Ne vedo tutta l'imprudenza. Oh! quell'odioso signor Darcy. L'opinione che ha mio padre di me mi onora moltissimo e mi dispiacerebbe smentirla. Però il babbo ha un debole per il signor Wickham. In poche parole, zia, mi dispiacerebbe di dare un dispiacere a qualcuno di voi. Ma se si vede ogni giorno che, quando vi è dell'affetto, la mancanza momentanea dei mezzi di rado trattiene i giovani dall'impegnarsi, come potrei promettere io di aver più giudizio di tante altre mie coetanee e sapere che è saggezza resistere? Tutto quello che posso prometterle è di fare le cose con calma. Non avrò fretta a immaginarmi di essere io il suo primo e unico pensiero. Quando sarò con lui non starò lì ad aspettarmi una dichiarazione. Insomma farò del mio meglio.»

«Sarà anche bene che tu non lo incoraggi a venire qui tanto spesso. Per lo meno non dovresti ricordare alla mamma di invitarlo.»

«Come feci l'altro giorno» disse Elizabeth con un sorriso consapevole. «È evidente che sarà bene che mi trattenga dal farlo. Ma non creda che sia sempre qui così spesso. È per via di voi che è stato invitato tante volte questa settimana. Lei conosce l'idea della mamma, che bisogna avere continuamente invitati per gli amici. Ma, parlando sul serio, cercherò di fare ciò che mi parrà più ragionevole; e con questo spero che sarà soddisfatta.»

La zia le assicurò d'esserlo; ed Elizabeth, ringraziatala per i suoi buoni consigli, la lasciò. Un bell'esempio di consiglio dato su un argomento così delicato senza far nascere dispetto.

Il signor Collins ritornò nell'Hertfordshire poco dopo la partenza di Jane e dei Gardiner; ma poiché andò a stare dai Lucas, il suo arrivo non dette gran disturbo alla signora Bennet. Il momento del suo matrimonio si avvicinava a gran passi ed essa finì col rassegnarsi all'inevitabile e arrivò persino a dichiarare più volte, a mezza bocca, che gli augurava ogni bene. Il giorno delle nozze doveva essere il giovedì e la signorina Lucas fece la sua visita di addio il mercoledì; quando si alzò per accomiatarsi, Elizabeth, confusa degli scortesi e sforzati auguri di sua madre, mentre lei si sentiva sinceramente commossa, l'accompagnò fuori della stanza. Mentre scendevano insieme le scale Charlotte le disse:

«Spero di ricevere spesso tue notizie, Elizabeth.»

«Per questo puoi star tranquilla.»

«Ho un altro piacere da chiederti. Verrai a trovarmi?»

«Spero che ci vedremo spesso nell'Hertfordshire.»

«È poco probabile che per qualche tempo lasci il Kent. Promettimi di venire a Hunsford.»

Elizabeth non poté rifiutare, benché prevedesse che la visita sarebbe stata poco piacevole.

«Mio padre e Maria verranno da me a marzo» soggiunse Charlotte «e spero che sarai della comitiva. Sarai per me la benvenuta quanto ognuno di loro, Elizabeth.»

Le nozze furono celebrate; lo sposo e la sposa partirono direttamente dalla chiesa per il Kent e ognuno ebbe da dire e da ascoltare le cose che si dicono in simile circostanza. Elizabeth ricevette presto notizie dalla sua amica e la loro corrispondenza fu regolare e frequente come era sempre stata; naturalmente non poteva essere anche intima. Elizabeth non riusciva a rivolgersi a Charlotte senza sentire che tutta la dolcezza dell'intimità era finita; e benché decisa a non rallentare la corrispondenza, lo faceva più per riguardo al passato che al presente. Le prime lettere di Charlotte furono aperte con molta impazienza per la curiosità di sapere che cosa dicesse della sua nuova dimora, come le piacesse Lady Catherine e fino a che punto osasse chiamarsi felice; ma, lette le lettere, Elizabeth sentì che Charlotte si esprimeva su ogni punto proprio come se lo poteva essere immaginato. Scriveva gaiamente; pareva circondata da ogni comodità e non menzionava se non le cose che poteva lodare. La casa, il mobilio, il vicinato e le strade, tutto era di suo gusto e Lady Catherine aveva modi quanto mai affabili e gentili. Hunsford e Rosings corrispondevano alla descrizione del signor

Collins, con le dovute smorzature: Elizabeth capì che per conoscere il resto doveva vederlo coi suoi occhi.

Jane aveva già scritto alcune righe alla sorella per annunciarle il suo buon arrivo a Londra; Elizabeth sperava che alla prossima lettera le avrebbe potuto dire qualche cosa dei Bingley.

La sua impazienza per questa seconda lettera fu ricompensata come lo sono per lo più tutte le impazienze. Jane era a Londra da una settimana senza aver veduto né saputo nulla di Caroline. Lo spiegava supponendo che la sua ultima lettera da Longbourn fosse andata smarrita.

"La zia" continuava "si recherà domani dalle loro parti e prenderò l'occasione per fermarmi a Grosvenor Street."

Scrisse nuovamente, dopo aver fatta la visita alla signorina Bingley.

> Caroline non mi è parsa troppo ben disposta

erano le sue parole

> ma è stata molto contenta di vedermi e mi ha rimproverato di non averle fatto sapere che sarei venuta a Londra. Dunque avevo ragione: la mia ultima lettera non le era mai arrivata. Naturalmente chiesi notizie di suo fratello. Stava bene ma era così preso dal signor Darcy che non lo vedevano quasi mai. Venni a sapere che aspettano a pranzo la signorina Darcy; mi piacerebbe poterla vedere. La mia visita non fu lunga poiché Caroline e la signora Hurst stavano per uscire. Credo che le vedrò presto da noi.

Letta la lettera, Elizabeth scosse il capo. Era convinta che solo un caso avrebbe potuto far sapere al signor Bingley che sua sorella era a Londra.

Infatti trascorsero quattro settimane senza che Jane lo vedesse. Si sforzava di convincersi che non le dispiaceva, ma non poteva non notare come la signorina Bingley la trascurava. Dopo aver aspettato in casa ogni mattina per quindici giorni e aver immaginato ogni sera una nuova ragione che potesse scusarla, finalmente la signorina Bingley era comparsa; ma la sua visita era stata così breve e soprattutto il suo modo di fare così cambiato che Jane non poté farsi illusioni. La lettera che scrisse in codesta occasione a sua sorella mostrerà i suoi sentimenti:

Sono certa che la mia carissima Lizzy non vorrà vantarsi a mie spese del suo buon discernimento, quando confesserò di essermi completamente illusa sul conto che faceva di me la signorina Bingley. Ma benché i fatti abbiano dimostrato che avevi ragione tu, non ritenermi ostinata se seguito a dire che, considerando il suo modo di agire con me, la mia fiducia era naturale quanto la tua diffidenza. Non capisco affatto perché desiderava aver rapporti più intimi con me; ma se le medesime circostanze si ripresentassero, sono certa che ci cascherei ancora. Caroline mi ha restituita la visita solo ieri; nel frattempo non avevo avuto da lei neppure un rigo. Quando finalmente venne, era più che evidente che non provava nessun piacere; fece delle scuse vaghe e pro forma perché non era venuta prima e non accennò a volermi rivedere. Era sotto ogni rapporto così mutata che, quando se ne fu andata, mi decisi di non continuare più oltre questa relazione. La compatisco, benché non possa fare a meno di biasimarla. Fece molto male a distinguermi, come fece; sono sicura che fu lei a fare i primi passi di questa relazione. Ma la compatisco perché deve rendersi conto di aver agito male e perché sono sicurissima che la colpa è della sua troppo grande preoccupazione per suo fratello. Non occorre che mi spieghi più e, sebbene noi sappiamo che codesta preoccupazione è perfettamente superflua, pure se essa ce l'ha, ci si spiega agevolmente il suo modo di comportarsi con me; e tale essendo giustamente il suo amore per il fratello, qualsiasi inquietudine essa provi a suo riguardo è naturale e approvabile. Non posso però fare a meno di meravigliarmi che abbia simili timori adesso, perché se egli avesse avuto solo un po' di simpatia per me, avremmo dovuto esserci già visti da un pezzo. So, da qualche accenno fatto da lei, ch'egli sa che sono qui a Londra, eppure con il suo modo di parlare sembrava che volesse convincere se stessa ch'egli aveva veramente un'inclinazione per la signorina Darcy. Non ci capisco nulla. Se non temessi di fare un giudizio temerario, sarei quasi tentata di dire che in tutto questo vi è come una apparenza di duplicità. Ma voglio scacciare ogni pensiero doloroso e volgermi solo a quello che può rendermi felice, il tuo affetto e l'inalterabile gentilezza dei miei cari zii. Mandami presto tue notizie. La signorina Bingley disse, di sfuggita, che pensavano di non tornare più a Netherfield e di lasciare la casa, ma non ne erano proprio certi. È meglio non parlarne. Sono proprio contenta di sapere che tu riceva così buone notizie dai nostri amici di Hunsford. Mi faresti piacere se andassi a trovarli con Sir William e Maria. Sono certa che ti ci troverai molto bene.

La tua ecc...

Questa lettera fece un po' dispiacere a Elizabeth ma la consolò il pensiero che Jane non si sarebbe più lasciata gabbare, almeno dalla sorella di Bingley. Dal fratello non c'era oramai da aspettarsi più nulla. Non avrebbe neppure voluto che le sue attenzioni si rinnovassero. Sotto ogni rapporto il suo carattere ci faceva una brutta figura. Sperò, come una punizione per lui e un possibile bene per Jane, che sposasse davvero e presto la signorina Darcy, poiché, secondo quanto aveva detto Wickham, questa gli avrebbe fatto rimpiangere parecchio colei che aveva disprezzata.

Nel frattempo la signora Gardiner rammentò a Elizabeth la sua promessa a proposito di questo signore e ne chiese notizie. Elizabeth ne ebbe da mandare tali da far piacere alla zia piuttosto che a sé. L'apparente inclinazione di Wickham era affievolita, le sue attenzioni erano cessate, si era messo a corteggiare un'altra ragazza. Elizabeth era abbastanza avveduta per accorgersene e poté osservarlo e scriverne senza provare una vera pena. Il suo cuore non era stato che leggermente toccato e la sua vanità rimase paga al pensiero che lei sarebbe stata sempre la preferita, se avesse avuto dei mezzi. Un'eredità improvvisa di diecimila sterline era una delle principali attrattive della signorina con la quale ora Wickham stava facendo l'amabile; ma Elizabeth, che in questo caso era forse meno chiaroveggente che in quello di Charlotte, non trovò da ridire sul suo desiderio di indipendenza. Anzi nulla le pareva più naturale; e mentre poteva supporre che gli costasse qualche pena lasciar lei, era pronta ad ammettere che quella unione era desiderabile per tutti e due e riusciva sinceramente ad augurargli la felicità.

Di tutto questo fu informata la signora Gardiner e dopo aver riferiti i dati di fatto proseguiva:

> ... sono adesso convinta, mia cara zia, di non essere mai stata molto innamorata; perché, se avessi provato questa pura ed elevata passione, ora odierei anche il suo nome e gli augurerei ogni sorta di mali. Invece i miei sentimenti non sono soltanto cordiali verso di lui, ma sono persino amichevoli verso questa signorina King. Non mi accorgo affatto di odiarla o di non trovarla un'ottima ragazza. Vuol dire che l'amore non c'entra. Il mio buon senso è servito a qualche cosa; e, benché adesso sarei molto più interessante agli occhi di tutti i conoscenti se fossi pazzamente innamorata di

lui, non posso dire che mi dispiaccia di non provare che un interesse relativo. A volte si paga troppo caro un successo. Kitty e Lydia si prendono a cuore molto più di me questo suo abbandono. Sono ancora troppo inesperte delle cose di questo mondo e non sono ancora arrivate alla umiliante convinzione che i bei giovani devono avere di che vivere come i brutti.

XXVII

I mesi di gennaio e di febbraio passarono senza avvenimenti di maggior rilievo nella famiglia di Longbourn e con poche distrazioni, tranne le passeggiate a Meryton ora nel fango, ora col freddo. A marzo Elizabeth doveva andare a Hunsford. Da principio non pensava molto seriamente di andarci, ma presto si accorse che Charlotte ci faceva conto e a poco a poco prese a considerare la cosa con più piacere, e anche con più certezza. La lontananza aveva aumentato il suo desiderio di rivedere Charlotte e aveva diminuito la sua avversione per il signor Collins. Era in ogni modo un cambiamento e, siccome con quella madre e con delle sorelle di così poca compagnia la vita di famiglia non era priva di imperfezioni, un piccolo cambiamento non le riusciva sgradito. Inoltre il viaggio le avrebbe permesso di fare una capata da Jane; insomma, via via che il momento della partenza si avvicinava, sempre più le sarebbe dispiaciuto ritardarla. Ma tutto andò senza intoppi e si compì secondo il primo progetto di Charlotte. Elizabeth avrebbe accompagnato Sir William e la sua secondogenita. Ebbero per tempo l'idea di passare una notte a Londra e l'itinerario fu così il più perfetto che si potesse desiderare.

L'unico dispiacere, per Elizabeth, era quello di lasciare suo padre, che avrebbe certo sentito molto la sua mancanza; infatti, giunto il momento del distacco, egli era commosso a tal punto che le chiese di scrivergli e le promise quasi quasi di risponderle.

L'addio fra lei e il signor Wickham fu quello di due buoni amici, soprattutto da parte di lui. La sua presente conquista non poteva fargli dimenticare che Elizabeth era stata la prima a suscitare e a meritare le sue attenzioni, la prima ad ascoltarlo e a compatirlo, la prima a essere ammirata. Nel suo modo di dirle addio augurandole ogni divertimento, ricordandole quel che doveva aspettarsi da Lady Catherine de Bourgh e sperando che anche in questo – come in tutti gli altri loro giudizi – si sarebbero trovati sempre d'accordo, vi fu una sollecitudine e un interessamento che le fecero sentire che sarebbe sempre rimasta sinceramente affezionata a lui; lo lasciò persuasa che, sposato o celibe, egli sarebbe sempre rimasto il suo ideale di amabilità e cortesia.

Messisi in viaggio, i suoi compagni non la aiutarono certo a farglielo apparire meno piacevole. Sir William Lucas e sua figlia Maria, una ragazza vispa ma dalla testa vuota quanto quella di lui, non avevano da dire nulla che valesse la pena di essere udito; li stette a sentire su per giù con lo stesso piacere con cui ascoltava il rumore della carrozza. A Elizabeth piacevano le bizzarrie, ma quelle di Sir William erano ormai vecchie per lei. Non aveva proprio nulla di nuovo da raccontarle della sua presentazione a Corte e del suo cavalierato; i suoi complimenti erano vecchi quanto i suoi racconti.

Il viaggio non era che di ventiquattro miglia; lo cominciarono di buon'ora in modo da essere a Londra in Gracechurch Street verso mezzogiorno. Mentre si avvicinavano alla casa dei Gardiner, Jane stava alla finestra di un salotto ad attendere il loro arrivo e, quando entrarono nell'andito, lei vi si trovava di già a dar loro il benvenuto. Elizabeth, fissandola premurosamente in volto, fu soddisfatta di trovarla colorita e graziosa come sempre. Sulle scale stava un gruppo di bambini e bambine che la smania di vedere la cugina non aveva trattenuti ad aspettarla nel salotto, ma che la timidezza – poiché non la vedevano da un anno – tratteneva dallo scendere. Tutto spirava gioia e cordialità. La giornata passò in modo piacevolissimo: la mattina da un negozio all'altro a far spese e la sera a teatro.

Elizabeth, poi, riuscì a trovare un momento per sedersi a chiacchierare con la zia. Il primo argomento fu sua sorella; rimase più rattristata che stupita nel sentire, in risposta alle sue minute domande, che Jane, benché facesse grandi sforzi per farsi coraggio, attraversava dei periodi di sconforto. Tuttavia si poteva sperare che non sarebbero continuati a lungo. La signora Gardiner raccontò anche i particolari della visita della signorina Bingley a casa loro e le ripeté diversi discorsi fra lei e Jane, che dimostravano come Jane avesse rinunziato in cuor suo a quella amicizia.

Indi la signora Gardiner canzonò la nipote per la ritirata del signor Wickham e si congratulò per il modo con cui l'aveva presa.

«Ma, Elizabeth mia,» soggiunse «che ragazza è codesta signorina King? Mi dispiacerebbe dover pensare che il nostro amico tira alla moneta.»

«Mi saprebbe dire, cara zia, che differenza c'è fra un matrimonio di interesse e uno di ragione? Dove finisce la saggezza e incomincia l'avidità? Questo Natale aveva paura che sposasse me perché sarebbe stata un'imprudenza, e adesso che vuol prendere una ragazza che ha soltanto diecimila sterline, lo trova interessato.»

«Quando mi avrai detto che ragazza è la signorina King, saprò che cosa pensare.»

«Credo che sia un'ottima ragazza; non le conosco nessun demerito.»

«Ma finché la morte del nonno non la fece padrona di quel patrimonio, lui non le rivolse la più piccola attenzione.»

«No... e perché avrebbe dovuto farlo? Se non gli era dato conquistare il mio affetto perché non avevo denari, che scopo avrebbe avuto a fare la corte a una ragazza che non lo interessava e che era altrettanto povera?»

«Ma mi sembra un po' troppo disinvolto a buttarsi a lei appena è venuta in possesso di questa eredità.»

«Un uomo ridotto alle strette non ha tempo da perdere con le formalità di decoro a cui possono badare gli altri. Se lei non ci trova nulla di male, perché dovremmo trovarcene noi?»

«Il fatto che lei non faccia delle obiezioni non giustifica lui. Dimostra soltanto che le manca qualche cosa... giudizio o sensibilità.»

«Benone,» esclamò Elizabeth «lo prenda come vuole. Lui sarà venale e lei sarà stupida.»

«No, Lizzy. Questo non è quello che voglio dire. Sai che mi dispiacerebbe pensare male di una persona che ha vissuto tanto tempo nel Derbyshire.»

«Oh, se è per questo, io ho una ben magra opinione dei giovani signori che vivono nel Derbyshire; e i loro amici intimi che vivono nell'Hertfordshire non sono nulla di meglio. Sono stufa di tutti quanti! Grazie al cielo, domani andrò a trovare un uomo che non ha una sola qualità piacevole, che non ha né belle maniere né talenti che lo raccomandino. Dopo tutto gli uomini sciocchi sono i soli che meriti conto conoscere...»

«Sta attenta, Lizzy. Codesto discorso sa molto di delusione.»

Prima che si lasciassero dopo lo spettacolo, Lizzy

ebbe la gioia inaspettata di essere invitata dai suoi zii ad accompagnarli in un viaggetto di piacere che si proponevano di fare nell'estate.

«Non abbiamo ancora definitivamente deciso dove andremo,» disse la signora Gardiner «ma forse fino ai Laghi.»

Nessun progetto poteva riuscir più gradito a Elizabeth. Accettò subito l'invito piena di riconoscenza.

«Cara, cara zia,» esclamò entusiasta «che delizia, che felicità! Lei mi ridà vita ed energia. Addio delusioni, addio rimpianti! Che cosa sono gli uomini in confronto delle rocce e delle montagne? Che ore di incanto passeremo! E quando ritorneremo non saremo come gli altri viaggiatori, incapaci di dare un'idea giusta di ogni cosa. Noi sapremo dire dove siamo stati... rammenteremo quel che avremo veduto. Laghi, monti, fiumi non faranno confusione nella nostra mente; quando cercheremo di descrivere un certo paesaggio non bisticceremo per definire la sua esatta situazione. Le nostre prime narrazioni dovranno essere meno insopportabili di quelle della maggior parte dei viaggiatori.»

XXVIII

Ogni cosa, durante il loro secondo giorno di viaggio, sembrò a Elizabeth nuova e interessante. Il suo spirito era disposto a godere di tutto, poiché aveva veduto Jane di così buon aspetto da scacciare ogni timore per la sua salute e perché la prospettiva del loro giro nel Nord era fonte continua di gioia.

Quando lasciarono la strada maestra per quella secondaria che portava a Hunsford, tutti gli occhi si misero a cercare la casa parrocchiale e a ogni svolta si aspettavano di vederla comparire. Da una parte fiancheggiavano la stecconata del parco di Rosings ed Elizabeth sorrideva ripensando a tutto quello che aveva sentito dire dei suoi abitatori.

Finalmente scorsero la casa parrocchiale; il giardino in pendìo verso la strada, la casa sorgente nel mezzo, i pali verdi, la siepe di alloro, ogni cosa era indizio che stavano per arrivare. Il signor Collins e Charlotte comparvero sulla porta e la carrozza si fermò davanti al piccolo cancello che conduceva, per un sentiero inghiaiato, alla casa, fra i cenni di saluto e i sorrisi della comitiva. In un istante scesero tutti dalla vettura, contenti di rivedersi. La signora Collins accolse l'amica col più vivo piacere ed Elizabeth fu sempre più soddisfatta di essere venuta, nel vedersi così affettuosamente ricevuta. Vide subito che i modi di fare di suo cugino non erano affatto mutati col matrimonio; la sua cortesia manierata era tale e quale: la trattenne alcuni minuti sul cancello a chiedere e ascoltare le nuove di tutta la famiglia. Li condusse quindi in casa non senza aver fatto loro notare la schietta eleganza dell'ingresso e appena entrati in salotto diede loro per la seconda volta, con ostentata formalità, il benvenuto nel suo umile abituro e insistette nell'offrir loro un rinfresco.

Elizabeth si era preparata a vederlo in tutta la sua gloria; e mentre egli andava mostrando le felici proporzioni della stanza, il suo aspetto e il suo mobilio, non poté non pensare che si rivolgesse in modo speciale a lei, come per farle sentire tutto quello che aveva perduto col suo rifiuto. Ma quantunque ogni cosa fosse adatta e comoda, non riusciva a guardarla con il più breve sospiro di pentimento; osservava piuttosto con stupore la sua amica che riusciva ad avere un'aria così allegra con un simile compagno. Quando il signor Collins diceva qualche cosa di cui la moglie avrebbe potuto con ragione vergognarsi, cosa che non accadeva di rado, le veniva involontariamente di guardare Charlotte. Una volta o due le osservò un tenue rossore; ma in genere la saggia Charlotte sembrava non udire. Dopo aver sufficientemente ammirato pezzo per pezzo il mobilio della stanza, dal canterano al paracenere e, dopo che ebbero fatto il resoconto del loro viaggio e di tutto quello che era successo a Londra, il signor Collins li invitò a fare un giretto in giardino. Questo era grande, ben disegnato, e se ne occupava lui stesso. Il giardinaggio era una delle sue più cospicue distrazioni; Elizabeth ammirava la disinvoltura con cui Charlotte parlava della sanità di questo esercizio e confessava di incoraggiarlo il più possibile. Qui, guidandoli per viali e vialetti, non lasciando loro nemmeno il tempo di fare quelle lodi che evidentemente sollecitava, si fermava a mostrare tutti i punti di vista, con una meticolosità alla quale sfuggiva la bellezza dell'insieme. Era capace di enumerare uno per uno tutti i campi che c'erano da tutte le parti e poteva dire quanti alberi c'erano nelle macchie più discoste. Ma di tutte le vedute di cui quel giardino, anzi la regione, anzi il Regno poteva gloriarsi, nessuna era comparabile al colpo d'occhio che offriva Rosings; si presentava in una apertura fra gli alberi che orlavano il parco, quasi dirimpetto alla facciata di casa sua. Era un fabbricato moderno ben collocato su un terreno un po' alto.

Dal giardino il signor Collins avrebbe voluto condurli ai due prati, ma le signore, non avendo scarpe adatte ad affrontare i resti della brinata, tornarono indietro; e mentre Sir William proseguiva con lui, Charlotte mostrò la casa alla sorella e all'amica, probabilmente molto contenta di poterlo fare senza l'aiuto del marito. La casa era piuttosto piccola, ma ben costruita e comoda; ogni cosa era ben messa, con una precisione e un ordine di cui Elizabeth attribuiva tutto il merito a Charlotte. Quando si riusciva a dimenticare il signor Collins, vi era veramente in tutto e per tutto un'atmosfera di benessere e dall'evidente serenità di Charlotte Elizabeth deduceva ch'egli doveva essere spesso dimenticato.

Aveva già appreso che Lady Catherine era ancora in campagna. Ne riparlarono a pranzo, avendo il signor Collins osservato:

«Sì, signorina Elizabeth, ella avrà l'onore di vedere Lady Catherine de Bourgh domenica prossima in chiesa, né ho bisogno di dirle che ne rimarrà incantata. È l'affabilità e degnazione in persona e non dubito che le farà l'onore di prendere nota di lei appena l'ufficio sarà finito. Non esito quasi ad asserire ch'essa includerà lei, insieme con mia cognata Maria, negli inviti dei quali ci onora durante la loro permanenza da noi. Il suo modo di trattare con la mia diletta Charlotte è incantevole. Pranziamo a Rosings due volte alla settimana e non ci permette mai di tornare a casa a piedi. La carrozza di Sua Signoria è regolarmente pronta per noi. Dovrei dire una delle carrozze, poiché Sua Signoria ne possiede parecchie.»

«Lady Catherine è una persona rispettabilissima e assennatissima,» soggiunse Charlotte «e una vicina quanto mai premurosa.»

«Giustissimo, mia cara; è proprio quello che intendo dire io. Appartiene a quel genere di signore verso le quali nessuna deferenza è eccessiva.»

La serata passò soprattutto discorrendo di cose dell'Hertfordshire e ripetendo quello che era già stato raccontato per iscritto. Quando si furono ritirate nelle loro camere, Elizabeth meditò in solitudine a quella che poteva essere la soddisfazione di Charlotte, riconobbe la sua abilità nel governare la casa e la sua tolleranza nel sopportarsi quel marito, e ammise che tutto era fatto molto bene. Cercò anche di immaginarsi come avrebbe passato il tempo durante la visita, fra il quieto andamento delle loro solite occupazioni, le fastidiose intromissioni del signor Collins e le amenità delle loro relazioni con Rosings. Con la sua vivace immaginazione ebbe presto veduto ogni cosa.

Verso la metà del giorno seguente, mentre era in camera a prepararsi per una passeggiata, un rumore improvviso parve mettere in subbuglio tutta la casa; postasi un momento in ascolto, sentì qualcuno che saliva le scale a precipizio e che la chiamava a voce alta. Aprì la porta e trovò sul pianerottolo Maria che le gridava, agitata, senza fiato:

«Oh, Eliza cara! Ti prego, fa presto e vieni in stanza da pranzo che c'è uno spettacolo straordinario. Non voglio dirti che cosa. Spicciati e vieni giù subito.»

Elizabeth le rivolse qualche domanda, invano; Maria non voleva dirle nulla di più; una volta discese, corsero nella sala da pranzo che guardava sul viottolo, alla scoperta di questa meraviglia: erano due signore in un piccolo *phaëton*, che si era fermato davanti al cancello del giardino.

«È tutto qui?» esclamò Elizabeth. «Mi immaginavo che per lo meno i maiali fossero entrati in giardino; invece non è che Lady Catherine con sua figlia!»

«Ma che!» disse Maria, scandalizzata dello sbaglio «non è Lady Catherine. Quella più vecchia è la signorina Jenkinson che sta con loro. L'altra è la signorina de Bourgh. Ma guardala un po'! È una personcina minutina, minutina. Chi si immaginava che potesse essere così esile e piccola!»

«È molto maleducata a tenere Charlotte fuori con questo vento. Perché non entra?»

«Oh, Charlotte dice che non lo fa quasi mai. È un favore eccezionale quando la signorina de Bourgh entra in casa.»

«Mi piace il suo aspetto» disse Elizabeth, seguendo un altro filo di idee. «Sembra gracile e di malumore. Sì, è proprio quel che ci vuole per lui. Sarà una moglie ideale.»

Il signor Collins e Charlotte stavano tutti e due davanti al cancello discorrendo con le signore e Sir William, con grandissimo divertimento di Elizabeth, si era appostato sulla porta in grave contemplazione della grandezza che gli era dinanzi; e ogniqualvolta la signorina de Bourgh guardava dalla sua parte, faceva un inchino.

Finalmente non ebbero più nulla da dirsi; le signore si allontanarono e gli altri tornarono in casa. Il signor Collins, appena scorse le ragazze, prese a congratularsi con loro della loro buona ventura. Charlotte spiegò che tutta la comitiva era invitata a pranzo a Rosings per l'indomani.

XXIX

Con questo invito il trionfo del signor Collins fu completo. Poter far mostra della nobiltà della sua protettrice agli occhi stupiti dei suoi ospiti e mostrar loro la sua cortesia verso lui e sua moglie era proprio quello ch'egli si era augurato; che gli se ne offrisse così presto l'occasione era una tale prova della benevolenza di Lady Catherine da non sapere come ammirarla abbastanza.

«Confesso» disse «che non mi sarei affatto meravigliato se Sua Signoria ci avesse invitati domenica solo al tè e per passare la serata a Rosings. Anzi questo mi aspettavo, conoscendo la sua affabilità. Ma chi avrebbe potuto prevedere un'attenzione simile? Chi avrebbe immaginato che avremmo avuto un invito a pranzo (e per di più un invito esteso a tutti quanti) così immediatamente dopo il vostro arrivo?»

«Io veramente ne sono meno sorpreso» disse Sir William. «La mia posizione sociale mi ha dato già modo di conoscere il tratto delle persone nobili. Fra chi bazzica a Corte simili casi di squisita educazione non sono rari.»

Durante tutto il giorno e la mattina seguente non si parlò, si può dire, d'altro che della visita a Rosings. Il signor Collins le informò diligentemente di quello che avevano da aspettarsi, affinché la vista di simili sale, dell'abbondante servitorame e di un pranzo magnifico non le sopraffacesse.

Quando le signore si separarono per andare a vestirsi, disse a Elizabeth:

«Cara cugina, non si metta in eccessivo pensiero per il suo abbigliamento. Lady Catherine è ben lungi dal richiedere a noi l'eleganza del vestiario che spetta a lei e a sua figlia. Volevo tuttavia consigliarle di mettersi il migliore dei suoi abiti, qualunque esso sia; non ci sarà altra occasione di fare maggiore sfoggio. Lady Catherine non penserà meno bene di lei se la vedrà vestita con semplicità. Essa ama che venga osservata la differenza del rango.»

Mentre stavano vestendosi, venne due o tre volte alla loro porta a raccomandarsi che si spicciassero, perché Lady Catherine era molto contrariata se doveva aspettare per il pranzo. Tali ragguagli su Sua Signoria e sul suo tenore di vita finirono col spaventare Maria Lucas, che, poco avvezza al mondo, pensava alla sua presentazione a Rosings con la stessa apprensione con la quale suo padre si era presentato a Corte.

Poiché il tempo era bello, fecero una piacevole passeggiata di circa mezzo miglio attraverso il parco. Tutti i parchi hanno la loro bellezza e i loro colpi d'occhio; Elizabeth vide molte cose che le piacevano senza, però, mandarla in visibilio come si aspettava il signor Collins; si commosse ben poco quando egli le enumerò le finestre della facciata della casa e la informò di quanto erano venute a costare le vetrate a Sir Lewis de Bourgh.

Mentre salivano la scalinata che portava al vestibolo, lo spavento di Maria cresceva a ogni scalino e neppure Sir William sembrava del tutto calmo. Invece il coraggio di Elizabeth non venne meno. Non aveva sentito parlare di nessun talento eccezionale o straordinaria virtù di Lady Catherine e pensò di poter far faccia senza trepidazione alla mera pompa del denaro e del rango.

Dalla sala d'ingresso, di cui il signor Collins faceva ammirare estasiato le belle proporzioni e le decorazioni perfette, seguirono i servitori, attraverso un'anticamera, nella stanza dove si trovavano Lady Catherine, sua figlia e la signorina Jenkinson. Sua Signoria con grande degnazione si alzò per riceverli e, poiché la signora Collins aveva stabilito col marito che si sarebbe incaricata lei delle presentazioni, queste furono fatte in modo appropriato, senza quella profusione di scuse e di ringraziamenti ch'egli avrebbe creduti indispensabili.

Nonostante che fosse stato a Corte, Sir William era così intimidito dalla magnificenza che lo circondava, che ebbe appena animo di fare un profondissimo inchino e di prender posto senza profferir parola; sua figlia, spaventata quasi al punto di perder coscienza, si sedette in punta a una seggiola senza sapere da che parte guardare. Elizabeth invece si trovò benissimo all'altezza della situazione e poté osservare con calma le tre signore che le stavano dinanzi. Lady Catherine era alta e grossa, di lineamenti fortemente marcati, che una volta potevano essere stati belli. Il suo aspetto non era affabile né il suo modo di ricevere i visitatori era stato tale da far loro dimenticare la loro inferiorità di rango. Non era il silenzio che la rendeva così terribile; ma qualsiasi cosa dicesse, la pronunziava in un tono così autoritario da far pesare la sua importanza e fece subito venire in mente a Elizabeth il signor Wickham. Da tutte le sue osservazioni di quella giornata dedusse che Lady Catherine era tale e quale come lui l'aveva raffigurata.

Dopo aver esaminato la madre, nel cui contegno e portamento scoprì ben tosto qualche punto di contatto col signor Darcy, rivolse lo sguardo alla figlia e rimase stupita quasi quanto Maria a trovarla così esile e minuta. Non vi era alcuna rassomiglianza fra quelle due donne, né nella persona né nel volto. La signorina de Bourgh era pallida e malaticcia; i suoi lineamenti, benché non brutti, erano insignificanti; parlava poco tranne le parole che volgeva sottovoce alla signorina Jenkinson. Questa non presentava nulla di notevole nell'aspetto ed era tutta intenta ad ascoltare quello che lei diceva e a metterle gli opportuni paraocchi.

Dopo essere stati seduti un momento, furono tutti invitati ad andare ad ammirare da una delle finestre il panorama; il signor Collins si incaricò di illustrarne loro le bellezze mentre Lady Catherine aveva la cortesia di avvertirle che in estate la veduta era molto più bella.

Il pranzo fu grandioso e vi furono tutti i servitori e i capi d'argenteria promessi dal signor Collins; e anche, come aveva predetto, fu messo a capotavola, su richiesta di Sua Signoria, ed ebbe l'aria di colui cui la vita non può concedere niente di più grande.

Tagliò e servì la carne, mangiò e lodò con rapita prontezza; ogni pietanza fu lodata prima da lui e poi da Sir William, il quale si era oramai abbastanza rimesso per far eco a tutto quello che dicesse suo genero, a tal punto da far dubitare a Elizabeth che Lady Catherine potesse tollerarlo. Ma questa sembrava compiacersi della loro smodata ammirazione e concedeva dei sorrisi molto benevoli, specialmente ogni volta che una portata risultava per essi una novità. I convitati non fornivano una conversazione abbondante. Elizabeth era pronta a parlare ogni volta che le si fosse presentata l'occasione, ma sedeva fra Charlotte e madamigella de Bourgh; la prima era impegnata a porgere ascolto a Lady Catherine e la seconda non le rivolse una sola parola durante tutto il pranzo. La signorina Jenkinson era esclusivamente occupata a badare quanto madamigella de Bourgh mangiasse, a spingerla ad assaggiare qualche altra pietanza e a temere che si sentisse indisposta. Maria non pensava nemmeno di poter parlare e i signori non fecero che mangiare e lodare.

Quando le signore tornarono in salotto, non rimase loro che star ad ascoltare Lady Catherine, che parlò senza interrompersi finché non fu portato il caffè, pronunziando il suo giudizio su ogni cosa in modo così reciso da dimostrare che non era avvezza a essere contraddetta. S'informò minuziosamente e troppo familiarmente di tutti gli affari domestici di Charlotte e le diede una buona dose di consigli; le disse in che modo ogni cosa doveva essere organizzata in una famiglia così piccola e le diede le istruzioni di come curare le vacche e i polli. Elizabeth notò che, quando si trattava di dettar legge agli altri, niente era troppo umile per questa nobile dama. Fra un discorso e l'altro con la signora Collins, rivolgeva le più svariate domande a Maria e a Elizabeth, specie a questa ultima della cui famiglia sapeva pochissimo e che, come fece notare alla signora Collins, era un tipo di ragazza piacente. Le domandò a diverse riprese quante sorelle aveva, se erano maggiori o minori di lei, se nessuna di loro avesse la probabilità di sposarsi, se erano belle, dove erano state istruite, che genere di carrozza aveva suo padre e come si chiamava da ragazza la loro madre. Elizabeth si rendeva conto di tutta l'impertinenza di queste domande, ma rispondeva con molta dignità. Quindi Lady Catherine osservò:

«Il possesso di suo padre andrà per legge in eredità al signor Collins, non è vero? Se penso a voi» rivolgendosi a Charlotte «ne sono felice; ma altrimenti non vedo la ragione di sostituire altre persone alla discendenza femminile. La cosa non parve necessaria nella famiglia di Sir Lewis de Bourgh. Sa suonare e cantare, signorina Bennet?»

«Un poco.»

«Oh, allora una volta o l'altra vogliamo avere il piacere di sentirla. Il nostro pianoforte è ottimo; probabilmente migliore del... Deve provarlo un giorno. E le sue sorelle suonano e cantano?»

«Una sì.»

«Perché non hanno imparato tutte? Avrebbero dovuto farlo. Tutte le signorine Webbs suonano, eppure il loro padre non ha una rendita come il suo. Sa disegnare?»

«No, punto.»

«Come, nessuna di loro?»

«No, nessuna.»

«È strano. Immagino che ne sarà mancata loro l'occasione. Sua madre avrebbe dovuto condurla ogni primavera a Londra per approfittare dei professori che ci sono.»

«Mia madre non ci si sarebbe opposta, ma mio padre ha a noia Londra.»

«Non hanno più un'istitutrice?»

«Non ne abbiamo mai avuta.»

«Senza istitutrice! Ma come hanno fatto? Cinque figlie allevate in casa senza governante. Non ho mai udita una cosa simile. Sua madre deve essersi resa quasi schiava della loro educazione.»

Elizabeth trattenne a malapena un sorriso, assicurandole che non era stato il caso.

«E allora chi le ha istruite? Chi badava a loro? Senza una governante, saranno state trascurate.»

«In confronto ad altre famiglie può darsi; ma a chi di noi desiderava imparare non sono mai mancati i mezzi. Siamo state sempre incoraggiate a leggere e abbiamo sempre avuto tutti gli insegnanti necessari. Quelle che preferivano non far nulla hanno potuto farlo liberamente.»

«Eh, già, ma questo è appunto quello che deve impedire una governante; se avessi conosciuta sua madre, le avrei consigliato energicamente di prenderne una. Ho sempre detto che non si può far nulla in fatto di educazione senza un insegnamento serio e regolare; nessuno può dirigerla all'infuori di una governante. È straordinario il numero delle famiglie a cui ho fornito il modo di provvedersene. Sono sempre felice quando posso collocare una giovane in un buon posto. Per mezzo mio quattro nipoti della signorina Jenkinson occupano posti eccellenti. Anche l'altro giorno raccomandai una ragazza di cui mi avevano appena parlato e la famiglia ne è contentissima. Le ho raccontato, signora Collins, che la signora Metcalf è venuta ieri a trovarmi per farmi i suoi ringraziamenti? Trova che la signorina Pope è una vera perla. "Lady Catherine," mi ha detto "lei mi ha dato un tesoro." Qualcuna delle sue sorelle, signorina Bennet, va già in società?»

«Sì, signora, tutte.»

«Tutte! Come, tutte e cinque allo stesso tempo? Stranissimo! E lei è appena la seconda. Le sorelle minori condotte in società prima che le maggiori siano sposate! L'ultima delle sue sorelle deve essere molto giovane.»

«Sì, non ha ancora sedici anni. Forse è davvero

troppo giovane per stare molto in società. Ma mi pare che sarebbe crudele per le sorelle minori se non dovessero avere la loro parte di vita mondana e di divertimenti solo perché le maggiori non hanno modo o desiderio di sposarsi. L'ultima ha diritto ai divertimenti giovanili tanto quanto la prima. Esser lasciata a casa per codesto motivo! Non credo che sarebbe il modo più adatto a sviluppare l'amor fraterno e i buoni sentimenti.»

«Parola d'onore,» disse Sua Signoria «lei ha opinioni recise per essere così giovane. Di grazia, quanti anni ha?»

«Come può, Sua Signoria, aspettarsi una simile confessione da chi ha già tre sorelle in età da marito?»

Lady Catherine rimase molto stupita di non ricevere una risposta diretta; Elizabeth sospettò di essere la prima persona che si fosse mai azzardata a non prendere sul serio tanta dignità accompagnata da tanta impertinenza.

«Sono sicura che non ha più di vent'anni, perciò non ha bisogno di nasconderli.»

«Ne ho quasi ventuno.»

Quando i signori le ebbero raggiunte ed ebbero finito di prendere il tè, misero a posto i tavolini da gioco. Lady Catherine, Sir William e i coniugi Collins presero posto per il quadriglio; e poiché la signorina de Bourgh volle giocare a cassino, le due ragazze ebbero l'onore di assistere la signorina Jenkinson nella partita. Il loro tavolino era quanto mai stupido. Si dicevano sì e no due parole che non si riferissero al gioco, eccettuato quando la signorina Jenkinson esprimeva il suo timore che la signorina de Bourgh avesse troppo caldo, troppo freddo, o troppa luce o troppo poca. All'altro tavolo succedevano cose molto più interessanti. Lady Catherine teneva viva la conversazione facendo notare gli errori degli altri tre giocatori o raccontando qualche aneddoto che si riferiva a lei stessa. Il signor Collins era intento a confermare qualsiasi cosa dicesse Sua Signoria, a ringraziarla di ogni gettone vinto e a farle le sue scuse se gli pareva di vincerne troppi. Sir William non diceva granché: stava facendo provvista di aneddoti e di nomi illustri da ricordarsi.

Quando Lady Catherine e sua figlia ebbero giocato a loro sazietà, i giocatori si alzarono e fu offerta la carrozza alla signora Collins; avendola questa accettata con gratitudine, fu immediatamente ordinata. I convitati si radunarono quindi intorno al fuoco ad ascoltare le previsioni di Lady Catherine sul tempo che avrebbe fatto l'indomani. Queste elucubrazioni furono interrotte dall'arrivo della carrozza; se ne partirono con molti sproloquii di riconoscenza da parte del signor Collins e altrettanti inchini di Sir William. Appena ebbero percorso qualche metro fuori della porta, il cugino chiese il parere di Elizabeth su tutto ciò che aveva veduto a Rosings e lei, per amore di Charlotte, ne diede uno più favorevole di quello che non fosse in realtà. Ma le sue parole di elogio, benché le costassero un po' di fatica, non poterono in nessun modo appagare il signor Collins, che fu ben tosto costretto a fare lui stesso l'elogio di Sua Signoria.

XXX

Sir William si trattenne a Hunsford soltanto una settimana; ma bastò per lasciarlo persuaso che la sua figliuola era proprio comodamente sistemata e che possedeva un marito e una vicina come se ne incontrano di rado.

Finché Sir William era stato con loro, il signor Collins aveva dedicato le sue mattinate a portarlo col calessino in giro per la campagna; ma quando se ne fu andato, tutta la famiglia tornò alle sue occupazioni consuete. Elizabeth fu contenta che, nonostante questo cambiamento, non aveva occasione di vedere più spesso suo cugino, poiché la maggior parte del tempo fra la prima colazione e il pranzo egli la impiegava un po' lavorando in giardino, un po' leggendo o scrivendo e guardando dalla finestra della sua biblioteca che dava sulla strada. La stanza dove stavano le signore dava invece sul retro. Da principio Elizabeth si era un po' meravigliata che Charlotte non preferisse stare nella sala da pranzo, che era di dimensioni più giuste e più allegra; ma presto si avvide che la sua amica aveva un'ottima ragione, poiché se loro si fossero insediate in un ambiente piacevole, il signor Collins sarebbe rimasto indubbiamente molto meno nelle sue stanze; e approvò Charlotte.

Dal salotto non potevano vedere nulla sul vialetto, così era il signor Collins che le informava delle carrozze che passavano e soprattutto di quante volte la signorina de Bourgh ci passasse col suo *phaëton*; non mancava mai di venire a portare questa notizia, benché fosse cosa quasi di ogni giorno. Essa si fermava abbastanza spesso alla parrocchia a scambiar due parole con Charlotte, ma di rado si spingeva fino a smontare dalla vettura.

Pochi furono i giorni che Collins non andasse a Rosings e ancor meno quelli che anche sua moglie non credesse necessario imitarlo. Elizabeth, considerando tutti i piaceri che si possono ricavare dalla vita di famiglia, non riusciva a capire la ragione di sacrificare tante ore altrove. Di quando in quando furono onorati di una visita di Sua Signoria e, durante queste visite, nulla di quanto succedeva nella stanza sfuggiva all'attenzione di Lady Catherine. Si informava delle loro occupazioni, esaminava i loro lavori e consigliava invariabilmente di eseguirli in modo diverso; trovava da ridire sulla disposizione del mobilio, scopriva cose che la domestica aveva trascurate e, se accettava di rifocillarsi, sembrava che lo facesse soltanto per osservare che i pezzi di arrosto della signora Collins erano troppo grandi per una così piccola famiglia.

Elizabeth si rese conto che questa gran dama, anche senza far parte del Consiglio di sicurezza della Contea, era un attivissimo magistrato nella sua parrocchia; i fatti più minuti della giurisdizione le erano riportati dal signor Collins, e ogni volta che uno dei contadini voleva litigare o era malcontento o troppo povero, essa partiva alla volta del villaggio a pacificare le controversie, ad acchetare le lamentele e ad ammonirli perché ritrovassero il buon accordo e il benessere.

La cerimonia del pranzo a Rosings si ripeteva un due volte alla settimana e, tranne che per la mancanza di Sir William ci fu un solo tavolino da gioco, i divertimenti di queste altre serate furono identici a quelli della prima. Ebbero pochi altri inviti da altre parti, perché il tenor di vita dei vicini era più elevato di quello dei Collins.

Questo non parve un gran male per Elizabeth e nel complesso il suo tempo trascorse abbastanza piacevolmente; passava delle ore in simpatica conversazione con Charlotte e il tempo era, per la stagione, così bello che poteva goderselo all'aria aperta. La sua passeggiata preferita, quando gli altri erano in visita da Lady Catherine, era lungo il boschetto sul limite di quella parte del parco dove c'era un bel sentiero ombreggiato che nessuno sembrava apprezzare tranne lei e dove si sentiva al riparo dalla curiosità di Lady Catherine.

Così le prime due settimane fecero presto a passare tranquillamente. La Pasqua si avvicinava e la Settimana Santa stava per aggiungere un altro membro alla famiglia di Rosings. In un cerchio così ristretto l'avvenimento era di una certa importanza. Elizabeth, appena arrivata, aveva sentito dire che il signor Darcy era atteso per quell'epoca; e quantunque ci fossero parecchi altri conoscenti che lei avrebbe preferiti, l'arrivo di lui avrebbe pure portato qualche cosa di relativamente nuovo nel mondo di Rosings: si sarebbe divertita a vedere quanto dovevano esser vani i calcoli della signorina Bingley di fronte al contegno che Darcy avrebbe tenuto con sua cugina, alla quale evidentemente Lady Catherine lo destinava. Questa si diceva grandemente soddisfatta di codesto arrivo e parlava di lui con alta ammirazione, quasi offesa che la signorina Lucas ed Elizabeth avessero potuto già averlo visto più volte.

Il suo arrivo fu presto risaputo alla parrocchia; poiché il signor Collins non fece che passeggiare tutta la mattina in vista alle ville che guardavano sul vialetto di Hunsford per essere il primo a scorgerlo; fatto un bell'inchino alla carrozza che entrava nel parco, corse a casa a portare la grande notizia. Il mattino dopo si affrettò ad andare a porgere i suoi omaggi a Rosings. A riceverlo si trovarono non uno, ma due nipoti di Lady Catherine, poiché il signor Darcy aveva condotto con sé un cugino, il colonnello Fitzwilliam, figlio minore di suo zio Lord... e quando il signor Collins ritornò a casa, con grande stupore di tutti, i due gentiluomini lo riaccompagnarono. Charlotte, che dalla biblioteca del marito li aveva veduti attraversare la strada, corse nell'altra stanza ad annunciare alle ragazze quale onore poteva capitar loro, soggiungendo:

«Debbo a te, Eliza, questo atto di cortesia. Il signor Darcy non sarebbe mai venuto così presto a trovar me.»

Elizabeth aveva appena avuto il tempo di respingere una supposizione troppo lusinghiera che lo squillo del campanello annunciò l'arrivo dei tre signori, che entrarono nella stanza. Il colonnello Fitzwilliam entrò per primo; era sulla trentina, non bello, ma nella persona e nei modi il vero tipo del gentiluomo. Il signor Darcy aveva la stessa aria che aveva nell'Hertfordshire; porse i suoi omaggi alla signora Collins con la consueta sostenutezza e, quali che fossero i suoi sentimenti verso l'amica di lei, non mostrò di turbarsi minimamente. Elizabeth si limitò a salutarlo senza profferir parola.

Il colonnello Fitzwilliam entrò subito in discorso con la prontezza e la disinvoltura di un uomo ben educato e ragionò molto piacevolmente; ma suo cugino, dopo aver rivolto alla signora Collins qualche osservazione generica sulla casa e sul giardino, si sedette senza parlare con nessuno. Alla fine la sua cortesia si risvegliò tanto da chiedere a Elizabeth notizie della sua famiglia. Lei gli rispose nel modo consueto e dopo un istante di pausa soggiunse:

«Mia sorella maggiore è a Londra da tre mesi. Non le è mai capitato di incontrarla?»

Sapeva benissimo di no, ma voleva vedere se egli si sarebbe tradito mostrando di sapere qualche cosa di quel che era successo tra i Bingley e Jane, e gli parve un po' impacciato quando le rispose che non aveva mai avuto la fortuna di incontrare la signorina Bennet. L'argomento fu abbandonato e i signori poco dopo se ne andarono...

XXXI

Le belle maniere del colonnello Fitzwilliam furono molto ammirate alla casa parrocchiale e le signore si fecero l'idea che la sua presenza avrebbe accresciuto di non poco il piacere delle loro riunioni a Rosings. Passarono tuttavia diversi giorni prima che ricevessero alcun invito; poiché a casa Rosings c'erano ospiti non c'era più bisogno di loro e fu soltanto per Pasqua, quasi una settimana dopo che quei signori erano arrivati, che ebbero l'onore di essere invitati, ma soltanto per la sera, all'uscita di chiesa. Nell'ultima settimana avevano visto pochissimo tanto Lady Catherine che la figlia. Il colonnello Fitzwilliam era venuto a trovarli alla parrocchia più di una volta, ma il signor Darcy non lo avevano visto che in chiesa.

Naturalmente l'invito fu accettato e alla debita ora raggiunsero la compagnia nel salotto di Lady Catherine. Sua Signoria li accolse cortesemente, ma era chiaro che la loro compagnia non era più gradita come quando non aveva di meglio; ora era tutta presa a discorrere con i suoi nipoti, specialmente con Darcy.

Il colonnello Fitzwilliam invece parve proprio lieto di vederli; tutto faceva benvenuta distrazione a Rosings; e poi la graziosa amica della signora Collins gli aveva colpito la fantasia. Le si sedette accanto e parlò così piacevolmente del Kent e dell'Hertfordshire, del viaggiare e del restare a casa, di libri nuovi e di musica, che Elizabeth non si era mai tanto divertita in quel salotto. Conversarono con tanto spirito ed effusione da richiamare l'attenzione di Lady Catherine stessa e quella del signor Darcy. Subito gli sguardi di questo si erano rivolti ripetutamente verso di loro con curiosità e ben presto la curiosità attaccò anche Sua Signoria, che non si fece scrupolo di interpellarli:

«Che cosa state dicendo, Fitzwilliam? Di che discorrete? Cosa raccontate alla signorina Bennet? Voglio sentire anch'io.»

«Discorriamo di musica, signora» disse il colonnello quando non poté più evitare una risposta.

«Di musica! Allora, per favore, parlate a voce alta.

È di tutti gli argomenti il mio preferito. Devo avere anch'io la mia parte di conversazione, se parlate di musica. Credo che vi siano poche persone, in Inghilterra, che gustino più di me la musica o che vi siano per natura più inclinate. Se avessi studiato, sarei stata una grande conoscitrice. E anche Anne, se la sua salute le avesse permesso di applicarsi, sarebbe riuscita una grande virtuosa. E come va Georgiana, Darcy?»

Il signor Darcy fece un affettuoso elogio dei progressi di sua sorella.

«Sono molto contenta di avere così belle notizie» disse Lady Catherine «e vi prego di dirle da parte mia che non si aspetti di diventare perfetta, se non studierà moltissimo.»

«Le assicuro, signora,» rispose Darcy «che non ha bisogno di questo consiglio. Studia con grande costanza.»

«Tanto meglio, non sarà mai troppa; la prossima volta che le scrivo, le farò premura che non la trascuri in nessun modo. Dico continuamente alle giovani che non si raggiunge alcuna perfezione nella musica senza uno studio costante. Ho detto più volte alla signorina Bennet che non arriverà mai a suonare veramente bene se non studierà di più. Se la signora Collins non ha pianoforte, sarà sempre la benvenuta, come le ho già detto, ogni giorno a Rosings a suonare sul pianoforte che è in camera della signorina Jenkinson. In quella parte della casa non darà noia a nessuno.»

Il signor Darcy sembrò un po' vergognarsi della mala creanza della zia e non rispose.

Finito di prendere il caffè, il colonnello Fitzwilliam rammentò a Elizabeth la promessa fattagli di suonare ed essa si pose subito al pianoforte, mentre egli si prese una sedia accanto a lei. Lady Catherine porse ascolto alla metà di una canzone, poi si mise a discorrere come prima con l'altro suo nipote, fino a che questi si allontanò e, muovendosi con la consueta risolutezza verso il pianoforte, si collocò in modo da tenere completamente sott'occhio tutte le mosse della leggiadra suonatrice. Elizabeth si accorse della manovra e alla prima pausa si volse a lui con un sorriso malizioso:

«Ha intenzione di farmi paura, signor Darcy, che viene ad ascoltarmi con tanta solennità? Non mi lascerò intimorire, anche se sua sorella suona così bene. Vi è in me un'ostinatezza che non si lascia imporre dalla volontà altrui. Più si cerca di intimidirmi e più ho coraggio.»

«Non dirò che si sbaglia» rispose egli «perché non può credere di certo che io mi proponga di spaventarla; è abbastanza tempo che ho il piacere di conoscerla per sapere che lei prova un vero godimento, talvolta, a esprimere delle idee alle quali, in fondo, non crede.»

A sentirsi così giudicata, Elizabeth rise di cuore e disse al colonnello Fitzwilliam:

«Suo cugino le farà avere una bella opinione di me; la indurrà a non credere a una sola parola di quello che dico. Sono proprio sfortunata di incontrare una persona capace di rivelare il mio vero carattere in una parte di mondo dove avrei sperato di lasciare qualche stima di me. Davvero, signor Darcy, è assai poco generoso da parte sua il riferire, di tutto quello saputo nell'Hertfordshire, solo quanto mi fa far brutta figura; e mi permetta di dire che è anche poco politico, poiché è un modo di provocarmi a rendere la pariglia e potrebbero venire fuori sul suo conto tali cose che, a sentirle, i suoi parenti si scandalizzerebbero.»

«Non mi fa paura» disse egli sorridendo.

«Di grazia, dica di che cosa ha da accusarlo» chiese il colonnello Fitzwilliam. «Mi piacerebbe sapere come Darcy si comporta con gli altri.»

«Ebbene, glielo dirò; ma si prepari a qualche cosa di atroce. La prima volta che l'ho veduto nell'Hertfordshire, fu a un ballo e a quel ballo che cosa immagina che facesse? Ballò solo quattro volte. Mi dispiace di affliggerla, ma è proprio così. Fece solo quattro giri, benché ci fossero pochi cavalieri e le posso dire io che più di una signorina restava seduta per mancanza di ballerini. Non lo negherà, signor Darcy.»

«A quella festa non avevo l'onore di conoscere nessuna dama all'infuori di quella della mia comitiva.»

«È giusto, nessuno si è mai potuto far presentare in una festa da ballo. Ebbene, colonnello Fitzwilliam, che cosa vuole che suoni dopo? Le mie dita aspettano i suoi ordini.»

«Forse» disse Darcy «avrei fatto meglio se avessi cercato di farmi presentare, ma non sono propenso a ricercare chi non conosco.»

«Dobbiamo chiederne la ragione a suo cugino?» disse Elizabeth, rivolgendosi ancora al colonnello Fitzwilliam. «Dobbiamo chiedergli come mai un uomo intelligente e istruito e che ha vissuto nel mondo non è propenso a ricercare chi non conosce.»

«Risponderò io per lui» disse Fitzwilliam. «È perché non vuol darsene la pena.»

«Non ho certo il talento che hanno taluni» disse Darcy «di far conversazione con la gente che non hanno mai visto. Non riesco a mettermi al loro unisono e non so fingere di interessarmi alle loro faccende, come fanno tanti.»

«Le mie dita» disse Elizabeth «non corrono sulla tastiera con la maestria che hanno molte, non hanno quella forza e agilità e non rendono lo stesso effetto, ma ho sempre immaginato che fosse per colpa mia, perché non mi sono data la pena di studiare. Non è che creda le mie dita incapaci di un'esecuzione migliore.»

Darcy sorrise e disse:

«Ha perfettamente ragione. Ha impiegato meglio il suo tempo. Nessuno che abbia il privilegio di ascoltarla vi troverà alcun difetto. Ma né lei né io siamo fatti per produrci con gli estranei.»

Qui furono interrotti da Lady Catherine, che li richiamò per sapere di che parlassero, ed Elizabeth si rimise subito a suonare. Lady Catherine si avvicinò e, dopo avere ascoltato un momento, disse a Darcy:

«La signorina Bennet non suonerebbe affatto male, se studiasse di più e se potesse avere un professore a Londra. Ha un'idea giusta del tocco, benché non abbia la disposizione di Anne. Anne sarebbe riuscita un'esimia pianista, se la salute le avesse permesso di studiare.»

Elizabeth guardò Darcy per vedere fino a che punto consentisse nell'elogio della cugina ma, né in quel momento né poi, riuscì a scorgerci un indizio di amore; da tutto il suo contegno con la signorina de Bourgh trasse questa conclusione, consolante per la signorina Bingley: che sarebbe altrettanto probabile che egli sposasse lei, se fossero stati parenti.

Lady Catherine continuò le sue osservazioni sul modo di suonare di Elizabeth mescolandovi molti ammaestramenti su quello che è gusto e su quello che è tecnica. Elizabeth li accolse con tutta la pazienza della buona creanza e, a richiesta dei cavalieri, rimase al pianoforte finché la carrozza di Sua Signoria non fu pronta per ricondurla a casa.

XXXII

Elizabeth se ne stava per conto suo, la mattina dopo, a scrivere a Jane, mentre la signora Collins e Maria erano andate per faccende al villaggio, quando la scosse una scampanellata, segnale certo di una visita. Siccome non aveva sentito nessuna carrozza pensò che poteva essere Lady Catherine; con questo sospetto ripose la lettera incominciata, onde evitare tutte le sue petulanti domande, quando la porta si aprì e con grande meraviglia vide entrare il signor Darcy; soltanto il signor Darcy.

Anch'egli parve sorpreso di trovarla sola e si scusò, dicendo che aveva creduto che tutte le signore fossero in casa.

Si sedette e, quando essa ebbe finito di chiedere notizie di Rosings, sembrarono in procinto di cadere nel mutismo più assoluto. Bisognava in ogni modo trovare qualche cosa da dire e, ricordandosi in quel momento critico di quando lo aveva veduto l'ultima volta nell'Hertfordshire, incuriosita di sapere che cosa potesse dire di quella loro precipitosa partenza, attaccò:

«Non ci si aspettava davvero di vederli scappare così all'improvviso da Netherfield il novembre scorso! Deve essere stata una gran bella sorpresa per il signor Bingley l'esser raggiunto così presto, perché, se ben ricordo, egli non era partito che il giorno avanti. Spero che lui e le sue sorelle stessero bene quando lei è partito da Londra.»

«Proprio bene, grazie.»

Elizabeth si accorse che non avrebbe cavata altra risposta e, fatta una breve pausa, continuò:

«Mi pare di aver capito che il signor Bingley non ha molta intenzione di tornare a Netherfield.»

«Non glielo ho mai sentito dire; è probabile che non ci abbia a stare molto in avvenire. Ha molti amici e si trova in un'età nella quale amici e impegni aumentano di continuo.»

«Se ha intenzione di stare così poco a Netherfield, sarebbe meglio per i suoi conoscenti del vicinato che ci rinunziasse addirittura. A Netherfield andrebbe meglio una famiglia stabile. Ma, forse, il signor Bingley, prendendo la casa, non ha pensato al piacere del vicinato quanto al suo, e dobbiamo attenderci egualmente tanto che la tenga quanto che se ne disfaccia.»

«Non mi stupirebbe» disse Darcy «che la cedesse, appena si presentasse l'occasione.»

Elizabeth non rispose, non osava parlare più a lungo di Bingley; e non avendo altro da dire, si decise a lasciare all'altro il disturbo di trovare un argomento.

Egli capì al volo e riprese:

«Questa è una casa che parrebbe molto comoda. Credo che Lady Catherine vi abbia fatto fare parecchi lavori quando il signor Collins ci è venuto.»

«Altro che! E sono sicura che non avrebbe potuto collocare i suoi favori in persona più riconoscente.»

«Parrebbe che il signor Collins abbia avuto molta fortuna nella scelta della moglie.»

«Eccome; i suoi amici possono proprio rallegrarsi che abbia trovato una di quelle rarissime donne assennate che lo potevano accettare e che accettandolo lo abbia reso felice. La mia amica ha una grande intelligenza... anche se non potrei dire che l'aver sposato il signor Collins sia la cosa più intelligente che abbia fatto. D'altronde sembra completamente felice; e, come matrimonio di ragione, è certo un ottimo matrimonio.»

«Deve essere molto piacevole per lei l'essersi accasata a così breve distanza dalla sua famiglia e dai suoi amici.»

«La chiama una breve distanza? Ci sono quasi cinquanta miglia.»

«E cosa sono cinquanta miglia di strada buona? Poco più di una mezza giornata di viaggio. Sì, per me è una brevissima distanza.»

«Non avrei mai considerato la distanza come uno dei vantaggi del matrimonio» esclamò Elizabeth «e non avrei mai detto che la signora Collins è rimasta vicina alla sua famiglia.»

«Questa è una prova del suo grande attaccamento all'Hertfordshire. Si direbbe che ogni cosa fuori di Longbourn le appaia lontana.»

A queste parole seguì come un sorriso, che Elizabeth pensò di avere compreso: doveva credere che lei aveva in mente Jane a Netherfield e arrossì nel rispondere:

«Non voglio dire che una donna non possa accasarsi troppo vicino alla famiglia. Lontananza e vicinanza sono cose relative e dipendono da molte e varie circostanze. Dove si hanno i mezzi di viaggiare senza doverci pensare troppo, la distanza non è un gran male. Ma questo qui non è il caso. Il signore e la signora Collins hanno una buona entrata, ma non tale da permettere loro viaggi frequenti... e sono convinta che la mia amica non si direbbe vicina alla famiglia neppure se fosse a metà distanza.»

Il signor Darcy accostò un po' la sua sedia e disse:

«Ma lei non può essere così attaccata a quel luogo. Lei non deve essere stata sempre a Longbourn.»

Elizabeth si mostrò stupita. Il suo interlocutore provò a dare un altro giro al discorso, tirò indietro la seggiola, prese un giornale dalla tavola e, dandogli una scorsa, disse più freddamente:

«Le piace il Kent?»

Seguì un breve dialogo sulla regione, calmo e conciso da ambo le parti... e ben tosto conchiuso dall'ingresso di Charlotte e di sua sorella che tornavano allora allora dalla passeggiata. Quel *tête-à-tête* le sorprese. Il signor Darcy spiegò per quale equivoco si era trovato a scomodare la signorina Bennet e dopo un po', senza aver detto gran cosa a nessuno, se ne andò.

«E così» disse Charlotte appena egli fu uscito «deve essere innamorato di te, mia cara Eliza, altrimenti non sarebbe venuto a trovarci così senza cerimonie.»

Ma quando Eliza raccontò come era stato zitto, la

cosa non parve probabile nemmeno alla ottimista Charlotte; dopo varie congetture, finirono con l'immaginare semplicemente che la sua visita era ispirata dal non aver nulla da fare, la cosa più probabile in quella stagione ché gli svaghi all'aperto erano tutti finiti. In casa vi erano Lady Catherine, dei libri e un biliardo, ma gli uomini non possono stare sempre in casa; e dato che la parrocchia era vicina, piacevole la compagnia e buona la strada, i due cugini da questo momento si lasciarono quasi tutti i giorni portare da quella parte. Venivano a far visita a diverse ore della mattina, a volte ognuno per conto proprio, a volte insieme e a volte anche accompagnati dalla zia. Il colonnello Fitzwilliam evidentemente ci veniva perché trovava diletto nella loro compagnia, il che, come era naturale, lo rendeva ancora più grato. La evidente ammirazione di lui per lei e il piacere che essa aveva a starci insieme riportavano Elizabeth al pensiero del suo primo favorito, George Wickham; e, benché nel colonnello Fitzwilliam non trovasse un fascino così squisito, ci trovava tuttavia un bellissimo ingegno.

Meno si capiva perché venisse così spesso alla Parrocchia il signor Darcy. Non poteva essere per la compagnia, perché spesso se ne stava seduto dieci minuti di seguito senza aprir bocca; e quando finalmente la apriva, pareva lo facesse per dovere, un sacrificio alle convenienze sociali, non un piacere per sé. Di rado si animava veramente. La signora Collins non sapeva come contenersi. Ridendo di codesta sua fissità, il colonnello Fitzwilliam dava a vedere che normalmente Darcy era molto diverso da come loro lo vedevano. Siccome le sarebbe piaciuto che codesto cambiamento fosse effetto d'amore e che la sua amica Eliza ne fosse l'oggetto, la signora Collins si mise d'impegno a tastare il terreno; lo tenne d'occhio ogni volta che loro andavano a Rosings o che egli guardava molto la sua amica, ma non era chiaro che cosa ci fosse dentro quel modo di guardare grave e penetrante; forse non c'era una grande ammirazione; a volte pareva soltanto sopra pensiero.

Insinuò a Elizabeth che Darcy potesse avere dell'inclinazione per lei, ma Elizabeth ci rise e la signora Collins non credette di insistere per tema di far sorgere speranze che finissero in nulla. Poiché, secondo lei, non c'era dubbio che tutta l'avversione della sua amica sarebbe svanita quando essa avesse potuto credere di averlo in suo potere.

Tra i suoi affettuosi progetti per Elizabeth c'era anche quello di sposarla col colonnello Fitzwilliam. Questi era senza confronti il più simpatico, certamente la ammirava e la sua posizione sociale era assai considerevole; ma a controbilanciare questi vantaggi, il signor Darcy aveva una autorità come patrono ecclesiastico, mentre suo cugino non ne aveva alcuna.

XXXIII

Più di una volta, nelle sue corse per il parco, Elizabeth si imbatté improvvisamente nel signor Darcy. Era ben maligno il caso che lo conduceva proprio là dove non conduceva nessun altro e, per impedire che la cosa si rinnovasse, ebbe cura sin dalla prima volta d'avvertirlo che quello era un luogo favorito per le sue passeggiate. Che l'incontro avesse tuttavia a ripetersi era troppo strano! E non solo una seconda, ma persino una terza volta. Pareva un'ostinata malignità o un voluto dispetto, poiché in questi nuovi incontri non vi furono più soltanto poche domande insignificanti, una pausa impacciata e poi ciascuno per conto proprio, ma anzi egli credette necessario ritornare indietro ad accompagnarla. Non diceva granché né si dava la pena di chiacchierare o di ascoltare; ma al terzo incontro la colpirono alcune sue interrogazioni strane e fuor di luogo: se le piaceva stare a Hunsford, sul suo gusto delle passeggiate solitarie e che cosa pensava della felicità dei coniugi Collins; e parlando di Rosings come di una casa che lei non conosceva ancora bene, aveva l'aria di pensare che ogni volta ch'essa fosse ritornata nel Kent sarebbe venuta a stare in quella casa. Le sue parole parevano significare questo. Aveva forse in mente il colonnello Fitzwilliam? Essa suppose che, se egli intendeva qualche cosa di preciso, doveva essere un'allusione a quello che avrebbe potuto avvenire per codesta parte. Questo le dette un certo affanno e fu ben lieta quando si trovò al cancello della stecconata di fronte alla Parrocchia.

Un giorno, mentre camminava tutta intenta a leggere l'ultima lettera di Jane, soffermandosi su qualche passo che appariva non esser stato scritto con l'animo tranquillo, si accorse, alzando gli occhi, che invece del signor Darcy questa volta era il colonnello Fitzwilliam che le veniva incontro. Messa da parte la lettera, si sforzò di sorridere:

«Non sapevo davvero che lei andasse mai a spasso da questa parte.»

«Ho fatto il giro del parco» rispose quegli «come faccio ogni anno e mi proponevo di terminarlo con un saluto alla Parrocchia. Lei continua?»

«No, stavo per ritornare indietro.»

E, come detto, si voltò e s'incamminarono insieme verso la Parrocchia.

«È proprio vero che lei lascia il Kent sabato?» domando Elizabeth.

«Sì, a meno che Darcy non rimetta ancora la partenza. È lui che decide come più gli piace.»

«E anche se non è soddisfatto della decisione, ha per lo meno il grande piacere di poter decidere lui.

Non conosco altri che possa fare quello che gli pare e piace quanto il signor Darcy.»

«Gli piace aver libera la via su cui andare,» rispose il colonnello Fitzwilliam «come del resto piace a tutti. Vi è soltanto questa differenza: ch'egli ha più mezzi di altri per procurarsi questa libertà, perché lui è ricco, mentre molti altri sono poveri. Parlo per mia esperienza personale. Chi non è il primogenito deve, come lei sa, assuefarsi alle rinunce e alla dipendenza.»

«Secondo me, il cadetto di un Pari poco ha il modo di conoscere le une e l'altra. Mi dica lei, sul serio, che cosa ha mai saputo di rinunce e di dipendenza? Quando mai la mancanza del denaro le ha impedito di andare dove voleva o di procurarsi tutto quello che le passava per la testa?»

«Queste sono piccole faccende domestiche, e, forse, non posso dire d'aver sofferto molte privazioni di codesto genere. Ma in questioni di maggior importanza posso anch'io soffrire per mancanza di mezzi. I figli cadetti non possono sposare le donne che amano.»

«A meno che non amino delle donne ricche, come credo che facciano spesso.»

«Anche le nostre abitudini dispendiose ci creano degli obblighi e non vi sono molti del mio ceto che possono concedersi il lusso di sposarsi senza badare anche ai mezzi.»

"Questa è per me?" pensò Elizabeth, arrossendo al pensiero; ma, riprendendosi, disse in tono vivace: «E, la prego, quale sarebbe il prezzo consueto del cadetto di un Pari? A meno che il primogenito non sia di salute assai malferma, credo che non pretenderà più di cinquantamila sterline».

Egli le rispose sullo stesso tono e l'argomento fu lasciato cadere. Poi, per rompere un silenzio che avrebbe potuto fargli credere di essere stata toccata, essa proseguì:

«Immagino che suo cugino lo abbia condotto con sé da queste parti specialmente per avere qualcuno a sua disposizione. Mi meraviglio che non si sposi per assicurarsi codesta comodità in modo permanente. Ma forse per ora gli basta sua sorella; siccome essa è sotto la sua sorveglianza esclusiva, può fare con lei quello che vuole.»

«No,» disse il colonnello Fitzwilliam «codesta è una prerogativa ch'egli è obbligato a condividere con me. Insieme con lui c'entro anch'io nella tutela della signorina Darcy.»

«Davvero? E, per favore, mi dica che specie di tutore è lei? Le dà molto da fare un tale incarico? Le signorine di quella età sono talvolta un po' difficili a essere governate; se ha il vero carattere dei Darcy, può darsi che voglia anche lei aver libera la propria strada.»

Nel dir questo, notò ch'egli la guardava con un fare molto serio e il modo con cui le chiese subito perché essa credeva che la signorina Darcy desse loro dei pensieri la convinse d'aver rasentato in un modo o in un altro la verità. Rispose perciò:

«Non si spaventi. Non ho mai udito di lei cosa che le faccia torto e oso definirla una delle più docili creature del mondo. Alcune signore di mia conoscenza hanno per lei una grande predilezione, la signora Hurst e la signorina Bingley. Mi pare di averle sentito dire che le conosce.»

«Un pochino. Il fratello è un uomo molto simpatico e distinto e un grande amico di Darcy.»

«Oh,» disse Elizabeth secca secca «il signor Darcy mostra singolare amorevolezza per il signor Bingley e si occupa di lui che più non si potrebbe.»

«Sì, credo che Darcy si curi di lui nelle cose nelle quali egli ha più bisogno. Da qualche cosa che mi ha detto mentre venivamo qua, ho motivo di credere che Bingley gli sia molto obbligato. Ma forse dovrei chiedergliene scusa, poiché non ho diritto di supporre che Bingley fosse la persona della quale egli intendeva parlare. È tutta una supposizione.»

«Di che cosa intende parlare?»

«Si tratta di un caso che, naturalmente, Darcy non desidererebbe che fosse conosciuto da tutti, perché, se arrivasse agli orecchi della famiglia di quella signorina, sarebbe cosa spiacevolissima.»

«Può star tranquillo che io non ne farò parola.»

«E si rammenti che non ho vero motivo di ritenere che questi sia proprio Bingley. Darcy non mi ha detto che questo: che si compiaceva di avere di recente salvato un amico dal contrarre un matrimonio quanto mai imprudente, ma senza far nomi né scendere in particolari; e io ho supposto che l'amico fosse Bingley unicamente perché lo credo un giovane capace di mettersi in un simile imbroglio e perché so che hanno passato insieme tutta l'estate scorsa.»

«Le ha spiegato il signor Darcy i motivi per cui si è messo di mezzo?»

«Ho capito che c'erano delle ragioni fortissime contro la signorina.»

«E che artificio ha egli usato per separarli?»

«Non mi ha parlato di alcun suo artificio» disse Fitzwilliam sorridendo. «Mi ha detto soltanto quello che ora ho riferito.»

Elizabeth non rispose e seguitò a camminare col cuore colmo d'indignazione. Dopo averla osservata un po', Fitzwilliam le chiese perché fosse così pensierosa.

«Penso a quello che mi ha detto» rispose. «La condotta di suo cugino non corrisponde al mio modo di sentire. Perché ha voluto erigersi a giudice?»

«Secondo lei, la sua intromissione sarebbe stata una intrusione?»

«Non vedo quale diritto avesse il signor Darcy di

giudicare in merito all'inclinazione del suo amico e perché toccasse a lui, col suo solo giudizio, a decidere della felicità dell'amico. Ma» continuò riprendendosi «poiché non c'è dato conoscere alcun particolare, non è onesto condannarlo. Non si può però supporre che in questo caso l'affetto avesse molta parte.»

«È una supposizione non irragionevole,» disse Fitzwilliam «ma questo avvilisce non poco il merito di quello che è riuscito a fare mio cugino...»

Questo fu detto in tono scherzoso ma a lei parve che desse un'immagine così esatta del signor Darcy che non s'azzardò a rispondere; perciò, cambiando di colpo argomento, volse la conversazione a cose indifferenti, sino che arrivarono alla Parrocchia. Qui, appena il visitatore se ne fu andato, Elizabeth si chiuse nella sua camera e si dette a riflettere intensamente su tutto quello che aveva appreso. Non era da credersi che le cose si riferissero ad altra persona se non a sua sorella. Non potevano esserci al mondo due uomini sui quali il signor Darcy esercitasse un'influenza così illimitata. Che egli fosse parte interessata nei maneggi per separare Bingley da Jane non ne aveva mai dubitato, pur avendone sempre attribuita l'intenzione e l'azione alla signorina Bingley. Se non era la leggerezza che faceva sviare Bingley, era lui, con il suo orgoglio e il suo capriccio, la causa di tutto quello che Jane aveva sofferto e che continuava a soffrire. Era lui che aveva per gran tempo distrutto nel cuore più affettuoso e generoso del mondo ogni speranza di felicità e nessuno poteva dire quanto sarebbe potuto durare il male fatto.

«C'erano ragioni fortissime contro la signorina» erano state le parole del colonnello Fitzwilliam; e, probabilmente, codeste forti ragioni erano l'avere essa uno zio avvocato di campagna e un altro nel commercio a Londra.

«Contro Jane proprio» esclamò «non poteva esserci una sola ragione, tutta bontà e affetto com'essa è, di nobile intelletto, di animo elevato e di modi affascinanti. Né alcuna obiezione potrebbe esser sollevata contro mio padre, il quale, sia pure con delle singolarità sue, ha delle doti che lo stesso signor Darcy non potrebbe disdegnare e una onoratezza alla quale egli, probabilmente, non sarebbe mai giunto.»

Pensando a sua madre certo la sua fiducia cedeva un po'; ma non ammetteva che una obiezione su questa persona fosse di tanta gravità agli occhi del signor Darcy, convinta, com'era, che la sua boria fosse ferita più dal vedere un amico imparentarsi con gente di rango inferiore che con gente di poco giudizio; tenne dunque per fermo che Darcy si era fatto guidare in parte da un orgoglio della peggiore specie e in parte dalla volontà di serbare il signor Bingley per sua sorella.

L'inquietudine e le lacrime prodotte da queste riflessioni le dettero il mal di capo e questo peggiorò talmente verso sera che, unitavi la ripugnanza a rivedere il signor Darcy, le fece prendere il partito di non accompagnare i cugini a Rosings, dove erano invitati per il tè.

La signora Collins, vedendola effettivamente indisposta, non insistette e impedì al marito, per quanto le fu possibile, che gliene facesse premura; ma il signor Collins non poté tacere il suo timore che Lady Catherine restasse troppo spiacente che Elizabeth rimanesse a casa.

XXXIV

Quando se ne furono andati, Elizabeth, quasi volesse eccitarsi dell'altro contro Darcy, si mise a esaminare tutte le lettere che Jane le aveva scritte da quando essa era nel Kent. Non contenevano vere lagnanze, rievocazioni del passato o confessioni di sofferenze presenti; ma tutte, quasi a ogni rigo, mancavano di quella gaiezza che era propria del suo stile e che, procedendo da un animo in pace con se stesso e ben disposto verso tutti, ben di rado si offuscava. Elizabeth esaminava ogni frase che potesse comunicare un senso di malessere e lo faceva con un'attenzione più profonda di quella che aveva avuta alla prima lettura. La indegna millanteria del signor Darcy per l'infelicità ch'era riuscito a causare la fece partecipare più intensamente alle pene di sua sorella. Si consolò soltanto pensando che la visita di lui a Rosings terminava fra due giorni e ancora più che in meno di due settimane sarebbe stata di nuovo con Jane e avrebbe potuto contribuire a sollevarne gli afflitti spiriti con tutta la forza di cui è capace l'affetto.

Non poteva pensare alla partenza di Darcy dal Kent senza rammentarsi che anche suo cugino sarebbe partito insieme a lui, ma il colonnello Fitzwilliam aveva manifestato chiaramente di non nutrire alcuna intenzione a suo riguardo e, per quanto egli fosse simpatico, non ne provò soverchia pena.

Mentre stava delucidando questo punto, Elizabeth fu scossa dall'improvviso squillo del campanello della porta: trasalì un momento all'idea che fosse proprio il colonnello Fitzwilliam, che già una volta era venuto a trovarli a tarda sera e che adesso poteva venire a informarsi particolarmente di lei. Ma quest'idea fu tosto scacciata e il suo animo provò un'impressione ben diversa vedendo entrare, con suo grandissimo stupore, il signor Darcy. Con una certa confusione egli iniziò subito col chiedere notizie della sua salute, attribuendo la sua visita al desiderio di saperla meglio. Gli rispose con fredda civiltà. Egli sedette un momento, poi, alzatosi, si pose a camminare su e giù per la stanza. Elizabeth era trasecolata, ma non fiatò. Dopo un silenzio di più minuti, Darcy le si fece accanto principiando agitato:

«Ho lottato invano. Non ci riesco. Non posso reprimere il mio sentimento. Deve permettermi di dirle con quanta passione la ammiro e la amo.»

Lo stupore di Elizabeth passò ogni limite. Stralunò, arrossì, rimase dubitosa e tacque. Questo contegno fu preso per un sufficiente incoraggiamento e fu senz'altro seguito dalla dichiarazione di quello che egli provava e aveva provato da molto tempo per lei. Egli si espresse bene, ma vi erano altri sentimenti da chiarire oltre quelli del cuore e la sua eloquenza pareva maggiore nelle cose dell'orgoglio che in quelle della tenerezza. Il suo concetto dell'inferiorità di Elizabeth, che questa era una umiliazione per lui, degli ostacoli di famiglia che il buon senso aveva sempre opposti alla sua inclinazione furono esposti per disteso e con un calore che sembrava si proponesse di ferirla, mentre non era per niente adatto a rafforzare la sua richiesta.

Nonostante la sua profonda e radicata ripugnanza, Elizabeth non poté rimanere insensibile all'espressione di tale uomo e, benché il suo proposito non variasse un solo istante, sentì da principio un certo dispiacere per la pena che stava per infliggergli: ma poi, riportata al risentimento dalla seconda parte del suo discorso, tramutò ogni pietà nello sdegno. Cercò tuttavia di farsi forza per prepararsi a rispondere con calma allorché egli avrebbe terminato. Egli concluse col rappresentarle la violenza di un attaccamento che, nonostante tutti gli sforzi, non gli era riuscito di vincere e col comunicarle adesso la sua speranza d'esserne ricompensato accettando la sua mano. Mentre si esprimeva così, essa facilmente si avvedeva ch'egli non immaginava affatto di non ricevere una risposta favorevole. Parlava di apprensione e di ansie ma il suo contegno esprimeva una piena sicurezza. Una tale presunzione non poteva che esasperarla maggiormente; e quando ebbe finito, Elizabeth, con le fiamme in volto, disse:

«In casi come questo credo sia di prammatica dichiararsi grate per i sentimenti che ci vengono manifestati, ancorché questi debbano essere contraccambiati in altro modo. È naturale che si senta questo dovere e, se potessi provare della gratitudine, adesso la ringrazierei. Ma non posso. Non ho mai aspirato alla sua stima e lei me l'ha certo offerta molto a malincuore. Mi duole di aver causato della pena a chicchessia. Tuttavia questa non fu causata che inconsapevolmente e spero che sarà di breve durata. Dopo questa spiegazione, non le riuscirà difficile vincere quei sentimenti che da molto tempo le hanno impedito, come lei mi dice, di dichiararmi la sua parzialità.»

Darcy, che stava appoggiato al caminetto con gli occhi fissi nel volto di lei, parve afferrare le sue parole con stupore più che con risentimento. Si fece pallido e in ogni lineamento del suo volto fu palese il turbamento dell'animo. Faceva sforzi per assumere l'apparenza della calma e non aprì bocca finché non credette d'esservi pervenuto. Quella pausa fu terribile per Elizabeth. Finalmente, con una voce forzatamente tranquilla, egli disse:

«Questa è tutta la risposta che ho l'onore di ricevere? Forse potrei desiderare di sapere perché io sia respinto con così poco sforzo di cortesia. Ma è cosa di poca importanza.»

«Non diversamente» rispose essa «potrei chiedere perché le è piaciuto, con intenzione così palese d'offendermi e di insultarmi, dirmi che mi ha voluto bene contro la sua volontà, contro la sua ragione e persino contro la sua natura. Se sono stata scortese, non è questa una scusa della mia scortesia? Ma ho altri motivi che mi hanno provocato. Lei li sa. Se anche il mio sentimento non fosse contro di lei, se fosse stato indifferente o magari ben disposto, crede lei che qualunque considerazione mi avrebbe allettato ad accettare un uomo che è stato la causa della rovina, forse per sempre, della felicità di un'amatissima sorella?»

Mentre profferiva queste parole, il signor Darcy cambiò colore; ma l'emozione fu breve e stette ad ascoltare senza cercar d'interromperla, mentre essa continuava:

«Ho tutte le ragioni del mondo per avere di lei un cattivo concetto. Niente può scusare l'atto ingiusto e inumano da lei compiuto. Lei non oserà negare d'essere stato lo strumento principale, se non unico, per separare quei due, esponendo l'uno alla critica del mondo come capriccioso e volubile e l'altra a esser derisa per le sue speranze deluse, precipitandoli entrambi nella più crudele infelicità.»

Qui fece una pausa e si avvide, non senza sdegno, ch'egli stava ascoltandola con aria impassibile a ogni rimorso. La guardò, anzi, con un sorriso d'affettata incredulità.

«Può negare d'aver fatto tale cosa?» ripeté Elizabeth.

Con calma sostenuta, egli rispose allora:

«Non intendo per nulla negare d'aver fatto tutto ciò che era in mio potere per separare il mio amico da sua sorella, o di compiacermi di esserci riuscito. Ho saputo far meglio il suo bene che il mio.»

Elizabeth non si degnò di raccogliere la cortese riflessione, ma non gliene sfuggì un significato che non era il più atto a riconciliarla.

«Ma non è soltanto su questa faccenda» continuò essa «che si fonda la mia avversione. Ben prima che questo accadesse, la mia opinione su di lei era fatta.

La sua indole mi era palese per quello che me ne raccontò molti mesi fa il signor Wickham. Che ha da dire a questo proposito? Con quale immaginario argomento d'amicizia può difendersi? O con quale artificiosa rappresentazione dei fatti vorrà trarre gli altri in inganno?»

«Lei mostra un assai ardente interesse per quel signore» rispose Darcy, in tono meno calmo e arrossendo ancor più.

«Chi, sapendo quali sono state le sue disgrazie, potrebbe non interessarsi a lui?»

«Le sue disgrazie,» ripeté Darcy con ironia «davvero le sue disgrazie sono state grandi!»

«E causate da lei» esclamò energicamente Elizabeth. «È lei che lo ha ridotto nel suo presente stato di povertà, di relativa povertà. Lei ha ritenuto gli utili che sapeva destinati a lui. Lei ha privato i suoi anni migliori di quell'indipendenza a cui aveva diritto e che meritava. È lei che ha fatto tutto questo e può ancora parlare delle sue sventure schernendole?»

«E questo» esclamò Darcy, andando a passi rapidi su e giù per la stanza «è il concetto che lei ha di me! Questa è la stima in cui mi tiene? La ringrazio di avermelo spiegato così chiaramente. Secondo codesti calcoli, le mie colpe sono davvero gravi! Ma, forse» soggiunse fermandosi e voltandosi verso di lei «sarebbe passata sopra a tali offese, se il suo orgoglio non fosse stato ferito dalla leale confessione degli scrupoli che mi hanno impedito per tanto tempo di formare ogni serio proponimento. Queste amare accuse non ci sarebbero state se io avessi, con più politica, dissimulato le mie lotte e la avessi lusingata a credere d'esser stato spinto da una pura inclinazione senza riserve; dal ragionamento, dalla riflessione, da ogni cosa. Ma io aborro dal travisare le cose. Né mi vergogno dei sentimenti che le ho palesati. Erano naturali ed equi. Poteva attendersi ch'io mi rallegrassi dell'inferiorità del suo parentado? Che mi compiacessi con me stesso di acquistarmi dei parenti la cui posizione sociale è così nettamente al di sotto della mia?»

Elizabeth sentiva crescere l'ira di minuto in minuto; pure tentò l'impossibile per dire con calma:

«Lei si sbaglia, signor Darcy, se crede che il modo della sua dichiarazione mi abbia toccata, se non in quanto mi ha risparmiato la pena che avrei potuto provare nel rifiutare chi si fosse condotto più signorilmente.»

A queste parole lo vide sussultare, ma poiché non disse niente, seguitò:

«In qualunque modo lei mi avesse fatto l'offerta della sua mano, niente avrebbe potuto tentarmi ad accettarla.»

Di nuovo lo stupore di Darcy fu evidente; la guardò con un'espressione mista d'incredulità e di mortificazione. Elizabeth proseguì:

«Sin da principio, potrei dire dal primo momento che l'ho conosciuta, i suoi modi mi hanno rivelato tutta la sua superbia, orgoglio ed egoistico disdegno dei sentimenti altrui: codesti modi hanno posto in me un fondamento di disapprovazione sulla quale gli avvenimenti successivi hanno costruito una avversione irremovibile; non era ancora ben un mese che la conoscevo e già sentivo che lei era l'ultimo uomo su questa terra che avrei potuto sposare.»

«Lei ha detto quanto basta, signorina. Comprendo a pieno il suo sentimento e ormai non mi resta se non vergognarmi di quello che è stato il mio. Mi perdoni di averle rubato tanto tempo e accetti i miei migliori auguri di buona salute e di felicità.»

E con queste parole Darcy uscì frettolosamente dalla stanza ed Elizabeth un momento dopo lo sentì aprire l'uscio di casa e andarsene. Grande era il tumulto dell'animo suo. Non sapeva lei stessa come lo avrebbe sostenuto e, vinta da una gran debolezza, sedette e pianse per una mezz'ora. Il suo stupore, nel riflettere su quello che era successo, non faceva che aumentare. Che lei avesse a ricevere una proposta di matrimonio dal signor Darcy? Ch'egli fosse innamorato di lei da tanti mesi? E innamorato al punto da volerla sposare a dispetto di tutte le obiezioni che gli avevano fatto trattenere l'amico dallo sposare la sorella di lei? E che poi quegli impedimenti riapparissero altrettanto forti nel proprio caso? Era cosa proprio da non credersi. C'era in lei anche un certo compiacimento per aver ispirato inconsapevolmente un affetto così potente. Ma l'orgoglio di lui, quell'orribile orgoglio, la sua sfacciata confessione di come aveva agito nei riguardi di Jane, la sua imperdonabile insolenza di riconoscerlo e la insensibilità con cui aveva parlato del signor Wickham, la crudeltà, che non aveva nemmeno cercato di smentire, verso di questo dominarono ben presto la compassione che si era svegliata in lei nel considerare il suo affetto.

Elizabeth continuò nelle sue agitate riflessioni, finché lo strepito della carrozza di Lady Catherine le fece sentire che non aveva la forza di affrontare le osservazioni di Charlotte e se ne andò difilata in camera sua.

XXXV

Elizabeth si svegliò la mattina seguente con gli stessi pensieri e le stesse riflessioni sulle quali aveva finalmente chiusi gli occhi. Non riusciva ancora a riaversi dalla sorpresa di quello ch'era accaduto; non poteva pensare ad altro; incapace di qualsiasi occupazione, dopo colazione decise subito di concedersi dell'aria e del moto. Stava avviandosi alla sua passeggiata prediletta ma, ricordandosi che talvolta Darcy ci veniva, si fermò e anzi che entrare nel parco svoltò nel sentiero che se ne allontanava. La stecconata del parco faceva tuttavia confine da un lato ed essa oltrepassò presto uno dei cancelli che mettevano nel fondo.

Dopo aver percorso due o tre volte quella parte del sentiero, la bella giornata le fece venir voglia di soffermarsi ai cancelli e di dare uno sguardo entro il parco. Le cinque settimane che aveva trascorse nel Kent avevano portato grande variazione nella campagna e ogni giorno addensava la verzura degli alberi che per primi mettono le foglie. Stava per ricominciare la sua passeggiata, allorché, entro quella specie di boschetto che era in margine al parco, intravide un signore che ci si muoveva; per la paura che fosse il signor Darcy, retrocesse immediatamente. Ma la persona che avanzava era ormai così vicina da scorgerla e, facendosi avanti premurosamente, profferì il suo nome. Elizabeth si era allontanata, ma sentendosi chiamare, benché da una voce che le diceva essere quella del signor Darcy, avanzò di nuovo verso il cancello. Nel frattempo anch'egli vi era giunto e, porgendo una lettera, ch'essa prese istintivamente, disse con uno sguardo di altera compostezza:

«È un po' che passeggio nel boschetto nella speranza d'incontrarla. Vuole farmi l'onore di leggere questa lettera?» Quindi, con un leggero inchino, ritornò fra le piante e fu presto fuori di vista.

Senza ripromettersene alcun conforto, ma con la più grande curiosità, Elizabeth aprì la lettera e, con sua crescente meraviglia, scorse nel plico due fogli, scritti da parte a parte con fittissima scrittura. Lo stesso foglio della coperta ne era egualmente pieno. Proseguendo per il sentiero, iniziò a leggerla. Era datata da Rosings, alle otto della mattina, ed era concepita così:

Non abbia timore, signorina, ricevendo questa lettera, che contenga una ripetizione di quei sentimenti o un rinnovo di quelle proposte che le riuscirono ieri sera così sgraditi. Le scrivo senza alcuna intenzione d'affliggere lei o di umiliare me, intrattenendomi su desideri che, per la felicità di entrambi, non saranno mai abbastanza presto dimenticati; e lo sforzo che la compilazione e la lettura di questa mia non possono non produrre sarebbe stato risparmiato, se la mia coscienza non esigesse che fosse scritta e letta. Voglia quindi perdonare la libertà con la quale richiedo la sua attenzione: so che i suoi sentimenti gliela consentiranno mal volentieri, ma io faccio appello alla sua giustizia.

Lei ha emesso ieri sera, a mio carico, due giudizi offensivi di natura ben diversa seppure di gravità non pari. Il primo fu che, senza riguardo per i sentimenti dell'uno e dell'altra, io abbia distaccato il signor Bingley da sua sorella; il secondo che io, a onta di vari diritti, a onta dell'onore e dell'umanità, avrei rovinato la fortuna che stava per toccare al signor Wickham e distrutte le sue speranze. L'aver respinto volontariamente e alla leggera il compagno della mia prima gioventù, il riconosciuto beniamino di mio padre, un giovane che non aveva altro appoggio se non quello della nostra protezione e che era stato incoraggiato ad attenderne la manifestazione concreta sarebbe una malvagità alla quale non si potrebbe nemmeno paragonare la separazione di due giovani il cui affetto ha appena alcune settimane di vita. Ma dalla severità di questo biasimo, che ieri sera mi fu così largamente significato, io spererei di esser sollevato più avanti, quando il successivo rendiconto delle mie azioni e i loro moventi saranno stati letti. Se in un chiarimento che io debbo a me stesso mi troverò nella necessità di riferire sentimenti che possono offendere i suoi, potrò dire soltanto che me ne dolgo. Giova inchinarsi alla necessità e lo spingere oltre le mie scuse sarebbe fuor di luogo. Da non molto tempo mi trovavo nell'Hertfordshire, quando mi accorsi, come altri, che Bingley preferiva sua sorella a ogni altra ragazza dei luoghi. Ma fino alla sera del ballo a Netherfield non concepii alcuna apprensione che potesse essere un attaccamento serio. Non era la prima volta che lo avevo visto innamorato. A quel ballo, mentre avevo l'onore di danzare con lei, venni per la prima volta a conoscenza, da un casuale accenno di Sir William Lucas, che le attenzioni di Bingley verso sua sorella avevano fatto sorgere un'attesa generale del loro matrimonio. Egli ne parlò come di un avvenimento sicuro del quale solo la data poteva restare da fissarsi. Da quel momento mi misi a osservare attentamente il contegno del mio amico e potei, allora, accorgermi che la sua parzialità per la signorina Bennet andava al di là di quanto avessi mai riscontrato in lui. Sorvegliai anche sua sorella. Il suo sguardo, i suoi modi erano aperti, vivaci e seducenti come sempre, ma senza alcun segno di una particolare inclinazione: dalle osservazioni di quella sera rimasi convinto che, pur accogliendo con piacere le attenzioni di lui, essa non le reclamava con alcuna parte del suo sentimento. Se su questo punto non è lei che si è sbagliata, sono io che devo essere stato tratto in errore. Quest'ultimo è reso forse probabile dalla più profonda conoscenza che lei ha di sua sorella. Se così è, se un simile errore mi ha indotto a procurarle della pena, il suo risentimento non è stato irragionevole. Ma non mi perito ad asserire che la serenità di contegno e di aspetto di sua sorella era tale che avrebbe dato al più perspicace osservatore la convinzione che, per quanto fosse benevolmente disposta, il suo cuore, molto verosimilmente, non era preso. Che io desiderassi ritenerla indifferente è certo: ma non esito a dire che le mie investigazioni e decisioni non sono di solito influenzate dalle mie speranze o dai miei timori. Non la giudicai indifferente perché lo desiderassi, ma tale la ritenni per una imparziale persuasione, con la stessa sincerità con cui desideravo che così fosse. La ragione della mia contrarietà a codesto matrimonio non era proprio identica a quella che, nel caso mio, riconobbi annullata soltanto dalla forza sovrumana della passione; la mancanza di un parentado elevato non poteva rappresentare per il mio amico un danno così grande come per me. Ma vi erano altre ragioni che, quantunque sussistano ancora e in eguale misura, mi sono sforzato, quanto a me, di dimenticare perché non si parano immediatamente dinanzi. Queste cause meritano, sia pure brevemente, di essere precisate. La posizione sociale di sua madre, benché soggetta a obiezioni, non era niente in confronto di quella completa mancanza di contegno dimostrata con tanta frequenza, quasi costantemente, da essa e dalle sue tre sorelle minori e di quando in quando – mi perdoni, mi duole di offenderla – anche da suo padre. Ma della sua pena per i difetti dei suoi più stretti congiunti e del suo dispiacere che io li vada qui raffigurando si consoli pensando che l'essersi lei comportata in tale guisa da sfuggire a qualsiasi censura non è meno una dote universalmente riconosciuta a lei e alla sua sorella maggiore che un onore al senno e all'egregia indole di entrambe. Aggiungo soltanto che quel che seguì quella sera confermò la mia opinione su tutte queste persone e rafforzò i motivi che potevano avermi già indotto a trattenere il mio amico da quella che giudicavo un'infelicissima unione. Egli lasciò Netherfield per Londra il giorno dopo, come certo ella si ricorderà, con il proposito di ritornare presto. Ora giova spiegare la mia azione. Come in me, era sorta inquietudine tra le sorelle di lui; ben presto scoprimmo la coincidenza delle nostre apprensioni e, convinti del pari che non bisognava metter tempo in mezzo a distaccare il loro fratello, deliberammo senz'altro di raggiungerlo subito a Londra. Così facemmo e quivi io mi posi prontamente all'opera per dimostrare al mio amico i danni certi di un partito siffatto. Glieli esposi seriamente e gliene mostrai la forza. Ma per quanto queste rimostranze possano aver scossa o ritardata la sua decisione, non credo che alla fine avrebbero impedito il matrimonio se non mi avesse appoggiato la sicurezza, che non esitai a comunicargli, che sua sorella era indifferente. Egli aveva prima creduto ch'essa contraccambiava il suo affetto con una inclinazione sincera sebbene di non ugual forza. Ma Bingley, che è di sua natura assai modesto, dà più credito al mio giudizio che al suo stesso. Una volta inculcatagli codesta convinzione, il persuaderlo a non ritornare nell'Hertfordshire fu cosa di poco momento. Non riesco a biasimarmi d'aver fatto quel che ho fatto. Vi è un sol punto della mia condotta, in tutta questa faccenda, al quale non penso con soddisfazione: quello d'aver ricorso all'artificio di nascondergli la presenza di sua sorella in città. Ne ero a cognizione come lo era la signorina Bingley, ma suo fratello lo ignora tuttora. Che avrebbero potuto incontrarsi senza pericolose conseguenze è forse probabile; ma la inclinazione di lui non mi pareva sopita al punto che non vi fosse più nessun pericolo nel rivederla. Questo sotterfugio forse non era degno di me. Tuttavia vi ho ricorso e la cosa fu fatta a fin di bene. Su questo punto non ho altro da dire né altra giustificazione da porgere. Se ho ferito i sentimenti di sua sorella, l'ho fatto inconsapevolmente e se anche i motivi che mi hanno guidato parranno a lei, come è naturale, insufficienti, io non mi sento ancora di condannarli.

Riguardo all'altra più grave accusa, quella di aver io fatta ingiuria al signor Wickham, non posso confutarla se non esponendo a lei, per intero, i suoi rapporti con la mia famiglia. Di che cosa egli mi abbia particolarmente incolpato lo ignoro, ma della verità di quanto sto per esporre posso chiamare più di un testimonio d'indiscutibile sincerità. Il signor Wickham è figlio di una rispettabilissima persona che tenne per molti anni l'amministrazione di tutte le terre di Pemberley; il modo egregio con cui questi disimpegnò il suo ufficio dispose spontaneamente mio padre a essergli utile; perciò egli fu largo di benevolenza verso George Wickham, che era suo figlioccio. Mio padre lo mantenne a scuola e poi all'Università di Cambridge; validissimo soccorso, perché suo padre, sempre in strettezze per le stravaganze della moglie, non avrebbe potuto dargli un'educazione signorile. Mio padre non soltanto era fanatico della compagnia di questo giovane, le cui maniere furono sempre seducenti, ma aveva anche di lui il più alto concetto e, sperando che per professione avrebbe abbracciato lo stato ecclesiastico, si volse a spianargli questa strada. Quanto a me, sono molti, molti anni che ho iniziato a giudicarlo in tutt'altro modo. Le sue tendenze al vizio, la sua mancanza di principi, ch'egli accortamente sapeva nascondere al suo migliore amico, non potevano sfuggire all'osservazione di un giovane di circa la sua stessa età, che aveva occasione di vederlo in momenti in cui egli non si sorvegliava, ciò che non era dato a mio padre. E qui di nuovo sono costretto a farle dispiacere... lei sola può dire fino a che punto. Ma quali che siano i sentimenti che il signor Wickham ha in lei suscitati, un sospetto di questo genere non mi tratterrà dallo svelare la sua vera indole. Vi si aggiunge anche un altro motivo. Il mio ottimo padre morì circa cinque anni fa e il suo affetto per il signor Wickham fu fino all'ultimo così forte che nel testamento mi raccomandò particolarmente di promuovere quanto più fosse possibile il suo avanzamento nella professione che avrebbe scelto e, se questa gli avesse fatto prendere gli ordini sacri, esprimeva il desiderio che uno dei buoni benefici ecclesiastici della nostra famiglia fosse suo, appena vacante. Vi era inoltre per lui un legato di mille sterline. Suo padre non sopravvisse di molto al mio e, entro sei mesi da questi avvenimenti, il signor Wickham mi scrisse per farmi presente che, essendosi definitivamente risoluto a non abbracciare lo stato ecclesiastico, sperava che io non avrei trovato irragionevole che, in luogo del beneficio di cui non poteva essere investito, egli si aspettasse da me qualche utile pecuniario più immediato. Aveva intenzione, aggiungeva, di studiar legge e io avrei dovuto sapere che il frutto di mille sterline non sarebbe bastato a mantenerlo a quegli studi. Volli credere, più che veramente non credessi, alla sua sincerità; comunque fosse, fui prontissimo ad aderire alla sua proposta. Sapevo che il signor Wickham non avrebbe potuto essere un ecclesiastico. La cosa fu subito sistemata. Egli rinunziò a qualsiasi diritto a essere appoggiato nella carriera ecclesiastica, quando anche si fosse trovato in posizione da poterlo reclamare, e accettò in compenso tremila sterline. Ogni legame fra di noi sembrava ormai sciolto. Avevo di lui troppo cattiva opinione per invitarlo a Pemberley o per ammettere la sua compagnia in città. Credo ch'egli vivesse soprattutto in città, ma i suoi studi di legge erano soltanto un pretesto. Libero ormai da ogni ritegno, la sua era una vita di ozio e di dissipazione. Per circa tre anni seppi ben poco di lui, ma al decesso della persona che godeva il beneficio che gli era stato destinato egli ricorse di nuovo a me perché presentassi la sua candidatura. Le sue condizioni, così mi assicurava e io non avevo difficoltà a crederlo, erano quanto mai cattive. Aveva trovato nella legge uno studio per nulla proficuo ed era adesso assolutamente deciso a prendere gli ordini sacri, purché io volessi appoggiare la sua candidatura al beneficio in questione, cosa che egli non metteva quasi in dubbio, certissimo pure che io non avevo nessun altro al quale concederlo e che non potevo aver dimenticato le intenzioni del mio venerato padre. Non posso credere che lei mi rimprovererà d'aver ricusato di aderire alla sua richiesta e di aver resistito a qualunque ripetizione di essa. Il suo rancore fu in proporzione con le angustie in cui si trovava e fu non meno violento nell'infamarmi presso gli altri che nel rimproverarmi direttamente. Da quel momento in poi anche l'apparenza di una relazione tra noi fu rotta. Come vivesse non so. Ma l'estate scorsa ne ebbi di nuovo contezza nel modo più penoso. Devo adesso far parola di una circostanza che vorrei io stesso dimenticare e che solo un dovere come questo che compio poteva indurmi a rivelare ad anima viva. Dicendo questo, mostro di non mettere in dubbio la sua segretezza. Mia sorella, che è più piccola di me di più di dieci anni, fu affidata alla tutela del mio cugino materno, colonnello Fitzwilliam e alla mia. Circa un anno la fecero ritirare da scuola e trasferire a Londra; l'estate scorsa, insieme con la signora che presiedeva all'andamento della sua casa, andò a Ramsgate; e quivi si recò anche il signor Wickham, certamente per determinato proposito, poiché fu provato esservi stata un'anteriore conoscenza fra lui e questa signora Jounge, persona sul cui carattere c'eravamo purtroppo ingannati. Con la connivenza e l'aiuto di costei, egli seppe mettersi in così buona luce presso Georgiana, il cui cuore affettuoso e infantile rimase impressionato dalle sue cortesie, da persuaderla d'essere innamorata di lui e di acconsentire a fuggire. Non aveva allora che quindici anni, ciò che deve valere a sua discolpa. E ora che ho riferita la sua imprudenza, sono lieto di aggiungere che a lei stessa debbo la cognizione di tutto. Li raggiunsi all'improvviso, un giorno o due avanti la progettata fuga; e allora Georgiana, non resistendo all'idea d'affliggere e di offendere un fratello ch'essa aveva sempre considerato quasi un padre, mi mise al corrente di tutto. Lei immagina che cosa provai e come agii. Il rispetto dovuto al buon nome e ai sentimenti di mia sorella mi trattenne dal fare qualunque dimostrazione pubblica, ma scrissi al signor Wickham, che lasciò immediatamente quei luoghi; e la signora Jounge fu naturalmente licenziata. Lo scopo principale del signor Wickham era indiscutibilmente il patrimonio di mia sorella, che è di trentamila sterline, ma non posso fare a meno di credere che anche la speranza di vendicarsi di me gli fosse di stimolo. La sua vendetta sarebbe stata davvero completa. Questa, signorina, è una fedele narrazione di tutte le circostanze che ci riguardano in comune e, se non la rigetterà senz'altro per falsa, spero che vorrà assolvermi d'ora innanzi dall'accusa di crudeltà verso il signor Wickham. Non so in che modo e in quale forma di calunnia egli la abbia tratta in inganno; ma che egli vi sia riuscito non deve forse recare meraviglia, ignara come era lei di ogni cosa. Scoprirlo non era in sua facoltà; a sospettarlo l'animo suo non era portato. Può darsi che ella si stupisca che tutto questo non le sia stato narrato ieri sera. Ma io non ero allora abbastanza padrone di me stesso per vedere quello che potevo o dovevo rivelare. A conferma della verità di ogni cosa qui riferita, posso appellarmi più particolarmente alla testimonianza del colonnello Fitzwilliam che, per la nostra stretta parentela e continua intimità e, ancora più, quale uno degli esecutori testamentari di mio padre, è stato inevitabilmente messo a parte di ogni particolare di queste faccende. Se l'antipatia che ella nutre per me può togliere valore alle mie asserzioni, la ragione non può però impedirle di prestar fede a mio cugino; e affinché le sia data la possibilità di consultarlo, cercherò di trovare l'occasione di porre questa lettera nelle sue mani nel corso di questa mattina. Questo solo voglio aggiungere: che Dio la benedica.

Fitzwilliam Darcy

XXXVI

Se Elizabeth, mentre il signor Darcy le consegnava la lettera, non si aspettava di trovarci una ripetizione delle sue proposte, non arrivava però a farsi un'idea del suo contenuto. Ma quale questo fosse, è facile supporre l'ansia con cui lesse da capo a fondo la lettera e il contrasto di emozioni che ne provò. Non si potrebbero definire i suoi sentimenti mentre leggeva.

Da prima provò stupore ch'egli credesse di potersi giustificare, convintissima, come era, che qualunque spiegazione egli fosse in grado di fornire, per un giusto senso di vergogna, avrebbe dovuto tenerla celata. Fortemente prevenuta contro tutto quello ch'egli potesse dire, iniziò a leggere la narrazione di quello ch'era accaduto a Netherfield. Leggeva con una fretta che le permetteva sì e no d'intendere; impaziente, com'era, di sapere il contenuto della frase seguente non riusciva a seguire bene il senso di quella che aveva sotto gli occhi. Che egli credesse che sua sorella fosse indifferente era per lei senz'altro falso: e la versione ch'egli dava della realtà e le sue più gravi obiezioni a quell'unione accendevano in lei troppo sdegno perché le rimanesse qualche desiderio di rendergli giustizia. Egli non esprimeva alcun rammarico per quello che aveva fatto con sua soddisfazione: il suo tono non era di contrizione ma di alterigia. Era tutto orgoglio e insolenza. Ma quando da questo argomento passò a quello del signor Wickham, quando, con più pacata attenzione, lesse il resoconto di fatti che, se veri, dovevano distruggerle ogni opinione favorevole sulla dignità di lui e che pure apparivano così terribilmente rassomiglianti alla narrazione ch'egli stesso aveva fatto di sé, Elizabeth provò una pena ancora più acuta e indefinibile. Lo stupore, l'angoscia, un vero orrore la opprimevano. Voleva non prestarvi nessuna fede, esclamando più volte: "È falso! Non può essere! È la più grossolana menzogna!" e quando ebbe percorsa tutta la lettera, senza però aver preso chiara nozione delle cose esposte nelle ultime una o due pagine, si affrettò a metterla da parte, protestando di non volerne tener conto, di non voler mai più guardarne il contenuto.

In questa agitazione, tra pensieri che non riuscivano a fissarsi su niente, seguitò a camminare; ma non le giovò; mezzo minuto dopo, la lettera fu nuovamente spiegata. Raccoltasi come meglio fu capace, riniziò la mortificante lettura di quello che si riferiva a Wickham e seppe dominarsi tanto da arrivare a fissare il significato di ciascuna frase. L'esposizione dei rapporti di lui con la famiglia di Pemberley corrispondeva esattamente a quella ch'egli stesso le aveva fatta e la benevolenza del defunto signor Darcy, della quale prima non aveva conosciuta tutta la larghezza, concordava egualmente con le parole di lui. Fin qui una versione confermava l'altra; ma quando arrivò al testamento, la differenza era grande. Ciò che Wickham le aveva narrato del beneficio ecclesiastico era ancora fresco nella sua memoria e, rievocando esattamente le parole, era impossibile non accorgersi che o da una parte o dall'altra vi era una grave falsità. Per un momento si lusingò che il suo desiderio non fosse dalla parte dell'errore. Ma quando lesse e rilesse con la più concentrata attenzione i particolari che seguivano la rinunzia di Wickham a ogni pretesa al beneficio e com'egli, in cambio di questo, avesse riscosso la cospicua somma di tremila sterline, dovette di nuovo ricadere in perplessità. Ripose la lettera, confrontò tutte le circostanze con quella ch'essa riteneva esser imparzialità, rifletté sulla verosimiglianza di ciascun particolare, ma il tutto con poco costrutto. Da ambo le parti non c'erano che affermazioni. Tornò di nuovo a leggere; ogni riga dimostrava più chiaramente che tutta la faccenda, che essa aveva creduto non potersi interpretare se non a infamia della condotta del signor Darcy, si prestava a una interpretazione opposta, tale da dimostrarlo in tutto e per tutto innocente.

Il disordine e la fondamentale dissolutezza che Darcy non si peritava di porre a carico del signor Wickham la urtarono profondamente; tanto più ch'essa non poteva portare prove che l'accusa fosse ingiusta. Di lui non aveva mai sentito parlare prima della sua entrata nella milizia del ...shire, nella quale egli si era arruolato, indottovi dal giovanotto incontrato per caso in città, con il quale aveva così rinnovata una vaga conoscenza. Di quella che fosse stata la vita antecedente di lui, nulla era conosciuto nell'Hertfordshire, eccetto quel tanto che egli stesso ne aveva narrato. Quanto al suo vero carattere, se anche lei avesse potuto cercarne informazioni, non avrebbe mai provato il desiderio d'investigare. Il contegno la voce e le maniere di Wickham erano bastate a decretargli di colpo il possesso di tutte le virtù. Provò a ricordare qualche esempio di bontà, qualche bel tratto di dirittura o di generosità che valessero a difenderlo dagli attacchi del signor Darcy o che, per lo meno, con la superiorità della virtù compensassero quelli che ella si sforzava di considerare errori momentanei, mentre il signor Darcy li dipingeva quale un ozio vizioso durato molti anni. Ma nessun ricordo del genere venne in suo aiuto. Poteva rivederselo sull'istante davanti, con tutto il fascino del suo aspetto e dei suoi modi, ma non riusciva a rammentarne alcun pregio effettivo all'infuori dell'approvazione generale del vicinato e della considerazione che le sue brillanti qualità mondane gli avevano fatto acquistare tra la gente. Dopo una lunga pausa su questo punto, riprese a leggere una volta ancora. Ahimè! quello che seguiva, delle mire di lui sulla signorina Darcy, trovava qualche conferma nel colloquio che si era svolto fra lei e il colonnello Fitzwilliam la mattina avanti; e infine, a conferma del vero, su ogni particolare, la si rimandava proprio al colonnello Fitzwilliam dal quale aveva precedentemente appreso lo stretto legame con tutti gli affari del cugino e della cui lealtà non aveva motivo di dubitare. Sul primo momento aveva quasi deciso di ricorrere a lui, ma poi respinse l'idea, considerandone la sconvenienza e finì con scacciarla del tutto nella convinzione che il signor Darcy non avrebbe mai osato fare una proposta simile se non si fosse sentito ben sicuro dell'appoggio del cugino.

Essa rammentava esattamente tutta la conversazione con Wickham, la prima sera che si erano trovati insieme dal signor Phillips. Molte delle parole di lui le erano sempre vive in mente. Solo ora era colpita dalla sconvenienza che c'era nel fare tali confidenze a una estranea e si meravigliava che questo le fosse sfuggito prima. Vedeva l'indelicatezza del mettersi avanti come egli aveva fatto e la contraddizione tra le sue affermazioni e la sua condotta. Si ricordava che egli si era vantato di non temere di incontrarsi col signor Darcy, che il signor Darcy poteva andar via dal paese ma che egli sarebbe rimasto sul campo, e poi, subito la settimana dopo, aveva evitato il ballo di Netherfield. Si rammentò anche che, fino a quando la famiglia di Netherfield non fu partita, egli non aveva raccontato quella storia a nessun altro che a lei ma che, dopo quella partenza, aveva lasciato che divenisse di dominio pubblico e che allora non aveva avuto né scrupolo né ritegno a diffamare il signor Darcy, pur avendole assicurato che il rispetto per il padre gli avrebbe sempre impedito di screditare il figlio.

In che luce diversa apparivano ora tutte le cose che lo riguardavano! Le sue attenzioni per la signorina King apparivano ora effetto di una mira unicamente e odiosamente venale; e la modestia della sostanza di lei non provava già la moderazione delle sue cupidigie ma la sua avidità nell'attaccarsi a qualunque cosa. Lo stesso suo modo di comportarsi verso di lei poteva, ora, aver avuto un motivo riprovevole: o si era ingannato sui mezzi di lei, o si era preso una soddisfazione di vanità incoraggiando la preferenza ch'essa credeva, molto imprudentemente, di avergli dimostrata. Tutti gli sforzi che faceva per giustificarlo riuscivano sempre meno efficaci. Invece, a maggiore giustificazione del signor Darcy, doveva riconoscere che il signor Bingley, interrogato da Jane, lo aveva parecchio tempo prima dichiarato innocentissimo in codesta faccenda. Lei stessa, nonostante quei suoi modi superbi e respingenti, fra tutta la durata della loro conoscenza – una conoscenza che li aveva, ultimamente, fatti trovare spesso insieme e che le aveva data una certa familiarità coi suoi modi –, non aveva mai notato cosa che lo rivelasse senza principi o ingiusto, nulla che lo provasse di costumi irreligiosi o immorali; fra i suoi stessi congiunti era stimato e tenuto in gran conto; persino Wickham gli aveva riconosciuto qualche merito quale fratello e anche lei lo aveva sentito parlare della sorella in un tono che lo diceva capace di sentimenti gentili; se le sue azioni fossero state quali le dipingeva Wickham, una così grave offesa alla giustizia sarebbe difficilmente rimasta nascosta al mondo; e anche l'amicizia tra una persona capace di tanto e un uomo gentile come il signor Bingley non sarebbe stata concepibile.

Elizabeth ebbe una gran vergogna di se stessa. Non riusciva a pensare né a Darcy né a Wickham senza sentire d'esser stata cieca, parziale, piena di prevenzioni, illogica.

«Come ho agito bassamente!» esclamò. «Io che tenevo tanto al mio discernimento! Io che mi credevo una ragazza di criterio, che spesso deridevo i candidi abbandoni di mia sorella e appagavo la mia vanità in una diffidenza inutile e fuori luogo. Umiliante questa scoperta! Eppure come giusta l'umiliazione! Fossi stata innamorata, non avrei potuto essere più stupidamente cieca. La vanità e non l'amore è stata la mia follia. Compiaciuta della preferenza dell'uno e offesa della negligenza dell'altro, subito, appena conosciuti, mi sono lasciata prendere tutta dalla prevenzione che nasconde il vero, e ho scacciata la ragione in tutto quello in cui entrasse l'uno o l'altro di loro. Sino a oggi non mi ero mai conosciuta!»

Da lei a Jane, da Jane a Bingley, i suoi pensieri la portarono a ricordarsi che le spiegazioni del signor Darcy su questo punto le erano parse insufficienti e rilesse il passaggio che vi si riferiva. Tutt'altro fu l'effetto della seconda lettura. Come negare fede alle sue asserzioni in un caso, quando era costretta a prestargliela nell'altro? Egli dichiarava di non avere mai immaginato l'affezione di sua sorella; ed essa non poteva non ricordare qual era l'opinione che Charlotte aveva sempre avuta. Né poteva non vedere del giusto nel ritratto che egli faceva di Jane. Vedeva che i sentimenti di Jane, sebbene ardenti, erano poco manifesti; nell'aspetto e nei modi di lei vi era come un costante compiacimento, non sempre congiunto a una vera sensibilità.

Quando arrivò a quella parte della lettera in cui si parlava della sua famiglia con parole di rimprovero così umilianti ma purtroppo meritate, la vergogna che provò fu cocentissima. La giustezza dei rimproveri la colpiva con troppa forza perché potesse negarla e i fatti ai quali egli particolarmente alludeva, occorsi al ballo di Netherfield, che erano valsi a confermare tutta la sua antecedente disapprovazione non potevano aver fatto maggior impressione sull'animo di lui di quanta ne avessero fatta anche su quello di lei.

L'elogio per lei e per sua sorella fu vivamente sentito dalla lettrice. La sollevava ma non poteva consolarla del disprezzo che il resto della famiglia si era attirato e, considerando che la delusione di Jane era, infatti, opera dei suoi più stretti congiunti e riflettendo sul danno materiale che la reputazione di loro due soffriva per l'altrui sconveniente condotta, sentì un avvilimento come non lo aveva mai sentito.

Dopo aver girato due ore su e giù per il viottolo abbandonandosi ai più diversi pensieri, tornando a riflettere sull'accaduto, considerando le probabilità e cercando di intonarsi come meglio poteva a un mutamento così grande e improvviso, finalmente, stanca e accortasi della lunga assenza, si decise a ritornare a casa; vi entrò con la volontà di apparire vivace come sempre e decisa a reprimere tutte le riflessioni che l'avrebbero resa incapace di sostenere la conversazione.

Le fu subito riferito che i signori di Rosings erano venuti, separatamente, a trovarli durante la sua assenza; il signor Darcy si era trattenuto appena pochi minuti per prender congedo, ma il colonnello Fitzwilliam era rimasto con loro per lo meno una mezz'ora, sperando sempre che lei ritornasse e quasi deciso ad andare a cercarla. Elizabeth poté a malapena simulare il rammarico di averlo mancato, ma, in realtà, se ne rallegrò. Rivedere il colonnello Fitzwilliam non aveva più scopo. Non riusciva più che a pensare a quella lettera.

XXXVII

I due signori lasciarono Rosings la mattina seguente e il signor Collins, essendosi trattenuto ad attendere in vicinanza alla casa per riverirli alla partenza, fu in grado di recare alla famiglia la lieta notizia che entrambi apparivano in ottima salute e di animo abbastanza sereno, se si pensava alla mestizia del commiato appena finito a Rosings. Si affrettò quindi a correre a Rosings a confortare Lady Catherine e sua figlia e ne ritornò soddisfattissimo di riportare una ambasciata di Sua Signoria la quale si sentiva così afflitta da desiderare di averli tutti a pranzo da lei.

Elizabeth non poté vedere Lady Catherine senza pensare che, se lei lo avesse voluto, a quell'ora avrebbe potuto esserle presentata quale sua futura nipote né poté immaginarsi, senza sorridere, quale sarebbe stato lo sdegno di Sua Signoria.

"Che cosa avrebbe detto? Come si sarebbe comportata?" erano domande che, a pensarle, ci si divertiva.

Il primo argomento di conversazione fu la diminuzione della comitiva di Rosings.

«Vi assicuro che lo sento profondamente» disse Lady Catherine. «Credo che nessuno soffra quanto me per la partenza degli amici. Mi sono attaccata quanto mai a questi giovani e so quanto essi sono attaccati a me! Erano così addolorati di partire! Sono sempre così. Quel caro colonnello è riuscito discretamente a farsi forza sino all'ultimo, ma Darcy mostrava di sentire il distacco ancora più fortemente dell'anno scorso. Il suo attaccamento a Rosings va proprio crescendo.»

A questo punto il signor Collins trovò modo di insinuare un complimento e una allusione, che furono cortesemente accolte da un sorriso della madre e della figlia.

Lady Catherine fece osservare, dopo il pranzo, che la signorina Bennet sembrava depressa e ne indicò immediatamente la ragione lei stessa, supponendo che non le fosse gradito il ritornare così presto a casa sua. Aggiunse:

«In tal caso dovrebbe scrivere a sua madre, pregandola di farla restare un poco più a lungo. Sono certa che la signora Collins sarà felice della sua compagnia.»

«Sono molto obbligata a Vossignoria del cortese

invito,» rispose Elizabeth «ma non mi è dato poterlo accettare. Sabato prossimo devo essere in città.»

«Così sarà rimasta qui soltanto sei settimane. Contavo che ci sarebbe rimasta due mesi. Lo dissi anche alla signora Collins prima che arrivassero. Non vedo ragione perché debba partire così presto. La signora Bennet può fare, certamente, a meno di lei per altre due settimane.»

«Ma non mio padre. Mi ha scritto l'altra settimana per affrettare il mio ritorno.»

«Oh! suo padre potrà benissimo fare a meno di lei, se lo può sua madre. Le figlie non sono mai così indispensabili a un padre. E se resteranno qui ancora tutto un mese, avrò la possibilità di condurre una di loro sino a Londra, perché mi recherò là ai primi di giugno per una settimana e siccome Dawson si adatta al calesse, vi sarà un buon posto per una di loro. Se poi dovesse far fresco, non avrei difficoltà a prenderle tutt'e due, visto che né l'una né l'altra è molto grassa.»

«Lei, madama, è la cortesia in persona, ma credo di dover proprio attenermi al mio primo progetto.»

Lady Catherine parve rassegnarsi.

«Signora Collins, lei dovrebbe mandare con loro un servo. Sa che io dico sempre il mio pensiero, e non mi va proprio l'idea che due giovani signore viaggino con la posta sole. È una cosa che non sta bene. Veda proprio di mandarci qualcuno. È una cosa che proprio non mi va. Delle signorine dovrebbero esser sempre convenientemente accompagnate e guardate, secondo la loro posizione sociale. Quando mia nipote Georgiana andò la scorsa estate a Ramsgate, provvidi che l'accompagnassero due servitori. Il decoro della signorina Darcy, la figlia del signor Darcy di Pemberley e di Lady Anne, non esigeva diversamente. In queste cose sono meticolosa. Signora

Collins, con le signorine dovrebbe mandare John. Ho piacere che mi sia venuto in mente di dirvelo; poiché lasciarle partire sole avrebbe proprio fatto torto a lei.»

«Mio zio ci manderà una persona di servizio.»

«Oh! Ha un servitore loro zio? Sono molto contenta che abbiate qualcuno che ci pensa a queste cose. Dove cambieranno i cavalli? Naturalmente a Bromley. Se alla locanda del Campanello faranno il mio nome, saranno servite con premura.»

Lady Catherine aveva parecchie altre domande da fare sul loro viaggio e siccome non a tutte dava la risposta lei stessa, bisognava seguirla, il che per Elizabeth fu una fortuna; se no, con la testa frastornata che aveva, si sarebbe scordata anche di dov'era. La meditazione era riservata alle ore di solitudine; allora ci si abbandonava tutta con suo grande sollievo. Né passava giorno che non facesse una passeggiatina solitaria, durante la quale poteva indulgere a tutta la penosa dolcezza dei ricordi.

Ormai sapeva quasi a mente la lettera del signor Darcy. Ne aveva studiata ogni frase e i suoi sentimenti per colui che aveva scritto variavano profondamente di volta in volta. Quando rammentava il modo col quale egli le aveva parlato si sentiva ancora ribollire lo sdegno, ma quando pensava a come lo aveva ingiustamente condannato e rimproverato, lo sdegno si rivolgeva contro se stessa e la delusione inflittagli diventava un motivo per compatirlo. Il suo attaccamento le ispirava della riconoscenza e tutto il suo carattere del rispetto; non era capace tuttavia di approvarlo; e non riuscì nemmeno per un momento a pentirsi del rifiuto dato o a provare il più lieve desiderio di rivederlo. Tutto il contegno che essa aveva tenuto in passato le era di cruccio e di rammarico, e un motivo di tormento anche glielo davano quei disgraziati difetti della sua famiglia. Né c'era speranza di porvi rimedio. Suo padre, che si contentava di metterli in ridicolo, non avrebbe mai fatto uno sforzo per contenere la disordinata storditaggine delle due minori; e sua madre, così lontana lei stessa dall'avere le maniere che avrebbe dovuto, non si accorgeva nemmeno quanto male facessero. Elizabeth si era spesso unita a Jane per cercare di frenare la storditaggine di Catherine e di Lydia; ma finché queste erano appoggiate dalla indulgenza materna, quale speranza poteva esserci di migliorarle? Catherine, d'animo debole, irritabile e completamente soggiogata da Lydia, aveva sempre resistito ai loro consigli; e Lydia, caparbia e trascurata, non sarebbe stata nemmeno a sentirle. Erano tutte e due ignoranti, scioperate e frivole. Finché a Meryton c'era un ufficiale, ci avrebbero civettato, e finché Meryton era così vicina a Longbourn, non avrebbero mai smesso di andarci.

Un'altra sua pena dominante era per via di Jane: le spiegazioni del signor Darcy, elevando Bingley a tutta la stima che ne aveva avuto prima, aumentavano la coscienza di quello che Jane aveva perduto. L'affetto di lui si dimostrava esser stato sincero e la sua condotta libera da ogni biasimo, a meno che non gli si rimproverasse la fiducia troppo assoluta nell'amico. Era ben doloroso il pensiero che una posizione così desiderabile sotto ogni aspetto, così vantaggiosa e promettente tanta felicità, fosse stata tolta a Jane per la leggerezza e mancanza di decoro della famiglia.

Quando a queste riflessioni si aggiungeva la rivelazione dell'indole vera di Wickham, si intende come il suo animo, che ben di rado si era lasciato avvilire per il passato, si trovasse adesso così depresso da non poter proprio neanche fingere un po' di buonumore.

I loro inviti a Rosings furono, durante l'ultima settimana del suo soggiorno, frequenti come alla prima. Anche l'ultima serata fu passata alla villa e di nuovo Sua Signoria s'informò minutamente su tutti i particolari del loro viaggio, impartì loro ammaestramenti sul miglior modo di fare i bauli e insistette tanto sulla necessità di riporre gli abiti nell'unico modo giusto che Maria si credette obbligata, ritornando a casa, a disfare tutto il lavoro della mattina e a rifare tutto quanto il suo baule.

Quando si accomiatarono, Lady Catherine con grande degnazione augurò loro un buon viaggio e le invitò a ritornare a Hunsford l'anno prossimo; e la signorina de Bourgh spinse la sua cortesia fino ad accennare una riverenza e a porgere la mano a tutte e due.

XXXVIII

Nella mattinata del sabato, Elizabeth e il signor Collins s'incontrarono alla prima colazione un momento prima che comparissero gli altri; ed egli colse l'occasione per farle i convenevoli che riteneva indispensabili all'ospite che sta per partire.

«Non so, signorina Elizabeth,» disse «se la signora Collins le abbia di già espresso i suoi sentimenti per la sua bontà di esser venuta da noi; ma sono certissimo che lei non lascerà la nostra casa senza riceverne i ringraziamenti. Il piacere della sua compagnia è stato, glielo garantisco, oltremodo sentito. Sappiamo quante poche attrattive possa offrire la nostra umile dimora. Il nostro semplice modo di vita, le nostre piccole stanze, i pochi domestici e la poca gente che frequentiamo devono rendere Hunsford troppo tedioso a una signorina come lei; spero tuttavia che crederà alla nostra riconoscenza per la sua degnazione e che abbiamo fatto tutto quel poco che era in nostro potere affinché lei non passasse troppo spiacevolmente il suo tempo.»

Elizabeth si affrettò a ringraziarlo e ad assicurargli che era contentissima di aver passato sei settimane di vero godimento; il piacere di stare con Charlotte e le gentilezze ricevute le facevano sentire quanto rimaneva obbligata. Il signor Collins rimase soddisfatto e con più sorridente gravità continuò:

«Sono oltremodo lieto di sentire che non ha trascorso troppo spiacevolmente questo tempo. Noi abbiamo fatto, di certo, del nostro meglio e avendo, per fortuna, la possibilità d'introdurla in una società veramente eletta e, grazie ai nostri legami con Rosings, il mezzo di portare un diversivo all'umiltà della nostra vita domestica, possiamo lusingarci che la sua visita a Hunsford non sia riuscita del tutto tediosa. La nostra posizione rispetto alla famiglia di Lady Catherine è davvero una straordinaria prerogativa e una fortuna quale pochi possono vantare. Lei vede su che piede stiamo: vede come siamo, di continuo, invitati da Sua Signoria. In verità le confesso che tutti gli inconvenienti di questa umile parrocchia non potrebbero farci da veruno commiserare finché ci sono compensati da questa intimità con casa Rosings.»

Le parole non bastando più all'esaltazione dei suoi sentimenti, il signor Collins si mise a passeggiare su e giù per la stanza, mentre Elizabeth cercava di combinare in brevi frasi la cortesia con la sincerità.

«Lei potrà, cara cugina, dar contezza assai favorevole di noi nell'Hertfordshire. Per lo meno, mi lusingo che potrebbe farlo. È stata testimone quotidiana delle grandi attenzioni di Lady Catherine verso la mia signora e confido che non si dirà che la sua amica sia stata troppo sfortunata. Ma su questo punto sarà bene tacere. Questo soltanto mi lasci dire, cara signorina Elizabeth, che cordialmente, sinceramente le auguro nel matrimonio felicità pari a questa. La mia cara Charlotte e io abbiamo un unico sentimento e un unico modo di pensare. Vi è fra noi, in ogni cosa, una affinità di carattere e di idee notevolissima: si direbbe che eravamo fatti l'uno per l'altra.»

Elizabeth poté, senza compromettersi, rispondere che è una grande felicità quando questo succede e aggiunse, con pari sincerità, di credere fermamente alle sue gioie familiari e di rallegrarsene. Tuttavia non le dispiacque che la esposizione di codeste gioie venisse interrotta dall'arrivo della signora stessa dalla quale esse emanavano. Povera Charlotte! Era triste lasciarla in codesta compagnia! Ma se l'era scelta da sé a occhi aperti; e benché rimpiangesse apertamente che i suoi ospiti partissero, non aveva l'aria di chiedere d'esser compatita. La casa e le cure domestiche, la parrocchia e il pollaio, e tutti gli interessi che ne derivavano non avevano ancora perduto per lei tutte le attrattive.

Finalmente la carrozza arrivò; i bauli furono legati sopra, i pacchi collocati dentro e fu dato il via. Dopo un affettuoso commiato fra le amiche, Elizabeth fu accompagnata alla vettura dal signor Collins; e mentre attraversavano il giardino, questi andava caricandola di ambasciate e di saluti per tutta la famiglia, non tralasciando i suoi ringraziamenti per le cortesie che aveva ricevute quell'inverno a Longbourn, dei suoi omaggi al signore e alla signora Gardiner, anche se non li conosceva di persona. Le porse la mano per entrare nella vettura. Maria la seguì e stavano per richiudere lo sportello quando, tutto a un tratto, piuttosto costernato, rammentò loro che esse si dimenticavano di lasciare un messaggio per le signore di Rosings.

«Sarà certo» disse «loro desiderio che i loro umili omaggi siano trasmessi a quelle signore insieme ai ringraziamenti riconoscenti per le cortesie avute durante tutto il tempo del loro soggiorno.»

Elizabeth non vi fece alcuna obiezione; quindi si poté chiudere lo sportello e la carrozza partì.

«Buon Dio!» esclamò Maria dopo un breve silenzio. «Mi pare un giorno che siamo arrivate! Eppure quante cose sono successe!»

«Anche troppe» rispose la sua compagna con un sospiro.

«Siamo state nove volte a pranzo a Rosings, senza contare due tè. Ne avrò da raccontare di cose!»

"E quante ne avrò io da tacere" aggiunse dentro di sé Elizabeth.

Il viaggio fu compiuto senza grande conversazione e senza alcun incidente e quattro ore dopo la partenza da Hunsford erano arrivate alla casa del signor Gardiner, dove dovevano trattenersi pochi giorni.

Jane aveva buon aspetto ed Elizabeth non ebbe molta occasione di studiarne l'animo, in mezzo a tutti gli inviti che la premura della zia aveva preparati per esse. E poi Jane tornava a casa con lei e a Longbourn avrebbe avuto tutto l'agio di osservarla.

Intanto dovette fare uno sforzo per aspettare di essere a Longbourn prima di raccontare a sua sorella la proposta del signor Darcy. Aver da comunicare una cosa che sapeva avrebbe oltre ogni dire stupito Jane, soddisfacendo nello stesso tempo quel tanto di vanità ch'essa non era mai stata capace di dominare, era una tentazione che non sarebbe riuscito a vincere, se non fosse stata la sua incertezza su quello che doveva raccontare e il timore, una volta entrata in argomento, di lasciarsi sfuggire su Bingley qualche cosa che accrescesse la pena di sua sorella.

XXXIX

Fu nella seconda settimana di maggio che le tre signorine partirono insieme da Gracechurch Street alla volta della città di... nell'Hertfordshire. Mentre si avvicinavano all'albergo designato dove la carrozza del signor Bennet doveva venire a prenderle, scorsero subito, segno della puntualità con cui arrivava il cocchiere, Kitty e Lydia affacciate a una sala in cima alle scale. Le due ragazze erano sul posto da più di un'ora e l'avevano lietamente impiegata a visitare una modista di faccia, a osservare la sentinella di guardia e a condire un'insalata di cetrioli.

Dopo aver dato il benvenuto alle sorelle, scoprirono trionfalmente una tavola imbandita di tutte le vivande fredde che vengono di solito fornite dalla dispensa d'un albergo ed esclamarono:

«Carino, nevvero? Una bella sorpresa!»

«E facciamo conto di invitarvi al banchetto» soggiunse Lydia «purché ci imprestiate il denaro per pagare, perché il nostro per l'appunto lo abbiamo tutto finito nel negozio qui accanto.» Quindi, mostrando i suoi acquisti: «Guardate mi sono comprato questo cappello. Non dirò che sia molto bellino ma ho pensato che potevo comprarlo lo stesso. Appena sono a casa lo disfo e vedo di rimontarlo un po' meglio».

«Oh! ve ne erano due o tre molto più brutti, nel negozio; ma quando avrò comprato del satin di un colore più allegro, per dargli un'aria più fresca, credo che sarà passabilissimo. E poi poco importa quello che ci si metterà addosso questa estate, una volta che il Reggimento del ...shire sarà partito da Meryton: se ne andranno fra una quindicina di giorni.»

«Davvero?» esclamò Elizabeth con soddisfazione.

«Vanno a fare il campo vicino a Brighton; e io insisto con papà perché ci porti tutte là per l'estate. Sarebbe un progetto delizioso e direi che non costerebbe quasi nulla. Anche la mamma terrebbe moltissimo ad andarci. Pensa invece che malinconia se non ci andiamo.»

"Sì" pensò Elizabeth "sarebbe un progetto delizioso davvero; proprio quello che ci vorrebbe per noi! Santo cielo! Brighton e un accampamento intero di soldati per noi, che per metterci sottosopra è bastato un misero reggimento di milizia e i balli mensili di Meryton!"

«E ora ho delle buone nuove per te» disse Lydia, mentre si mettevano a tavola. «Che ti immagini? Ottime notizie, importantissime, di una certa persona che ci piace a tutte.»

Jane ed Elizabeth si scambiarono uno sguardo e dissero al servitore che poteva andare. Lydia rise:

«Questo è proprio degno di voi: formalità e discrezione. Che il servitore non debba sentire! Che volete che gliene importi! Non mi perito di dire che gli capita spesso di sentirne di peggio di quelle che ora vi racconto. Ma sono contenta che se ne sia andato. È tanto brutto! Non ho visto mai una bazza così lunga. Ebbene, veniamo adesso alle mie informazioni: riguardano il nostro caro Wickham; troppo belle per il servitore, nevvero? Dunque non vi è più pericolo che Wickham sposi Mary King; questa è per te. È andata a Liverpool da suo zio, per restarci. Wickham è salvo.»

«E anche Mary King è salva!» rispose Elizabeth. «Salva da un'unione che era pericolosa per il suo patrimonio!»

«È una grande scema a partire, se gli vuol bene.»

«Direi che non vi sia grande affetto da nessuna delle due parti» osservò Jane.

«Da quella di lui, no di certo. Garantisco io che lui non ha mai fatto caso a lei. Chi volete che stia dietro a uno sgorbietto lentigginoso?»

Elizabeth rimase colpita pensando che, quantunque incapace di esprimersi in modo così volgare, la trivialità del sentimento non differiva molto da quello che lei stessa aveva provato e ritenuto umano.

Appena ebbero mangiato, e le ragazze maggiori pagato, fu ordinata la carrozza; dopo un po' di tramestio, riuscirono tutte quante a prendervi posto, con le loro scatole, le borse da lavoro, i pacchi e per di più gli ingombranti acquisti di Kitty e di Lydia.

«Siamo accatastate che è una bellezza!» esclamò Lydia. «Sono contenta d'aver preso il mio cappello, non foss'altro per il gusto d'aver una scatola di più al braccio! Benone; comodamente pigiate; vogliamo chiacchierare e ridere fino a casa! E, prima di tutto, fateci sapere che cosa avete fatto da quando siete partite. Avete incontrato qualche tipo simpatico? Avete avuto dei corteggiatori? Speravo proprio che una di voi trovasse un marito, prima di tornare a casa. Jane sarà presto una zitellona, ve lo dico io. Ha quasi ventitré anni! Dio come mi vergognerei se non riuscissi a sposarmi prima di ventitré anni! La zia Phillips vuole in tutti i modi che troviate marito. Dice che Lizzy avrebbe fatto meglio a prendere il signor Collins, ma io non credo che sarebbe stata una cosa molto allegra. Signore Iddio, che gusto matto avrei di sposarmi prima di voi altre! Vi farei da *chaperon* a tutti i balli. Perbacco! Bella burla che si fece l'altro giorno dal colonnello Forster! Kitty e io eravamo andate a passarvi la giornata e la signora Forster ci promise un po' di ballo la sera (a proposito, la signora Forster e io siamo amicone) e così invitò le due Harrington; ma Enrichetta era malata, e Pen dovette venire sola; e allora sapete che cosa si fece? Vestimmo Chamberlayne da donna, da farlo prendere per una signora... Figuratevi l'allegria! Nessuno lo sapeva fuorché il colonnello Forster e la sua signora,

Kitty e io e anche la zia, poiché si era dovuto prendere in prestito uno dei suoi vestiti. Non potete immaginarvi come stava bene! Quando Danny, Wickham, Pratt e due o tre altri signori entrarono nella stanza, non lo riconobbero affatto. Dio quanto ho riso! Anche la signora Forster. Credevo di morire. Così gli uomini s'insospettirono e finirono per scoprire di che si trattava.»

Con queste storielle delle loro riunioni e delle loro burle, Lydia cercò, con il rinforzo dei cenni e delle aggiunte di Kitty, di divertire le sue compagne per tutto il tragitto sino a Longbourn. Elizabeth ascoltò meno che poté ma non vi era modo di evitare che fosse continuamente fatto il nome di Wickham.

A casa furono accolte con gran festa. La signora Bennet si rallegrò di trovare Jane in tutta la sua bellezza; e il signor Bennet disse spontaneamente più di una volta, durante il pranzo, a Elizabeth:

«Sono proprio contento che tu sia ritornata, Lizzy.»

Erano parecchi nella sala da pranzo, poiché quasi tutti i Lucas erano venuti a incontrare Maria e ad avere notizie; e si parlò dei più svariati argomenti. Lady Maria Lucas chiedeva informazioni, da una parte all'altra della tavola, sulla felicità e sul pollaio della figlia maggiore: la signora Bennet era contemporaneamente presa da due cose: da una parte a ricevere da Jane, che sedeva un po' più in giù, i ragguagli dell'ultima moda e dall'altra a ripeterli per intero alle ragazze Lucas; e Lydia, a voce ancora più alta degli altri, raccontava, a chi la stava a sentire, gli svariati piacevoli passatempi della mattina.

«Oh, Mary,» disse «avrei voluto che fossi stata con noi; abbiamo fatto tanto chiasso! Nell'andare in là, Kitty e io abbiamo tirato su tutti i vetri degli sportelli, facendo finta che nella carrozza non ci fosse nessuno;

e io avrei seguitato ad andare così, se Kitty non si fosse sentita male. Una volta arrivate alla locanda di George, credo che ci siamo comportate molto bene, perché abbiamo offerto alle altre tre la migliore colazione fredda del mondo, e se tu fossi venuta con noi, avresti avuto anche tu lo stesso trattamento. E poi, quando siamo dovute partire, che chiasso! Credevo che non saremmo mai riuscite a entrare nella vettura. Da morire dal ridere. E siamo rimaste così allegre durante tutto il ritorno. Si chiacchierava e si rideva così forte che ci dovevano sentire a dieci miglia.»

A questo Mary rispose gravemente:

«Lungi da me, sorella cara, il dispregiare simili sollazzi. Sono, senza dubbio, conformi alle generalità delle menti femminili. Ma confesso che non mi alletterebbero affatto. Preferirei di gran lunga un libro.»

Però di queste parole Lydia non afferrò una sillaba. Essa non riusciva a dar retta a nessuno per più di mezzo minuto e a Mary nemmeno per quel mezzo.

Nel pomeriggio Lydia con le altre ragazze ebbe premura di recarsi a Meryton, a vedere come stavano tutti; ma Elizabeth si oppose fermamente al progetto. Non si doveva dire che le signorine Bennet non potessero stare a casa mezza giornata, senza andare a caccia degli ufficiali.

La sua opposizione aveva anche un altro movente. Temeva di rivedere Wickham ed era risoluta a sfuggirlo quanto più a lungo fosse possibile. Non si può dire quanto la sollevasse il prossimo trasferimento del reggimento. Entro quindici giorni se ne andavano e, una volta andati via, sperava che non vi sarebbe stato più nulla a tormentarla per via di lui.

Non era da molte ore a casa che già scoprì che il progetto di Brighton, del quale Lydia aveva fatto loro cenno all'albergo, era discusso con grande frequenza fra i suoi genitori. Elizabeth si avvide subito che suo padre non aveva la minima intenzione di cedere; ma le sue repliche erano nello stesso tempo così vaghe che sua madre, benché di sovente scoraggiata, non disperava ancora di finire per spuntarla.

XL

Elizabeth non fu più capace di dominare la sua impazienza di riferire a Jane tutto quello che era successo e la mattina seguente, decisasi a tacere tutti i particolari che riguardavano la sorella e preparatala a una grande sorpresa, le raccontò la parte principale della scena avvenuta fra lei e il signor Darcy.

Lo stupore di Jane fu smorzato dalla sua parzialità per la sorella preferita, che le faceva sembrare la cosa più naturale del mondo che tutti la ammirassero. Così lo stupore della sorpresa presto dette luogo a sentimenti diversi. Ebbe gran dispiacere che il signor Darcy avesse manifestato il suo sentimento in modo così poco atto a dargli pregio, ma si afflisse anche di più al pensiero della infelicità che aveva dovuto causargli il rifiuto di Elizabeth. Disse:

«A esser così sicuro di riuscire aveva torto e non avrebbe dovuto darlo a vedere; ma pensa quanto più forte deve essere stata la sua delusione.»

«Infatti» rispose Elizabeth «me ne rincresce per lui di cuore, ma in lui esistono anche altri sentimenti che facilmente scacceranno questa inclinazione che aveva per me. Tu non mi biasimi di aver rifiutato, nevvero?»

«Biasimarti? Andiamo...»

«Ma mi biasimerai per aver parlato con tanto calore di Wickham?»

«No, non so se, dicendo quello che gli hai detto, eri nel torto.»

«Lo saprai quando ti avrò raccontato quello che successe il giorno dopo.»

Parlò quindi della lettera e ne ripeté tutta la parte che si riferiva a George Wickham. Che colpo per la povera Jane! Lei, che, se avesse fatto il giro del mondo, non avrebbe ammesso che in tutto il genere umano esistesse tanta perfidia, che era invece riunita, qui, in un solo uomo. Nemmeno la riabilitazione di Darcy, benché le facesse molto piacere, valse a consolarla di quella scoperta. Si mise d'impegno per arrivare a dimostrare la possibilità di un errore, cercando di difendere l'uno senza incolpare l'altro.

«È inutile,» disse Elizabeth «non riuscirai a farli buoni tutti e due. Scegli, perché bisogna che ti contenti di uno solo. Fra tutti e due mettono insieme una certa quantità di meriti: quelli che ci vogliono per fare un ottimo tipo d'uomo. E di recente vi sono stati dei notevoli mutamenti. Per quanto mi riguarda sono propensa a prestar fede in tutto al signor Darcy, ma tu farai come credi.»

Passò tuttavia qualche tempo prima che si riuscisse a richiamare un sorriso sulle labbra di Jane.

«È un colpo, che non ne ho mai avuto uno più forte» disse. «Wickham un tristo! Non ci si vorrebbe credere. E il povero signor Darcy! Pensa, Lizzy, quello che deve aver sofferto. Che delusione! E per di più sapendo che tu lo giudicavi male! E aver dovuto raccontare una cosa simile di sua sorella. È proprio troppo straziante e tu lo senti, certo, quanto me.»

«Il mio compatimento e il mio rammarico spariscono a vedere la forza dei tuoi. Sono convinta che tu gli renderai così ampia giustizia che io potrò a poco a poco diventare più indifferente e meno sensibile. L'abbondanza del tuo sentimento mi fa risparmiare il mio e, se seguiterai a compiangerlo ancora, il mio cuore si farà leggero come una piuma.»

«Povero Wickham! Vi è una tale bontà nella sua espressione! Tanta franchezza e finezza nei suoi modi!»

«L'educazione di questi due giovani non deve esser stata condotta bene. Uno ci ha preso tutta la sostanza e l'altro tutta l'esteriorità della bontà.»

«Nel signor Darcy non ho mai notato che mancasse neppure codesta esteriorità, come trovavi tu.»

«Eppure, con la mia antipatia senza motivo verso di lui, credevo di dar prova di un grande acume. Un'antipatia di codesto genere stimola l'intelletto, invita a sfoggiare la propria sagacia. Si può trattar male uno senza cogliere mai nel giusto, ma quando si ride di qualcuno si finisce sempre col trovare qualche uscita spiritosa.»

«Lizzy, sono sicura che quando leggesti la lettera non vedevi la cosa come la vedi oggi.»

«Per forza. Mi sentivo piuttosto in pena, quasi direi infelice. E non aver nessuno a cui confidare quello che sentivo, nessuna Jane a confortarmi e a dirmi che non ero poi stata così debole, vana e assurda come sapevo di esser stata! Quanto bisogno avevo di te!»

«Che peccato, che parlando al signor Darcy per Wickham, tu abbia usato espressioni così brusche che erano proprio fuori luogo.»

«Purtroppo. Ma sfortunatamente l'amarezza delle mie parole era una naturalissima conseguenza delle prevenzioni che avevo coltivate. Bisogna che tu mi consigli su una cosa. Vorrei sapere se devo o no far capire alle nostre solite conoscenze quale uomo è veramente Wickham.»

Dopo una breve pausa, Jane rispose:

«Non c'è davvero bisogno di mostrarlo sotto una luce così cattiva. Ma tu che ne pensi?»

«Che non bisogna farlo. Il signor Darcy non mi ha autorizzato a divulgare quello che mi ha comunicato. Anzi tutto ciò che riguarda sua sorella è stato confidato a me sola: e, se per disingannare gli altri omettessi proprio codesto particolare, chi mi crederà? Sono tutti così prevenuti contro il signor Darcy che il cercare di metterlo in buona luce farebbe la morte della metà della gente ammodo di Meryton. Non me la sento. Wickham, fra poco, se ne sarà andato e allora a chi resta poco può importare di sapere chi egli sia in realtà. Con il tempo tutti se ne avvedranno e noi ce la rideremo perché prima non avevano capito nulla. No, per ora non ne parlerò affatto.»

«Hai ragione. Rivelare le sue magagne può rovinarlo per sempre. Egli è forse già addolorato per ciò che ha fatto e desideroso di rifarsi una coscienza. Non dobbiamo renderglielo impossibile.»

Questa conversazione calmò l'agitazione di Elizabeth. Si era liberata da due segreti che le pesavano da quindici giorni e aveva la certezza di trovare in Jane un'ascoltatrice volenterosa ogni volta che sentisse il bisogno di riparlarne. Pure rimaneva ancora un segreto che per prudenza non doveva rivelare. Non osava comunicare l'altra metà della lettera del signor Darcy e chiarire a sua sorella quale sincerità di sentimenti l'amico di Darcy avesse avuti per lei. Era questa una cosa che nessuno doveva sapere; ed era convinta che soltanto quando ci fosse una perfetta intesa fra tutte le parti in causa avrebbe avuto il diritto di liberarsi anche dal peso di quest'ultimo mistero.

"E poi" si disse "se anche questo inverosimilissimo avvenimento dovesse accadere, io non potrei dire se non ciò che Bingley stesso direbbe personalmente in modo assai più gradito. Sarò libera di parlare soltanto quando quello che direi avrà perduto il suo valore!"

Ora che si era ristabilita a casa, Elizabeth aveva tutto l'agio di osservare il vero stato d'animo della sorella. Jane non era felice. Seguitava a nutrire un tenero affetto per Bingley. Non essendosi mai prima neppure sognata di innamorarsi, il suo sentimento aveva tutto l'ardore del primo affetto ma, per la sua età e per il suo carattere, una maggiore fermezza di quella di cui possano in genere vantarsi i primi amoretti; tanto le era caro il pensiero di lui e lo preferiva talmente a ogni uomo che doveva fare appello a tutto il suo senno e ai riguardi dovuti ai sentimenti dei suoi vicini per non abbandonarsi a un rimpianto che sarebbe stato dannoso alla sua salute e alla loro tranquillità.

«Ebbene, Lizzy,» saltò su a dire un giorno la signora Bennet «che ne pensi ora di questa triste storia di Jane? Per mio conto ho deciso di non riparlarne ad anima viva. Lo dicevo anche l'altro giorno a mia cognata Phillips. Ma non mi riesce di capire se Jane abbia saputo qualcosa di lui a Londra. È un giovane che non merita nulla e ritengo non ci sia, ora, la minima probabilità che lei lo rincontri. Non si sente dire per nulla che abbia a ritornare quest'estate a Netherfield; e sì che l'ho domandato a tutti quelli che potrebbero facilmente saperlo.»

«Non credo che ritornerà mai più ad abitare a Netherfield.»

«Ebbene, sia come egli vuole. Nessuno ha bisogno che ritorni; per altro, io dirò sempre che con mia figlia ha agito malissimo e se fossi stata al suo posto non lo avrei sopportato. Il solo conforto che mi resta è che Jane morirà di crepacuore e che allora lui si accorgerà di tutto il male che ha fatto.»

Ma Elizabeth, che da una simile prospettiva non poteva trarre alcun conforto, non rispose.

«Ebbene, Lizzy,» riprese sua madre «e così i Collins fanno una buona vita, nevvero? Bene, bene: speriamo soltanto che duri. E che genere di tavola fanno? Charlotte è un'ottima massaia. Se è furba anche solo la metà di quanto è sua madre, riuscirà a fare dei bei risparmi. Nel loro andamento di casa non faranno certo prodigalità.»

«No, nessuna.»

«Molto del buon governo di una casa dipende da questo. Già, già. Essi baderanno a non fare il passo più lungo della gamba. Così non avranno mai imbarazzi di denaro. Bene, buon pro gli faccia! E così, m'immagino, ragioneranno spesso di quando possederanno Longbourn, alla morte di tuo padre. Di certo ne parlano come se lo avessero già.»

«È un argomento che non potevano trattare davanti a me.»

«Infatti: sarebbe stato curioso se l'avessero fatto! Ma per me non c'è dubbio che ne discorrono parecchio fra di loro. Ebbene, se riescono a essere contenti di un possesso che legittimamente non gli appartiene, tanto meglio. Io mi vergognerei se ne avessi uno che fosse mio soltanto per trasmissione.»

XLI

La prima settimana dal loro ritorno passò rapida. Cominciò la seconda. Era l'ultima che il reggimento restava a Meryton e tutte le signorine del vicinato languivano a vista d'occhio. L'afflizione era presso che universale. Sole le due maggiori signorine Bennet erano ancora capaci di mangiare, di bere, di dormire e di badare alle loro solite occupazioni. Per questa loro insensibilità ricevevano continui rimproveri da Kitty e da Lydia, che erano in uno stato di desolazione e non ammettevano una simile durezza di cuore in alcun membro della famiglia.

«Cielo! Che sarà di noi? Che cosa faremo?» andavano esclamando dal fondo amaro della loro pena. «Come fai ancora a sorridere, Lizzy?»

I loro affanni erano pienamente condivisi dalla affezionatissima madre, che ricordava quello che lei stessa aveva avuto a soffrire in circostanze simili, venticinque anni prima.

«Mi rammento» diceva «che piansi due giorni di seguito, quando partì il reggimento del colonnello Millar. Mi pareva che mi si spezzasse il cuore.»

«E il mio si spezzerà proprio» replicò Lydia.

«Se almeno si potesse andare a Brighton! Ma il babbo è così mal disposto...»

«Un po' di bagni di mare mi rimetterebbero per sempre.»

«E la zia Phillips è persuasa che a me farebbero un gran bene» soggiunse Kitty.

Tali erano le lamentele che risonavano senza fine nella casa di Longbourn. Elizabeth provò a riderci, ma lo spasso si smarriva presto in un senso di grande vergogna. Di nuovo vedeva quanto erano giuste le obiezioni del signor Darcy e mai si era sentita così disposta a perdonargli d'essersi intromesso nei progetti matrimoniali del suo amico.

In breve però le fosche previsioni di Lydia si schiarirono: la signora Forster, la moglie del colonnello, la invitava ad accompagnarla a Brighton. Questa impareggiabile amica era una giovanissima signora, sposa da poco. Un fondo consimile di gaiezza e di brio aveva fatto simpatizzare lei e Lydia; dei tre mesi che si conoscevano due erano già stati d'intimità. Non si potrebbero descrivere l'entusiasmo di Lydia per quest'invito, la sua adorazione per la signora Forster, il gaudio della signora Bennet e la mortificazione di Kitty. Perfettamente incurante dei sentimenti della sorella, Lydia svolazzava per la casa, in visibilio, sollecitando i rallegramenti di tutti, ridendo e chiacchierando con più impeto che mai, mentre in salotto la sventurata Kitty seguitava a dolersi del suo fato in termini balordi e in tono stizzoso.

«Non capisco perché la signora Forster non abbia invitata me come Lydia,» diceva «anche se io non sono la sua amica intima. Ne avevo lo stesso diritto, anzi maggiore, perché ho due anni più di lei.»

Invano Elizabeth si sforzava di farle intender ragione e Jane di persuaderla a rassegnarsi. Quanto a Elizabeth, quest'invito così poco le suscitava gli stessi sentimenti di sua madre e di Lydia che anzi ci vide l'ultimo colpo per quel po' di giudizio che quest'ultima poteva ancora avere. E quantunque il passo, se fosse trapelato alle altre, l'avrebbe resa odiosa, non poté fare a meno di consigliare suo padre in gran segretezza di non permettere a Lydia di andarvi. Gli raffigurò le solite sconvenienze del suo contegno, il poco profitto che avrebbe ricavato da un'amicizia come quella della signora Forster, e come era probabile che a Brighton, con una simile compagna e fra tentazioni ancor più grandi, commettesse storditaggini anche più grosse che a casa. Il padre, ascoltatala attentamente, disse:

«Lydia non sarà contenta finché, in un luogo o in un altro, non si sarà fatta scorgere; ma non lo sarà mai con così poca spesa e così poco scomodo per la famiglia come in quest'occasione che si presenta.»

«Se lei sapesse» replicò Elizabeth «tutto lo scredito che il contegno avventato e stordito di Lydia farà ricadere, anzi che già è ricaduto, su di noi, sono sicura che giudicherebbe questa faccenda in altro modo.»

«Già ricaduto?» rispose il signor Bennet. «Come? Ha già fatto scappare spaventato qualcuno dei tuoi innamorati? Povera piccola Lizzy: niente paura... Dei giovanotti così schizzinosi che si spaventano all'idea di trovarsi tra la parentela una simile sciocchina non meritano di essere rimpianti. Vieni qui e mostrami la lista di quei poveri signori che la stoltezza di Lydia ha tenuti al largo.»

«Lei s'inganna, babbo. Non ho da dolermi di offese di questo genere. Non mi dolgo di mali specifici, ma generali. La considerazione e rispettabilità che dobbiamo mantenere in faccia al mondo restano colpite dalla leggerezza di una sfrenata come Lydia. Mi perdoni, ma bisogna che parli chiaro. Se lei, caro padre, non baderà a tenere a posto i suoi eccessi e ad ammaestrarla a non fare dei suoi attuali passatempi lo scopo unico della vita, non sarà più possibile correggerla. Codesto suo carattere si fisserà e a sedici anni sarà la più compiuta civettina che abbia mai gettato il ridicolo sopra se stessa e sopra la sua famiglia. Una civetta di qualità inferiore, senza altre attrattive che la gioventù e una discreta figura, e, con quella testina vuota e ignorante, incapace di far fronte al disprezzo generale che si sarà attirato con la sua frenesia di farsi ammirare. C'è pericolo anche per Kitty, che si lascerà trascinare dove Lydia vorrà. Vanesie e ignoranti, pigre e senza regola. Oh, caro babbo, come può sperare che non incontreranno biasimo e disprezzo dove si faranno conoscere, e quel disonore non coinvolgerà anche le loro sorelle?»

Il signor Bennet capì che la sua figliuola parlava con l'anima e, prendendole affettuosamente la mano, le rispose:

«Non crucciarti, amor mio. Dovunque tu e Jane sarete conosciute, vi farete rispettare e stimare e non farete figura meno buona per avere due, o potrei dire anche tre, sorelle sciocche. Se Lydia non va a Brighton, non ci sarà più pace a Longbourn. Lasciala andare. Il colonnello Forster è un uomo di senno e baderà a tenerla lontana da ogni vero e proprio rischio. Per fortuna essa è troppo povera per rappresentare agli occhi altrui una preda. Anche come ragazza da farci un po' la corte, a Brighton sarà considerata assai meno di qui. Gli ufficiali hanno delle donnine molto più attraenti. Speriamo, dunque, che la sua dimora là le dia una lezione di modestia. In fin dei conti non potrà diventare ancora peggio di quello che è, senza costringerci a tenerla rinchiusa per tutto il seguito della sua vita.»

Elizabeth dovette contentarsi di questa risposta ma la sua opinione rimase la stessa e se ne andò delusa e addolorata. Ma non era nella sua natura accrescersi i crucci coltivandoli. Era sicura d'aver fatto il suo dovere e non era avvezza a logorarsi su dei mali inevitabili o ad accrescerli con delle ansie.

Se Lydia e sua madre avessero risaputo il suo colloquio col padre, indicibile sarebbe stata l'indignazione delle due congiunte leggerezze. Nella immaginativa di Lydia, una gita a Brighton conteneva tutte le possibili felicità terrene. Con gli occhi della fantasia vedeva le vie di quell'amena località balneare pullulanti di ufficiali. Si vedeva oggetto delle attenzioni d'una decina o ventina di essi, anche se per il momento non li conosceva. Sognava gli splendori del campo: le tende in bell'ordine allineate, affollate di gioventù e di allegria e abbaglianti di scarlatto, e, a completare l'immagine, vedeva se stessa presso una tenda, a civettare teneramente per lo meno con sei ufficiali alla volta.

Che avrebbe provato se avesse risaputo che sua sorella aveva cercato di distruggere un cotal sogno e una cotale realtà? La avrebbe compresa soltanto sua madre, che avrebbe provato press'a poco gli stessi sentimenti. La partenza di Lydia a Brighton era la sola cosa che la consolasse della dolorosa certezza che suo marito non ci sarebbe mai andato. Ma tutte e due erano all'oscuro di quello ch'era successo e seguitarono a vivere nella loro perfetta esaltazione, sino al giorno della partenza di Lydia.

Ora Elizabeth doveva vedere, per l'ultima volta, Wickham. Essendosi ritrovata più volte, dopo il suo ritorno, con lui, la sua agitazione era assai diminuita; quella derivante dalla simpatia dimostratagli prima era completamente passata. Era persino riuscita a scoprire in quella sua gentilezza, che dapprima l'aveva incantata, un'affettazione e presunzione tale da disgustarla. Anche il suo attuale modo di comportarsi verso di lei le era nuova causa di disgusto; l'intenzione da lui subito mostrata di rinnovarle quelle attenzioni di cui l'aveva circondata al principio della loro conoscenza non servivano più, dopo quello ch'era successo, che a irritarla.

A sentirsi ricercata così come oggetto d'una scioperata e frivola galanteria, perse ogni interesse per lui. Ne respinse energicamente le finezze; ma, pur respingendole, sentiva quant'era umiliante per lei la convinzione di lui che le sue attenzioni, anche se da un pezzo e per qualunque ragione interrotte, con il solo rinnovarsi dovevano lusingare la vanità di lei e assicurare a lui in qualunque momento una preferenza.

L'ultimo giorno della permanenza del reggimento a Meryton, egli fu a pranzo, con altri ufficiali, a Longbourn ed Elizabeth era così poco disposta a lasciarsi in buona che, ad alcune sue domande su come aveva passato il tempo a Hunsford, rispose raccontando che il colonnello Fitzwilliam e il signor Darcy avevano entrambi passate tre settimane a Rosings e gli chiese se conoscesse il colonnello.

Egli apparve sorpreso, contrariato e inquieto. Ma dopo un istante di riflessione e un nuovo sorriso rispose che lo aveva veduto spesso in passato; disse che era una persona molto distinta e le chiese come fosse piaciuto a lei. Elizabeth rispose con calda simpatia per Fitzwilliam. Allora con un'aria assai indifferente egli chiese:

«Quanto tempo ha detto che si è trattenuto a Rosings?»

«Circa tre settimane.»

«E lo vedeva di frequente?»
«Quasi ogni giorno...»
«È molto diverso dal cugino.»
«Diversissimo; ma trovo che anche il signor Darcy guadagna molto a esser conosciuto meglio.»
«Davvero!» esclamò Wickham, con uno sguardo che non sfuggì a Elizabeth. «E, di grazia, posso chiederle...» ma si trattenne e proseguì con un tono più ilare: «Ha forse migliorato un po' il modo di volgere la parola? O si è degnato di fare entrare un po' di urbanità nel suo contegno usuale? Poiché non oso sperare» continuò a voce più bassa e più seriamente «ch'egli sia migliorato nella sostanza.»
«Oh, no!» rispose Elizabeth «nella sostanza credo che sia tale e quale quello ch'è sempre stato.»
Mentre essa parlava, si vedeva che Wickham non arrivava bene a capire se doveva rallegrarsi di queste parole o sospettarne. Vi era nell'aspetto di lei qualche cosa che lo costringeva ad ascoltarla con attenzione preoccupata e inquieta. Elizabeth soggiunse:
«Quando ho detto che guadagna a esser conosciuto meglio, non volevo dire che c'è del miglioramento nelle sue idee e nelle sue maniere, ma che, conoscendolo meglio, se ne intende meglio il carattere.»
L'apprensione di Wickham si manifestò ora in un più vivo colorirsi del volto e nello sguardo agitato: tacque un momento, poi, scuotendosi dal suo imbarazzo, si rivolse nuovamente a lei nel tono più gentile:
«Lei, che conosce così bene i miei sentimenti per il signor Darcy, comprenderà certo quanto sinceramente io mi rallegri ch'egli abbia la saggezza di assumere persino le apparenze di quello che è bene. Da questo lato il suo orgoglio può essere utile, se non proprio a lui, almeno agli altri, se varrà a distoglierlo da modi di agire vergognosi, come quelli di cui sono stato vittima io. Temo soltanto che quella specie di

circospezione alla quale, penso, lei ha alluso, la adotti unicamente per le visite alla zia, della quale gli preme molto la buona opinione e la stima. Quando stavano insieme, lo so, la paura di lei faceva sempre il suo effetto; molto va attribuito alla voglia di affrettare la sua unione con la signorina de Bourgh, che gli sta, ne sono certo, moltissimo a cuore.»

Elizabeth non poté reprimere un sorriso ma per risposta non fece che un lieve cenno col capo. Vedeva che Wickham cercava di riportarla al vecchio argomento delle angherie patite, ma non si sentiva disposta a dargli questa soddisfazione. Il resto della serata egli fu, in apparenza, vispo come sempre ma non fece altri tentativi di speciale attenzione a Elizabeth. Alla fine si separarono con reciproca cortesia e forse col reciproco desiderio di non incontrarsi mai più.

Quando la riunione si sciolse, Lydia se ne andò con la signora Forster a Meryton, da cui sarebbe dovuta partire la mattina dopo di buon'ora. Il distacco dalla famiglia fu più rumoroso che commosso. Kitty fu l'unica a versare lacrime, ma erano lacrime di stizza e d'invidia. La signora Bennet si produsse in auguri per la felicità della figlia e insistette nel raccomandare di non perdere nessuna occasione di godersela il più possibile, consiglio che senz'altro si poteva credere che sarebbe stato seguito; e nella clamorosa gioia del commiato di Lydia i più affettuosi addii delle sorelle andarono perduti.

XLII

Se Elizabeth si fosse formata la sua idea della felicità coniugale e del benessere domestico soltanto dalla propria famiglia, non ne avrebbe tratto un'immagine molto piacevole. Suo padre, preso dalla gioventù e dalla bellezza e da quell'aria di letizia che in genere vi si accompagna, aveva sposato una donna di poca intelligenza e d'animo meschino: così, ben presto, nel loro matrimonio ogni vero affetto per lei era finito. Rispetto, stima e confidenza erano svaniti per sempre; tutte le sue speranze di felicità familiare perdute. Ma il signor Bennet non era uomo disposto a consolarsi di una delusione in cui la sua imprudenza lo aveva fatto cadere con qualcuna di quelle distrazioni con cui troppo spesso i disgraziati si consolano delle loro stoltezze e delle loro colpe. Era amante della campagna e della lettura e in queste aveva trovato il principale godimento. Verso sua moglie non si sentiva obbligato se non per lo spasso che gli dava con la sua ignoranza e stoltezza. Non è un genere di amenità del quale un uomo vorrebbe essere obbligato alla propria moglie, ma, dove mancano divertimenti migliori, il vero filosofo approfitta di quelli che gli sono dati.

Elizabeth non era mai stata cieca a quello che c'era di irrispettoso nella condotta che suo padre teneva come marito. L'aveva sempre veduto con grande pena; pur rispettando i talenti del padre e riconoscente per l'affetto che le dimostrava, non riusciva a dimenticare quello che saltava agli occhi né a scacciare dal pensiero quella sua continua violazione degli obblighi e del decoro coniugale, di cui si rendeva colpevole esponendo la moglie al dispregio delle figlie. Mai come ora aveva sentito il danno che ricadeva sui figli da un'unione così male assortita né aveva avuto così chiara coscienza dei danni che derivavano da un mal diretto impiego di talenti; talenti che, impiegati rettamente, se anche non fossero riusciti ad allargare la testa della moglie, avrebbero per lo meno salvato la rispettabilità delle figlie.

Una volta partito Wickham, Elizabeth non aveva altre ragioni per rallegrarsi dell'allontanamento del reggimento. Le riunioni fuori di casa furono meno varie di prima; in casa aveva una madre e una sorella che, con le loro continue lamentele sulla noia di tutto, spargevano una vera malinconia nel cerchio familiare e, benché Kitty fosse ancora in tempo a rimetter giudizio, dacché i disturbatori del suo cervello se ne erano andati, c'erano da temere guai per l'altra sorella, la quale, in una situazione doppiamente pericolosa, come una località balneare e un accampamento di militari, avrebbe molto probabilmente messo fuori tutta la sua leggerezza e sfacciataggine. E poi si accorgeva, cosa che le era avvenuta anche prima, che un avvenimento previsto e aspettato con tanto impaziente desiderio, quando si effettua non dà mai tutta la soddisfazione che aveva promessa. Conveniva dunque rimettere ad altra epoca il principio di una vera felicità; avere un'altra mèta alla quale rivolgere le sue speranze e i suoi desideri e, godendone in anticipazione, consolarsi del presente e prepararsi a una nuova delusione. La cosa che ora le rallegrava il pensiero era il giro ai Laghi; era il conforto migliore per tutte le ore spiacevoli che la scontentezza della madre e di Kitty rendevano inevitabili: se nel progetto fosse stata compresa Jane, sarebbe stato idealmente perfetto.

"È pure una fortuna" pensava "che mi resti qualcosa da desiderare. Se fosse perfetto, avrei da aspettarmi di certo una delusione. Ma così, portando con me il continuo rammarico della mancanza di mia sorella, posso anche credere che tutte le altre liete speranze si realizzeranno. Un progetto che promette soltanto delizie non è possibile che riesca; non si evita il disinganno totale se non pagandolo con qualche contrarietà particolare."

Lydia partendo aveva promesso di scrivere spesso e dettagliatamente alla madre e a Kitty, ma le lettere si fecero attendere a lungo e furono sempre brevissime. Quelle alla madre si riducevano a dire ch'era tornata proprio allora dal circolo, dove le aveva accompagnate il tale o il tal altro ufficiale e dove aveva ammirato delle decorazioni stupende, da mandarla in visibilio; che aveva un vestito nuovo o un nuovo ombrellino, che avrebbe voluto descriverlo più precisamente ma che doveva lasciarla in grande fretta perché la signora Forster la chiamava per andare al campo; e anche meno c'era da apprendere dalla sua corrispondenza con Kitty, poiché queste lettere, benché lunghette, erano troppo piene di sottintesi per esser rivelate in pubblico.

Dopo le prime due o tre settimane dalla sua partenza, la salute, il buonumore e l'allegria iniziarono a riapparire a Longbourn. Ogni cosa prese un aspetto più lieto. Le famiglie che erano state durante l'inverno in città fecero ritorno e ripresero gli sfoghi e i ritrovi della stagione estiva. La signora Bennet era ritornata alla sua solita querula serenità e a mezzo giugno Kitty si era così ben rimessa da esser capace di entrare a Meryton senza piangere – fatto così promettente da far sperare a Elizabeth che, a Natale, essa sarebbe divenuta così ragionevole da non nominare un ufficiale più di una volta al giorno, a meno che per una crudele e maliziosa disposizione del Ministero della Guerra un nuovo reggimento non venisse ad acquartierarsi a Meryton.

Ora si avvicinava l'epoca stabilita per il giro nel Nord e ci mancavano soltanto quindici giorni, quando arrivò una lettera della signora Gardiner con la notizia che bisognava ritardarlo e abbreviare l'itinerario. Gli affari del marito costringevano a rimettere la partenza alla seconda quindicina di luglio e a essere di nuovo a Londra entro un mese; dato il tempo limitato per andare così lontano a vedere quello che avevano fissato e vederlo con la calma e con i comodi voluti, bisognava rinunciare ai Laghi e sostituirli con un viaggetto più concentrato, che, secondo il nuovo progetto, consisteva nel non spingersi più al nord del Derbyshire. In quella regione c'erano abbastanza cose da vedere e da occupare bene le loro tre settimane. Per di più erano cose che avevano una speciale attrattiva per la signora Gardiner. La città ove essa aveva trascorso in passato diversi anni e ora stava per passarci qualche giorno era per essa una mèta attraente quanto tutte le famose bellezze di Matlock, Chatsworth, Dovedale o il Peak.

Fu una grossa delusione per Elizabeth, che era stata entusiasta all'idea di vedere i Laghi e che, anche ridotto, trovava il tempo più che sufficiente. Ma doveva mostrarsi soddisfatta; la sua natura la portava alla contentezza, così che presto tutto fu di nuovo a posto.

Il nome di Derbyshire le destava molti pensieri. Era un nome che non poteva vedere scritto senza pensare a Pemberley e al suo proprietario.

«Potrò benissimo» disse a se stessa «penetrare nella sua contea e portar via alcune pietre di marcasite, senza che egli si accorga di me.»

Il tempo dell'attesa si trovava adesso a esser raddoppiato. C'erano quattro settimane ancora all'arrivo degli zii. Passarono anche queste e il signore e la signora Gardiner comparvero finalmente a Longbourn con i loro quattro figli. Questi, due bambine di sei e otto anni e due ragazzetti più piccoli, furono affidati alle cure personali della cugina Jane, che era la più amata da tutti e che era particolarmente adatta, con la sua assennatezza e la sua dolcezza, ad accudirli, istruendoli, giocandoci insieme e volendo loro bene.

I Gardiner si trattennero una sola notte a Longbourn e ripartirono la mattina dopo con Elizabeth verso cose nuove e divertenti. Una cosa piacevole era assicurata: l'affiatamento fra i compagni di viaggio, un affiatamento di gente sana e di buon carattere atto a sopportare i possibili inconvenienti di viaggio, un'allegria da far gustare i piaceri e affetto e intelligenza da compensare, tra di loro, le contrarietà che avessero incontrato fuori di casa.

Non è compito di quest'opera fare una descrizione del Derbyshire né dei luoghi notevoli per i quasi essi passarono: Oxford, Blenheim, Warwick, Kenilworth, Birmingham ecc. sono abbastanza conosciuti. Solo una piccola parte del Derbyshire è quella che qui ci preme. Visitate che ebbero le principali meraviglie della regione, essi volsero i loro passi alla cittadina di Lambton, già residenza della signora Gardiner e dove sapeva che abitavano ancora alcune sue antiche conoscenze. A cinque miglia da Lambton – Elizabeth lo seppe dalla zia – c'era Pemberley. Non era proprio sulla loro strada, ma appena a un miglio o due fuori di essa. Preparando una sera l'itinerario dell'indomani, la signora Gardiner mostrò il desiderio di rivedere quel posto. Il signor Gardiner si dichiarò dispostissimo e anche Elizabeth dovette dare il suo parere in proposito:

«Non ti farebbe piacere, cara,» disse sua zia «vedere un luogo del quale hai sentito parlare tanto? Un luogo al quale sono legate tante delle vostre conoscenze? Tu sai che Wickham vi ha passato tutta la sua gioventù.»

Elizabeth si sentì smarrire: capì che non aveva nulla da fare a Pemberley e dovette dimostrare una certa contrarietà a visitarlo. Confessava di averne abbastanza di palazzi signorili; dopo averne visitati tanti, non provava più alcun piacere a vedere bei tappeti e tende di raso.

La signora Gardiner la rimproverò:

«Se non fosse che una casa montata con lusso»

disse «non me ne importerebbe nulla neanche a me, ma il luogo è incantevole: vi sono i più bei boschi della regione.»

Elizabeth non replicò, ma dentro di sé non riusciva ad adattarsi. Subito pensò alla possibilità d'incontrare, in codesta visita, il signor Darcy. Sarebbe stato terribile! Al solo immaginarlo arrossiva e pensò che sarebbe stato meglio parlare apertamente alla zia piuttosto che correre un simile pericolo. Ma molte cose vi si opponevano e decise di ricorrere a questo ripiego disperato solo per il caso che, informatasi discretamente se i proprietari ci fossero o no, avesse saputo che in quel momento c'erano.

Così, quando andò a coricarsi, chiese alla cameriera se Pemberley era un bel posto, come si chiamava il padrone e, con un certo timore, chiese se la famiglia dei proprietari ci andava d'estate. A quest'ultima domanda seguì un graditissimo diniego; calmato così il suo timore, riuscì a provare anch'essa una grande curiosità di vedere quella casa e quando, la mattina dopo, se ne riparlò e le fu richiesto il suo parere, poté rispondere pronta e indifferente che l'idea non le dispiaceva affatto.

Si avviarono perciò alla volta di Pemberley.

XLIII

Mentre la carrozza ve li conduceva, Elizabeth spiava, con una certa inquietudine, l'apparire dei boschi di Pemberley e, quando infine svoltarono sotto il casamento, tutto il suo animo fu in grande agitazione.

Il parco era molto vasto e comprendeva una grande varietà di terreni. Vi entrarono da una delle parti più basse e trottarono per un po' attraverso un magnifico bosco di grande estensione.

Elizabeth aveva la mente troppo presa per discorrere, ma vide e ammirò ogni angolo e ogni bella veduta. Seguitarono salendo a poco a poco per un mezzo miglio e arrivarono in cima a una altura dove il bosco finiva; di colpo gli occhi furono attratti dalla vista di casa Pemberley, situata dall'altra parte di una convalle in fondo alla quale la strada faceva dei bruschi serpeggiamenti. Era un grande e stupendo fabbricato di pietra, sorgente sopra un rialzo appoggiato a una giogaia di colline boscose, ai piedi delle quali scorreva un bel corso d'acqua che si andava allargando, senza che tuttavia vi apparisse condotto ad arte. Le rive non erano artificiali né abbellite d'inutili ornamenti; Elizabeth ne era incantata. Non aveva mai veduto luogo in cui la natura si mostrasse più bella e la bellezza naturale fosse meno alterata dal cattivo gusto. La loro ammirazione fu entusiastica; e in quel momento intuì che essere la padrona di Pemberley doveva essere una gran bella cosa.

Discesero la collina, attraversarono il ponte e giunsero davanti al portone: nell'osservare da presso la casa, Elizabeth sentì rinascere tutto il suo spavento di incontrarne il padrone. Temeva che la cameriera si fosse sbagliata. Chiesero di visitare il palazzo e furono fatti entrare nel vestibolo: mentre aspettavano la custode, essa ebbe tutto il tempo di provar lo stupore di trovarsi lì dove si trovava.

Venne la custode: una donna anziana, di aspetto rispettabile, molto meno sostenuta e più cortese di come se la era figurata. La seguirono nel salone da pranzo. Era un salone vasto, di belle proporzioni e splendidamente arredato. Dopo una rapida occhiata, Elizabeth andò alla finestra a godere la veduta. La collina coronata di boschi, dalla quale erano discesi e che la lontananza faceva apparire ancora più scoscesa, era bellissima. Il terreno era ottimamente distribuito e lo sguardo ammirato abbracciava tutta la scena, il corso d'acqua, gli alberi sparsi sulle rive e lo svolgersi della vallata, fin dove l'occhio riusciva a seguirla. Veduti dalle altre stanze per le quali passavano, i luoghi assumevano aspetti diversi, ma da ogni finestra si scorgeva una nuova bellezza. Le stanze erano ampie e belle e la mobilia quale si confaceva alla ricchezza del proprietario; ma Elizabeth constatò, ammirandone il gusto, che non era sfarzosa né ricercata; meno pretesa ma più eleganza vera di quella di Rosings.

"E dire" pensò "che avrei potuto esserne la padrona! A quest'ora queste stanze mi sarebbero familiari. Invece di ammirarle come una estranea, le avrei godute come mie e vi avrei ricevuto ospiti gli zii. Ma no" si riprese "questo non sarebbe mai potuto essere: gli zii sarebbero stati perduti per me; non mi sarebbe mai stato permesso d'invitarli."

Fu una riflessione felice che la salvò da qualche cosa che rassomigliava a un rimpianto.

Moriva dalla voglia di informarsi dalla custode se il padrone era veramente via, ma non ne aveva il coraggio. La domanda invece finì per essere fatta dallo zio ed essa si voltò da un'altra parte, tremante, mentre la signora Reynolds rispondeva affermativamente, aggiungendo:

«Ma lo aspettiamo per domani, con una numerosa comitiva di amici.»

Che gioia provò Elizabeth che il loro viaggio non avesse avuto, per un motivo o per l'altro, il ritardo di un giorno!

Ma ecco che la zia la chiamava a guardare un ritratto. Avvicinatasi, vide appeso il ritratto del signor Wickham fra diverse altre miniature sopra la mensola del caminetto. La zia le chiese, sorridendo, se le piaceva. La custode si fece avanti per dire che era il ritratto di un giovane signore, figlio del fattore del defunto padrone, che da questo era stato allevato a sue spese:

«Ora è entrato nell'esercito» soggiunse «ma ho paura che sia diventato un grande scioperato.»

La signora Gardiner guardò la nipote con un sorriso che Elizabeth non riuscì a contraccambiarle.

«E questo» disse la signora Reynolds, indicando un'altra miniatura «è il mio padrone, gli assomiglia molto. Il ritratto è stato eseguito nello stesso tempo dell'altro, saranno otto anni.»

«Tutti dicono che il vostro padrone è un bell'uomo» osservò la signora Gardiner, guardando il ritratto. «Ha una gran bella fisionomia. Ma tu, Lizzy, puoi dirci se proprio gli rassomiglia.»

Il rispetto della signora Reynolds per Elizabeth parve aumentare ancora apprendendo ch'essa conosceva il suo padrone.

«La signorina conosce il signor Darcy?»

Elizabeth arrossendo rispose:

«Un poco...»

«E non trova, signorina, che è un gran bel signore?»

«Bellissimo.»

«Posso dire di non averne mai visto uno più bello. Ma su, in galleria, potranno vedere un suo ritratto più grande e migliore di questo. Questa era la stanza preferita del mio defunto padrone e queste miniature sono allo stesso posto dove stavano allora. Gli erano molto care.»

Ora Elizabeth capì perché quella di Wickham si trovasse fra le altre.

La signora Reynolds richiamò la loro attenzione su una miniatura della signorina Darcy, a solo otto anni.

«E la signorina Darcy è bella quanto il fratello?» chiese la signora Gardiner.

«Oh, sì! La più bella signorina che si sia mai veduta. E così compita! Suona e canta l'intera giornata. Nella stanza accanto vi è un pianoforte nuovo, arrivato apposta per lei. Un regalo del padrone. Lei arriverà domani, con lui.»

Il signor Gardiner coi suoi modi franchi e simpatici incoraggiò la comunicativa della signora Reynolds, rivolgendole domande e osservazioni: era evidente che questa, fosse per orgoglio o per affezione, aveva gran gusto a ragionare del suo padrone e della sorella del padrone.

«Il vostro padrone sta molto a Pemberley?»

«Non quanto vorrei io, signore; ma si può dire che una metà del tempo lo passa qui e la signorina Darcy ci viene sempre per i mesi d'estate.»

"Eccettuato quando va a Ramsgate" pensò Elizabeth.

«Se il vostro padrone si ammogliasse, lo vedreste qua anche di più.»

«Sì, signore, ma non so quando questo potrà essere. Non so se esista una ragazza veramente degna di lui.»

Il signore e la signora Gardiner sorrisero. Elizabeth non poté fare a meno di dire:

«È un grande elogio che gli fate, pensandolo.»

«Non dico che la verità, quella che direbbe chiunque lo conosca» rispose l'altra.

A Elizabeth parve che esagerasse alquanto e con grande meraviglia sentì la custode soggiungere:

«In vita mia non ho mai udita da lui una parola irritata, e sì che lo conosco ormai da quando aveva quattro anni.»

Era un elogio più straordinario di tutti gli altri e il più lontano da quella che era la sua opinione. La sua attenzione era tesa: anelava a sapere ancora di più sul suo conto e fu gratissima allo zio quando lo sentì dire:

«Sono pochi quelli di cui si possa dire altrettanto. Siete ben fortunata ad avere un padrone come il vostro.»

«Lo so, signore. Se girassi tutto il mondo, non ne

troverei uno migliore. Ma ho sempre visto che chi ha un buon cuore da piccolo, lo ha anche da grande; ed egli è stato sempre il ragazzo più dolce e più generoso di questo mondo!»

Elizabeth la guardava strabiliata: possibile che questo fosse il signor Darcy?

«Suo padre era un'eccellente persona» osservò la signora Gardiner.

«Sissignora, e suo figlio sarà tale e quale a lui, egualmente affabile con la povera gente.»

Elizabeth ascoltava, provava stupore, dubitava ed era impaziente di saper sempre più. La signora Reynolds non riusciva a interessarla a nessun'altra cosa; invano le spiegava i soggetti delle pitture, le dimensioni delle stanze e il prezzo dei mobili. Il signor Gardiner, che si divertiva un mondo a questa specie di boria di famiglia alla quale attribuiva i soverchi elogi per il padrone, la ricondusse ancora all'argomento ed essa, scendendo lo scalone, si profuse a decantarne gli infiniti meriti.

«È il migliore possidente e il migliore padrone che sia mai vissuto,» disse «differentissimo da certi giovani di oggi giorno, che non pensano che a se stessi. Non vi è uno dei suoi fittavoli e dei suoi servitori che non dica bene di lui. Qualcuno dirà che è superbo, ma io posso dire che non me ne sono mai accorta. Secondo me, lo è soltanto perché non si perde in chiacchiere come altri giovani.»

"Lo mette in una luce ben buona" pensò Elizabeth.

«Ne fa un gran bel ritratto,» sussurrò la zia, mentre camminavano «che però non concorda con la sua condotta verso il nostro povero amico.»

«Potremmo anche esserci ingannati.»

«Non mi pare: si giudicava su un fondamento troppo sicuro.»

Arrivati all'ampio pianerottolo del piano superiore, furono condotti in un graziosissimo salottino, arredato di fresco con maggior eleganza e gaiezza del pianterreno; e furono informati che era stato allestito proprio allora per la signorina Darcy che, nell'ultima permanenza a Pemberley, aveva mostrato di prediligere quella stanza.

«È veramente un gran buon fratello» disse Elizabeth, accostandosi a una delle finestre.

La signora Reynolds si figurava in anticipo la gioia della signorina Darcy quando sarebbe entrata in quella stanza.

«È il suo sistema» soggiunse la custode. «Tutto quello che può far piacere a sua sorella è fatto sull'istante. Non so che cosa non farebbe per lei.»

Non restavano da visitare che la galleria e due o tre delle principali camere. La galleria conteneva delle buone pitture, ma Elizabeth poco s'intendeva d'arte; e di tutte quelle, simili alle altre già vedute del piano di sotto, non sarebbe tornata volentieri a rivedere se non certi pastelli della signorina Darcy i cui soggetti erano di interesse più comune e perciò più comprensibili.

Nella galleria si trovavano molti ritratti di famiglia che poco potevano dire all'occhio d'un estraneo. Elizabeth passò oltre, cercando l'unico volto che le fosse conosciuto. Finalmente si fermò colpita da un ritratto, molto fedele, del signor Darcy, con quell'aria sorridente che ricordava avergli veduto, non sempre, quando la guardava. Rimase qualche poco dinanzi al quadro in fervida contemplazione e ci ritornò ancora prima di lasciare la galleria. La signora Reynolds raccontò che era stato ritrattato quando viveva ancora suo padre.

In quel momento nell'animo di Elizabeth si aprì un sentimento più benevolo di quanti ne avesse mai provati per lui in tutto il corso della loro conoscenza. Le lodi tributategli dalla signora Reynolds avevano il loro peso. Quale lode può averne di più di quella di una serva fedele? Quanta felicità di quanta gente era nelle sue mani di fratello, di possidente e di padrone! Quanta gioia o dolore era in suo potere distribuire! Quanto bene e quanto male poteva fare! Tutto quello che aveva rivelato la custode parlava in favore del suo carattere; e davanti alla tela che lo raffigurava con gli occhi fissi su di lei, il suo pensiero lo rievocava con un sentimento di gratitudine più profondo di quello che avesse mai provato; ne ricordava l'ardore degli occhi, ne mitigava una certa durezza di espressione.

Quando tutta la parte della casa aperta agli estranei fu visitata, ritornarono abbasso e, accomiatatisi dalla custode, furono affidati al giardiniere che incontrarono sulla porta del vestibolo.

Nell'attraversare il prato verso il fiume, Elizabeth si volse a guardare indietro; anche gli zii si fermarono e, mentre essa cercava di farsi un'idea dell'epoca in cui il fabbricato poteva essere stato costruito, ecco che tutto a un tratto il suo proprietario comparve sulla strada che portava dalla parte delle scuderie.

Erano sì e no a venti piedi di distanza l'uno dall'altro e l'apparizione di lui era stata così improvvisa che non fu possibile evitare di vederlo. I loro occhi s'incontrarono all'istante e le loro gote s'imporporarono. Egli ebbe un sobbalzo e parve come paralizzato dalla sorpresa; ma in breve, ripresosi, si affrettò verso il gruppo e si rivolse a Elizabeth, se non calmissimo per lo meno cortesemente composto.

Istintivamente ella aveva distolto lo sguardo ma, fermatasi all'avvicinarsi di lui, accolse con una confusione che non riusciva a dominare i suoi convenevoli. Se il primo aspetto e la rassomiglianza col ritratto che avevano guardato un momento prima non fossero bastati a garantire agli altri due di aver davanti il signor Darcy in persona, la sorpresa del giardiniere nello scorgere il padrone glielo avrebbe subito detto. Si fecero un po' in disparte mentre egli parlava con la loro nipote che, attonita e confusa, osava appena alzare gli occhi verso di lui e non sapeva come rispondere alle cortesi domande ch'egli le faceva sulla sua famiglia. Meravigliata del mutamento dei suoi modi dacché si erano lasciati l'ultima volta, ogni frase di lui aumentava il suo imbarazzo; e il pensiero sopravvenutole della sconvenienza di essere trovata dov'era fece di quei minuti di colloquio i più penosi della sua vita. Ma neanche lui sembrava a suo agio: il suo tono non aveva niente della consueta pacatezza; e il suo ripetere così spesso e a precipizio le stesse domande – quando era partita da Longbourn e quanto sarebbe rimasta nel Derbyshire – mostrava chiaramente l'inquietudine dei suoi pensieri.

Infine parvero mancargli le idee e, dopo un breve silenzio, riprendendosi di colpo, si congedò.

Allora gli altri raggiunsero Elizabeth esprimendo la loro ammirazione per la persona veduta; ma Elizabeth non stava a sentirli; tutta assorta nei propri sentimenti, li seguì in silenzio. Era sopraffatta da un gran malessere. Esser venuta lì era la cosa più disgraziata e mal pensata del mondo. A lui doveva sembrare ben strana! Come doveva giudicarla male un uomo così altezzoso! Gli doveva sembrare come se lei si fosse gettata di nuovo, con intenzione, sulla sua strada! Mio Dio! Perché c'era venuta? E perché lui era arrivato un giorno avanti? Sarebbero bastati dieci minuti di meno ed egli non li avrebbe incontrati; poiché era chiaro che egli era sceso proprio in quel momento da cavallo o dalla carrozza. Disgraziatissimo incontro che le dava sempre nuove vampate di rossore. E che cosa significava quel contegno così straordinariamente mutato? Che le rivolgesse la parola era già una sorpresa! Ma rivolgergliela con tanta gentilezza e chiederle notizie della famiglia! Mai gli aveva veduto maniere così poco sostenute, mai aveva parlato con tanta gentilezza quanto in quell'incontro imprevisto. Che contrasto col suo modo d'accostarla nel parco di Rosings, quando le aveva messo in mano la lettera! Non sapeva che cosa pensare né come spiegarselo.

Erano entrati ora in un magnifico viale, lungo il ruscello, e ogni passo li portava a una più leggiadra discesa del prato o a un più bel folto di boschi, ai quali si appressavano: ma ci volle tempo prima che Elizabeth badasse a cosa alcuna; e benché meccanicamente rispondesse ai ripetuti richiami degli zii e sembrasse volgere lo sguardo a quello ch'essi le indicavano, non distingueva nulla dello spettacolo. I suoi pensieri erano tutti tesi a quel punto di casa Pemberley, qualunque fosse, dove in quel momento doveva essere il signor Darcy. Smaniava di sapere che cosa gli potesse passare in quel momento per la mente, che cosa pensasse di lei e se, nonostante tutto, gli fosse ancora cara. Forse era stato garbato soltanto perché si sentiva a suo agio, tranquillo: eppure vi era stato nella sua voce qualcosa che non somigliava alla tranquillità. Se avesse avuto piacere o dispiacere a vederla, questo non poteva dirlo, ma certo non la aveva riveduta con la calma dell'indifferenza.

Finalmente le osservazioni dei suoi compagni sulla sua distrazione la richiamarono a se stessa e alla necessità di mostrarsi come al suo solito.

Penetrarono nei boschi e, detto un momento addio al fiume, salirono su alcuni rilievi del terreno da dove, attraverso radure che permettevano allo sguardo di spaziare al di fuori, si presentavano deliziose vedute sulla vallata, sulle colline di fronte, coperte a tratti di boschi e, qua e là, sul fiume. Il signor Gardiner espresse il desiderio di fare il giro completo del parco, ma temeva che fosse un po' più che una semplice passeggiata. Con un sorriso di trionfo, si sentirono dire che il parco aveva una circonferenza di dieci miglia. Questo rimise le cose a posto: continuarono il più breve giro d'uso, che li portò presto, attraverso una boscaglia in discesa, alla riva del fiume in uno dei suoi punti più stretti. Lo attraversarono su un rustico ponte in carattere con l'insieme della scena: era un luogo ancora più selvatico di tutti gli altri; la valle vi si restringeva in un'incavatura che lasciava appena spazio alla corrente e a un sentieruolo tra fratte spinose che gli facevano da bordatura. Elizabeth avrebbe desiderato esplorare i meandri del fiume ma, appena traversato il ponte, data la distanza a cui si trovavano da casa, la signora Gardiner, che non era grande camminatrice, non se la sentì di andare oltre e non pensò che a risalire al più presto in carrozza. La nipote dovette adattarsi e presero la via più svelta per tornare a casa, dalla parte opposta del fiume; ma avanzavano assai lentamente perché il signor Gardiner, che aveva rare occasioni di soddisfare i propri gusti, amantissimo com'era della pesca, era tutto attento a vedere se apparisse nelle acque qualche trota e a discorrerne con l'uomo che li guidava.

Mentre così lentamente se ne andavano, con nuova sorpresa – e quella di Elizabeth non fu minore della prima – scorsero il signor Darcy che si appressava e che si trovava ormai a breve distanza da loro. Il viale, che era qui più scoperto, permise loro di vederlo prima d'imbattersi a faccia a faccia. Benché meravigliatissima, Elizabeth si trovava per lo meno più preparata di prima a un colloquio e decise di mostrarsi calma e di parlare tranquillamente, se egli aveva proprio l'intenzione di avvicinarli. Per un istante credette proprio ch'egli infilasse un altro sentiero e rimase di quest'idea mentre una svolta della strada lo nascose ai loro occhi; ma appena uscitone fuori, egli si trovò a faccia a faccia con loro. Di primo acchito Elizabeth s'avvide ch'egli non aveva perduto nulla della sua ultima cortesia e, per contraccambiarlo, appena si furono incontrati, si mise a decantare la bellezza del luogo; ma non era andata oltre le parole "delizioso" e "incantevole" che alcune infelici rimembranze le fecero pensare che in bocca sua un simile elogio di Pemberley poteva essere maliziosamente interpretato. Cambiò colore e non disse più niente.

La signora Gardiner era un poco indietro e, mentre Elizabeth taceva, Darcy le chiese l'onore d'esser presentato ai suoi amici. Era un garbo al quale non era affatto preparata; a stento represse un sorriso all'idea ch'egli cercasse, ora, la conoscenza proprio di quelle persone contro cui si era rivoltata la sua alterigia nella sua proposta di matrimonio.

"Che sorpresa" pensò "quando saprà chi sono! Li ha presi per persone del gran mondo!"

Ciò nonostante la presentazione fu subito fatta e nel pronunziare il nome dei suoi parenti, Elizabeth gli gettò furtivamente uno sguardo malizioso per vedere come prendesse la cosa, aspettandosi di vederlo fuggire di corsa, per evitare dei compagni così poco degni. Ch'egli rimanesse sorpreso fu chiaro, ma rimase anche impassibile e, lungi dall'andarsene, tornò indietro unendosi a essi e mettendosi a discorrere col signor Gardiner. Elizabeth non poteva non essere soddisfatta e trionfante. Le era una consolazione mostrargli che aveva dei parenti dei quali non dover arrossire. Ascoltò attentamente quanto dicevano e fu assai soddisfatta di ogni espressione e frase dello zio, che denotavano in lui conoscenze, gusto e buona creanza.

La conversazione passò alla pesca; Elizabeth udì il signor Darcy che, con la più grande cortesia, invitava lo zio a venire a pescare ogni volta che gli facesse piacere, per tutto il tempo che sarebbe rimasto in quei paraggi, offrendogli anche gli arnesi da pesca e indicandogli i migliori punti del fiume. La signora Gardiner, che camminava a braccetto con Elizabeth, le volse uno sguardo di meraviglia. Elizabeth non fiatò ma se ne compiacque assai: quel tratto di gentilezza era tutto dovuto a lei. Tuttavia il suo stupore rimaneva vivissimo: non faceva che ripetersi:

"Come mai è cambiato così? Non può essersi così addolcito per me, per amor mio. I miei rimproveri di Hunsford non possono aver prodotto un tale mutamento. Non è possibile che mi ami ancora."

Camminato che ebbero per un po', le due signore avanti e i due signori dietro, nel riprendere i loro posti, dopo esser discesi sull'orlo del fiume a osservare più da vicino delle curiose piante acquatiche, avvenne una piccola variante. La produsse la signora Gardiner che, stanca della passeggiata della mattina, trovò il braccio di Elizabeth insufficiente a sostenerla e preferì quello del marito. Il signor Darcy prese così il posto della zia accanto alla nipote e proseguirono insieme. Dopo un breve silenzio Elizabeth parlò per prima. Voleva fargli sapere che, prima di venir lì, si era accertata che egli era via e per questo cominciò col rilevare quanto la sua venuta fosse stata inaspettata.

«Anche la loro custode» soggiunse «ci aveva informato che lei non doveva arrivare prima di domani e proprio poco prima di muoverci da Bakewell avevamo saputo che non la attendevano per il momento da queste parti.»

Darcy riconobbe che tutto questo era esatto e spiegò che certi affari col fattore gli avevano fatto anticipare l'arrivo di alcune ore su quella del resto della comitiva con la quale viaggiava.

«Mi raggiungeranno domani di buon'ora» proseguì «e fra di essi ce n'è qualcuno che domanderà di vederla: il signor Bingley e le sue sorelle.»

Elizabeth rispose solo con un lieve cenno del capo. Il suo pensiero si riportò subito all'ultima volta che tra di loro era stato profferito il nome del signor Bingley e, a giudicare dall'espressione di Darcy, si sarebbe detto che anche lui pensasse alla stessa cosa.

«Vi è un'altra persona della comitiva» continuò dopo una pausa «che desidera in modo speciale di esser conosciuta da lei. Mi vuol permettere, se non è troppo, di presentarle mia sorella, intanto che lei resterà a Lambton?»

La richiesta sorprese talmente Elizabeth da non saper come fare a rispondere di sì. Aveva subito compreso che, per quanto fosse vivo il desiderio della signorina Darcy di conoscerla, non poteva avergliélo ispirato altri che il fratello e, senza badare ad altro, ne ebbe grande compiacimento; le fece piacere che il suo risentimento non gli avesse veramente fatto pensar male di lei.

Ora camminavano in silenzio, l'uno e l'altra assorti nei propri pensieri. Elizabeth non si sentiva a suo agio; non era possibile, no, eppure era lusingata e contenta. Il desiderio di presentarle sua sorella era da parte di lui un'attenzione e un riguardo altissimi. Ben tosto si distanziarono dagli altri e, quando furono giunti alla carrozza, il signore e la signora Gardiner si trovavano ancora un mezzo quarto di miglio indietro.

Allora egli la pregò di entrare un momento in casa, ma ella disse di non esser stanca e rimasero sul prato. Nel frattempo parecchie cose potevano esser dette e il silenzio sarebbe stato troppo strano. Elizabeth sentì il bisogno di parlare, ma su ogni argomento pareva che pesasse un veto. Alla fine si ricordò ch'era stata in viaggio e ragionarono con insistenza di Matlock e di Dovedale. Tuttavia il tempo e la zia avanzavano così piano che la sua pazienza e le sue idee stavano per essere esaurite prima che finisse il *tête-à-tête*.

Al sopraggiungere dei signori Gardiner, furono tutti invitati a entrare in casa a rinfrescarsi, ma si scusarono e si lasciarono, con la massima cortesia da ambo le parti. Il signor Darcy aiutò le signore a salire in carrozza e, appena questa si fu mossa, Elizabeth lo scorse incamminarsi a passi lenti verso la casa.

A questo punto iniziarono i commenti degli zii, i quali tutti e due dichiararono il signor Darcy superiore a ogni loro aspettazione.

«È educatissimo, gentile e senza presunzione» disse lo zio.

«Vi è qualcosa di altero in lui,» continuò la zia «ma è cosa esterna e non gli disdice affatto. Direi anch'io, come la custode, che se qualcuno lo considera superbo, io non l'ho trovato affatto.»

«Anche a me ha fatto grandissima sorpresa il suo contegno verso di noi. È stato più che compìto, veramente premuroso; e non c'era la necessità di esserlo. La sua conoscenza con Elizabeth era superficiale.»

«Di certo, Lizzy,» disse la zia «non è bello quanto Wickham o, meglio, non ha il contegno seducente di Wickham, ché di lineamenti è bellissimo. Ma come hai potuto dirci ch'era così antipatico?»

Elizabeth si scusò meglio che poté; disse che già quando si erano incontrati nel Kent le era piaciuto molto più di prima; ma che non lo aveva mai trovato affabile come questa mattina.

«Può darsi che nelle sue gentilezze sia un po' bizzarro» replicò lo zio. «I vostri pezzi grossi lo sono spesso e perciò non lo prenderò in parola sull'affare della pesca, perché un altro giorno potrebbe cambiare idea e farmi mettere fuori dai suoi possessi.»

Elizabeth sentì ch'essi avevano capito completamente a rovescio il carattere di lui e tacque.

«Da quello che abbiamo veduto» continuò la signora Gardiner «non avrei mai pensato che egli avesse potuto agire verso qualcuno con la crudeltà che ha avuta col povero Wickham. Non ha un aspetto malvagio. Anzi, quando parla, vi è qualcosa di grazioso intorno alla sua bocca. E vi è qualcosa di così nobile nel suo portamento che nessuno gli darebbe un cuore cattivo. Ma, di certo, quella buona donna che ci ha mostrato la casa gliene ha regalato uno d'oro. Ogni tanto non sapevo come fare a non ridere. Però mi immagino che sia un padrone generoso e questo, per un servo, è il compendio di ogni virtù.»

Qui Elizabeth si sentì obbligata a dire qualcosa in difesa della condotta di Darcy verso Wickham e, con tutte le cautele possibili, fece loro intendere che, da quello ch'essa aveva appreso dai parenti di lui nel Kent, le sue azioni potevano essere anche interpretate in modo diverso e che né il carattere di Darcy era così riprovevole né quello di Wickham così lodevole come erano stati giudicati nell'Hertfordshire. A conferma di questo riferì i particolari di tutti gli affari pecuniari che erano corsi fra i due, senza portare vere prove ma esponendoli in modo tale da farvi prestar fede.

La signora Gardiner ne fu sorpresa e turbata; ma, poiché stavano avvicinandosi al luogo dei suoi passati piaceri, ogni altro pensiero cedette al fascino dei ricordi; e fu troppo presa a indicare al marito tutti i posti interessanti dei dintorni per poter pensare ad altro. Stanca com'era della passeggiata della mattina, appena finito di desinare essa si mise alla ricerca delle antiche conoscenze, e la serata trascorse nella soddisfazione di rinnovare le vecchie amicizie interrotte da tanti anni.

Gli avvenimenti della giornata eran stati per Elizabeth troppo pieni d'interesse perché prestasse grande attenzione a tutti questi nuovi amici; non faceva che pensare e ripensare stupita alla gentilezza del signor Darcy e soprattutto al suo desiderio di farle conoscere la sorella.

XLIV

Siccome erano rimasti d'intesa che il signor Darcy le avrebbe portato la sorella il giorno dopo che fosse arrivata a Pemberley, Elizabeth decise di non allontanarsi troppo, in tutta la mattinata, dall'albergo. Ma i suoi calcoli erano sbagliati, perché invece la visita venne la sera stessa del loro arrivo a Lambton. Erano ritornati proprio allora da una passeggiata per il paese, con dei nuovi amici, e stavano per andare a cambiarsi per il pranzo, quando il rumore di una carrozza li richiamò alla finestra e videro farsi avanti per la strada un calessino con un signore e una signora. Elizabeth riconobbe subito la livrea e dette non piccola sorpresa agli zii comunicando loro l'onore che li aspettava. Lo zio e la zia erano al colmo dello stupore: le parole imbarazzate con cui la nipote glielo venne a dire e diverse cosette osservate anche il giorno avanti cominciarono a mettere tutta la cosa sotto un nuovo aspetto. Prima nulla poteva farlo sospettare; ma ora sentivano che non c'era altro modo di spiegare così altolocate attenzioni se non supponendo una simpatia per la loro nipote. Mentre queste nuove considerazioni si affacciavano alla loro mente, l'agitazione di Elizabeth andava crescendo di minuto in minuto. Lei stessa si meravigliava del proprio turbamento; ma fra le altre ragioni di affanno vi era il timore che la parzialità del fratello gli avesse fatto dire troppo in suo favore alla sorella e, desiderosa più del solito di piacere, naturalmente temeva che proprio questa volta non ci sarebbe riuscita.

Per non esser veduta si ritirò dalla finestra e si pose a camminare su e giù per la stanza, tentando di ricomporsi, mentre gli sguardi investigatori degli zii accrescevano ancor più la sua pena.

La signorina Darcy e suo fratello comparvero ed ebbe luogo la terribile presentazione. Elizabeth ebbe a stupirsi constatando che la nuova conoscente era per lo meno confusa quanto lei. Da quando era a Lambton aveva sentito parlare della grande alterigia della signorina Darcy; ma le bastò osservarla un momento per accorgersi ch'era soltanto straordinariamente timida. Non le riuscì di cavarle di bocca che qualche monosillabo.

La signorina Darcy era più alta, e di molto, di Elizabeth; e, benché avesse poco più di sedici anni, era già formata come una donna. Meno bella del fratello, aveva una fisionomia da cui trapelavano senno e umor sereno e le sue maniere erano semplicissime e affabili. Elizabeth, che s'era aspettata di trovare una osservatrice acuta e severa come il signor Darcy, si sentì riavere davanti a una creatura così diversa.

Non erano da molto insieme quando Darcy le disse che sarebbe venuto a trovarla anche Bingley; ebbe appena il tempo di rispondere che le avrebbe fatto piacere e che si sarebbe preparata alla nuova visita, che si sentì il rapido passo di Bingley su per le scale e un momento dopo questi entrava nella stanza. Da tempo lo sdegno di Elizabeth verso di lui era cessato; ma anche se fosse durato, non avrebbe saputo resistere alla spontanea cordialità ch'egli dimostrò nel rivederla. Chiese amichevolmente notizie di tutta la sua famiglia, senza però specificare, e prese a guardare e a parlare con la sua solita naturalezza.

Bingley era un personaggio non meno interessante per i Gardiner che per lei. Da tanto tempo desideravano vederlo. Tutti e tre eccitavano la loro curiosità più viva. La supposizione sorta in essi sul conto del signor Darcy e della loro nipote li portò a osservare l'uno e l'altra, senza farsi scorgere ma attentamente: il risultato presto dedotto dall'osservazione fu che almeno uno di loro conosceva che cosa è l'amore. Sui sentimenti di lei rimasero un po' incerti, ma che il giovane fosse traboccante d'ammirazione lo si vedeva troppo bene.

Dal canto suo anche Elizabeth era tutta impegnata: voleva scrutare i sentimenti di ciascuno dei suoi interlocutori, dominare i propri e piacere a ciascuno; e proprio su questo punto, sul quale più temeva di mancare, il suo successo era assicurato poiché coloro ai quali cercava di riuscir grata erano i meglio disposti in suo favore. Bingley era propenso, Georgiana desiderosa e Darcy deciso di trovarla simpatica.

Nel rivedere Bingley, i suoi pensieri corsero naturalmente a sua sorella; quanto avrebbe dato per sapere se anche qualcuno dei pensieri di lui andava in quella stessa direzione! Per un momento le parve di notare ch'egli parlasse meno di quanto non avesse fatto in passato e a volte si compiacque all'idea che, guardando lei, egli ricercasse una rassomiglianza. Ma anche se tutto questo era immaginario, non c'era inganno possibile nel contegno della signorina Darcy, che era stata presentata quale una rivale di Jane. Non ci fu nemmeno uno sguardo dell'uno o dell'altra che desse a intendere una speciale propensione. Non ci fu tra loro la più piccola cosa che potesse giustificare le speranze della sorella di Bingley. Da questo lato si sentì soddisfattissima; anzi, ci furono alcune parole che dalla sua ansia affettuosa furono interpretate come una rimembranza, non priva di tenerezza, per Jane e come un desiderio di dire qualche cosa di più, per trovare un pretesto per nominarla, se avesse osato. Un momento nel quale gli altri ragionavano fra di loro, egli aveva detto a Elizabeth, in tono di sincero rimpianto, che era tanto tempo che non aveva avuto il piacere di vederla, e senza darle tempo di rispondere, aveva aggiunto:

«Sono circa otto mesi. Non ci siamo più incontrati dal ventisei novembre, da quando fummo tutti insieme a ballare a Netherfield.»

Elizabeth si compiacque di riscontrare una memoria così precisa; e poi ancora, quando furono soli, egli colse l'occasione per chiederle se tutte le sue sorelle si trovavano a Longbourn. Non vi era gran cosa in questa domanda come non ce n'era nell'osservazione precedente, ma lo sguardo e il gesto che le accompagnava davano loro un significato speciale.

Elizabeth non poté volgere spesso lo sguardo al signor Darcy ma, ogni volta che lo guardò di sfuggita, notò un'espressione di compiacimento; il suo tono era così lontano da ogni alterigia e dispregio per i suoi interlocutori da persuaderla che quel miglioramento, verificato già il giorno prima, anche se fosse passeggero, aveva per lo meno resistito un giorno. A vederlo a codesto modo ricercare la conoscenza e la stima di quelle stesse persone con le quali, pochi mesi avanti, gli sarebbe sembrato un disonore aver rapporti, a vederlo così affabile non solo con lei ma proprio con quei suoi parenti che aveva apertamente disdegnati, a rammentare la loro ultima scena così vivace alla parrocchia di Hunsford, la differenza e il mutamento le apparivano così enormi che a stento riusciva a non manifestare il suo stupore. Mai, nemmeno in mezzo ai suoi migliori amici a Netherfield o tra i suoi illustri parenti a Rosings, lo aveva veduto così desideroso di piacere, così libero da ogni presunzione e sussiego, ora che i suoi sforzi non potevano procurargli nessun merito e anzi la conoscenza di coloro ai quali erano volte le sue attenzioni gli avrebbero attirato il ridicolo e la critica tanto delle dame di Netherfield, quanto di quelle di Rosings.

I tre si fermarono più d'una mezz'ora e, al momento di alzarsi per partire, il signor Darcy invitò sua sorella a unirsi a lui nell'esprimere il desiderio di avere il signore e la signora Gardiner e la signorina Bennet a pranzo a Pemberley prima che partissero.

La signorina Darcy obbedì prontamente benché con una titubanza che indicava come fosse poco avvezza a fare inviti. La signora Gardiner osservò la nipote, alla quale l'invito era principalmente rivolto, per vedere la sua reazione; ma Elizabeth s'era voltata da un'altra parte. Immaginando però che questa mossa significasse piuttosto un momentaneo imbarazzo che una contrarietà all'invito e vedendo la voglia di accettare che mostrava suo marito, ch'era amante della società, essa non esitò a impegnarsi anche per i suoi compagni e il pranzo fu fissato per il dopodomani.

Bingley mostrò gran piacere all'idea di rivedere Elizabeth, avendo ancora molte cose da dirle e molte da chiederle di tutti i loro amici dell'Hertfordshire. Elizabeth interpretò tutto questo come un desiderio di sentirla parlare di sua sorella e ne fu lieta. Per questa e per molte altre ragioni, quando i visitatori se ne furono andati, si sentì di poter ripensare con una certa soddisfazione a questa mezz'oretta che pure, in sé, non le aveva dato gran piacere. Desiderosa di restare sola, temendo le domande e le allusioni degli zii, si trattenne con loro appena il tempo di raccogliere le loro buone impressioni su Bingley e scappò a vestirsi.

Ma non aveva ragione di temere la curiosità degli zii Gardiner, che non avevano nessuna intenzione di costringerla a parlare. Era chiaro ch'essa conosceva il signor Darcy più a fondo di quello che essi avessero mai creduto ed era chiarissimo ch'egli era innamorato di lei. Ci videro una ragione per interessarsene, ma niente che giustificasse altre interrogazioni.

Del signor Darcy era loro premura pensare tutto il

bene possibile: fin dove arrivava la loro conoscenza non gli trovavano alcun mancamento. Non potevano non essere rimasti toccati dalla sua cortesia e, se avessero dovuto dipingere il suo carattere secondo le loro impressioni e i ragguagli della custode, senza tener conto degli altri giudizi, la società dell'Hertfordshire, in cui era noto, non ci avrebbe riconosciuto il signor Darcy. Ora che avevano un interesse loro a credere alla custode, fecero presto a convincersi che la testimonianza d'una domestica che lo aveva conosciuto sin da quando aveva quattro anni e che sembrava, per tutto il suo contegno, degna di fede, non era cosa da rigettarsi alla leggera. Né i loro amici di Lambton sapevano di lui cosa alcuna che potesse sostanzialmente diminuirlo. Costoro non avevano da rimproverargli se non una certa alterigia: probabilmente ne aveva ma, anche se non ne avesse avuta, era un'accusa che non poteva mancargli fra gli abitanti d'un piccolo centro di commercianti, di cui non frequentava le famiglie. Tuttavia era riconosciuto come uomo generoso e che faceva gran bene ai poveri.

Quanto a Wickham, i viaggiatori s'accorsero presto che non godeva in quei luoghi un grande credito; sebbene i suoi rapporti col figlio del suo protettore fossero molto imperfettamente conosciuti, vi era però un fatto notorio: che partendo dal Derbyshire vi aveva lasciati molti debiti, i quali, dopo, erano stati pagati dal signor Darcy.

Quanto a Elizabeth, i suoi pensieri correvano a Pemberley quella sera anche più della antecedente, e, per quanto quella sera le paresse senza fine, non fu abbastanza lunga per definire i suoi sentimenti verso una persona di quella casa; stette sveglia due ore intere senza arrivare a spiegarseli bene. Certo non lo aveva in odio. L'odio era svanito da un pezzo ed era più tempo che essa si vergognava d'aver provato per lui un'avversione che potesse chiamarsi con quel nome. Il rispetto, nato dalla convinzione delle buone qualità di lui, da principio ammesso contro voglia, aveva un po' per volta finito di contrastare con i suoi sentimenti e si era mutato in qualche cosa di più cordiale, dopo le testimonianze così favorevoli del giorno avanti che avevano messo il carattere di lui in una luce così simpatica. Ma al di sopra di tutto, del rispetto e della stima, vi era in lei un motivo di benevolenza non trascurabile. Era la gratitudine: gratitudine non solo per averla, una volta, amata, ma anche per volerle ancora tanto bene da perdonarle tutta l'impertinenza e l'asprezza con la quale lo aveva respinto e tutte le ingiuste accuse con cui aveva accompagnato il suo rifiuto. Colui che, ne era persuasa, avrebbe dovuto sfuggirla come la peggiore nemica, era apparso, in quell'incontro casuale, più che desideroso di conservare la sua amicizia e, pur non trattandosi che di loro due soli, aveva sollecitato, senza alcuno sfoggio indelicato di premure o stravaganza di modi, anche la stima dei suoi amici e si era indotto a farle conoscere sua sorella. Un simile mutamento in un uomo così orgoglioso non destava soltanto meraviglia ma gratitudine, poiché doveva attribuirsi all'amore, a un ardente amore; così l'impressione che le rimaneva di lui era di quelle, tutt'altro che sgradevoli, che piace incoraggiare anche se non si riesce a definirle precisamente. Sentiva di avere per lui rispetto e stima, gli era riconoscente, provava un vero interesse al suo bene; avrebbe soltanto voluto sapere sino a qual punto egli faceva dipendere da lei questo suo bene e quanto gli importava, per la felicità di tutti e due, che essa adoprasse il potere che credeva di possedere ancora per indurlo a rinnovare la sua offerta.

In serata fu stabilito fra zia e nipote che una così spiccata cortesia come quella della signorina Darcy, d'esser venuta a trovarli lo stesso giorno del suo arrivo a Pemberley, doveva essere ricambiata, benché non potuta eguagliare, con qualche dimostrazione di gentilezza da parte loro e che perciò sarebbe stato opportuno andare a trovarla a Pemberley la mattina dopo. Così decisero. Elizabeth si sentiva felice, sebbene nel domandarsene il perché non trovasse risposta.

Il signor Gardiner le lasciò poco dopo la prima colazione. L'invito a pescare era stato rinnovato il giorno avanti e gli era stato dato appuntamento con quei signori a Pemberley, a mezzogiorno.

XLV

Persuasa, come era adesso Elizabeth, che l'antipatia della signorina Bingley fosse degenerata in gelosia, sentiva per forza quanto poco gradita sarebbe riuscita a costei la sua comparsa a Pemberley e aveva una gran curiosità di vedere quanta cortesia la signorina avrebbe messa a rinnovare la loro conoscenza.

Giunte alla casa, furono introdotte, attraverso il vestibolo, nella sala da ricevimento che, esposta a nord, era deliziosa. I finestroni s'aprivano sulla fresca veduta delle alte colline boscose dietro casa e dei bellissimi castagni aggruppati sul declivio dei prati.

In questo salone furono ricevuti dalla signorina Darcy, che vi si trovava con la signora Hurst, la signorina Bingley e con quella signora con la quale essa viveva a Londra. L'accoglienza fu affabilissima, quantunque non priva di quell'imbarazzo che derivava da timidezza e paura di sbagliare, anche se a coloro che si sentivano inferiori poteva dare un'idea di sussiego e superbia. Ma la signora Gardiner e sua nipote capivano e compativano.

Dalla signora Hurst e dalla signorina Bingley ebbero soltanto un inchino e, accomodatesi, ci fu un silenzio imbarazzante. Lo ruppe per prima la signora Annesley, una donna di aspetto gentile e simpatica che con codesto sforzo di cominciare un discorso dimostrava d'avere realmente più buona creanza delle altre due, e la conversazione, aiutata di quando in quando da Elizabeth, si svolse fra lei e la signora Gardiner. La signorina Darcy pareva come se cercasse di farsi animo per unirsi a loro e azzardò qualche breve frase ogni volta che le pareva meno pericoloso far sentire la sua voce.

Presto Elizabeth s'accorse d'essere strettamente sorvegliata dalla signorina Bingley; non poteva dire una parola, specie alla signorina Darcy, senza avere addosso la sua attenzione. Questo non la avrebbe trattenuta dal cercare di discorrere con essa, se non fossero state sedute troppo distanti. Pure fu contenta che le venisse risparmiato di dover parlare a lungo, tutta presa com'era dai suoi pensieri. Si aspettava da un momento all'altro di veder entrare alcuni dei signori e tra questi desiderava e temeva che fosse il padrone di casa, senza riuscire a definire se fosse maggiore il desiderio o il timore. Stavano intrattenendosi così da circa un quarto d'ora, senza che la signorina Bingley avesse fatto udire la sua voce, quando Elizabeth ebbe a riscuotersi sentendola chiedere come stavano a casa. Rispose con eguale indifferenza e concisione e quella non aggiunse altro.

A portare una varietà alla visita entrarono i servitori con piatti di carni fredde, dolci e una scelta della più bella frutta di stagione: ma non furono offerte se non dopo molte occhiate e ammiccamenti della signora Annesley alla signorina Darcy, per ricordarle il suo compito. Fu una occupazione per tutta la compagnia; se non erano capaci di parlare, tutte erano capaci di mangiare, e le belle piramidi di grappoli d'uva e di arance e pesche le riunirono presto intorno alla tavola.

Mentre erano così occupate, Elizabeth ebbe modo di sincerarsi se temesse o piuttosto desiderasse vedere il signor Darcy: questi fece la sua comparsa nella stanza. Se un momento prima aveva creduto che predominasse in lei il desiderio, adesso iniziò a rincrescerle ch'egli fosse venuto.

Darcy era stato un po' sul fiume con il signor Gardiner e due o tre ospiti ed era venuto via soltanto quando aveva saputo che le signore avevano stabilito di venire quella mattina a far visita a Georgiana. Appena apparso, Elizabeth prese la saggia decisione di mostrarsi perfettamente calma e disinvolta – risoluzione opportunissima, ma non la più facile a mantenersi, poiché presto s'accorse che l'attenzione insospettata di tutta la compagnia s'era risvegliata su di loro e che non vi era occhio che non spiasse il contegno di lui, al suo primo apparire nella stanza. Ma nessuno dava a vedere così intensa curiosità quanto la signorina Bingley, nonostante i sorrisetti che le si effondevano sul volto ogni volta che parlava con qualcuno; la gelosia non le aveva tolte ancora tutte le speranze e non aveva cessato di rivolgere le sue attenzioni al signor Darcy. La signorina Darcy, quando vide entrare il fratello, fece ogni sforzo per parlare di più. Elizabeth s'avvide come egli desiderasse che fra sua sorella e lei si stabilisse una maggiore intimità e, per questo, fece di tutto per aiutare la conversazione da tutte e due le parti. Anche la signorina Bingley se ne accorse e, con la poca prudenza del dispetto, colse il primo momento per dire con un cortese sogghigno:

«Dica, signorina Eliza, è vero che la milizia del ...shire è partita da Meryton? Deve aver lasciato un gran vuoto nella sua famiglia.»

Non osò, alla presenza di Darcy, fare il nome di Wickham, ma Elizabeth capì che era lui che essa aveva in mente; i ricordi che si collegavano a quell'uomo le dettero un momento di smarrimento; ma, raccolte le forze per respingere l'attacco maligno, rispose con un tono assai disinvolto. Mentre parlava, uno sguardo gettato alla sfuggita verso il signor Darcy glielo mostrò col volto acceso e lo sguardo serio fisso su lei, e sua sorella era così confusa che non riusciva ad alzare le ciglia. Se la signorina Bingley avesse immaginato la pena che aveva causato al suo amato amico, non avrebbe certo fatto quell'allusione; ma essa non mirava che a confondere Elizabeth con l'accenno a un uomo che credeva da lei vagheggiato e provocare un risentimento che doveva certamente danneggiarla nella stima di Darcy, come mirava a richiamare a Darcy tutte le sciocchezze e le frivolezze ch'eran corse tra una parte della famiglia Bennet e quel reggimento. Mai una parola della meditata fuga della signorina Darcy era giunta ai suoi orecchi. Il segreto non era stato affidato ad anima viva all'infuori di Elizabeth e in modo speciale Darcy voleva tenerlo nascosto a tutti i parenti di Bingley, per quel desiderio che da tanto Elizabeth gli aveva attribuito: che diventassero parenti di sua sorella. Egli aveva certamente fatto codesto progetto e, senza badare che veniva a intaccare il suo primo tentativo di separare l'amico da Jane Bennet, aggiungeva probabilmente qualche cosa al suo vivo interesse per il bene dell'amico.

La compostezza di Elizabeth calmò tuttavia la sua emozione; e siccome la signorina Bingley, stizzita e delusa, non osò fare più precisa allusione a Wickham, anche Georgiana si rimise, quantunque non ancora capace di parlare. Suo fratello, del quale temeva lo sguardo, si ricordava appena la parte ch'essa aveva in quella faccenda e proprio quel caso ch'era stato premeditato per distogliere il pensiero di lui da Elizabeth sembrò invece fissarvelo, con crescente piacere.

Dopo di che la visita non si protrasse più a lungo e, mentre il signor Darcy le accompagnava alla carrozza, la signorina Bingley diede libero sfogo ai suoi sentimenti, criticando l'aspetto, il contegno e il vestito di Elizabeth. Ma Georgiana non le tenne bordone. Ad assicurare il suo favore bastava la raccomandazione del fratello, il cui giudizio era per lei infallibile, ed egli le aveva parlato di Elizabeth in termini tali da non poterla vedere se non tutta amabile. Quando Darcy tornò nel salone, la signorina Bingley non seppe trattenersi dal ripetere in parte anche a lui quello che aveva detto alla sorella.

«Come stava male Elizabeth Bennet, stamani! Non ho mai visto un cambiamento come il suo da quest'inverno. Si è fatta mora come una contadina. Louisa e io quasi non la riconoscevamo.»

Per quanto poco potesse garbare al signor Darcy un simile discorso, si contentò di rispondere freddamente che non aveva notato in lei alcun mutamento, se non una certa abbronzatura, conseguenza naturale del viaggiare d'estate.

«Io» continuò l'altra «le confesso che per me non è stata mai bella. Ha un viso troppo secco: la sua carnagione non è fresca e i suoi tratti non son fini. Ha un naso senza carattere; non c'è nulla di particolare nei suoi lineamenti. Ha dei denti discreti, ma come tanti altri, e i suoi occhi che si sentono tanto decantare non hanno nulla di straordinario. Ha uno sguardo acuto e penetrante che non mi piace punto: e tutto il suo insieme ha un'aria presuntuosa, senza distinzione, che è insopportabile.»

Convinta com'era la signorina Bingley che Darcy era ammiratore di Elizabeth, questo non era il miglior mezzo per ingraziarselo; ma l'ira acceca e, a vederlo punto, le parve di aver ottenuto tutto l'effetto voluto. Tuttavia Darcy rimase zitto e quella, decisa a farlo parlare, insistette:

«Mi rammento, quando la conoscemmo la prima volta, nell'Hertfordshire, la delusione di tutti noi a sentire che passava per una bellezza; mi rammento specialmente quella sera ch'esse furono a pranzo a Netherfield e che lei disse: "Una bellezza quella? Sarebbe lo stesso che chiamare sua madre un genio". Ma, in seguito, si direbbe che sia imbellita ai suoi occhi e che le sembri piuttosto carina.»

«Precisamente» rispose Darcy, che non ne poteva più. «Codesto fu proprio da principio, appena conosciuta; ma sono ormai diversi mesi che la trovo una delle più belle donne ch'io conosca.»

E se ne venne via lasciando la signorina Bingley con la soddisfazione di avergli fatto dire una cosa che non faceva dispiacere che a lei.

Sulla via del ritorno, la signora Gardiner ed Elizabeth parlarono di tutto ciò ch'era successo durante la visita, all'infuori proprio di quello che le aveva particolarmente interessate. Furono discussi il contegno di ciascuno e anche gli sguardi, meno che della persona ch'era stata più attentamente osservata. Parlarono della sorella di Darcy, della sua casa, dei suoi amici, della sua frutta, di tutto, ma non di lui. Eppure Elizabeth era smaniosa di sapere quello che la signora Gardiner pensasse di lui e la signora Gardiner avrebbe dato qualunque cosa perché la nipote attaccasse quell'argomento.

XLVI

Elizabeth era rimasta non poco delusa, arrivando a Lambton, di non trovare una lettera di Jane. E la delusione si rinnovò per due mattine; alla terza, finalmente, Jane fu pienamente giustificata per l'arrivo contemporaneo di due sue lettere, una delle quali portava l'indicazione di essere stata per sbaglio recapitata altrove, cosa che non stupì Elizabeth perché Jane aveva scritto assai male l'indirizzo.

Stavano preparandosi a una passeggiata quando furono portate queste due lettere; e gli zii s'incamminarono soli, lasciandola in pace al piacere della lettura. Cominciò da quella con l'indirizzo sbagliato, che portava la data di cinque giorni avanti. Cominciava col darle ragguaglio di tutte le piccole riunioni e di tutti i trattenimenti, genere di notizie che poteva offrire una vita in campagna; ma l'ultima parte, che recava la data del giorno dopo ed era scritta sotto una palese agitazione, conteneva ben altro. Diceva:

> Dopo che ti avevo scritto quanto sopra, mia cara Lizzy, sono successe cose inaspettate e gravi; non t'allarmare: di salute stiamo tutti bene. Si tratta della povera Lydia. Ieri, a mezzanotte, mentre eravamo già tutti a letto, giunse un messaggio del colonnello Forster per dirci che Lydia era partita per la Scozia, con uno dei suoi ufficiali e precisamente con Wickham. Per noi fu un fulmine a ciel sereno. A Kitty invece pareva che non riuscisse completamente inaspettato. Io ne sono molto, molto addolorata. Un'unione così poco ragionevole per tutti e due! Ma voglio pensare al meglio e che l'indole di lui sia stata mal compresa. Posso crederlo spensierato e sconsiderato, ma questo (lascia che trovi il modo di consolarmi) non denoterebbe per niente un cuore malvagio. Per lo meno la scelta che ha fatto è disinteressata, poiché deve sapere che nostro padre non le può dare nulla. La nostra povera madre è disperata. Il babbo sopporta meglio la cosa. Come abbiamo fatto bene a non raccontar nulla di quello che ci è stato riferito! Cerchiamo di dimenticarcene anche noi. Sono spariti sabato, pare verso mezzanotte, ma la loro assenza non è stata scoper-

ta che ieri mattina, alle otto. Il messaggio fu mandato immediatamente. Devono esser passati a circa dieci miglia da noi, mia cara Lizzy. Il colonnello Forster ci fa sperare che verrà qua al più presto. Lydia lasciò alcune righe alla moglie del colonnello per informarla del loro proposito. Termino perché non posso lasciare molto sola la povera mamma. Ho paura che non capirai: non so nemmeno io quello che ho scritto.

Senza darsi tempo a riflettere e non sapendo lei stessa che cosa provava, Elizabeth, terminata questa lettera, passò subito all'altra e, apertala con la più viva impazienza, lesse quello che segue: era stata scritta il giorno dopo.

A quest'ora, carissima sorella, avrai ricevuto la mia lettera affrettata; vorrei che questa fosse più comprensibile ma ho la testa così frastornata che non garantisco d'esser coerente. Ora, cara Elizabeth, non so bene quello che vorrei scrivere, ma ho da darti brutte notizie e non posso indugiare. Per quanto un matrimonio fra Wickham e la nostra povera Lydia sarebbe una grande imprudenza, adesso stiamo nell'ansia di sapere che questo sia veramente avvenuto, perché vi sono ragioni per temere ch'essi non siano partiti per la Scozia. Il colonnello Forster è arrivato da Brighton ieri, poche ore dopo il suo messaggio. Quantunque i pochi righi di Lydia alla signora Forster le dicessero che andavano a Gretna Green, da alcune allusioni che Denny si è lasciate sfuggire risulterebbe che Wickham non aveva avuto mai l'intenzione d'andarci e nemmeno l'idea di sposare Lydia; la cosa fu riferita al colonnello Forster che, allarmato, partì all'istante da Brighton col proposito di rintracciare la loro pista. È riuscito a seguirla con facilità sino a Clapham, ma non oltre, perché, qui giunti, essi cambiarono vettura, rimandando quella che li aveva portati da

Epsom, e ne presero una da nolo. Tutto quello che si sa da qui in poi è che sono stati veduti proseguire sulla strada per Londra. Non so che cosa pensare. Dopo aver fatto ogni possibile ricerca dalla parte di Londra, il colonnello Forster è venuto nell'Hertfordshire facendo una inchiesta a tutte le barriere e alberghi del Barnet e dell'Hatfield, ma senza risultato. Nessuno li ha visti passare. Con la più viva premura è venuto a Longbourn a comunicarci le sue ansie e i suoi timori in un modo che gli fa onore. Sono davvero dolente per lui e per la signora Forster; non c'è da fargli colpa di nulla. La nostra ambascia, mia cara Lizzy, è indicibile. Nostro padre e nostra madre fanno i più brutti pensieri, ma io non riesco a giudicarlo così male. Molte ragioni possono averli indotti ad andare a sposarsi segretamente a Londra anzi che seguire il loro primo progetto; e anche se egli ha potuto concepire, il che non è probabile, simile progetto a danno di una ragazza come Lydia, come pensare che lei si sia messa allo sbaraglio? Impossibile! Però mi affligge riscontrare che il colonnello Forster non è portato a credere al loro matrimonio. Quando gli espressi questa mia speranza, scrollò il capo e disse di temere che Wickham non sia un uomo di cui fidarsi. La povera mamma è proprio malata e non esce di camera. Se si facesse forza sarebbe meglio, ma non c'è da sperarlo; il babbo poi non l'ho mai visto così abbattuto. La povera Kitty è arrabbiata di aver tenuto nascosto il loro amore, ma era una cosa di assoluta segretezza. Sono proprio contenta, carissima Lizzy, che a te siano state risparmiate in parte queste scene angosciose ma, adesso che il primo colpo è avvenuto, confesso che anelo il tuo ritorno. Non sono per altro così egoista da insistere, se dovesse incomodare troppo. Addio! Riprendo la penna per chiedere proprio quello che un momento fa non volevo; ma qui le cose sono in tale stato che non posso fare a meno di pregarvi di venire tutti qua, appena potete. Conosco così bene lo zio e la zia che non mi perito a chiederglielo; allo zio poi ho da chiedere anche qualche cosa di più. Il babbo sta per partire col colonnello Forster a ricercarli. Non so che cosa pensi di fare di preciso a Londra: ma in quello stato di angoscia non riuscirà a seguire il suo piano nel modo migliore e più sicuro e il colonnello Forster deve tornare a Brighton domani sera. In questi dolorosi frangenti, il consiglio e l'aiuto dello zio sarebbero una gran buona cosa; egli comprenderà il mio sentimento e faccio affidamento sulla sua bontà.

«Dov'è, dov'è lo zio?» gridò Elizabeth, alzandosi di scatto, appena finita la lettera, per raggiungerlo senza perdere un secondo. Ma, giunta alla porta, questa fu aperta da un servitore e apparve il signor Darcy. Il pallore e l'impeto di lei lo fecero sobbalzare e prima di essersi ripreso tanto da poter parlare, Elizabeth, che non aveva più pensiero che non fosse per Lydia, esclamò a precipizio:

«Le chiedo scusa, ma devo lasciarla. Bisogna che trovi il signor Gardiner per una cosa che non può essere differita: non ho un momento da perdere.»

«Santo Dio! Che cosa succede?» esclamò egli con passione. Poi, riprendendosi: «Non voglio trattenerla un solo istante, ma lasci andare me o il servo a cercare i signori Gardiner. Lei non sta bene: non può».

Elizabeth esitò, le tremavano le ginocchia; capì che i suoi sforzi per rintracciarli a poco sarebbero valsi; così, chiamato il servitore, con un tal tremito nella voce da esser quasi inintelligibile, lo incaricò di richiamare subito a casa i padroni.

Uscito il servo, cadde a sedere, incapace di reggersi, con un'aria così affranta e malata che il signor Darcy non la poté lasciare; pieno di affettuosa commiserazione, le disse:

«Lasci che chiami la cameriera. Che cosa le posso dare? Un bicchiere di vino? Vuole che glielo porti? Lei sta proprio male.»

«No; grazie» rispose, tentando di riprendersi. «Non è nulla. Sto benissimo, ma sono angosciata da orribili notizie che mi vengono proprio ora da Longbourn.» Scoppiò in un pianto dirotto e non poté per alcuni istanti articolare una parola.

Darcy, nella sua dolorosa incertezza, non riusciva che a mormorarle qualche indistinta parola di interessamento e a osservarla con silenziosa compassione. Finalmente essa riprese a parlare:

«Ho ricevuto in questo momento una lettera di Jane con orribili notizie. Non si possono tener nascoste. La mia sorella più piccola è sparita dalla casa dei suoi amici; è fuggita con il signor Wickham: sono fuggiti insieme da Brighton. Lei lo conosce troppo bene per immaginare il resto. Mia sorella non ha denaro né parentado, nulla che possa averlo tentato. È perduta per sempre.»

Darcy fu come paralizzato dallo stupore.

«Quando penso» soggiunse Elizabeth, sempre più agitata «che io avrei potuto impedirlo. Io, che sapevo chi era lui. Se avessi raccontato in famiglia qualche cosa, soltanto qualche cosa di quello che sapevo. Se egli fosse stato conosciuto per quello che è, questo non sarebbe mai successo. Ma ora è tardi, troppo tardi!»

«Sono proprio afflitto,» esclamò Darcy «afflitto, inorridito. Ma è sicuro, veramente sicuro?»

«Purtroppo! Sono partiti insieme da Brighton domenica notte e se ne sono seguite le tracce quasi fino a Londra, ma non oltre. Non sono sicuramente andati in Scozia.»

«E che cosa è stato fatto, tentato, per riprenderla?»

«Mio padre è partito per Londra e Jane ha scritto

allo zio di venire subito in soccorso: spero che partiremo tutti fra mezz'ora. Ma non vi è nulla da fare: troppo bene vedo che non vi è nulla da fare. Come si può agire con un simile individuo? Si potesse almeno arrivare a scoprirli! Non ho la minima speranza. È orribile, orribile!»

Darcy fece col capo un segno di assenso.

«Avessi avuto io gli occhi aperti sul suo vero carattere. Avessi saputo quel che dovevo fare! Ma non lo sapevo, avevo paura di far troppo. Sciagurato, sciagurato errore!»

Darcy non rispose: sembrava appena ascoltarla; andava su e giù per la stanza meditabondo, le ciglia corrugate, tutto rannuvolato. Elizabeth lo notò e comprese. Il suo ascendente stava per cadere, tutto tramontava davanti a una tale dimostrazione di debolezza della sua famiglia, davanti all'evidenza di tanto disonore. Non poteva stupirsene né condannarlo. L'idea che egli avesse la soddisfazione di aver indovinato non era tale da dar conforto al suo cuore né ristoro alla sua angoscia. Tutto pareva fatto apposta per rivelare a lei il suo sentimento riposto; mai aveva sentito così chiaramente di poterlo amare, come ora che tutto l'amore era vano.

Però questo sentimento che cercava d'insinuarsi non riusciva a prenderla tutta. Lydia, l'umiliazione, la calamità che portava su tutti loro sopraffacevano ogni pensiero per sé e, nascosto il volto nel fazzoletto, Elizabeth era come perduta per ogni altra cosa. Soltanto dopo qualche istante di silenzio, la voce del suo compagno la richiamò alla coscienza della sua posizione; voce che era di compatimento, ma anche contenuta.

«Temo che da più tempo lei desideri ch'io me ne vada e non ho altra scusa al mio restare che un sincero, anche se inutile, interessamento. Volesse il cielo che potessi dire o fare cosa da sollevarla da questa pena. Ma non voglio tormentarla con degli inutili auguri che sembrerebbero fatti per pretendere un ringraziamento. Ho paura che questa disgraziata faccenda toglierà a mia sorella il piacere di vederla oggi a Pemberley.»

«Certo. Sia così gentile da scusarci con la signorina Darcy. Le dica che un affare di premura ci reclama subito a casa. E tenga nascosta la sciagurata verità finché è possibile. So bene che sarà per poco.»

Egli le promise il segreto, le espresse ancora una volta il rammarico per la sua pena, si augurò una soluzione più felice di quella che per il momento era dato di sperare e, lasciati i saluti per i suoi parenti, se ne andò con una grave occhiata d'addio.

Quando fu uscito dalla stanza, Elizabeth vide quanto era improbabile ch'essi si rivedessero mai più in quei termini cordiali che avevano avuto i loro incontri nel Derbyshire e, gettato uno sguardo retrospettivo su tutta la loro conoscenza, così piena di contrasti e di variazioni, sospirò sul caso iniquo che avrebbe, oggi, voluto far continuare dei sentimenti che prima avrebbe goduto di veder finire.

Se la riconoscenza e la stima sono buon fondamento all'affetto, non sarebbe stato né strano né biasimevole che Elizabeth cambiasse il suo sentimento. Ma se invece l'affetto sgorgante da codesta sorgente è irragionevole e innaturale a paragone di quello che, come spesso si dice, nasce spontaneo da un primo colloquio e, magari, prima che sia scambiata una parola, in questo caso nulla si sarebbe potuto dire a sua giustificazione. O soltanto questo: che essa aveva fatto prova di quest'ultimo metodo nella sua inclinazione per Wickham e che la prova riuscita male le consigliava di tentare un modo di affetto meno romanzesco. Comunque fosse, Elizabeth vide ripartire

Darcy con rincrescimento; e in questa prima prova di quelle che sarebbero state le conseguenze del disonore di Lydia provò, ripensando alla sciagurata faccenda, un'angoscia ancora maggiore.

Dopo la seconda lettera di Jane non aveva più nessuna speranza che Wickham la avrebbe sposata. Nessuno, pensò, all'infuori di Jane, poteva nutrire quell'illusione. Di tutti i suoi sentimenti la sorpresa per l'accaduto era l'ultimo. A stare al contenuto della prima lettera, troppo era stupita che Wickham sposasse una ragazza che non si poteva sposare per denaro e le era subito apparso inconcepibile come Lydia fosse riuscita ad attirarlo. Ma ora tutto era anche troppo naturale. Per un'attrazione di codesto genere essa poteva avere fascino sufficiente e, quantunque non credesse che Lydia si fosse decisa a una fuga senza l'idea d'essere sposata, non aveva difficoltà a credere che né la sua virtù né il suo discernimento le avrebbero impedito di diventare una facile preda.

Finché il reggimento era stato nell'Hertfordshire, non s'era mai accorta che Lydia avesse alcuna speciale predilezione per lui, ma era convinta che essa non aveva bisogno che d'essere incoraggiata per attaccarsi a qualcuno. Ora questo ora quell'altro ufficiale erano stati preferiti, a seconda che le loro finezze li innalzavano nelle sue grazie. I suoi affetti avevano sempre ondeggiato: ma non mai senza un oggetto. Come vedeva bene adesso il danno di una sbagliata indulgenza nei confronti di una ragazza simile!

Smaniava d'essere a casa, di sentire, di vedere, d'esser sul luogo a dividere con Jane tutte le preoccupazioni che dovevano, adesso, ricadere su lei sola in una famiglia così scompigliata; un padre assente, una madre incapace di qualunque energia e che richiedeva continua assistenza. Benché quasi convinta che per Lydia non ci fosse niente da fare, l'intervento dello zio le sembrò della massima importanza e, finché non lo vide entrare nella stanza, soffrì tutte le pene dell'impazienza. Il signore e la signora Gardiner erano ritornati spaventati credendo, da quel che diceva il servitore, che fosse preso, tutto a un tratto, male alla loro nipote; ma essa, tranquillizzatili su questo punto, spiegò loro la ragione dell'averli fatti chiamare e lesse ad alta voce le lettere, soffermandosi con forza sull'ultimo poscritto. Quantunque Lydia non fosse stata mai molto benvoluta dagli zii, i Gardiner rimasero profondamente addolorati. La cosa non toccava soltanto Lydia ma tutti loro e, dopo il primo sfogo di sorpresa e di orrore, il signor Gardiner promise tutta l'assistenza che fosse in suo potere. Elizabeth, che pure non si aspettava di meno, lo ringraziò versando lacrime di riconoscenza e tutti e tre, mossi da uno stesso animo, s'intesero rapidamente per il loro viaggio. Partire il più presto possibile.

«Ma come faremo per Pemberley?» esclamò la signora Gardiner. «Jane ci ha detto che c'era il signor Darcy quando ci hai mandato a chiamare: è vero?»

«Sì, e gli ho detto che non potevamo mantenere il nostro impegno. Da codesto lato tutto è sistemato.»

«Ma che cosa è tutto sistemato?» ripeté l'altra, correndo nella sua camera a prepararsi. «Siamo già così avanti da raccontargli la vera verità? Vorrei proprio sapere che cosa c'è stato.»

Ma era inutile desiderarlo o, al più, poteva soltanto servire a distrarla nella fretta e nella confusione di quell'ora. Se Elizabeth avesse potuto restar ferma, sarebbe stata convintissima che ogni occupazione era impossibile in un'angoscia come la sua; ma aveva la sua parte da fare quanto la zia; fra le altre cose da scrivere anche dei biglietti a tutti i loro amici di

Lambton, con dei pretesti immaginari per la loro improvvisa partenza. Però a una cert'ora tutto fu a posto e nel frattempo, avendo il signor Gardiner sistemato il conto dell'albergo, non rimase altro che partire ed Elizabeth, dopo tutti i guai di quella giornata, si trovò in carrozza sulla via di Longbourn prima di quanto se lo aspettasse.

XLVII

«Ci ho ripensato, Elizabeth,» disse lo zio, mentre la carrozza usciva dalla città «e, tutto considerato, propendo più di prima a vedere questa faccenda come la vede tua sorella maggiore. Mi sembra così inverosimile che un giovane possa macchinare un piano come questo contro una ragazza, non priva di protezione e d'amicizie e che era ospite della famiglia del suo colonnello che sento di poter pensare al meglio. Poteva supporre che i suoi amici non la avrebbero cercata? Che lui non sarebbe stato rintracciato di nuovo dal reggimento, dopo un simile affronto al colonnello Forster? La tentazione non è pari al rischio.»

«Parola d'onore,» disse la signora Gardiner «comincio a pensarla come tuo zio. Sarebbe una violazione troppo grande del decoro, dell'onore e dell'interesse, perché egli se ne renda colpevole. Non posso pensare così male di Wickham. Tu stessa, Lizzy, lo credi capace di tanto?»

«Di trascurare il proprio interesse, forse no; ma di tutte le altre trasgressioni, sì. Se fosse davvero come dite voi! Ma non oso sperarlo. Perché, in questo caso, non sarebbero andati in Scozia?»

«Prima di tutto,» rispose il signor Gardiner «non vi sono prove assolute che non vi siano andati.»

«Oh! me lo dà talmente a presumere quel loro passaggio dal calesse a una vettura da nolo. E poi, non si è riusciti a trovare alcuna traccia di loro sulla via di Barnet.»

«Sia pure: poniamo che siano a Londra. Vi possono essere per tenersi nascosti: non con uno scopo più riprovevole. Non è probabile che né l'uno né l'altro nuotino nell'oro e possono aver pensato che sia più economico, anche se meno spiccio, sposarsi a Londra che in Scozia.»

«Ma perché tutto questo mistero? Perché questa paura d'esser scoperti? Perché il matrimonio dev'esser segreto? Oh, no, no; non può essere così. Il suo amico più intimo, come sapete da Jane, era convinto ch'egli non aveva mai avuto l'intenzione di sposarla. Wickham non sposerà mai una donna che non abbia denaro! Non può permetterselo. E quali allettamenti, quali attrattive ha Lydia all'infuori della gioventù, della salute e del brio, per fargli rinunziare, per amor di lei, a tutti i vantaggi d'un buon matrimonio? Quale freno poi possa dargli la paura di rovinarsi presso il suo reggimento per questa disonorevole fuga non posso giudicarlo, perché non conosco le conseguenze che può portargli una simile azione. Ma, circa le altre vostre obiezioni, ho paura che non reggano. Lydia non ha fratelli che si facciano avanti; dalla condotta di mio padre, dalla sua indolenza e dalla poco attenzione che ha avuto sempre l'aria di prestare a quello che accadeva in famiglia, quell'altro può immaginarsi che farà meno di quanto farebbe qualunque padre in un caso simile.»

«Ma puoi pensare che Lydia sia così perduta nella sua passione da consentire a viverci insieme senza sposarsi?»

«Forse sì,» rispose Elizabeth con le lacrime agli occhi «ed è veramente triste che si debba mettere in dubbio, in un caso simile, il decoro e la virtù d'una sorella. Davvero non so che cosa dire. Forse sono ingiusta verso di lei. Ma Lydia è molto giovane: non le hanno mai insegnato a pensare a cose serie e in questi ultimi mesi, anzi da un anno a questa parte, non si è data che a divertimenti e vanità. Le hanno lasciato perdere il tempo nel modo più frivolo e ozioso e abbandonarsi a tutti i capricci che le passavano per il capo. Sin dal primo momento che il ...shire è venuto ad acquartierarsi a Meryton, nella sua testa non c'è stato più che amore, intrighi e ufficiali. Si è messa d'impegno a non pensare e parlare che di questi argomenti, per stimolare – come posso dire? – l'emotività dei suoi sentimenti, per natura già abbastanza vivaci. E tutti sappiamo che Wickham possiede ogni fascino, fisico e morale, da sedurre una donna.»

«Ma vedi bene che Jane non pensa così male di Wickham» disse la zia «da crederlo capace d'una simile azione.»

«E di chi pensa mai male Jane? E chi può esserci, quale sia stata la sua precedente condotta, ch'essa ritenga capace di tal cosa finché il fatto non lo provi? Ma Jane sa, come me, chi è veramente Wickham. Tutte e due sappiamo che è stato un libertino in tutta la estensione del termine; non conosce né onestà né onore ed è falso e imbroglione quanto è insinuante.»

«E tu sai veramente tutto questo?» esclamò la signora Gardiner, incuriosita di come potesse aver appreso tante cose.

«Lo so di certo» rispose Elizabeth arrossendo. «L'altro giorno vi raccontai la sua indegna condotta verso il signor Darcy e voi stessi udiste ultimamente, a Longbourn, in che modo parlava dell'uomo che si era comportato con lui con tanta longanimità e generosità. E vi sono altri fatti che non mi è permesso, che non vale la pena di riferire, ma le sue menzogne su tutta la famiglia di Pemberley sono senza numero.

Da quello che aveva raccontato della signorina Darcy ero preparata a vedere una ragazza superba, sostenuta e sgarbata. Eppure egli sapeva che era l'opposto. Doveva sapere che era gentile e semplice come la abbiamo trovata noi.»

«Ma che Lydia non sappia niente di questo, che possa ignorare quello che tu e Jane sembrate saper così bene?»

«Oh, sì, questa, questa è la cosa più triste di tutte... Finché non fui nel Kent, ove pure ebbi occasione di vedere frequentemente il signor Darcy e il suo parente colonnello Fitzwilliam, io stessa ignoravo la verità. E quando tornai a casa il ...shire avrebbe lasciato Meryton di lì a una settimana o due. Data questa circostanza, né Jane, alla quale avevo riferito tutto, né io ritenemmo opportuno divulgare le nostre informazioni; a chi poteva giovare, secondo le apparenze, che fosse distrutta la stima in cui lo tenevano tutti i conoscenti? E anche quando fu stabilito che Lydia partisse con la signora Forster, non mi venne mai in mente di doverle aprire gli occhi sulla vera indole di lui. Non mi era mai passata per il capo l'idea che lei potesse correre il rischio di questo inganno e comprenderete bene che ero mille miglia lontana dall'immaginare le conseguenze che ci sono state.»

«Quando dunque partirono tutti per Brighton, tu non avevi motivo di crederli invaghiti l'uno dell'altra?»

«Proprio no. Non riesco a ricordare alcun segno d'affetto da nessuna delle due parti; se questo fosse stato visibile, capirai che, in una famiglia come la nostra, un fatto simile non sarebbe andato sprecato. Dapprima, appena egli entrò nel reggimento, essa era piuttosto disposta ad ammirarlo; come, del resto, noi tutte. Non c'è stata ragazza, a Meryton e nei dintorni, che i primi due mesi non sia andata in visibilio per lui. Ma egli non mostrò mai per lei attenzioni particolari, per cui, dopo un certo periodo di stravagante e insensata ammirazione, il suo capriccio svanì e gli altri del reggimento, che la trattarono con più riguardi, tornarono a essere i suoi favoriti.»

È facile pensare che, per quanto poco la ripetuta discussione di questo interessante argomento potesse servire a chiarire i loro timori, le loro ansie e supposizioni, di niente altro riuscirono a discorrere per tutto il viaggio. Non usciva un istante dalla mente di Elizabeth. Conficcato in lei il più acuto dei tormenti, il rimorso, non le dette un momento di requie o di oblio.

Viaggiarono più spediti che poterono dormendo una notte per strada e arrivarono a Longbourn il giorno dopo, all'ora di pranzo. Fu per Elizabeth un vero conforto pensare che Jane non aveva dovuto logorarsi in una lunga attesa.

I ragazzi Gardiner, attratti dall'arrivo d'una carrozza, stavano sugli scalini di casa quando questa entrò nel piazzale e, quando fu davanti alla porta, la gioia della sorpresa che illuminò i loro volti e che esplose dalle loro personcine in varietà di capriole e di salti fu il loro primo gradito e affettuoso benarrivato.

Elizabeth smontò con un salto e, dato in fretta un bacio per uno ai ragazzi, si precipitò nel vestibolo, ove si scontrò con Jane, scesa di corsa dalle stanze della mamma.

Elizabeth, mentre si abbracciavano affettuosamente e le lacrime empivano loro gli occhi, non perse un minuto a chiederle se si sapeva qualcosa dei fuggiaschi.

«Non ancora,» rispose Jane «ma ora che il caro zio è arrivato, comincio a sperare che tutto andrà bene.»

«E il babbo è a Londra?»

«Sì, partì martedì; te l'ho scritto.»

«E avete avuto sue notizie?»

«Una volta sola. Mi ha scritto poche righe mercoledì, per dirmi ch'era arrivato bene e per dirmi quali sono le sue mosse, come io gli avevo specialmente chiesto. Aggiungeva solo che non avrebbe scritto altro finché non avesse avuto qualcosa di importante da comunicare.»

«E la mamma come sta? Come state tutti voi?»

«Direi che la mamma sta discretamente bene, nonostante che sia rimasta molto scossa. È su e sarà contenta di rivedervi tutti quanti. Non si muove ancora dal suo salottino. Mary e Kitty, grazie a Dio, stanno benone.»

«Ma tu, come stai?» esclamò Elizabeth. «Sei così pallida! Quante ne devi aver passate!...»

La sorella le assicurò tuttavia di sentirsi benissimo e l'appressarsi degli altri pose un termine al colloquio avvenuto mentre i signori Gardiner si intrattenevano coi loro bambini. Jane corse dagli zii, dette loro il benarrivati e li ringraziò l'uno e l'altra alternando il riso e il pianto.

Quando tutti si trovarono in salotto, furono ben presto informati che Jane non aveva notizie nuove da dare. Eppure la viva speranza di riceverne delle buone, quali le suggeriva il suo buon cuore, non la aveva ancora abbandonata; confidava ancora che tutto finisse bene, ogni mattina si aspettava una lettera di Lydia o del babbo a spiegare la loro azione e, forse, ad annunciare il matrimonio.

La signora Bennet, nelle cui stanze si recarono dopo un breve scambio d'idee fra di loro, li accolse precisamente come c'era da aspettarsi: con lacrime, gemiti e invettive a quell'infame di Wickham e lagnanze sui suoi patimenti e per come la trattavano male. Se la prendeva con tutti, fuorché con la persona alla cui sconsigliata indulgenza si dovevano principalmente attribuire gli errori della figlia.

«Se» diceva «la avessi spuntata d'andare a Brighton con tutta la famiglia, questo non sarebbe successo; ma quella povera Lydia non ha nessuno che badi a lei. Perché i Forster non la hanno tenuta sempre sott'occhio? C'è stata, di certo, una gran trascuratezza, per non dir peggio, da parte loro; lei non è il tipo di ragazza capace di fare una cosa simile, se è ben sorvegliata. Io ho sempre pensato che non erano punto adatti ad avere la responsabilità di lei, ma sono stata sopraffatta, come sempre. Povera bambina! Ed ecco ora Bennet è via e so che si batterà con Wickham dovunque lo trovi; e quando ce lo avranno ammazzato, che cosa succederà di noi? I Collins ci metteranno alla porta prima ancora ch'egli sia freddo nella sua sepoltura e, se tu non avrai pietà di noi, fratello mio, non so che cosa faremo!»

Tutti quanti protestarono contro queste lugubri idee e il signor Gardiner, rassicuratala del suo affetto per lei e per tutta la sua famiglia, le comunicò la sua intenzione d'essere a Londra il giorno dopo ad aiutare il signor Bennet in tutti i tentativi per ritrovare Lydia.

«Non ti abbandonare a inutili spaventi» soggiunse. «Anche se è bene essere preparati al peggio, non è però il caso di darlo per sicuro: non è nemmeno una settimana che sono partiti da Brighton. Ancora qualche giorno e avremo qualche notizia; finché non sapremo che non sono sposati e che non intendono sposarsi, non dobbiamo dare tutto per perduto. Appena a Londra, andrò da mio fratello, lo porterò a casa mia, in Gracechurch Street, e allora decideremo insieme il da farsi.»

«Oh, fratello mio,» rispose la signora Bennet «è proprio questo che più desidero. E ora, quando sarai in città, fa' di scoprirli dovunque siano e, se non sono già sposati, falli sposare. E quanto agli abiti da sposa, di' loro che non ritardino per questo, ma di' a Lydia che avrà tutto il denaro che vuole per comprarseli, dopo fatto il matrimonio. Ma soprattutto impedisci a Bennet di battersi. Digli in che stato atroce mi trovo, che sono fuori di me dallo spavento; che ho tali fremiti e palpitazioni, uno spasimo al fianco, un tremendo mal di capo e un tal battito di cuore che non trovo requie né notte né giorno. Ma di' a Lydia che non si ordini i vestiti prima di avermi veduta, perché lei non conosce i magazzini migliori. Come sei buono, fratello mio! Sono certa che tu rimedierai a ogni cosa.»

Ma il signor Gardiner, pur tornando a prometterle tutti i suoi sforzi a questo fine, dovette anche raccomandarle di moderare tanto le sue speranze quanto i suoi timori e continuò a ragionare con lei su questo tono finché non fu servito il pranzo. Dopo di che tutti lasciarono che desse libero sfogo ai suoi sentimenti con la domestica che la assisteva quando non c'erano le figlie.

Benché suo cognato e sua sorella fossero persuasi che non c'era motivo che essa si appartasse così dal resto della famiglia, non cercarono tuttavia di farle opposizione, perché sapevano che lei non avrebbe avuta la prudenza di trattenere la lingua davanti ai domestici che servivano in tavola; era meglio che una sola delle persone di servizio, quella di cui ci si poteva fidare di più, fosse al corrente di tutti i suoi affanni e timori.

Nella sala da pranzo furono raggiunti da Mary e da Kitty che, occupate nelle loro rispettive camere, non avevano potuto farsi vedere prima. Una veniva dai suoi libri, l'altra dalla sua toilette. I loro volti erano calmi e non si notava in esse alcun visibile mutamento se non, in Kitty, un accento di più indispettito malumore per la perdita della sorella prediletta e per il danno che ricadeva anche su lei per questa faccenda. Quanto a Mary, era abbastanza padrona di sé da sussurrare a Elizabeth, appena furono a tavola, con un'aria di profonda riflessione:

«È una disgraziatissima faccenda e se ne parlerà, probabilmente, a lungo. Ma noi dobbiamo fare argine alla marea delle malignità e versare sulle nostre reciproche ferite il balsamo di un fraterno conforto.»

Accorgendosi che Elizabeth non aveva voglia di rispondere, soggiunse:

«Per quanto questo evento possa essere una disgrazia per Lydia, noi potremo ricavarne questo utile ammaestramento: che la perdita della virtù in una donna è irreparabile, che un passo falso la travolge in una rovina senza fondo, che la sua reputazione non è meno fragile che preziosa e che essa non sarà mai troppo guardinga nei suoi rapporti con l'altro sesso.»

Elizabeth spalancò tanto d'occhi, ma era troppo oppressa per rispondere. Tuttavia l'altra continuò a consolarsi con questo genere di morale desunta dal male che era davanti a loro.

Nel pomeriggio, le due maggiori signorine Bennet ebbero una mezz'oretta tutta per loro; Elizabeth ne approfittò per rivolgere subito a Jane delle domande alle quali questa rispose con eguale premura. Dopo che ebbero uniti i loro lamenti a quelli di tutti sulle terribili conseguenze di questo caso, che Elizabeth giudicava tutt'altro che sicure e che l'altra non poteva affermare del tutto impossibili, la prima continuò:

«Ma ora dimmi tutto quello che non ho ancora saputo. Dammi altri particolari. Che cosa ha detto il colonnello Forster? Prima della fuga non avevano sospettato nulla? Devono pur averli veduti insieme parecchio.»

«Il colonnello Forster ha ammesso di avere più d'una volta sospettato qualche inclinazione, specialmente da parte di Lydia, ma niente di allarmante. Me ne dispiace per lui. Si è mostrato quanto mai premuroso. Ancora prima d'avere l'idea che essi non erano andati in Scozia, si accingeva a venire da noi per assicurarci del suo interessamento; appena sorto quel sospetto, affrettò la sua venuta.»

«E Denny era persuaso che Wickham non la avrebbe sposata? Sapeva del loro proposito di fuggire? Il colonnello Forster ha veduto Denny in persona?»

«Sì, ma, interrogato, Denny disse di non sapere nulla del loro progetto e non volle dire quale fosse il suo parere in proposito. Non ha neanche ripetuto d'esser convinto che non si sarebbero sposati e da questo sono indotta a sperare che prima sia stato frainteso.»

«E fino a che non arrivò il colonnello Forster, nessuno di voi, immagino, mise in dubbio un solo istante ch'essi non si fossero realmente sposati?»

«Come poteva venirci in testa una simile idea? Ero un po' inquieta, un po' spaurita per la felicità di mia sorella in questo matrimonio, poiché sapevo ch'egli non aveva sempre tenuto una condotta corretta. I nostri genitori la ignoravano e di questa unione vedono solo la storditaggine. Allora Kitty ha confessato, trionfante, di saperla più lunga di tutti noi, ché nell'ultima sua lettera Lydia la aveva preparata a questo passo. Lei sapeva, pare, che da più settimane facevano all'amore.»

«Ma non prima di andare a Brighton?»

«Non crederei.»

«E il colonnello Forster ha mostrato di pensare male di Wickham anche lui? Ne conosce il vero carattere?»

«Confesso che ora non ne ha parlato bene come in

passato. Lo giudicava uno scapato. E da quando è successa questa sciagurata faccenda si dice che abbia lasciato grossi debiti a Meryton; ma spero che non sia vero.»

«Oh, se fossimo state meno segrete, Jane, se avessimo ridetto quello che sapevamo di lui, tutto questo non sarebbe accaduto!»

«Forse sarebbe stato meglio» replicò la sorella. «Ma pareva così ingiusto svelare gli errori passati di una persona, senza conoscere i suoi sentimenti attuali.»

«Abbiamo agito con la migliore intenzione.»

«Il colonnello Forster ha saputo ripetere le parole del biglietto lasciato da Lydia a sua moglie?»

Jane tirò dal suo taccuino questo biglietto e lo diede a Elizabeth. Ecco che cosa diceva:

Mia cara Enrichetta,

ti farà ridere quando saprai dove vado e non posso fare a meno di ridere anch'io pensando alla vostra sorpresa di domani mattina, quando vi accorgerete che non ci sono. Vado a Gretna Green e, se non indovini con chi, saresti una sempliciona, poiché c'è un solo uomo ch'io ami al mondo e questo è un angelo. Non sarei mai felice senza di lui e non penso di far male ad andarmene. Non occorre che tu scriva della mia partenza ai miei a Longbourn, se non ti fa piacere, poiché la sorpresa sarà più grande quando scriverò loro firmandomi: Lydia Wickham. Bello scherzo sarà! Mi fa tanto da ridere che quasi non riesco a scriverti. Per favore, scusami con Pratt se non mantengo il mio impegno di ballare stasera con lui. Digli che spero mi perdonerà quando saprà tutto e che ballerò, con gran piacere, con lui la prima volta che ci ritroveremo a una festa. Quando sarò a Longbourn manderò di là a ritirare i miei vestiti; ma vorrei tu dicessi a Sally che, prima di farne un pacco, raccomodi quel grande strappo del mio vestito ricamato di mussola. Addio. Ricordami affettuosamente al colonnello Forster. Spero che brinderete al nostro buon viaggio.

La tua affezionatissima amica

Lydia Bennet

«Oh! Lydia, Lydia, sconsiderata!» esclamò Elizabeth. «Che lettera è mai questa da scrivere in simile momento! Meno male però che dà a vedere ch'essa credeva a uno scopo serio del suo viaggio. E quale sia la cosa a cui egli la abbia, dopo, persuasa, il suo per lo meno non era un progetto vergognoso. Povero babbo! Come dev'essere rimasto colpito!»

«Non ho mai visto nessuno più sgomento. Non riuscì ad articolare una parola per dieci minuti buoni. La mamma si è subito sentita male e la casa fu tutta uno scompiglio!»

«Oh! Jane,» esclamò Elizabeth «ci sarà stato almeno uno dei nostri domestici che non abbia saputa tutta la storia prima di sera?»

«Non saprei: vorrei sperarlo. È molto difficile contenersi in simili momenti. La mamma aveva le convulsioni; e benché cercassi di prestarle tutto il soccorso possibile, temo di non aver fatto quanto avrei dovuto! L'orrore di ciò che poteva accadere mi toglieva tutte le energie.»

«L'assistenza che le hai prodigata è stata troppa per te. Non hai l'aria di sentirti bene. Ah! se fossi stata con te! Da sola hai dovuto sopportare tutti i pensieri e tutte le angosce.»

«Mary e Kitty sono state molto buone e avrebbero certo condiviso con me ogni fatica, ma non mi parve giusto per loro. Kitty è esile e delicata e Mary studia tanto che non si può privarla delle sue ore di riposo. La zia Phillips venne a Longbourn martedì, appena partito il babbo, e fu così buona da trattenersi con me sino a giovedì. Mi ha recato molto conforto e mi è stata molto utile: mercoledì mattina venne a farci le sue condoglianze anche Lady Lucas: è stata molto gentile e si è messa a nostra disposizione lei o una delle figlie, se ci potevano essere utili.»

«Avrebbe fatto meglio a starsene a casa» esclamò Elizabeth. «La sua intenzione sarà stata anche buona ma, in una disgrazia come questa, i vicini sono di troppo. Aiutare è impossibile e le condoglianze sono intollerabili. Lascia che se la godano e trionfino di noi a distanza.»

Quindi passò a informarsi di ciò che il padre intendeva fare a Londra per ritrovare la figlia.

«Credo che voglia andare a Epsom,» rispose Jane «il posto dove cambiarono per l'ultima volta i cavalli, a parlare con i postiglioni e cercare di tirar fuori qualche cosa. Il suo scopo principale è di scoprire il numero della carrozza da nolo che li prese a Clapham, dove finisce la posta. Questa carrozza era venuta da Londra con dei passeggeri e, siccome il fatto di un signore e una signora che passano da una carrozza a un'altra può essere stato osservato, pensava di fare delle investigazioni a Clapham. Se fosse riuscito a ritrovare a che casa il vetturino aveva, prima, lasciato i passeggeri con cui era arrivato, aveva deciso di andarci a fare la sua inchiesta: sperava che non fosse impossibile ritrovare lo stallaggio e il numero della vettura da nolo. Non conosco altri suoi piani in proposito; aveva tanta fretta ed era così agitato, che mi fu difficile sapere anche questo poco.»

XLVIII

Tutti aspettavano una lettera del signor Bennet per la mattina seguente; ma la posta non portò neanche un rigo di lui. In famiglia lo conoscevano per il più trascurato e lento dei corrispondenti, ma in un caso come questo avevano sperato che fosse capace d'uno sforzo; perciò conclusero che non avesse da dare notizie buone; ma anche di questo avrebbero desiderato avere la conferma. Il signor Gardiner non attese altro a partire.

Allora si sentirono per lo meno sicure di esser costantemente informate di quello che succedeva: partendo, egli aveva promesso di persuadere il signor Bennet a tornare al più presto a Longbourn, con gran sollievo di sua sorella che ci vedeva la sola garanzia che non venisse ammazzato in duello.

La signora Gardiner e i bambini si sarebbero fermati qualche altro giorno nell'Hertfordshire, considerato che la zia avrebbe potuto essere utile alle nipoti. Le aiutava ad assistere la signora Bennet ed era loro di grande conforto nelle ore libere. Anche l'altra zia veniva spesso a trovarle, sempre, come diceva lei, per far loro animo e tenerle su; ma siccome non mancava mai di riportare nuove prove delle stravaganze e delle sregolatezze di Wickham, le lasciava, andandosene, più abbattute di come le aveva trovate.

Tutta Meryton ora si accaniva a diffamare l'uomo che solo tre mesi avanti passava per un angelo con l'aureola. Si diceva che aveva lasciato debiti con tutti i negozianti del paese e che in ogni famiglia aveva teso le sue reti, onorate del titolo di seduzioni. Fu dichiarato il giovanotto più perverso di questa terra e tutti iniziarono a scoprire di aver sempre diffidato delle sue arie di bontà. Anche credendo solo alla metà di quello che si diceva, c'era abbastanza per confermare in Elizabeth la certezza, che già era in lei, della rovina di sua sorella. Persino Jane, che ancora credeva meno al male, perdette quasi ogni speranza, specialmente quando arrivò il momento che, se i fuggiaschi fossero andati in Scozia, come lei non aveva cessato di sperare, sarebbero dovute arrivare quasi sicuramente loro notizie.

Il signor Gardiner partì da Longbourn la domenica; sua moglie ne ebbe una lettera il martedì: le diceva che, appena arrivato, aveva preso suo cognato e lo aveva persuaso a venire a Gracechurch Street, a casa sua. Prima il signor Bennet era già stato a Epsom e a Clapham, ma senza risultato; adesso aveva deciso di fare ricerche nei principali alberghi della città, pensando ch'essi, appena arrivati a Londra, avrebbero dovuto essere andati a un albergo prima di procurarsi un alloggio proprio. Il signor Gardiner non si aspettava da questo piano nessun risultato ma suo cognato ci metteva tanto ardore ch'era disposto a secondarlo. Aggiungeva che il signor Bennet non aveva idea per il momento di lasciare Londra e prometteva di riscrivere prestissimo. Vi era anche un poscritto:

> Ho scritto al colonnello Forster, perché faccia di tutto per sapere da qualche suo amico intimo di reggimento se Wickham ha parenti o conoscenti che possano sapere in che parte della città si è nascosto. Se ce ne fosse anche uno solo al quale rivolgersi con la probabilità di scoprire il bandolo della matassa, sarebbe della massima importanza. Per adesso non abbiamo nessuna traccia che ci istradi. Sono certo che il colonnello Forster farà del suo meglio per contentarci. E, come seconda idea, Lizzy potrebbe, forse meglio di qualunque altro, farci sapere quali parenti di lui siano ancora vivi.

Elizabeth non ebbe difficoltà a comprendere da che derivasse questo riconoscimento della sua autorità, ma non aveva da dare le informazioni che tanta deferenza avrebbe meritate.

Non aveva mai sentito dire che Wickham avesse altri parenti all'infuori dei genitori, morti da parecchi anni. Era però possibile che qualche suo collega del ...shire potesse dare maggiori ragguagli e, sebbene non ci facesse grande affidamento, era sempre qualche cosa da tentare.

Ogni giorno, a Longbourn, era un giorno di ansie: ma l'ora più ansiosa era quella della posta. L'arrivo delle lettere era la grande attesa di ogni mattina. Fosse un bene o fosse un male, non poteva venire che per lettera e ogni giorno che spuntava era quello in cui si speravano notizie importanti.

Ma, prima di nuovi scritti del signor Gardiner, giunse per il signor Bennet una lettera da tutt'altra parte, dal signor Collins; secondo l'ordine avuto di aprire tutte le lettere che arrivavano per lui nella sua assenza, Jane la aprì e anche Elizabeth, che conosceva le stramberie di quelle epistole, vi diede un'occhiata e lesse quanto segue:

Caro Signor mio,

mi sento in dovere, per la nostra parentela e per la mia posizione sociale, di farle le mie condoglianze per la grave afflizione che l'ha colpito e che abbiamo appreso ieri da una lettera venuta dall'Hertfordshire. Abbia per certo, caro signore, che la signora Collins e io proviamo un grande compatimento per lei e per tutta la sua rispettabile famiglia in questo loro dolore, che dev'essere dei più amari poiché proveniente da una causa che neanche il tempo potrà mai distruggere. Non saprei trovare argomenti per alleviare il peso di tanta sventura o che possano confortarla in un caso che più di qualunque altro deve affliggere il cuore di un padre. In confronto di esso la morte di sua figlia sarebbe stata una benedizione. E tanto più la cosa è da deplorarsi perché, come mi dice la mia cara Charlotte, dà a credere che la scostumatezza di sua figlia derivi da una colpevole sua indulgenza verso di lei, benché io, a consolazione sua e della signora Bennet, sia anche proclive a pensare che l'indole della fanciulla fosse naturalmente cattiva, perché, se così non fosse, essa non si sarebbe mai resa colpevole di tale misfatto in così giovane età. In qualsiasi modo, Ella è da compatirsi grandemente e questo non è soltanto il sentimento mio e della signora Collins, ma anche di Lady Catherine e di sua figlia alle quali ho dato ragguaglio di questo affare. Esse si uniscono a me nell'esprimere l'apprensione che questo passo falso di una delle figlie sue noccia alle fortune di tutte le altre, poiché chi vorrà, come si degna di dire Lady Catherine, imparentarsi con una simile famiglia? Questa considerazione mi induce a riflettere con accresciuta soddisfazione a un certo fatto dello scorso novembre: poiché, se questo fosse andato diversamente, oggi mi troverei coinvolto nel loro dolore e sventura. Permetta, dunque, caro signore, di esortarla a consolarsi meglio che potrà, scacciando per sempre dal suo affetto una figlia indegna e lasciandole raccogliere da sola i frutti della sua odiosa colpa.

Il suo ecc. ecc.

Il signor Gardiner non riscrisse finché non ebbe una risposta del colonnello Forster e ancora non aveva nulla di bello da riferire. Non risultava che Wickham avesse nemmeno un parente col quale fosse legato; anzi era certo che di vivi non ne aveva più. Le sue conoscenze passate erano state numerose ma dacché era nella milizia non risultava che fosse particolarmente amico di qualcuno: così non c'era da indicare nessuno che potesse dar notizie.

Nello stato dissestatissimo delle sue finanze, oltre che nel timore di essere scoperto dai parenti di Lydia c'era un motivo di più di segretezza; poiché era già cominciato a trapelare ch'egli aveva lasciato debiti per una forte somma. Il colonnello Forster calcolava che ci volesse un migliaio di sterline a saldare le sue spese a Brighton. Doveva parecchio ai fornitori, ma i suoi debiti di gioco sulla parola erano ancora più grossi.

Il signor Gardiner non cercò di nascondere questi particolari alla famiglia di Longbourn; Jane li apprese inorridita.

«Perfino giocatore!» esclamò. «Questo proprio non me l'aspettavo.»

Il signor Gardiner aggiungeva che il loro padre sarebbe tornato in famiglia il giorno seguente, sabato. Avvilito dall'insuccesso di tutti i loro tentativi, aveva ceduto alle insistenze del cognato perché tornasse a casa, mentre questi avrebbe continuato le ricerche se le circostanze glielo avessero suggerito.

Quando la signora Bennet fu informata di questa decisione, non dimostrò tutta la soddisfazione che se ne aspettavano le figlie considerando la grande ansia in cui era stata per la vita del marito.

«Come? Ritorna senza la povera Lydia?» esclamò. «No, non lascerà Londra senza averli ritrovati! E chi sfiderà Wickham e chi gliela farà sposare, se egli viene via?»

Siccome la signora Gardiner iniziava a desiderare di riessere a casa sua, fu stabilito che sarebbe partita per Londra, con i bambini, lo stesso giorno che il signor Bennet ne sarebbe tornato. Così la carrozza li lasciò alla prima posta del loro viaggio e riportò il padre a Longbourn.

La signora Gardiner era partita sempre incerta per quel che si riferiva a Elizabeth e al suo amico del Derbyshire, come quando era venuta via da questa parte dell'Inghilterra. Sua nipote non aveva mai spontaneamente pronunziato quel nome in loro presenza; e la semiattesa in cui la signora Gardiner era vissuta di una lettera di lui era sfumata. Da quando erano tornate, Elizabeth non ne aveva ricevuta nessuna da Pemberley.

Troppo era doloroso lo stato presente della famiglia perché si dovesse cercare in altro la causa della grande depressione d'animo di Elizabeth: nulla dunque da questa parte si poteva arguire, sebbene Elizabeth, che ormai leggeva abbastanza chiaramente nei propri sentimenti, fosse pienamente conscia che, se non avesse mai conosciuto Darcy, avrebbe sopportato assai meglio la vergogna di Lydia. Invece che restar sveglia tutte le notti, ne avrebbe dormita una su due.

Il signor Bennet arrivò col suo solito aspetto di filosofica tranquillità. Parlò quel poco ch'era sempre uso parlare, non accennò per niente alla faccenda che lo aveva condotto fuori di casa e ci volle del tempo prima che le sue figlie avessero il coraggio di discorrerne.

Non fu che nel pomeriggio, quando le raggiunse al tè, che Elizabeth osò attaccare l'argomento. Dopo aver espresso il suo rincrescimento per quello che aveva dovuto patire, egli rispose:

«Non parlarne. Chi dovrebbe soffrirne se non io? La colpa è stata mia e devo scontarla.»

«Non sia troppo severo con se stesso, babbo» replicò Elizabeth.

«No, no: è proprio questo il difetto contro cui devo mettermi in guardia. La natura umana è così proclive a cascarvi. No, Lizzy, lasciami per una volta in vita mia sentire tutto il biasimo che merito. Non ho paura che mi colpisca troppo a fondo. Passerà anche troppo presto.»

«Crede che siano a Londra?»

«Sì. In che altro posto potrebbero tenersi nascosti?»

«E Lydia aveva tanta voglia di veder Londra» soggiunse Kitty.

«Così sarà contenta,» rispose il padre «e ci resterà, probabilmente, un pezzo.»

Quindi, dopo una breve pausa, continuò:

«Lizzy, spero che non ti inorgoglirai che il tuo consiglio di questo maggio si sia mostrato oggi così giusto: avevi visto lontano!»

Furono interrotti dalla signorina Jane che veniva a prendere il tè per sua madre.

«Ma questa è una ostentazione che dona,» esclamò il padre «mette della eleganza in una disgrazia! Uno di questi giorni mi ci metto anch'io: mi rinchiudo in biblioteca, col mio berretto da notte e la spolverina, e mi metto a dare più disturbo che posso...; oppure no, rimandiamola a quando sarà scappata Kitty.»

«Ma io non scapperò, papà» disse tutta crucciata Kitty. «Se mai andassi a Brighton, mi comporterei meglio di Lydia.»

«Tu andare a Brighton? Non mi fiderei di lasciarti andare neanche a East Bourne, nemmeno per cinquanta sterline! No, se non altro ho imparato a prender delle precauzioni e tu te ne accorgerai. Nessun ufficiale entrerà mai più in casa mia né passerà per il paese. Balli proibitissimi, a meno che tu non ci vada con una delle tue sorelle. E tu non uscirai più di casa, fino a che non arriverai a provarmi che ogni giorno hai impiegato dieci minuti in un modo ragionevole.»

Kitty, che prese tutte queste minacce sul serio, cominciò a piangere.

«Via, via,» disse Bennet «non crederti tanto sventurata. Se durante i prossimi dieci anni ti comporterai come una brava ragazza, dopo, una volta, ti porterò a vedere una rivista.»

XLIX

Due giorni dopo il ritorno del signor Bennet, mentre Jane ed Elizabeth passeggiavano nel boschetto dietro casa, si videro venire incontro la cameriera e, immaginando che venisse a chiamarle da parte della mamma, le andarono incontro; ma questa disse alla maggiore:

«Mi scusi tanto, signorina, se la interrompo, ma

speravo che avessero buone notizie da Londra e mi sono azzardata di venire a chiedergliene.»

«Che cosa volete dire, Hill? Non ne abbiamo punte.»

«Ma, signorina,» esclamò la signora Hill col più vivo stupore «non sa che è arrivato un fattorino del signor Gardiner per il padrone? È stato qui mezz'ora fa e ha consegnato una lettera.»

Le ragazze, senza dir altro, scapparono via di corsa. Attraversarono, sempre di corsa, il vestibolo, il tinello ed entrarono in biblioteca; ma il padre non era in alcuna di queste stanze; e stavano per cercarlo di sopra dalla mamma, quando s'imbatterono nel servitore che disse loro:

«Se cercano il padrone, signorine, è andato a passeggio verso il boschetto.»

Esse riattraversarono il vestibolo e il prato, di corsa, dietro il babbo che si avviava a un boschetto che dava sul piazzale.

Jane, che non era svelta né avvezza a correre come Elizabeth, rimase presto indietro, mentre sua sorella, tutta accesa, lo raggiungeva gridandogli:

«Papà! Che nuove? Che cosa scrive lo zio?»

«Ho ricevuto una sua lettera per un messaggero.»

«Ebbene? Buone o cattive notizie?»

«Che di buono possiamo aspettarci?» rispose, tirando fuori di tasca la lettera. «Ma forse ti piacerebbe leggerla.»

Elizabeth gliela levò, impaziente, di mano. Nel frattempo anche Jane li aveva raggiunti.

«Leggi forte» disse il padre «perché nemmeno io so precisamente di che si tratta.»

Gracechurch Street, lunedì 2 agosto

Mio caro cognato,

finalmente sono in grado di mandarti qualche notizia di mia nipote e tale che, nel complesso, spero ti soddisferà. Poco dopo la tua partenza, sabato, ebbi la fortuna di scoprire in che parte di Londra si trovano. I particolari te li riserbo a voce. Basti sapere che sono stati trovati: li ho veduti tutti e due.

«Allora è come avevo sempre sperato io,» esclamò Jane «sono sposati!»

Elizabeth seguitò a leggere:

Li ho veduti tutti e due. Non sono sposati né mi è parso che avessero l'intenzione di sposarsi. Ma se tu consentirai a mantenere certi impegni che mi sono azzardato di proporre in nome tuo, confido che lo faranno fra breve. Tutto quello che ti viene richiesto è di garantire a tua figlia la sua parte, eguale alle altre, sulle cinquemila sterline che spettano loro dopo il decesso tuo e di tua moglie e, in più, d'impegnarti a passarle, durante la tua vita, cento sterline all'anno. Queste sono le condizioni che, tutto sommato, non ho esitato ad accettare in nome tuo, per quel tanto che mi sentivo autorizzato. Mando questa mia per espresso affinché tu mi risponda senza indugio. Comprenderai da questi particolari che lo stato di Wickham non è poi così disperato come generalmente si crede. La gente su questo punto si è ingannata e sono lieto di dichiarare che, anche quando tutti i suoi debiti saranno pagati, rimarrà ancora un po' di denaro per mia nipote, con l'aggiunta di quello ch'essa possiede di suo. Se, come credo sia il caso, mi manderai pieni poteri per agire in nome tuo in tutto questo affare, darò immediatamente ordine ad Haggerston di preparare un accordo conforme. Non è perciò affatto necessario che tu torni a Londra: resta tranquillo a Longbourn e fidati del mio zelo e della mia premura. Mandami la risposta prima che puoi e vedi di scrivere esplicitamente. Abbiamo pensato che è meglio che mia nipote si sposi partendo da casa mia, cosa che spero approverai. Essa viene oggi a stare da noi.

Scriverò di nuovo appena tutto sarà concluso. Il tuo ecc. ecc.

Edw. Gardiner

«Possibile?» esclamò Elizabeth, quando ebbe finito. «Possibile che la sposi?»

«Wickham non è tanto birbante come lo abbiamo giudicato» disse sua sorella. «Caro papà, le faccio le mie congratulazioni.»

«E ha risposto alla lettera?» chiese Elizabeth.

«No, ma risponderò al più presto.»

Elizabeth lo supplicò seriamente di non metter tempo in mezzo.

«Caro babbo,» esclamò «torni in casa e scriva subito. Pensi che ogni minuto vale!»

«Se le dà noia,» disse Jane «faccia scrivere da me.»

«Mi dà proprio noia,» rispose «ma bisogna farlo.»

E così dicendo tornò verso casa con le figlie.

«Posso farle una domanda?» chiese Elizabeth. «Codesti patti, credo, bisognerà accettarli.»

«Eccome! Mi fa specie soltanto ch'egli domandi così poco.»

«E bisogna che si sposino, benché egli sia un certo tipo...»

«Sì, bisogna che si sposino: non c'è altro da fare. Ma vi sono due cose che vorrei proprio sapere: primo, quanto denaro è costato a tuo zio per riuscirvi; secondo, come potrò mai rimborsarlo.»

«Denaro dallo zio!» esclamò Jane. «Che dice, babbo?»

«Voglio dire che nessun uomo che abbia la testa sulle spalle sposerebbe Lydia per il magro allettamento di cento sterline all'anno finché vivo io e cinquanta dopo che me ne sarò andato.»

«È vero,» disse Elizabeth «non ci avevo pensato. Una somma da coprire i suoi debiti e ancora qualche cosa di avanzo! Oh, dev'essere opera dello zio! Buono, generoso; purché non si riduca lui in disagio. Per tutto questo una piccola somma non può esser bastata.»

«No,» disse suo padre «Wickham sarebbe uno stupido se la prendesse con un soldo meno di diecimila sterline: mi dispiacerebbe pensare così male di lui subito appena diventati parenti.»

«Diecimila sterline! Dio non voglia! Come si potrebbe rimborsare anche solo la metà di una simile somma?»

Il signor Bennet non rispose: e ognuno rimase assorto nei propri pensieri finché non arrivarono a casa. Il padre se ne andò in biblioteca a scrivere e le ragazze si ritirarono nella sala da pranzo.

Appena furono sole, Elizabeth esclamò:

«E così, davvero si sposano! Com'è strano! E dobbiamo anche essere grate! Per quanto scarsa sia la probabilità che siano felici e per quanto lui sia uno sregolato, dobbiamo pur rallegrarci che si sposino. Oh, Lydia!»

«Io mi consolo» rispose Jane «pensando che non sposerebbe certamente Lydia se non avesse per lei una vera inclinazione. Anche se lo zio, così buono, ha fatto qualcosa per liberarlo dai debiti, non credo ch'egli abbia versato diecimila sterline o una somma simile. Ha figli suoi, può averne degli altri. Come avrebbe potuto metter da parte anche la metà di diecimila sterline?»

«Se si potesse arrivare a sapere a quanto ammontavano i debiti di Wickham» disse Elizabeth «e quanto è stato fissato come suo contributo alla sposa sapremmo esattamente quello che lo zio Gardiner ha fatto per loro, perché Wickham non possiede mezzo scellino di suo. Non potremo mai ripagare lui e la zia di tanta generosità. Averla presa in casa, averle dato la loro protezione e il loro appoggio è stato un tale sacrificio fatto per il bene di essa che anni e anni di riconoscenza non arriveranno mai a compensarli. A quest'ora lei è con loro! Se tanta bontà non la rende contrita, non si meriterà mai d'esser felice! Che momento per lei, il primo incontro con la zia!»

«Cerchiamo di dimenticare tutto ciò che è accaduto da ambo le parti» disse Jane; «io spero e confido che, nonostante tutto, saranno felici. Il consenso di lui a questo matrimonio è una prova, voglio crederlo, di un suo nuovo, retto modo di pensare. Il loro reciproco affetto li renderà più saldi e mi lusingo che si sistemeranno tranquillamente e vivranno con tanta saggezza da far, col tempo, dimenticare il loro trascorso giovanile.»

«La loro condotta è stata tale» osservò Elizabeth «che né tu né io né nessuno la potrà dimenticare. È meglio non parlarne.»

A questo punto le ragazze si rammentarono che la madre si trovava probabilmente all'oscuro di quanto era accaduto. Andarono perciò in biblioteca a chiedere al padre se potevano dirglielo. Egli stava scrivendo e, senza alzare la testa, rispose freddamente:

«Fate come volete.»

«Possiamo portarle a leggere la lettera dello zio?»

«Portatele quello che vi pare e andatevene.»

Elizabeth prese la lettera dalla scrivania e salirono di sopra. Mary e Kitty erano appunto dalla mamma: una sola comunicazione faceva per tutte quante. Dopo averle preparate vagamente a delle buone nuove, la lettera fu letta a voce alta. La signora Bennet non riusciva a contenersi. Quando Jane ebbe letto che il signor Gardiner confidava che quanto prima Lydia si sarebbe sposata, la sua gioia esplose e ogni frase successiva aggiunse fuoco al suo entusiasmo. Con la stessa violenza con cui prima aveva dato sfogo all'inquietudine e alla paura ora si abbandonava alla gioia. Sapere che sua figlia stava per essere sposa era più che sufficiente. Nessuna trepidazione per la sua felicità la turbava, nessun ricordo della sua cattiva condotta la umiliava.

«Cara, cara Lydia!» esclamò. «Che bellezza! Si sposa! La rivedrò! Maritata a sedici anni! Che fratello buono e generoso è il mio! Sapevo bene io come sarebbe andata a finire; sapevo che lui sistemava ogni cosa. Che voglia ho di rivederla! E di vedere anche quel caro Wickham! Ma i vestiti, i vestiti di nozze. Ne scrivo subito a mia cognata Gardiner. Lizzy, amore mio, corri da tuo padre e chiedigli quanto le dà. No, resta, resta. Voglio andarci io. Suona il campanello per Hill, Kitty. Voglio vestirmi subito. Cara cara Lydia! Come saremo contente quando ci rivedremo!»

La figlia maggiore si sforzava di calmare questi trasporti e di rivolgere i pensieri materni agli obblighi che venivano loro per quello che aveva fatto il signor Gardiner.

«Perché» fece notare «dobbiamo molta di questa felice soluzione alla sua bontà. Siamo convinti che si è impegnato lui stesso con i suoi denari ad aiutare il signor Wickham.»

«Bene,» esclamò la madre «benissimo! Chi avrebbe dovuto farlo se non lo zio? Se non avesse avuto famiglia, il suo denaro sarebbe toccato a me e alle mie figlie, lo sai; ed è la prima volta che riceviamo qualcosa da lui, all'infuori di qualche regaluccio. Benissimo! Sono così felice! Avrò una figlia maritata. La signora Wickham! Come suona bene! E ha appena finito sedici anni il giugno passato! Jane, cara, ho una tale palpitazione che non riesco a scrivere. Scrivi tu per me; io ti detterò. Questa faccenda del denaro la sistemerò dopo con tuo padre; ma bisognerebbe passar subito le ordinazioni.»

Sarebbe quindi passata a tutti i particolari della tela, della mussola e della battista e avrebbe dettato una voluminosa ordinazione se Jane, non senza difficoltà, non l'avesse persuasa ad aspettare di aver consultato suo padre. Un giorno di ritardo, le fece osservare, non aveva importanza e la madre era troppo felice per fare l'ostinata come al solito. Tanto più che altre idee le passavano per la testa.

«Andrò a Meryton» disse, appena vestita «a raccontare la bella notizia a mia cognata Phillips. E ritornando mi fermerò da Lady Lucas e dalla signora Long. Kitty, corri giù a far attaccare. Un po' d'aria mi farà un gran bene. Ragazze, volete niente da Meryton? Oh, ecco Hill! Mia cara Hill, avete saputo la bella notizia? Lydia si sposa e voi tutti berrete una tazza di punch per festeggiare le sue nozze.»

La signora Hill si profuse in espressioni di letizia. Elizabeth dovette subire la sua parte di congratulazioni, finché, disgustata da tanta leggerezza, si rifugiò in camera sua a dare libero corso ai suoi pensieri. La situazione della povera Lydia, nella migliore delle ipotesi, restava assai bruttina; eppure conveniva ringraziare che non fosse peggiore. Elizabeth lo vedeva; e sebbene, guardando davanti a sé, non intravedesse per sua sorella né una ragionevole felicità né della prosperità materiale, tuttavia, guardando indietro a quello che solo due ore prima avevano paventato, comprese che si era fatto un buon guadagno.

L

In altri momenti della sua vita, il signor Bennet aveva spesso desiderato, anzi che spendere tutta quanta la sua rendita, di mettere ogni anno da parte una certa somma per provvedere meglio alle sue figlie e alla moglie, se questa gli fosse sopravvissuta. Adesso poi lo desiderava più che mai. Se avesse fatto quello che avrebbe dovuto, oggi Lydia non avrebbe con lo zio il grosso debito che aveva fatto per l'onore suo e per il suo interesse. Allora la soddisfazione di aver costretto uno dei meno leali giovanotti della Gran Bretagna a diventare suo marito sarebbe stata quella che doveva essere.

Lo preoccupava seriamente che una causa così poco vantaggiosa per tutti fosse condotta avanti a sole spese del cognato; ed era deciso di arrivare a scoprire l'entità del soccorso prestato e a sgravarsi di quest'obbligo, appena avesse potuto.

Da principio, appena presa moglie, il signor Bennet aveva creduto inutile far economia poiché, com'era naturale, contava di avere un maschio. Questo maschio, appena maggiorenne, avrebbe svincolato il patrimonio e a questo modo sarebbero rimasti provveduti la vedova e i fratelli minori. Invece erano venute cinque femmine una dopo l'altra e il maschio doveva sempre venire; e per parecchi anni dopo la nascita di Lydia la signora Bennet era ancora sicura che sarebbe venuto. Da ultimo smise di sperarci, ma era troppo tardi per rimediarvi col fare economia. La signora Bennet non era tagliata per il risparmio e soltanto l'amore del marito per la propria indipendenza finanziaria aveva impedito che le spese superassero le entrate.

Nell'atto matrimoniale erano state stipulate cinquemila sterline per la signora Bennet e per i nascituri. Ma in che misura la somma dovesse esser divisa fra questi, dipendeva dalla volontà dei genitori. Ecco un punto che, per lo meno per Lydia, doveva ora essere definito. Il signor Bennet non poteva esitare di fronte alle proposte messegli davanti. In termini, sempre concisi, di grato riconoscimento per la generosità del cognato, mise in carta la sua piena approvazione a quanto era stato fatto e dichiarò la sua volontà di mantenere gli impegni che erano stati presi in suo nome. Non si era mai immaginato che, trattandosi d'indurre Wickham a prendere in moglie sua figlia, la cosa sarebbe avvenuta con tanto poco scomodo per lui come in questo accomodamento.

Veniva a rimetterci appena dieci sterline all'anno sulle cento che doveva versare a Lydia, poiché tra il sostentamento e lo spillatico, oltre i continui regali in denaro che le passavano le mani materne, le spese per Lydia ammontavano all'incirca a quella cifra. Che la cosa fosse stata conclusa con così lieve sforzo da parte sua era per lui una grata sorpresa, anche perché il suo desiderio più profondo era di avere il minimo disturbo possibile da tutta questa faccenda. Passato il primo trasporto di collera, eccitato dal grande sforzo fatto per ricercare da per tutto la figlia, era tornato molto naturalmente alla sua prima indolenza. La lettera fu tosto spedita giacché, lentissimo nell'intraprendere le cose, era poi rapidissimo nello sbrigarle. Chiedeva maggiori particolari su quello che doveva a suo cognato: con Lydia era troppo irritato per mandarle a dire qualunque cosa.

La buona nuova si diffuse rapidamente per la casa e, con proporzionata rapidità, per il vicinato. Qui fu accolta con dignitosa filosofia. Certo, ci sarebbe stata più ispirazione alle conversazioni se la signorina Lydia Bennet fosse stata sorpresa in città o, nella migliore ipotesi, fosse stata segregata dal mondo in qualche lontana casa di campagna. Ma anche sul suo matrimonio c'era parecchio da discorrere, e gli affettuosi voti per il suo benessere, formulati da principio da tutte le vecchie maligne signore di Meryton, persero ben poco della loro sostanza in questo cambiamento di circostanze; con un simile marito la sua infelicità era data per sicura.

Erano ormai due settimane che la signora Bennet non era più scesa giù; ma in quel felice giorno tornò a riprendere il suo posto a capotavola, con una opprimente vivacità. Nessun senso di vergogna temperava il suo trionfo. Il matrimonio di una delle sue figlie, il supremo dei suoi desideri da quando Jane aveva sedici anni, stava adesso per compiersi; i suoi pensieri e le sue parole erano piene di tutte le cose che accompagnano le nozze eleganti: belle mussoline, carrozze nuove, servitori. Era tutta presa a cercare nelle vicinanze un alloggio confacente a sua figlia; e senza sapere o pensare quali fossero i redditi degli sposi, li scartava tutti perché o troppo piccoli o poco imponenti.

«Haye Park» diceva «potrebbe fare, se i Goulding lo lasciassero; o la grande casa di Stoke, se il salotto da ricevimento fosse più grande; ma Ashworth è troppo lontano. Non voglio averla a dieci miglia di distanza da me; e quanto a casa Parvis, i soffitti sono orribili.»

Suo marito la lasciò chiacchierare senza interromperla finché la servitù fu presente, ma quando si fu ritirata le disse:

«Prima di prendere qualcuna o tutte queste case per tua figlia e tuo genero, vediamo d'intenderci. Intanto vi è una casa da queste parti dove essi non metteranno mai piede. Non ho voglia di premiare la sfacciataggine di nessuno dei due ricevendoli a Longbourn.»

A questa minaccia seguì una lunga disputa, ma il signor Bennet tenne duro. E subito dopo ce ne fu un'altra. La signora Bennet apprese con stupito orrore che suo marito non avrebbe dato una sola ghinea per comprare nuovi vestiti alla figlia. Dichiarò che non doveva ricevere da lui, in questa circostanza, un segno qualsiasi di affetto. La signora Bennet non riusciva a capacitarsene. Che lo sdegno lo portasse al punto da rifiutare a sua figlia una cosa senza di che il matrimonio sarebbe sembrato sì e no valido sorpassava tutto quello che per lei era credibile. Era più sensibile all'umiliazione che la mancanza di un corredo nuovo avrebbe fatto cadere sulle nozze della figlia che ad alcun sentimento di vergogna per la sua fuga e per la sua convivenza di due settimane con Wickham prima di sposarsi.

Vivo era il dolore di Elizabeth per essersi lasciata trascinare nell'angoscia del momento a confessare al signor Darcy i suoi timori per la sorella; una volta che l'imminente matrimonio stava per mettere un legittimo epilogo alla fuga si poteva sperare di tenerne nascosto il non bel prologo a coloro che non c'erano stati proprio in mezzo.

Non che temesse che Darcy lo propagasse. Poche erano le persone sulla cui segretezza poteva riposare più tranquilla, ma non c'era nessuno che la mortificasse maggiormente saperlo a conoscenza della debolezza di sua sorella. Non per paura di rimetterci qualcosa lei, perché, comunque fosse, un abisso insormontabile sembrava oramai aperto fra di loro. Se anche il matrimonio di Lydia fosse stato concluso nelle condizioni più onorevoli, non era ammissibile che il signor Darcy avrebbe acconsentito a imparentarsi con una famiglia per la quale, oltre tutte le ragioni in contrario, c'era adesso anche questa d'una strettissima parentela con un uomo ch'egli così giustamente disprezzava.

Non c'era da meravigliarsi ch'egli indietreggiasse davanti a una simile unione. Quella premurosa simpatia con cui, nel Derbyshire, egli aveva mostrato il suo sentimento verso di lei non poteva ragionevolmente resistere a un tal colpo. Così si sentiva umiliata e afflitta e piena di rimorsi, pur non sapendo precisamente neanche lei per che cosa. Cominciava a desiderare la stima di lui, ora che non ci poteva più sperare: avrebbe voluto avere sue notizie, ora che non c'era più probabilità di averne. Ebbe la certezza che con lui sarebbe stata felice, ora che non era più probabile che si incontrassero.

Che trionfo per lui, pensava spesso, se avesse potuto sapere che le proposte ch'essa aveva così orgogliosamente respinte appena quattro mesi avanti sarebbero state accolte, adesso, con tanta gioia e gratitudine! Ora non metteva in dubbio che egli fosse generoso quanto i più generosi del suo sesso; ma poiché era sempre uomo, doveva ben godere del suo trionfo.

Elizabeth iniziava a comprendere che egli era proprio l'uomo che per il carattere e per la mente si confaceva di più a lei. L'intelligenza e il temperamento di lui, benché diversi dai suoi, avrebbero corrisposto a tutti i suoi desideri. Sarebbe stata una unione vantaggiosa a tutti e due: la spigliatezza e vivacità di lei avrebbero addolcito l'animo di lui e ingentilite le sue maniere, mentre Elizabeth avrebbe tratto gran beneficio dal senno, dalla cultura e dall'esperienza di lui.

Ma non sarebbe stato questo matrimonio ideale a insegnare ora alle turbe ammiranti la vera felicità coniugale. Una unione ben diversa, e che tagliava la via a quell'altra, stava per formarsi nella sua famiglia.

Come Wickham e Lydia si sarebbero mantenuti in una discreta indipendenza Elizabeth non arrivava a figurarselo. Ma poteva facilmente prevedere quale breve durata potesse avere la felicità di una coppia unitasi soltanto perché la passione era stata in loro più forte della virtù.

Il signor Gardiner riscrisse al cognato. Alle espressioni di riconoscenza del signor Bennet rispondeva brevemente, assicurandolo della sua premura per il benessere di ogni persona della sua famiglia, e concludeva con la preghiera che codesto argomento non lo menzionasse più. Lo scopo principale della sua lettera era di far sapere che il signor Wickham si era deciso a lasciare la milizia.

Era mio vivo desiderio

continuava

che fosse così appena il matrimonio fosse fissato. E spero che sarai d'accordo con me nel consigliare tanto a lui quanto a mia nipote un allontanamento da quel corpo. Il signor Wickham ha l'intenzione di entrare nell'esercito regolare e fra i suoi amici d'un tempo ve ne sono ancora alcuni che possono e vogliono aiutarlo. Gli è stato promesso il grado d'alfiere nel reggimento del Generale..., ora di guarnigione nel Nord. È un bene che si trovi così lontano da questa parte del Regno. Egli fa buone promesse e spero che, fra gente nuova, dove tutti e due avranno una reputazione da mantenere, avranno più giudizio. Ho scritto al colonnello Forster per informarlo di questa intesa e per pregarlo di garantire ai vari creditori di Wickham, dentro e fuori Brighton, un pronto pagamento, per il quale mi sono impegnato io stesso. Vuoi prenderti tu il disturbo di comunicare eguali assicurazioni ai suoi creditori di Meryton, dei quali ti mando la lista secondo le sue indicazioni? Ci ha messo tutti i suoi debiti: spero, per lo meno, che non ci avrà ingannati. Haggerston ha le nostre istruzioni e in una settimana tutto sarà a posto. Essí raggiungeranno, allora, il suo reggimento, a meno che non siano invitati, prima, a Longbourn. Mia moglie mi dice che mia nipote ha un grande desiderio di rivedervi tutti prima di partire dal Sud. Sta bene e mi prega di essere rispettosamente ricordata a te e a sua madre. Il tuo aff.mo

E. Gardiner

Il signor Bennet e le sue figlie vedevano quanto il signor Gardiner la opportunità che Wickham lasciasse il ...shire. La signora Bennet ne fu meno soddisfatta. Che Lydia si stabilisse nel Nord, proprio quando lei s'era ripromessa tanta gioia e orgoglio dalla compagnia di una figlia maritata e non aveva per niente rinunziato ai suoi progetti di vederli sistemati nell'Hertfordshire, fu un amaro disinganno. E poi, che peccato che Lydia fosse portata via da un reggimento dove conosceva tutti e aveva tanti favoriti!

«Ha una vera adorazione per la signora Forster» disse. «È un'iniquità mandarla via! E vi sono anche molti di quei giovanotti ai quali essa vuole molto bene. Chi sa se gli ufficiali del reggimento del Generale... saranno così simpatici!»

La domanda di Lydia – poiché tale doveva considerarsi – di essere riammessa nella famiglia prima di recarsi nel Nord fu da principio accolta con un assoluto rifiuto. Ma Jane ed Elizabeth, che per il bene sentimentale e sociale della sorella desideravano concordemente che il matrimonio fosse riconosciuto dai genitori, insistettero con tanto ardore e con così buone e affettuose ragioni presso il padre perché la ricevesse col marito a Longbourn ch'egli dovette arrendersi alla loro idea e fare secondo i loro desideri. Così la madre ebbe la soddisfazione di sapere che avrebbe potuto mostrare al vicinato la figlia maritata, prima che fosse esiliata nel Nord. Perciò, quando il signor Bennet riscrisse al cognato, mandò il suo consenso di venire a Longbourn e fu deciso che, appena terminata la cerimonia, ci sarebbero subito venuti.

Elizabeth però rimase sorpresa che Wickham accettasse un simile progetto: se avesse consultato soltanto l'animo suo, un incontro con lui sarebbe stato l'ultimo dei suoi desideri.

LI

Giunse così il giorno delle nozze di Lydia, e Jane ed Elizabeth ne furono commosse forse un po' più di quanto lo fosse lei stessa. La carrozza fu mandata a incontrarli a... per riportarli per l'ora di pranzo. Il momento dell'arrivo era atteso quasi con terrore dalle due maggiori signorine Bennet e in special modo da Jane, che attribuiva a Lydia i sentimenti che avrebbe provati lei stessa se fosse stata la colpevole e che si angosciava al pensiero di ciò che sua sorella doveva soffrire nel suo interno.

Arrivarono. La famiglia si era raccolta nel tinello a riceverli. Quando la carrozza si fermò al portone, sul volto della signora Bennet si diffuse un sorriso; suo marito rimase grave e impenetrabile e le figlie intimorite, ansiose, in gran disagio.

La voce di Lydia echeggiò nel vestibolo; la porta fu spalancata di colpo ed essa si precipitò nella stanza. La madre le andò incontro, l'abbracciò e le diede un entusiastico benarrivata; porse la mano con un affettuoso sorriso a Wickham, che seguiva sua moglie, e si congratulò con entrambi con un fervore che mostrava di non aver dubbi sulla loro felicità.

L'accoglienza del signor Bennet, al quale quindi si rivolsero, non fu proprio egualmente cordiale. Assunse un aspetto di grande austerità e aprì appena la bocca. La baldanzosa disinvoltura della giovane coppia era quella che ci voleva per irritarlo. Elizabeth ne fu disgustata e persino Jane ne ebbe un'impressione sgradevole. Era sempre la stessa Lydia: incorreggibile, imperturbabile, sfacciata, rumorosa e temeraria. Passava da una sorella all'altra a chiedere le loro congratulazioni, e quando finalmente si furono tutti seduti, incominciò a guardare a destra e a sinistra notando i piccoli cambiamenti avvenuti nella stanza e con una bella risata constatò ch'era un bel pezzo che non vi era più stata.

Wickham non aveva l'aria d'esser per nulla più desolato della moglie; il suo modo di fare era sempre così seducente che, se il suo carattere e il suo matrimonio fossero stati quelli che avrebbero dovuto essere, tutti sarebbero rimasti affascinati dai sorrisi e dalla gentilezza con cui reclamava la loro parentela. Elizabeth non lo avrebbe mai creduto capace di tanta improntitudine e dentro di sé ammise di non dover mai più mettere dei limiti alla sfacciataggine di un uomo sfrontato. Tanto lei che Jane si coprirono di rossore, ma le guance dei due che erano causa della loro vergogna non mutarono colore.

Non mancavano argomenti alla conversazione. Sposa e madre non arrivavano a dire con sufficiente sveltezza tutto quello che avevano da dirsi, e Wickham, che per caso si trovò seduto vicino a Elizabeth, incominciò a chiederle notizie delle conoscenze del vicinato con una beata serenità ch'essa sentiva di non poter avere nel rispondergli. Sembrava che i loro ricordi dovessero essere i più lieti ricordi dell'universo. Non una cosa del passato fu rievocata con pena: Lydia entrava volontariamente in certi argomenti a cui le sue sorelle non avrebbero mai osato alludere per tutto l'oro del mondo.

«Pensare che sono già tre mesi dacché sono venuta via!» esclamò quella. «A dirvela schietta, mi sembrano appena quindici giorni; eppure quante cose sono accadute. Buon Dio! Davvero che partendo non avevo la minima idea d'esser sposa prima del mio ritorno! Nonostante pensassi che, se questo fosse successo, sarebbe stato un bello scherzo!»

Suo padre spalancò tanto d'occhi; Jane si sentiva smarrire ed Elizabeth gettò un'occhiata espressiva a Lydia; ma quella non sentiva e non vedeva altro che quello che voleva vedere e continuò tutta allegra:

«Dica, mamma, lo sa la gente di qui che mi sono sposata? Avevo paura di no; nel venire qua abbiamo raggiunto il barroccino di William Goulding e, perché capisse, ho abbassato il vetro dalla sua parte, mi son tolta il guanto e ho appoggiata la mano al finestrino in modo che potesse vedere la fede: poi ho inchinato la testa e ho sorriso come niente fosse.»

Elizabeth non ne poteva più. Si alzò e scappò dalla stanza, tornando solo quando li sentì attraversare il vestibolo per passare nella sala da pranzo, dove li raggiunse in tempo per vedere Lydia che, con ostentata solennità, camminava alla destra della madre e diceva alla sorella maggiore:

«Prendo il tuo posto a tavola, sai, Jane; tu devi metterti un po' più giù perché io sono maritata.»

Né c'era da aspettarsi che Lydia fosse presa più tardi da quella confusione che sin dal principio le era così totalmente mancata; la sua disinvoltura e la sua allegria non facevano che aumentare. Era impaziente di vedere la signora Phillips, i Lucas e gli altri vicini e di sentirsi chiamar da loro "signora Wickham". Intanto, subito dopo pranzo, corse dalla signora Hill e dalle due cameriere a mostrare la fede e a pavoneggiarsi di esser sposa.

«Dunque, mamma,» disse, quando furono tutti di nuovo nel tinello «che ne pensa del mio sposo? Non è affascinante? Giurerei che tutte le mie sorelle me lo invidiano. Le auguro che abbiano solo metà della mia fortuna. Dovrebbero andare tutte a Brighton. Quello è il posto per acchiappare i mariti. Che peccato che non ci siamo andati tutti, mamma!»

«È vero, e, se avessi potuto fare a modo mio, saremmo andate. Ma, Lydia mia, non sono punto contenta che tu vada a stare così lontano. Non si può proprio fare altrimenti?»

«Oh Dio! sì, ma non è nulla. Mi piace come tutto il resto. Lei e papà e le sorelle verrete a trovarci laggiù. Staremo tutto l'inverno a Newcastle e oserei predire che vi saranno dei balli e sarà pensier mio procurarmi dei buoni cavalieri.»

«Piacerebbe un mondo anche a me» esclamò la madre.

«E poi, quando lei ritornerà via, potrebbe lasciarvi una o due delle mie sorelle: garantisco di trovar loro un marito prima che finisca l'inverno.»

«Ti ringrazio del pensiero,» disse Elizabeth «ma il tuo sistema di trovare marito non mi piace.»

Gli ospiti non dovevano trattenersi più di dieci giorni. Prima di lasciar Londra, Wickham aveva ricevuto il brevetto di ufficiale e doveva raggiungere il reggimento entro due settimane.

Nessuno rimpianse che la loro permanenza fosse così breve, all'infuori della signora Bennet: questa la riempì più che poté di visite con la figlia e di ricevimenti in casa. Questi riuscirono accetti a tutti: era un modo di evitare una intimità familiare incresciosa a chi ci pensava, ancora più a chi non ci pensava.

L'affetto di Wickham per Lydia corrispondeva esattamente all'idea che se n'era fatta Elizabeth; non eguagliava quello di Lydia per lui. La logica delle cose, anche senza l'osservazione diretta, bastava a persuaderla che la passione che li aveva indotti alla fuga era piuttosto quella di lei che quella di lui. Si sarebbe meravigliata che, senza una forte passione per Lydia, egli si fosse deciso a fuggire insieme a lei, se non avesse avuto la certezza che la fuga era stata resa necessaria dalle circostanze disperate; ammesso questo, egli non era uomo da resistere al piacere che poteva procurargli una compagna.

Lydia era entusiasta di lui: era ogni momento il suo caro Wickham; nessuno reggeva al suo confronto. Quello che faceva lui lo faceva meglio di tutti ed era sicura che all'apertura della caccia avrebbe ammazzato più uccelli di chiunque altro in Inghilterra.

Una mattina, poco dopo il suo arrivo, trovandosi con le due sorelle maggiori, disse a Elizabeth:

«Lizzy, mi pare di non averti mai raccontato il mio

matrimonio. Quando lo raccontai alla mamma e alle altre sorelle, tu non c'eri. Non ti piacerebbe sapere come è andato?»

«Proprio no» rispose Elizabeth. «Meno se ne parla e meglio è.»

«E via! Come sei buffa! Invece voglio proprio raccontarti come fu. Ci sposammo, come sai, in San Clemente, poiché il domicilio di Wickham era in quella parrocchia. Fu stabilito di trovarci tutti lì alle undici. Io vi sarei andata con gli zii e gli altri ci avrebbero ritrovati in chiesa. Bene: arrivò la mattina del lunedì... com'ero scombussolata! Avevo una gran paura che succedesse qualche altra cosa che lo rimandasse a un altro giorno; credo che ne sarei impazzita dalla rabbia. E poi, tutto il tempo che mi vestivo avevo d'intorno la zia che seguitava a discorrere e a predicare proprio come se leggesse un sermone. Ma io sentivo una parola su dieci perché, come puoi ben figurarti, non pensavo che al mio caro Wickham. Morivo dalla voglia di vedere se per sposarsi avrebbe messa l'uniforme azzurra.

«Bene, si fece colazione alle dieci, come sempre; mi pareva che non finisse più; e a proposito, è bene che tu sappia come lo zio e la zia sono stati sgarbati con me in tutto il tempo che sono stata da loro. Non ci crederai, ma non mi hanno lasciata metter piede fuori di casa una sola volta, in due settimane. Non un ritrovo, non uno spettacolo, nulla. Di certo, Londra era un po' spopolata, eppure il *Little Theatre* era aperto. Poi, proprio quando la carrozza arrivò, lo zio fu chiamato per affari da quell'esoso signor Stone. E tu sai che, una volta insieme, non la fanno più finita. Insomma, avevo una paura da non dirsi, perché lo zio doveva accompagnarmi e, se passava l'ora, per tutto quel giorno non ci si poteva più sposare. Fortuna che dopo dieci minuti ritornò e così partimmo tutti quanti. Veramente dopo mi rammentai che, anche se lui non fosse potuto venire, non ci sarebbe stato bisogno di rimandare lo sposalizio, perché il signor Darcy avrebbe fatto bene lo stesso.»

«Il signor Darcy!» interruppe Elizabeth al colmo dello stupore.

«Sicuro! Doveva venire con Wickham, lo sai. Povera me! stavo per dimenticarlo! Non dovevo dirlo ad anima viva: lo avevo giurato. Che cosa dirà Wickham? Pareva che fosse un segreto così importante.»

«Se è un segreto,» disse Jane «non dire una parola di più. Fidati di me, ché non chiederò di più.»

«No, non ti faremo certo nessuna domanda» disse Elizabeth, che pure ardeva di curiosità.

«Grazie» disse Lydia «perché altrimenti vi racconterei tutto e allora Wickham se ne avrebbe molto a male.»

Davanti a un simile incoraggiamento, Elizabeth se n'andò per evitare ogni tentazione.

Ma rimanere all'oscuro su un tale punto era impossibile, o per lo meno era impossibile non tentare d'informarsene. Il signor Darcy aveva assistito al matrimonio di sua sorella. Era proprio la cosa che pareva egli non avesse mai a fare e con persone tra le quali era meno disposto a trovarsi. Per spiegarselo, le si presentarono, rapide e confuse, tutte le congetture possibili; ma non ce ne fu una che la convincesse. Quelle che più le sarebbero piaciute, perché nobilitavano di più la condotta di lui, erano quelle che apparivano più inverosimili. L'incertezza era insopportabile e, afferrato un foglio di carta, scrisse brevemente alla zia che le spiegasse quello che Lydia aveva lasciato interrotto, qualora fosse stato compatibile con la segretezza giurata.

Capirà facilmente

diceva

quale sia la mia curiosità di sapere in che modo una persona non imparentata con nessuno di noi, in certo senso un estraneo, sia stata con voi in quel momento. La prego, mi scriva subito e me ne dia la spiegazione, a meno che, per motivi imprescindibili, non debba restare segreto, come lo pensa Lydia: nel qual caso dovrò fare il possibile per contentarmi di non sapere.

"Ma non ci riuscirò" disse fra sé e sé, e terminò la lettera così:

Se lei, cara zia, non me lo dirà lealmente, temo che sarò costretta a ricorrere a delle astuzie e a degli stratagemmi per arrivare a scoprirlo.

Il delicato senso dell'onore che possedeva Jane non le permise di parlare di quanto era sfuggito a Lydia neanche a quattr'occhi con Elizabeth, e questa ne fu lieta; prima di vedere se le sue domande ricevevano soddisfazione, preferì rimanere sola, senza confidente.

LII

Elizabeth ebbe la soddisfazione di ricevere prontamente risposta alla sua lettera. Avutala, si precipitò nel boschetto, dove era più difficile che venissero a disturbarla. Sedette su una panchina e si dispose a esser contenta, poiché la lunghezza della missiva le diceva subito che non si trattava d'un rifiuto. Lesse:

Gracechurch Street, 6 settembre

Mia cara nipote,
ho ricevuto ora la tua lettera e dedicherò tutta questa mattina a risponderti, perché in breve non riuscirei a riassumere quello che ho da dirti. Ti confesso che

questa tua domanda mi ha sorpreso: non me l'aspettavo da te. Non credere perciò che sia adirata; ero soltanto stupita che tu avessi bisogno di una tale informazione. Se preferisci non capirmi, fa lo stesso e perdona la mia impertinenza. Tuo zio è rimasto sorpreso quanto me; e nessuna cosa, all'infuori della certezza che tu eri parte interessata, lo avrebbe autorizzato ad agire come ha agito. Ma se è vero che tu non sai proprio nulla di nulla, sarò più esplicita. Lo stesso giorno del nostro ritorno da Longbourn, tuo zio ricevette una visita inaspettatissima. Era il signor Darcy; stettero a parlare insieme più ore. Avevano terminato tutto quando entrai io, per cui la mia curiosità non fu sottoposta a quella tortura a cui sembra essere stata sottoposta la tua. Il signor Darcy era venuto a comunicare a tuo zio d'aver scoperto dove erano tua sorella e il signor Wickham; li aveva veduti e ci aveva parlato: più volte con Wickham, una con Lydia. Da quello che potei mettere insieme, egli dev'esser partito dal Derbyshire soltanto un giorno dopo di noi e venuto in città col deliberato proposito di pescarli. Disse qual era la ragione che ve lo aveva mosso: era convinto che, se la slealtà di Wickham non era tanto conosciuta da impedire a ogni donna per bene di avere per lui amore e fiducia, la colpa era di lui solo. Generosamente si incolpò di tutto il suo sbagliato orgoglio e confessò che, prima, aveva ritenuto inferiore alla sua dignità far sapere al mondo i suoi affari privati. Pensava che, con il suo carattere, Wickham si sarebbe svelato da sé. Disse che perciò era suo dovere farsi avanti e cercare di porre rimedio a un male causato da lui. Se aveva anche un altro motivo, sono certa che non era tale da fargli torto. Prima d'arrivare a scoprirli, era stato diversi giorni in città, ma aveva qualche traccia più di noi per dirigere le sue ricerche e questa era stata un'altra ragione che lo aveva spinto a unirsi a noi. Sembra che vi sia una certa signora Jounge, che è stata, tempo addietro, governante della signorina Darcy e che fu licenziata per un brutto motivo, sebbene egli non abbia detto quale. Essa prese allora una grande casa in Edward Street e vive da quell'epoca affittando camere. Darcy sapeva che questa signora Jounge era legata a Wickham e a lei si rivolse per averne notizie, appena giunto in città. Ma ci vollero due o tre giorni prima d'arrivare a qualcosa. M'immagino che costei non volesse tradirli prima di aver avuto un adeguato compenso, poiché in realtà sapeva benissimo dove il suo amico fosse. Infatti Wickham era andato a trovarla, appena sbarcato a Londra: e, se allora avesse potuto riceverli a casa sua, sarebbero andati ad alloggiare da lei. Alla fine, il nostro buon amico ottenne la tanto desiderata indicazione. Essi abitavano in ...Street. Vide Wickham e insistette per vedere anche Lydia. Dichiarò che il suo primo passo era stato quello di persuaderla a uscire da quella vergognosa posizione e a ritornare dai suoi amici, quando questi fossero stati disposti a raccoglierla, offrendole il suo appoggio per tutto quanto era necessario. Ma trovò Lydia risolutamente decisa a restare dove era. Nulla le importava di queste persone amiche, non aveva bisogno del suo aiuto e non voleva sentir parlare di lasciare Wickham. Era sicura che un giorno o l'altro la avrebbe sposata; poco le importava quando. Poiché queste erano le sue idee, Darcy pensò che non restasse altro che concludere, e presto, un matrimonio, che dal primo colloquio con Wickham gli era risultato non esser mai stato nei suoi progetti: questi aveva confessato di aver dovuto lasciare il reggimento per via di alcuni debiti d'onore molto stringenti e non aveva avuto scrupolo a rovesciare tutte le peggiori conseguenze della fuga di Lydia soltanto sulla leggerezza di lei. Aveva l'intenzione di presentare subito le dimissioni e, quanto al suo avvenire, poteva dire ben poco. Doveva andarsene da qualche parte, ma non sapeva dove; sapeva soltanto che non avrebbe avuto di che vivere. Il signor Darcy gli domandò perché non sposava tua sorella, subito. Benché non c'era da pensare che il signor Bennet fosse molto ricco, questi avrebbe pure potuto fare qualcosa per lui e la sua posizione si sarebbe migliorata per questo matrimonio. Ma si accorse che Wickham accarezzava ancora la speranza di fare la sua fortuna con un matrimonio più importante, in qualche altro luogo. Tuttavia, messe com'erano le cose, non era probabile che Wickham resistesse all'allettamento di un immediato soccorso. Si ritrovarono più volte, perché c'era molto da discutere. Wickham, naturalmente, chiedeva più di quello che poteva ottenere, ma finalmente s'indusse al ragionevole. Stabilita ogni cosa fra di loro, il secondo passo del signor Darcy fu di metterne a parte tuo zio e, la vigilia del mio ritorno a casa, venne per la prima volta da noi. Ma non trovò mio marito; apprese invece che tuo padre era ancora con lui ma che sarebbe partito la mattina seguente. Pensò che tuo padre era persona meno adatta di tuo zio a consultarsi e rimise il colloquio a dopo la sua partenza. Non lasciò detto il suo nome e sino al giorno dopo si seppe soltanto che un signore era passato per affari. Al sabato ritornò: tuo padre era partito, tuo zio invece era in casa e, come ho già detto, stettero a discorrere un bel pezzo. Si ritrovarono la domenica e allora lo vidi anch'io. Entro il lunedì tutto fu concluso e subito dopo fu mandato il messaggero a Longbourn. Ma il nostro visitatore era ostinatissimo. Mi figuro, Lizzy, che il suo vero difetto sia l'ostinazione. Gli sono state attribuite, diverse volte, molte pecche, ma questa è l'unica vera. Non ammetteva che nulla fosse fatto se non da lui, sebbene tuo zio, ne sono sicura, avrebbe sistemato ogni cosa altrettanto alla svelta. (Ma non lo dico perché lo si ringrazi, e tu non stare a parlarne.) Contesero tra loro per un bel po', più di quanto se lo meritassero i due interessati. Ma tuo zio fu costretto, da ultimo, a cedere e invece di poter essere utile lui a sua nipote, ha dovuto adattarsi ad averne, a gran malincuore, il merito, di modo che la tua lettera di stamani gli ha fatto certo un grandissimo piacere, perché la spiegazione da te richiesta veniva a togliergli l'apparenza di un merito che non è suo e che deve andare a chi lo ha. Tutto questo però, Lizzy, è per te sola o, al massimo, anche per Jane. Ormai sarai abbastanza al corrente di ciò che è stato fatto per questi due giovani. I debiti di lui verranno pagati; ammontano, credo, a ben più di mille sterline; più altre mille in aggiunta all'assegno di lei e l'acquisto del brevetto di ufficiale. La ragione per la quale il signor Darcy ha fatto tutto questo, lui solo, l'ho detta sopra. Attribuiva a se stesso, al suo riserbo e alla sua mancanza di vero criterio, se si era così mal compreso che tipo d'uomo era Wickham e se perciò aveva potuto essere ricevuto e trattato com'era stato. Forse in questo c'è del vero, sebbene io metta in dubbio che la discrezione di Darcy o di chiunque altro possano essere responsabili dell'accaduto. Ma, a onta di tutti questi bei ragionamenti, mia cara Lizzy, puoi esser più che sicura che tuo zio non avrebbe mai ceduto, se non gli avessimo riconosciuto, in questa faccenda, un altro interesse. Quando tutto fu concluso, egli tornò dai suoi amici, ch'erano sempre a Pemberley, ma si rimase d'accordo che sarebbe tornato di nuovo a Londra per lo sposalizio e per liquidare tutte le questioni di denaro. Credo così di averti raccontato ogni cosa. Mi dirai che ti ho dato una sorpresa; spero però non un dispiacere. Lydia fu accolta in casa nostra e Wickham fu ammesso da noi continuamente. Era tale e quale l'ho conosciuto nell'Hertfordshire, ma non ti direi quanto poco mi è piaciuto il modo di comportarsi di lei, se dalla lettera di mercoledì di Jane non avessi visto che il suo contegno, arrivando da voi, è stato identico; perciò quello che sto per dirti ora non deve affliggerti. Le ho parlato, a più riprese, con la più grande serietà, mostrandole il male e il dolore che aveva causati alla sua famiglia; ma se mi ha sentita è stato un caso, perché vedevo che non mi dava nessun ascolto. Stavo per perder proprio la pazienza, ma allora pensavo alle mie care Elizabeth e Jane e per amore di loro ho tutto sopportato. Il signor Darcy è ritornato puntualissimo il giorno stabilito e, come ti ha raccontato Lydia, ha assistito allo sposalizio. Il giorno seguente pranzò da noi, ripartì mercoledì o giovedì. Te ne avrai proprio a male, cara Lizzy, se colgo l'occasione per dirti (cosa che non ho mai osato far prima) quanto Darcy mi piace? Il suo modo di fare con noi è stato, sotto ogni rapporto, amabile come quando eravamo nel Derbyshire. Il suo criterio e tutti i suoi modi di vedere mi piacciono: non gli manca che un po' più di vivacità, ma questa, se si sposerà con gli occhi aperti, gliela potrà insegnare sua moglie. L'ho giudicato molto riservato: non ha fatto quasi mai il tuo nome. Ma la riservatezza sembra di moda! Perdonami, ti prego, se ho voluto troppo presumere o, per lo meno, non mi punire con l'escludermi da Pemberley. Non sarò veramente contenta finché non avrò fatto il giro intero del parco. Un piccolo *phaëton* tirato da una coppietta di cavallini sarebbe proprio quel che ci vuole. Ma basta così. I bambini stanno chiamandomi da mezz'ora.

La tua affezionatissima

M. Gardiner

Questa lettera mise Elizabeth in una grande agitazione, nella quale era difficile distinguere se vi fosse più gioia o pena. Quelle vaghe e imprecise supposizioni ch'erano entrate in lei nella incertezza di ciò che avesse fatto il signor Darcy per avvantaggiare il matrimonio della sorella, supposizioni ch'essa aveva temuto di secondare come prove di un'assurda generosità, ma che nello stesso tempo aveva paventate, erano venute adesso a verificarsi e nel senso più vasto. Egli li aveva seguiti apposta in città, aveva preso su di sé tutta la fatica e l'umiliazione di quella ricerca nella quale aveva dovuto anche pregare una donna che doveva odiare e disprezzare, riducendosi a persuadere e, infine, a comprare l'uomo che più aveva desiderato di evitare, il cui solo nome gli pareva un castigo pronunziare. Aveva fatto tutto questo per una ragazza per la quale non poteva avere né simpatia né stima. Il cuore le sussurrava che l'aveva fatto per lei. Ma questa speranza fu subito repressa da altre riflessioni: presto si rese conto, nonostante la sua vanità, che l'affetto di lui per lei, lei che lo aveva già rifiutato, affetto da cui tutto dipendeva, non poteva essere tale da farlo passar sopra a un sentimento così naturale come la sua avversione a imparentarsi con Wickham. Cognato di Wickham! Qualunque orgoglio si sarebbe ribellato. Egli aveva fatto, certamente, molto: Elizabeth arrossiva pensando a quanto. Ma non ci voleva uno sforzo straordinario a credere alla spiegazione che aveva dato lui del suo intervento. Era logico che sentisse di aver avuto torto: aveva impulsi generosi e i mezzi per esercitarli; e, senza vederne in se stessa lo stimolo principale, ammetteva che quel po' d'inclinazione che gli restava per lei lo avesse potuto spingere in una causa nella quale era in gioco la pace della sua coscienza. Era penoso, quanto mai penoso, sentirsi obbligati verso una persona che non si sarebbe mai potuta ricompensare! Essi dovevano la riabilitazione di Lydia, ogni cosa a lui. Con che cuore rimpiangeva tutte le impressioni malevoli che aveva coltivate, tutte le parole acri che gli aveva rivolte. Era umiliata per sé, ma era orgogliosa di lui, orgogliosa che, in un caso di pietà e di onore, egli era stato capace di vincere se stesso. Elizabeth lesse e rilesse l'elogio della zia per lui. Provava persino un po' di piacere, benché misto a rimpianto, nel vedere come gli zii fossero convinti, tutti e due, che fra lei e Darcy ci fosse affetto e confidenza.

Si scosse dalle sue meditazioni e si alzò all'avvicinarsi di qualcuno; prima di riuscire a infilare un altro viottolo, la sorprese Wickham.

«Temo di avere interrotto le sue solitarie peregrinazioni, mia cara cognata» disse questi, raggiungendola.

«Certamente,» rispose lei con un sorriso «ma non vuol dire perciò che l'interruzione debba essere sgradita.»

«Mi dispiacerebbe davvero se lo fosse. Siamo stati sempre buoni amici e ora lo siamo più che mai.»

«Vero. E gli altri escono?»

«Non lo so. La signora Bennet e Lydia vanno in carrozza a Meryton. E così, cara cognata, ho saputo dai nostri zii che ha visitato di recente Pemberley.»

Elizabeth rispose di sì.

«Le invidio codesto piacere, eppure temo che sarebbe troppo per me; altrimenti me lo potrei concedere, quando andrò a Newcastle. E ha veduta la vecchia custode, m'immagino? Povera Reynolds, mi ha voluto sempre un gran bene. Ma, naturalmente, con lei non avrà fatto il mio nome.»

«Invece lo ha fatto.»

«E che ha detto?»

«Che lei era entrato nell'esercito e che temeva che avrebbe fatto cattiva riuscita. A una distanza come quella, capirà, le cose vengono riportate in modo piuttosto strano.»

«Di certo» rispose egli, mordendosi le labbra. Elizabeth sperava di averlo ridotto al silenzio, ma, dopo un po', Wickham riprese:

«Mi ha stupito vedere Darcy a Londra. Il mese scorso ci siamo incontrati diverse volte. Non capisco che cosa possa stare a farci.»

«Forse a preparare il suo matrimonio con la signorina de Bourgh» disse Elizabeth. «Ci dev'essere qualcosa di speciale per averlo condotto là in questa stagione.»

«Lo dico anch'io. E quando lei è stata a Lambton, lo ha veduto spesso? Mi è parso di aver capito di sì dai signori Gardiner.»

«Sì, e ci ha fatto conoscere sua sorella.»

«E come le è piaciuta?»

«Moltissimo.»

«Ho sentito dire che in questi due o tre anni ha guadagnato assai. Quando la vidi, l'ultima volta, non prometteva molto. Sono contento che le sia piaciuta. Spero che farà una buona riuscita.»

«Direi di sì. Ha passato l'età più critica.»

«Ed è passata dal villaggio di Kympton?»
«Non me ne ricordo.»
«Gliene parlo perché è il beneficio ecclesiastico che dovuto avere io. Che luogo incantevole! Che bella casa parrocchiale! Mi sarebbe andato bene per ogni verso.»
«Le sarebbe piaciuto fare delle prediche?»
«Immensamente. L'avrei considerato parte del mio dovere, e farle non mi sarebbe costato nessuna fatica. Non si dovrebbe mai avere rimpianti, ma certo che sarebbe stata per me una gran bella cosa. La quiete, la vita ritirata avrebbero corrisposto a ogni mio sogno di felicità! Ma non doveva essere così. Ha mai sentito alludere a codesto fatto da Darcy, quando era nel Kent?»
«Ne ho sentito parlare da persone altrettanto autorevoli e mi fu detto che il beneficio le era stato lasciato, ma alle condizioni e secondo la volontà di chi ora ne è il patrono.»
«Questo ha sentito dire? Sì, qualcosa di questo c'era: glielo dissi sin da principio; se ne ricorderà.»
«Ho sentito dire anche che vi fu un tempo in cui il predicare non le andava a genio, come sembra le vada oggi, e che dichiarò di non voler entrare mai negli ordini ecclesiastici e che quindi la faccenda fu accomodata amichevolmente.»
«Ha sentito anche questo? C'è un certo fondo di vero. Si ricorderà quello che le dissi la prima volta che ne discorremmo insieme.»
Erano quasi arrivati alla porta di casa, perché essa aveva camminato svelta svelta per liberarsi di lui; ma non volendo, per amore della sorella, provocarlo, gli rispose con un buon sorriso:
«Via, signor Wickham, siamo cognati. Non disputiamo sul passato... Spero che in avvenire andremo sempre d'accordo.»

E gli tese la mano, ch'egli baciò con affettuosa galanteria, benché non sapesse dove guardare, ed entrarono in casa.

LIII

Questa conversazione soddisfece pienamente Wickham, che non mise più in imbarazzo se stesso né provocò la cognata Elizabeth col riattaccare quel discorso, ed essa fu soddisfatta di aver detto quanto bastava per farlo star zitto.

Il giorno della partenza di lui e di Lydia arrivò presto e la signora Bennet dovette piegarsi alla necessità d'una separazione che, dato che suo marito non ammetteva affatto il suo progetto d'andare tutti quanti a Newcastle, verosimilmente sarebbe durata per lo meno un anno.

«Oh, Lydia! mia cara, quando ci rivedremo?» esclamò.

«Oh Dio! non lo so. Forse non prima di due o tre anni.»

«Scrivimi spesso, cara.»

«Più spesso che potrò; ma sai bene che quando si ha marito non resta molto tempo per la corrispondenza. Le mie sorelle potranno scrivermi loro. Non hanno altro da fare.»

Gli addii del signor Wickham furono molto più affettuosi di quelli di sua moglie: si profuse in sorrisi, in occhiate graziose e disse un monte di cose carine.

«È il più bel tipo che abbia mai veduto» disse il signor Bennet, appena furono partiti. «Sorride, vezzeggia, fa la ruota con tutti. Sono veramente orgoglioso di lui. Sfido anche Sir William Lucas a tirar fuori un genero più in gamba.»

L'allontanamento della figlia rese la signora Bennet molto tetra per vari giorni.

«Credo» diceva «che non ci sia nulla di più doloroso che il separarsi dalle persone a cui si vuol bene. Ci si sente così perduti senza di loro.»

«Questo, vede, mamma, accade quando si maritano le figlie» disse Elizabeth. «Dovrebbe consolarsi di avere le altre quattro nubili.»

«Non è questo. Lydia non mi lascia perché è maritata, ma soltanto perché si dà il caso che il reggimento di suo marito si trova così lontano. Se fosse stato più vicino, non se ne sarebbe andata così presto.»

Ma non passò molto tempo che la depressione nella quale era caduta ebbe sollievo e il suo animo si riaprì alla speranza per una notizia che aveva iniziato a circolare. La custode di Netherfield aveva avuto l'ordine di prepararsi all'arrivo del padrone che doveva venirci, fra un giorno o due, a caccia per più settimane. La signora Bennet era al colmo dell'irrequietezza. Guardava Jane, faceva i più bei sorrisi, poi scuoteva la testa.

«Bene bene: e così, il signor Bingley sta per arrivare, cognata mia (poiché era la signora Phillips a recarle per prima la notizia). Tanto meglio. Non che mi prema. Tu sai che con noi non ha che fare, anzi non vorrei per nulla rivederlo. Tuttavia, sia il benvenuto a Netherfield, se così gli aggrada. E chi può sapere che cosa succederà? Ma questo non ci riguarda. Tu sai che abbiamo convenuto, da molto tempo, di non farne più parola. E così, è proprio sicuro che venga?»

«Sicurissimo» rispose l'altra. «La signora Nichols era, ieri sera, a Meryton: la vidi passare e allora uscii a bella posta per informarmi e lei mi disse ch'era verissimo. Arriverà giovedì al più tardi, ma probabilmente mercoledì. Mi diceva che andava dal macellaio per ordinare la carne per il mercoledì e che aveva comprato tre paia di anatre proprio per essere ammazzate.»

La maggiore delle sorelle Bennet non aveva potuto sentir parlare dell'arrivo di Bingley senza cambiare di colore. Erano molti mesi che non aveva fatto il suo nome con Elizabeth; ma ora, appena si ritrovarono sole, le disse:

«Ho veduto che mi guardavi, oggi, Lizzy, quando la zia raccontava l'ultima voce che corre, e so di avere avuto l'aria confusa; ma non credere che sia stato per qualche sciocca ragione. Mi son trovata soltanto confusa sul momento perché sentivo che sarei stata guardata. Ti giuro che la notizia non mi fa né piacere né dispiacere. Sono felice di una cosa: che venga solo, perché così avremo meno occasione di vederlo. Non che io abbia paura per me, ma mi spaventano le osservazioni degli altri.»

Elizabeth non sapeva come interpretare questo arrivo. Se non avesse veduto Bingley nel Derbyshire, avrebbe potuto credere che venisse senz'altro scopo che quello affermato; ma lo credeva ancora affezionato a Jane ed esitava fra la probabilità che venisse col permesso del suo amico e quella che avesse il coraggio di venirci senza quel permesso.

"Eppure è triste" le veniva di pensare "che quel povero uomo non possa venire in una casa della quale è il legittimo affittuario, senza far nascere tutte queste critiche e supposizioni! Voglio lasciarlo in pace."

Nonostante quello che sua sorella dichiarava essere il suo sentimento – e realmente credeva fosse – Elizabeth, mentre si aspettava quell'arrivo, ebbe modo di accorgersi che l'animo di lei ne era scosso. Appariva turbata e ineguale di umore.

L'argomento ch'era stato discusso con tanto calore fra i suoi genitori circa un anno addietro tornava ora in ballo.

«Appena arriva il signor Bingley» diceva la signora Bennet «tu andrai, naturalmente, a trovarlo, mio caro.»

«No davvero. Mi costringesti l'anno scorso a fargli visita, promettendomi che, se andavo a trovarlo, avrebbe sposato una delle mie figliuole. Invece tutto è finito in una bolla di sapone; non voglio ricominciare ad andare in giro per nulla.»

La moglie gli dimostrò l'assoluta necessità di quest'attenzione da parte di tutti i signori del vicinato, al suo tornare a Netherfield.

«È una formalità che non mi va giù» disse egli. «Se ha bisogno della nostra compagnia, che venga a cercarla da sé. Sa dove stiamo. Non voglio perdere il mio tempo a correr dietro ai vicini ogni volta che vanno o vengono.»

«Quello che ti dico io è che non andare a trovarlo sarebbe un'orribile villania. Ma questo non m'impedirà d'invitarlo a pranzo: sono decisa. Dobbiamo invitare la signora Long e i Goulding. Così, siccome saremmo in tredici, bisognerà ricorrere a lui per fare il quattordicesimo.»

Confortata da questa decisione, si sentì disposta a sopportare meglio la mala creanza del marito, per quanto fosse molto umiliante pensare che, per questa, tutti i suoi vicini avrebbero potuto vedere il signor Bingley prima di loro. E così il giorno del suo arrivo si avvicinava.

«Comincio a esser molto spiacente ch'egli venga» disse Jane a sua sorella. «Non me ne importerebbe nulla: lo vedrei con la massima indifferenza ma non posso sopportare che se ne discorra sempre a questo modo. La mamma lo fa a fin di bene, ma non sa, nessuno sa quanto mi fa soffrire quello che dice. Come mi sentirò bene quando se ne sarà ripartito!»

«Vorrei dirti qualcosa per consolarti» rispose Elizabeth «ma non posso. Comprendimi; non ho neanche la solita soddisfazione di predicare la pazienza a chi soffre, poiché tu ne hai già tanta.»

Il signor Bingley arrivò. La signora Bennet si mise d'accordo con le persone di servizio per averne il primo avviso. Contava i giorni che dovevano passare prima di poter fare l'invito, senza la speranza di vederlo prima. Ma la terza mattina dell'arrivo, dalla finestra del suo spogliatoio lo scorse che entrava a cavallo nel prato e si avvicinava a casa loro.

Le figlie furono di premura chiamate a condividere la sua gioia. Jane rimase al suo posto, presso la tavola, ma Elizabeth, per contentare la madre, andò alla finestra, guardò, vide con lui il signor Darcy e tornò a sedere accanto alla sorella.

«Vi è un signore con lui, mamma» disse Kitty. «Chi sarà?»

«Un suo amico, m'immagino; ma non lo conosco, cara.»

«Oh,» riprese Kitty «rassomiglia tale e quale a quell'uomo che stava sempre con lui anche prima. Il signore... come si chiama?... quello alto, che si dava tante arie.»

«Buon Dio! Il signor Darcy! È proprio lui. Ebbene, qualunque amico del signor Bingley sia qui il benvenuto; per altro confesso che quello, solo a vederlo, mi è odioso.»

Jane guardò Elizabeth sorpresa e angosciata. Sapeva troppo poco del loro incontro nel Derbyshire; perciò provava tutto l'imbarazzo in cui si sarebbe trovata la sorella rivedendolo quasi per la prima volta dopo la sua lettera di spiegazione. Tutte e due erano in gran disagio. Ognuna era commossa per l'altra e, naturalmente, per se stessa, e intanto la loro madre seguitava a ragionare della sua avversione per il signor Darcy e del suo proposito di essergli cortese solamente perché amico del signor Bingley. Ma Elizabeth aveva ben altri motivi di disagio che quelli supposti da Jane, alla quale non aveva avuto ancora il coraggio di mostrare la lettera della zia Gardiner né di confessarle la trasformazione del suo sentimento verso di lui. Per Jane non era che un pretendente che sua sorella aveva rifiutato e del quale non aveva apprezzato i meriti; ma per Elizabeth era l'uomo al quale tutta la famiglia andava debitrice del più grande dei benefici e per il quale nutriva un interesse, se non così tenero, per lo meno altrettanto ragionevole e giusto quanto quello di Jane per Bingley. Lo stupore che provava per la sua venuta a Netherfield e a Longbourn, e per il suo ricercarla di nuovo e così intenzionalmente, era quasi eguale a quello che aveva provato nel constatare il suo mutato contegno nel Derbyshire.

Il colore che era scomparso dal suo volto le tornò per un secondo, più acceso, e un sorriso di gioia le illuminò gli occhi, balenandole il pensiero che l'affetto e il desiderio di lui potessero sussistere ancora; ma non voleva fidarsene.

"Che io veda prima come si comporta" si disse. "Ci sarà sempre tempo per sperare qualche cosa."

Si mise quindi attenta al lavoro, sforzandosi di essere calma, senza osar di alzar gli occhi, finché, mentre il servo si avvicinava alla porta, una trepidante curiosità non glieli fece rivolgere alla sorella; Jane era un po' più pallida del solito ma più tranquilla di quanto si aspettasse Elizabeth. Al comparire dei signori, il suo volto si accese; ma li accolse entrambi assai disinvolta e con un fare perfetto, senza alcun segno né di risentimento né di superflua compiacenza.

Elizabeth disse quel tanto che comportava la buona educazione e tornò di nuovo al suo lavoro, con uno zelo maggiore del solito. Si era arrischiata a gettare una occhiata a Darcy. Pareva serio come sempre: piuttosto, avrebbe detto, com'era nell'Hertfordshire che come lo aveva veduto a Pemberley. Ma forse in presenza di sua madre non poteva mostrarsi come si era mostrato con gli zii. Era una congettura penosa ma non improbabile.

Aveva sbirciato un istante anche Bingley e, in quel volger d'occhi, lo aveva veduto contento e insieme confuso. Bingley fu ricevuto dalla signora Bennet con un eccesso di cordialità di cui si vergognarono le figlie, specialmente in confronto con la fredda e cerimoniosa cortesia con la quale si rivolgeva al suo amico.

Soprattutto Elizabeth, che sapeva come sua madre dovesse a questo se sua figlia, la sua prediletta, era salva da un irreparabile disonore, era ferita fino in fondo da una differenza così male applicata.

Dopo averle chiesto che cosa facessero i signori Gardiner, domanda alla quale essa non poté rispondere senza imbarazzo, Darcy non disse quasi altro. Forse perché non era seduto accanto a lei; ma non era stato così nel Derbyshire. Laggiù, quando non poteva parlare con lei, parlava con i suoi amici. Ora invece passavano diversi minuti senza che si udisse la sua voce, e quando lei, incapace di resistere all'impulso della curiosità, alzava gli occhi su di lui, lo scorgeva che guardava Jane o lei, ma più spesso per terra.

Il suo volto esprimeva piuttosto la preoccupazione che il desiderio di piacere come l'ultima volta che si erano visti. Elizabeth rimase un po' male e se la prese con se stessa.

"Potevo aspettarmi altro?" si disse. "Ma allora perché è venuto?"

Non era nello stato d'animo di discorrere con nessun altro fuorché con lui, ma a lui non aveva coraggio di parlare. Tutto quello che poté fu di chiedergli notizie di sua sorella.

Intanto la signora Bennet diceva a Bingley:

«Era un gran pezzo che lei era via, signor Bingley.»

Questi ne convenne.

«Incominciavo a temere che non tornasse più. Vi

era chi diceva che avrebbe lasciato questi posti per sempre a San Michele; ma spero che non sia vero. Ne sono avvenuti di cambiamenti da queste parti da quando lei è partito! La signorina Lucas si è accasata, e così anche una delle mie figlie. Mi immagino che l'avrà sentito dire o l'avrà letto di certo sui giornali. Era sul «Times», e sul «Courier», benché non fosse riportato come si doveva. C'era scritto solo: "Matrimoni recenti: George Wickham, laureato, con la signorina Lydia Bennet", senza una parola sul padre di lei, sul luogo dove abitava, nulla. Eppure è stato mio fratello Gardiner a redigerlo; mi meraviglio che sia stato capace d'una cosa così balorda. Lo ha visto?»

Bingley rispose di sì e fece le sue congratulazioni. Elizabeth non osò alzare gli occhi, perciò non poté dire che faccia facesse il signor Darcy.

«È una gran bella cosa di certo l'avere una figlia maritata,» continuò la madre «ma è anche duro, signor Bingley, che me l'abbiano portata via. Sono andati a stare a Newcastle, un posto proprio nel Nord, sembra, e dovranno starvi non so quanto tempo. È là che si trova il suo reggimento, poiché m'immagino che avrà sentito che ha lasciato il ...shire per entrare nell'esercito regolare. Sia ringraziato il cielo; ha qualche amico, benché, forse, non quanti si meriterebbe.»

Elizabeth, che sapeva questa sferzata diretta al signor Darcy, era al colmo dell'umiliazione e della vergogna da non riuscire più a star seduta dov'era. Ne trasse quella forza di parlare che niente altro era riuscita a darle e chiese a Bingley se si sarebbe trattenuto in campagna. Poche settimane, probabilmente, le fu risposto.

«Quando avrà sterminato tutti i suoi uccelli, signor Bingley,» disse la madre «la prego di venire ad ammazzarne quanti ne vorrà nella bandita del signor Bennet. Sono sicura che sarà felicissimo di farle questo favore e che le serberà le più belle covate.»

A questa disgraziata uscita d'inutile cortesia, l'umiliazione di Elizabeth crebbe. Se fosse risorta ora quella vaga speranza che li aveva illusi un anno avanti, ogni cosa adesso, ne era convinta, non avrebbe potuto che portarla alla stessa conclusione negativa. In quel momento sentì che anni e anni di felicità non avrebbero potuto compensare lei e Jane di quei momenti di vergogna e di confusione.

"Il primo voto del mio cuore" disse dentro di sé "è di non ritrovarmi mai più con uno dei due. La loro compagnia non può dar piacere che compensi un'amarezza come questa. Possa non rivederli mai più né l'uno né l'altro!"

Eppure anche quella grande angustia, che anni e anni di felicità non avrebbero potuto compensare, trovava a poco a poco qualche conforto vedendo come la bellezza della sorella riaccendesse l'ammirazione del suo antico innamorato. Sul primo entrare aveva scambiato con lei pochissime parole; ma poi, di minuto in minuto, s'era fatto più attento. La trovava bella quanto l'anno avanti e altrettanto buona e spontanea, benché di meno parole. Jane faceva di tutto per non sembrare punto differente ed era convinta di parlar quanto sempre; ma il suo pensiero era troppo occupato per accorgersi dei suoi silenzi.

Quando i due signori si alzarono per andarsene, la signora Bennet, memore della predisposta cortesia, li invitò a pranzo a Longbourn, uno dei prossimi giorni.

«Lei mi deve sempre una visita, signor Bingley» soggiunse «perché, quando lo scorso inverno partì per la città, aveva promesso di venire a dividere un nostro pranzo di famiglia. Come vede, non l'ho dimenticato e le giuro che rimasi parecchio male che lei non sia tornato a mantenere l'impegno.»

Bingley rimase un po' sconcertato del rimprovero, mormorò qualche parola di rincrescimento e di scusa per gli affari che glielo avevano impedito. E se ne andarono tutti e due.

La signora Bennet era stata assai tentata d'invitarli a pranzo per quel giorno stesso, ma, benché avesse molta cura di tener sempre pronta una buona tavola, pensò che ci volessero parecchie portate per un uomo sul quale aveva posto le sue mire e per l'appetito e la boria di uno che aveva una rendita di diecimila sterline all'anno.

LIV

Appena quelli se ne furono andati, Elizabeth uscì a far due passi per muoversi o, piuttosto, per meditare indisturbata su quello che doveva cercare di dimenticare. Il contegno del signor Darcy la stupiva e la irritava.

"Perché è venuto," diceva dentro di sé "se è venuto soltanto per stare zitto, serio e indifferente?"

Non arrivava a trovarci una spiegazione che le facesse piacere.

"Ha potuto seguitare a esser garbato e gentile con i miei zii anche a Londra, e perché con me no? Se ha paura di me, perché viene qui? Se non gli importa più di me, allora perché sta zitto? Com'è seccante, seccante! Non voglio più pensare a lui."

Questa decisione fu, per un po', involontariamente mantenuta dall'appressarsi di Jane che si avanzava con un'aria vispa che la diceva più soddisfatta della visita che Elizabeth.

«Ora che il primo incontro è passato» disse essa «mi sento a posto. Conosco la mia forza e non sarò più imbarazzata a trovarmi insieme. Sono contenta che sia a pranzo qui martedì. Così tutti vedranno che non c'è nulla da nessuna delle due parti: due conoscenti qualunque indifferenti.»

«Indifferentissimi!» esclamò Elizabeth, ridendo. «Jane, attenta!»

«Cara Lizzy, non puoi credermi così debole da essere ora in pericolo.»

«Credo che sei in grandissimo pericolo di farlo innamorare di te più che mai.»

Sino al martedì i due signori non si fecero rivedere e frattanto la signora Bennet diede la via a tutti i beati progetti che la consueta felice affabilità di Bingley le aveva risuscitati in quella mezz'oretta di visita.

Il martedì ci fu grande riunione a Longbourn e i due più vivamente attesi, facendo onore alla loro puntualità, arrivarono molto in anticipo. Quando entrarono nella sala da pranzo, Elizabeth stette attenta se Bingley prendesse il posto che gli era toccato tutte le altre volte, accanto a sua sorella. La accorta madre, mossa dallo stesso pensiero, si guardò bene d'invitarlo al suo fianco. Bingley nell'entrare parve un momento esitante, ma bastò che Jane volgesse intorno uno sguardo, sorridesse e fu deciso. Si mise accanto a lei.

Elizabeth gettò un'occhiata di trionfo al suo amico. Questi mantenne la più dignitosa indifferenza ed Elizabeth avrebbe potuto pensare che Bingley avesse già il permesso d'esser felice, se non avesse notato che i suoi occhi si volgevano verso il signor Darcy con un'espressione di spavento semiserio.

Il suo contegno verso Jane fu tale, per tutto il pranzo, da significare una viva ammirazione; anche se un po' più circospetta di quanto non fosse stata in passato, bastava a persuadere Elizabeth che, se egli fosse stato lasciato a se stesso, la sua felicità e quella di Jane erano assicurate. Pur non osando confidare nel poi, quel contegno le dava piacere; ne attingeva tutto il brio di cui era capace in quel momento, ché il suo umore era tutt'altro che allegro. Il signor Darcy si trovava lontano da lei quanto era lunga la tavola. Era seduto a uno dei lati di sua madre. Elizabeth sapeva quanto poco diletto poteva venirne a entrambi. Non era abbastanza vicina da sentire i loro discorsi, ma vedeva benissimo come si parlassero di rado e con quanta cerimoniosa freddezza. La sgarbatezza di sua madre le faceva sentire ancora più penoso il pensiero di quanto essi gli dovevano; a volte avrebbe dato non so che cosa per potergli dire che la sua generosità non era né ignorata né non sentita dall'intera famiglia.

Viveva nella speranza che la serata facesse nascere qualche occasione di trovarcisi insieme, che non passasse senza poter fare con lui un po' di conversazione che fosse qualcosa di più dei convenevoli scambiati all'arrivo. Da inquieta e a disagio che era, mentre aspettavano nel salotto da ricevimento che vi entrassero i signori, Elizabeth era divenuta così tetra da esser quasi scortese. Aspettava il momento della loro entrata come quello dal quale sarebbe dipesa ogni possibilità che quella serata le portasse qualche piacere.

"Se non viene da me adesso," diceva "rinunzio per sempre."

I due signori rientrarono: le parve ch'egli stesse per appagare la sua speranza, ma ahimè! tutte le signore si erano assiepate in gruppo intorno alla tavola dove la maggiore signorina Bennet preparava il tè ed Elizabeth versava il caffè, così che non c'era accanto a lei nemmeno lo spazio per una seggiola. Per di più, all'avvicinarsi dei due signori, una delle ragazze si fece più accosto a Elizabeth sussurrandole:

«I signori uomini non devono venire a separarci: è inteso. Non abbiamo bisogno di nessuno, non è vero?»

Così Darcy si diresse a un altro canto della stanza.

Elizabeth lo seguì con gli occhi, invidiava tutte le persone alle quali volgeva la parola e non aveva quasi la pazienza di servire il caffè agli altri; poi si stizzì con se stessa d'esser così sciocca.

"Un uomo che una volta ho respinto! Come posso esser così stupida da sperare che mi rinnovi le sue dichiarazioni. Dov'è quell'uomo che non protesterebbe contro la debolezza d'una seconda offerta alla medesima donna? Non c'è umiliazione peggiore per il loro sentimento."

Tuttavia, quando egli venne a riportare da sé la tazzina del caffè, si sentì un po' rivivere e colse il destro per domandare:

«È sempre a Pemberley sua sorella?»

«Sì, vi resterà sino a Natale.»

«È sola sola? Sono già partiti i suoi amici?»

«È con la signora Annesley. Gli altri sono andati da tre settimane a Scarborough.»

Elizabeth non trovò altro da dire, ma lo disse in modo che, se egli avesse voluto, avrebbe potuto continuare. Darcy invece rimase ancora qualche istante in silenzio accanto a lei e poi, in seguito a un nuovo bisbiglio dell'altra signorina, si allontanò.

Quando fu sparecchiata la tavola e furono preparati i tavolini da gioco, le signore si alzarono ed Elizabeth ritrovò la speranza d'esser raggiunta da lui; ma subito lo vide cader vittima di sua madre che accaparrava giocatori per il *whist* e, poco dopo, era seduto con tutti gli altri. Ogni speranza di qualche cosa di piacevole fu perduta. Eccoli confinati, per tutta la sera, a due tavolini diversi, senza altra speranza che quella che gli occhi di lui si rivolgessero nella sua direzione con tanta frequenza da farlo perdere al gioco quanto perdeva essa.

La signora Bennet aveva meditato di trattenere a cena i due signori di Netherfield; ma, disgraziatamente, la loro carrozza fu ordinata prima di tutte le altre e non ebbe il modo di fermarli.

«Ebbene, ragazze,» disse essa, appena si ritrovarono sole «che ne dite di questa giornata? Mi pare che tutto sia andato veramente bene. Il pranzo era come meglio non avrebbe potuto. La selvaggina arrostita alla perfezione; tutti hanno riconosciuto di non aver mai veduto un cosciotto di cervo così grosso. La minestra era assai migliore di quella che ci diedero i Lucas l'altra settimana e persino il signor Darcy ha convenuto che le pernici erano egregiamente preparate, e sì che lui avrà due o tre cuochi francesi per lo meno. E tu, mia cara, non sei stata mai bella come oggi. Lo ha detto anche la signora Long, quando gliel'ho chiesto. E sai che cosa ha detto? "Ah! signora Bennet! vedrà che alla fine la avremo a Netherfield!" Ha detto proprio così. La signora Long è proprio la migliore creatura di questa terra e le sue nipoti sono ragazze graziose, beneducate e tutt'altro che belle: voglio loro un bene dell'anima.»

A farla breve, la signora Bennet era con l'anima in paradiso: da quello che aveva osservato nel contegno di Bingley verso Jane si era persuasa che lo avrebbe finalmente acchiappato; e quando lei si trovava in questa esaltazione, i suoi sogni per il bene della sua famiglia correvano tanto che avrebbe provato un vero disinganno se Bingley non fosse venuto subito il giorno dopo a fare la sua domanda.

«È stata una piacevolissima giornata» disse Jane a Elizabeth. «Tutte persone ben scelte e affiatate. Spero che ci rivedremo spesso.»

Elizabeth sorrise.

«Non lo devi fare, Lizzy. Non hai motivo di sospettare di me. Mi mortifichi! Ti giuro che ora inizio a sapermi godere la sua conversazione come quella d'un giovane qualsiasi, simpatico e intelligente, senza altro pensiero. Dal suo modo di fare di oggi sono perfettamente convinta che non ha avuto mai alcuna mira sul mio cuore. È soltanto perché lui ha quella fortuna di essere così espansivo, quel suo bisogno di piacere più vivo che in tutti gli altri uomini.»

«Sei proprio cattiva» disse sua sorella. «Non vuoi che sorrida e fai di tutto per farmi sorridere.»

«Com'è difficile il farsi credere, in certi casi! E in certi altri addirittura impossibile! Ma perché vuoi convincermi ch'io senta qualche cosa di più di quello che confesso di sentire?»

«Ecco una domanda alla quale non so come rispondere. Tutti noi vogliamo insegnare agli altri, mentre le sole cose che si riesce a insegnare sono quelle che non interessano. Perdonami e, se persisti in codesta indifferenza, non prender me per confidente.»

LV

Pochi giorni dopo questa visita, il signor Bingley si ripresentò e questa volta solo. L'amico era partito quella mattina per Londra, per tornare fra una decina di giorni. Stette una oretta ed era proprio di lieto umore. La signora Bennet lo invitò a pranzo, ma egli dichiarò con molto rincrescimento d'esser già impegnato.

«Allora, la prossima volta che verrà a trovarci» disse lei «spero che saremo più fortunati.»

Volontieri, ne sarebbe stato lietissimo, ogni volta che... ecc. ecc., e, se gli fosse concesso, avrebbe colta la più sollecita occasione per tornare a vederli.

«Può venire domani?»

Sì, per l'indomani non aveva impegni, e accettò premurosamente l'invito.

Arrivò così di buon'ora che le signore non erano ancora pronte. La signora Bennet si precipitò in camera delle figlie in veste da camera, coi capelli mezzo sciolti, gridando:

«Jane, Jane, spicciati e corri giù! È arrivato il signor Bingley! Fa' presto, fa' presto. Venite qui. Sarah, aiutate la signorina Bennet a mettersi il vestito. Lasciate stare i capelli della signorina Lizzy...»

«Scenderemo appena sarà possibile,» disse Jane «ma Kitty dovrebbe essere più avanti di noi: è mezz'ora che è salita.»

«Oh! che c'entra Kitty? Vieni! Spicciati, spicciati! Dov'è la tua cintura, cara?»

Quando la signora Bennet se ne fu andata, Jane non volle sentirne di scendere senza una delle sorelle.

Lo stesso bisogno di far rimanere loro due soli fu evidente in tutto il corso della serata. Dopo il tè, il signor Bennet si ritirò, come al solito, in biblioteca e Mary salì al piano di sopra al pianoforte. Tolti così di mezzo due dei cinque ostacoli, la signora Bennet si mise a sedere, strizzando per un bel pezzo l'occhio a Elizabeth e a Catherine senza nessun risultato. Elizabeth fece finta di non avvedersene, e Kitty, quando finalmente se ne accorse, disse ingenuamente:

«Che hai, mamma? Perché seguiti a strizzarmi l'occhio? Che vuoi che faccia?»

«Niente, bambina, niente. Non ti facevo mica cenno.»

Rimase seduta ancora cinque minuti; ma, incapace di sciupare una così bella occasione, la signora Bennet si alzò di scatto dicendo a Kitty:

«Vieni, amore mio, ho qualcosa da dirti» e la portò fuori dalla stanza. Jane lanciò a Elizabeth un'occhiata che le diceva quanto la disturbasse questa mossa materna e la supplicava di non cedere. Ma un momento dopo la porta si apriva a metà e la signora Bennet gridò:

«Lizzy, cara, ho da parlarti.»

Ed Elizabeth fu costretta a uscire.

«Possiamo benissimo lasciarli soli, sai» disse la madre appena furono nel vestibolo. «Kitty e io andiamo su, nel mio spogliatoio.»

Elizabeth non provò nemmeno a discutere con sua madre, ma rimase tranquillamente nell'ingresso finché non la ebbe perduta di vista; poi tornò nel salotto.

I piani della signora Bennet, per quel giorno, non riuscirono. Bingley fu tutto quello che poteva esserci di affascinante, ma non il dichiarato pretendente della figlia. La sua lieta disinvoltura fu la cosa più simpatica della riunione serale; egli sopportò le scriteriate premure della madre, ascoltò tutte le sue sciocche osservazioni con una pazienza e una padronanza di sé di cui la figlia gli fu particolarmente grata.

Gli bastò un invito perché rimanesse a cena e, prima che se ne andasse, fu stabilito, fra lui e la signora Bennet, che sarebbe tornato la mattina dopo per andare a caccia con suo marito.

Da quel giorno, Jane smise di parlare della sua indifferenza. Senza che una sola parola su Bingley fosse stata detta fra le due sorelle, Elizabeth si coricò con la lieta certezza che tutto si sarebbe presto concluso, a meno che il signor Darcy non tornasse prima del tempo annunciato. D'altra parte era, sul serio, piuttosto persuasa che tutto era successo per l'intervento di quel signore.

Il signor Bingley fu puntuale all'appuntamento e passò la mattina col signor Bennet, come era stato stabilito. In Bingley non vi era nulla, né boria né stramberia, da stuzzicare l'umore ironico del signor Bennet o da disgustarlo e ridurlo al mutismo; perciò, questi fu più socievole e meno strano di quanto l'altro lo avesse mai veduto. Naturalmente, Bingley tornò con lui per il pranzo e, nella serata, la signora Bennet rimise in opera tutta la sua inventiva per allontanare tutti da lui e dalla figlia. Elizabeth, che aveva da scrivere una lettera, subito dopo il tè si ritirò nel tinello; siccome gli altri stavano mettendosi tutti a giocare a carte, non c'era bisogno di lei per sciupare i disegni materni.

Ma, terminata la sua lettera, entrando nel salotto, cominciò a temere che sua madre fosse stata troppo ingegnosa anche per lei. Aprendo la porta, scorse la sorella e Bingley, seduti l'uno accanto all'altra, davanti al focolare, come assorti in un fervido colloquio; e se questo non avesse detto nulla, le loro facce, che volgendosi rapidamente verso di lei si scostarono l'una dall'altra, sarebbero bastate a dire ogni cosa. La loro posizione era quanto mai imbarazzante, ma la sua anche peggio. Nessuno dei due disse verbo ed Elizabeth fece per andarsene, quando Bingley si alzò tutto d'un tratto e, bisbigliata qualcosa a sua sorella, si precipitò fuori dalla stanza.

Jane non poteva far misteri con Elizabeth su cosa che le avrebbe dato gioia e, abbracciatala con la più viva commozione, le confidò d'esser la più felice creatura del mondo

«È troppo!» soggiunse. «È più che troppo. Non lo merito. Oh, perché non sono tutti così felici?»

Elizabeth le fece le sue congratulazioni con una sincerità, un calore e una gioia che le parole non saprebbero dire. Per Jane ogni parola affettuosa era una nuova fonte di felicità. Ma non voleva ora darsi il piacere di stare con la sorella e di raccontarle nemmeno la metà di quello che aveva da dire.

«Bisogna che vada subito dalla mamma» esclamò. «Non vorrei, in nessun modo, sembrare indifferente verso la sua affettuosa sollecitudine o lasciare ch'essa lo sappia da altri. Lui è già andato da papà. Oh! Lizzy, sapere che quello che ho da dire darà tanta gioia a tutta la mia cara famiglia! Come reggere a tanta felicità?»

Corse quindi da sua madre, che aveva a bella posta troncato il gioco e stava di sopra con Kitty.

Elizabeth, che era rimasta sola, sorrise adesso della sveltezza e della facilità con la quale si era, da ultimo, sistemata una faccenda che aveva dato loro tanti mesi di incertezze e di tormenti.

«È questa» disse «la conclusione di tutte le precauzioni del suo amico! di tutte le falsità e astuzie di sua sorella! La conclusione più felice, più giusta e più ragionevole!»

Pochi minuti dopo fu raggiunta da Bingley, il cui abboccamento col padre era stato breve e chiaro.

«Dov'è sua sorella?» chiese egli premurosamente, aprendo la porta.

«È su, dalla mamma. Credo che scenderà a momenti.»

Egli allora, chiusa la porta e fattosi vicino, le chiese di fargli le congratulazioni e di accettare il suo affetto come nuova sorella. Elizabeth gli espresse candidamente e affettuosamente tutta la sua gioia di diventare parenti. Si strinsero la mano con grande cordialità e, fino a che Jane non fu scesa, Elizabeth ebbe da porgere ascolto a tutto ciò ch'egli aveva da dire sulla sua felicità e sulle perfezioni di Jane; e, quantunque fosse un innamorato, Elizabeth realmente convenne che le sue aspettative di ogni bene erano ragionevolmente fondate sul grande giudizio e l'indole eccellente di Jane, oltre che su una generale affinità di sentimenti e di gusti fra loro.

Fu una serata di rara gioia per tutta la famiglia. La intima letizia della signorina Bennet si rifletteva sul suo volto con una tale fiamma di dolcezza e di vivacità da farla più bella che mai. Kitty prodigava sorrisi, fiduciosa che quanto prima sarebbe venuto il suo turno. La signora Bennet non riusciva a esprimere la sua gioia e a manifestare la sua approvazione in termini che le sembrassero abbastanza calorosi, benché da più di mezz'ora non parlasse a Bingley che di quello; e anche il signor Bennet, quando li raggiunse a cena, nella voce e nei gesti mostrava una vera contentezza.

Tuttavia non una mezza allusione a quello che era successo gli uscì dalle labbra, fino a che il loro ospite non se ne fu andato, verso notte. Allora si volse alla figlia, dicendo:

«Mi rallegro con te, Jane. Sarai una donna felice.»

Jane si avvicinò a lui, lo baciò e lo ringraziò della sua bontà.

«Sei una brava ragazza» soggiunse il padre «e sono proprio contento al pensiero di saperti sistemata bene. Non dubito che fate l'uno per l'altra. I vostri caratteri combinano. Siete tutti e due così bonaccioni che qualunque servitore vi gabberà e così generosi che le vostre uscite saranno più delle entrate.»

«Spererei di no. Della leggerezza e dell'imprudenza in fatto di denaro sarebbe imperdonabile da parte mia.»

«Più uscite che entrate» esclamò sua moglie. «Ma che dici, Bennet? Se ha quattro o cinquemila sterline all'anno e forse anche più?» Quindi, rivolgendosi a sua figlia:

«Oh, cara, cara Jane, come sono contenta! Sono certa che non chiuderò occhio tutta la notte. Sapevo io come sarebbe andata a finire. Ho sempre detto che da ultimo doveva essere così. Non potevi esser così bella per niente! Mi ricordo la prima volta che lo vidi, quando arrivò l'anno scorso, di aver subito pensato che vi sareste intesi. Oh, è il più bel giovane che abbia mai veduto!»

Wickham e Lydia furono del tutto dimenticati. Jane era senza confronti la prediletta. In quel momento non le importava di nessun'altra. Le sorelle minori iniziarono presto a precisare alcune particolari felicità ch'essa avrebbe potuto in avvenire dispensare loro.

Mary in avvenire chiedeva di potersi servire della biblioteca di Netherfield e Kitty implorava perché vi fossero dati alcuni balli, ogni inverno.

Da quel momento Bingley diventò naturalmente il visitatore quotidiano di Longbourn; veniva spessissimo e restava sempre sino dopo cena, a meno che qualche crudele, mai abbastanza detestato vicino non lo avesse invitato a un pranzo al quale non poteva proprio mancare.

Elizabeth ebbe ormai poco tempo per discorrere con sua sorella perché, quando c'era Bingley, Jane non badava più ad altri; ma si avvide d'essere piuttosto utile a entrambi in quelle ore di separazione che a volte capitano. Nell'assenza di Jane, Bingley s'attaccava a Elizabeth per avere il piacere di parlare di lei; e quando era via lui, Jane ricorreva costantemente alla stessa fonte di consolazione.

«Mi ha resa così felice» disse Jane una sera «quando mi ha detto di non aver mai saputo che ero a Londra, la primavera scorsa! Non l'avevo creduto possibile.»

«Anch'io ne dubitavo» rispose Elizabeth. «Ma come ha spiegato la cosa?»

«Dev'esser stata opera delle sue sorelle. A loro non poteva certo garbare la sua intimità con me, il che non può meravigliarmi perché egli avrebbe potuto fare una scelta molto, molto più vantaggiosa per lui sotto ogni riguardo. Ma quando vedranno, come spero, che il loro fratello sarà felice con me, si sentiranno contente e torneremo a essere in buoni rapporti, benché non potremo mai più esserlo come una volta.»

«Questo è il più terribile discorso che ti abbia mai sentito fare» disse Elizabeth. «Che buona figliuola sei! Mi seccherebbe parecchio vederti di nuovo vittima delle premure poco sincere della signorina Bingley!»

«Ci crederesti, Lizzy, che quando partì per la città, lo scorso novembre, mi amava tale e quale come oggi e fu soltanto la convinzione ch'io fossi indifferente che non lo fece tornare?»

«Direi che si era un pochino sbagliato, ma fa onore alla sua modestia.»

Ne venne naturalmente un panegirico di Jane, della troppo poca fiducia che aveva in sé e delle sue bel le qualità che non apprezzava abbastanza.

Elizabeth ebbe assai piacere a scoprire ch'egli non aveva accennato affatto all'intromissione del suo amico, poiché, per quanto Jane avesse il cuore più generoso e più proclive al perdono di questo mondo, questo sarebbe stato un caso che la avrebbe mal disposta contro di lui.

«Sono proprio la creatura più fortunata che sia mai esistita!» esclamò Jane. «Perché, Lizzy mia, devo esser io distinta fra tutte nella mia famiglia e beneficata al di sopra degli altri? Potessi vederti altrettanto felice! Ci fosse soltanto un altro uomo simile per te!»

«Se tu potessi offrirmene cinquanta di simili, io non potrei mai essere felice quanto te. Bisognerebbe che avessi anche il tuo temperamento e la tua bontà. No, no, lascia che provveda da me; forse, se sarò molto fortunata, chi sa che col tempo non trovi un secondo signor Collins.»

Questo stato di cose della famiglia di Longbourn non poté rimanere a lungo segreto. La signora Bennet ebbe l'onore di bisbigliarlo in un orecchio alla signora Phillips, e questa, anche senza il permesso, si azzardò a fare lo stesso con tutti i vicini di Meryton.

La famiglia Bennet fu senz'altro proclamata la più fortunata dell'universo, anche se, poche settimane prima, al momento della fuga di Lydia, era stata segnata a dito per la sua singolare sfortuna.

LVI

Una mattina, circa una settimana dopo il fidanzamento di Jane con Bingley, mentre questi se ne stava, con le donne della famiglia, nella sala da pranzo, la loro attenzione fu improvvisamente richiamata alla finestra dal rumore d'una carrozza e scorsero un landò che attraversava il prato davanti casa. Era troppo presto per delle visite; e poi l'equipaggio non corrispondeva a nessuno di quelli dei vicini. I cavalli erano di posta, né la livrea dello staffiere che li precedeva, né la vettura erano loro noti. Ma siccome era evidente che qualcuno arrivava, Bingley persuase alla svelta la signorina Bennet a evitare la reclusione a cui li avrebbero obbligati questi intrusi e a far due passi con lui, fuori, nel boschetto. Le altre tre rimasero alle loro congetture, ma con scarsa soddisfazione, finché la porta non fu spalancata e fece il suo ingresso Lady Catherine de Bourgh.

Tutti naturalmente si aspettavano una sorpresa, ma il loro stupore sorpassò ogni aspettativa e quello di Elizabeth fu anche più grande di quello della signora Bennet e di Kitty, che pure non la conoscevano affatto.

Essa entrò con un'aria anche meno garbata del solito; al saluto di Elizabeth rispose con un cenno del capo e si sedette senza profferir parola. Elizabeth, all'entrare di Sua Signoria, ne aveva detto il nome alla madre, sebbene quella non avesse nemmeno chiesto di essere presentata.

La signora Bennet, tutta eccitata e lusingata per un'ospite di tanta importanza, la ricevette con estrema cortesia. Dopo un silenzio, Lady Catherine disse seccamente a Elizabeth:

«Spero che lei stia bene, signorina Bennet. M'immagino che questa signora sia sua madre.»

Elizabeth disse di sì.

«E quella, suppongo, è una delle sue sorelle.»

«Sì, madama» rispose la signora Bennet, felice di parlare a Lady Catherine. «È la mia penultima. La minore si è sposata di recente, e la maggiore sta passeggiando qui vicino con un giovane che credo farà presto parte della famiglia.»

«Avete un parco molto piccolo» replicò Lady Catherine, dopo un breve silenzio.

«In confronto di Rosings, ne convengo, non è nulla; ma le assicuro che è molto più grande di quello di Sir William Lucas.»

«Quel salottino dev'esser molto scomodo per il pomeriggio, d'estate: le finestre sono completamente esposte a ponente.»

La signora Bennet le assicurò che non vi stavano mai dopo pranzo e soggiunse:

«Posso prendermi la libertà di chiedere a Vossignoria come stanno il signore e la signora Collins?»

«Benissimo. Li ho veduti ieri l'altro sera.»

Elizabeth a questo punto si aspettò ch'essa le consegnasse una lettera di Charlotte, poiché questo appariva il solo probabile motivo della visita. Ma nessuna lettera apparve, ed Elizabeth non ci capì più nulla.

La signora Bennet, con molta gentilezza, pregò Sua Signoria di prendere qualche rinfresco, ma questa rifiutò, e non troppo cortesemente, di prendere qualsiasi cosa e, alzatasi, disse a Elizabeth:

«Pare che ci sia una specie di selvatico molto grazioso da una parte del vostro prato, signorina Bennet; mi piacerebbe farvi una giratina, se mi farà il favore di accompagnarmi.»

«Va', cara,» esclamò sua madre «e fa fare a Sua Signoria il giro dei viali. Credo che la solitudine le piacerà.»

Elizabeth obbedì e, dopo esser corsa in camera a prender l'ombrellino, seguì l'illustre ospite abbasso.

Mentre attraversavano il vestibolo, Lady Catherine aprì le porte della sala da pranzo e del salotto da ricevimento, e giudicatele, dopo un rapido esame, discrete, continuò il suo cammino.

La carrozza rimaneva alla porta e, dentro, Elizabeth vi scorse la sua cameriera. Proseguirono in silenzio per il viale inghiaiato che conduceva al selvatico. Elizabeth aveva già deciso di non fare alcun sforzo di conversazione con una donna che si mostrava più insolente e antipatica del solito.

"Come ho potuto mai trovarci una somiglianza con suo nipote?" si domandava Elizabeth sbirciandola.

Appena entrate nel boschetto, Lady Catherine attaccò:

«Lei non è certo, signorina Bennet, imbarazzata a indovinare il motivo di questo mio viaggio. Il suo cuore, la sua coscienza devono averglielo detto.»

«Lei si sbaglia proprio, madama; non arrivo a spiegarmi l'onore di vedere lei qui» rispose Elizabeth guardandola con un sincero stupore.

«Dovrebbe sapere, signorina Bennet, che con me non si scherza» rispose Sua Signoria in tono irato. «Ma per quanto lei voglia dissimulare con me, altrettanto non farò io. Il mio carattere è conosciuto per la sua sincerità e franchezza e non vi verrò meno di certo in una causa così importante come questa. Due giorni fa mi è arrivata una voce oltremodo allarmante. Mi è stato riferito che non soltanto sua sorella era in procinto di sposarsi molto vantaggiosamente per lei, ma che lei, la signorina Elizabeth Bennet, si sarebbe con ogni probabilità unita in matrimonio con mio nipote, col mio proprio nipote, signor Darcy. Benché sappia che questa non può essere che un'infame menzogna, benché non voglia fare a lui l'ingiuria di credere possibile la cosa, ho deciso sull'istante di venir qui a farle conoscere l'animo mio.»

«Se ella credeva impossibile che fosse vero,» disse Elizabeth, arrossendo di stupore e di sdegno «mi meraviglio che si sia scomodata a venire fin qui. Che cosa si proponeva con questo, Vossignoria?»

«Pretendere che questa voce venga ovunque totalmente smentita.»

«Il suo arrivo a Longbourn e la sua visita a me e alla mia famiglia serviranno piuttosto a confermarla,» disse Elizabeth, freddamente «dato che questa voce esiste.»

«Se esiste...? Pretende dunque lei d'ignorarla? Non la ha messa maliziosamente in circolazione lei stessa? Non sa che questa voce s'è divulgata da per tutto?»

«Non ho mai sentito dire che lo sia.»

«E potrebbe egualmente confessare che è senza fondamento?»

«Non pretendo di possedere la stessa franchezza di Vossignoria. Lei può farmi delle domande alle quali potrei anche non rispondere.»

«Questo non è tollerabile. Signorina Bennet, intendo avere la mia soddisfazione. Le ha fatto mio nipote delle proposte di matrimonio?»

«Vossignoria lo ha dichiarato impossibile.»

«Dovrebbe esser così, così dev'essere finché gli rimanga l'uso della ragione. Ma i suoi vezzi, i suoi adescamenti possono avergli fatto dimenticare in un momento di esaltazione ciò ch'egli deve a se stesso e a tutta la sua famiglia. Lei può averlo... sedotto.»

«Se lo avessi fatto, sarei l'ultima persona a riconoscerlo.»

«Ma sa lei chi sono io, signorina Bennet? Non sono avvezza a un linguaggio come questo. Sono quasi la parente più prossima ch'egli abbia al mondo e ho il diritto di conoscere tutti i suoi interessi più intimi.»

«Ma non ha il diritto di conoscere i miei; né un contegno come il suo m'indurrà mai a essere esplicita.»

«Guardi di capirmi bene: questo matrimonio, al quale lei ha la presunzione di aspirare, non potrà mai effettuarsi. No, mai! Il signor Darcy è fidanzato con mia figlia. E adesso che ha da dire?»

«Soltanto questo: che se così è, lei non ha motivo di supporre ch'egli faccia a me una proposta di matrimonio.»

Lady Catherine rimase un istante perplessa, poi replicò:

«Il loro fidanzamento è d'un genere speciale. Sino dall'infanzia sono stati destinati l'uno all'altra. Era il desiderio più ardente della madre di lui quanto della madre di lei. Mentre erano ancora in fasce, noi abbiamo progettato questa unione; adesso, nel momento in cui con il loro matrimonio si compirebbero i voti di entrambe le sorelle, trovar un ostacolo in una ragazza di nascita inferiore, senza grado sociale, senza il più lontano rapporto con la nostra famiglia! Non ha dunque alcun rispetto per i desideri di coloro che gli vogliono bene? Per il suo tacito fidanzamento con la signorina de Bourgh? Ha perduto talmente ogni senso di convenienza e di delicatezza? Non ha sentito dire da me che sin dalla prima ora era stato destinato a sua cugina?»

«Sì, e lo avevo sentito dire anche prima. Ma che vuole che me ne importi? Se non c'è altro ostacolo a che io mi sposi con suo nipote, non mi interesserà di certo sapere che sua madre e sua zia volevano che si sposasse con la signorina de Bourgh. L'una e l'altra, progettando quel matrimonio, hanno fatto tutto quello che era in potere loro. Il concluderlo dipende da altri. Se il signor Darcy non è legato a sua cugina né da un impegno di onore né da una inclinazione, perché non potrebbe fare un'altra scelta? E se io sono quella tale scelta, perché non potrei accettarlo?»

«Perché l'onore, il decoro e la prudenza, il suo stesso interesse glielo proibiscono. Sì, signorina Bennet, il suo interesse, perché non potrà aspettarsi di essere accolta nella famiglia di lui e tra i suoi parenti, se avrà volontariamente agito contro i desideri di tutti. Sarà criticata, guardata dall'alto e disprezzata da tutti coloro che gli sono vicini. La sua parentela sarà una cagione di vergogna, e il suo nome non verrà mai, mai rammentato da nessuno di noi.»

«Sono grosse disgrazie» rispose Elizabeth. «Ma la moglie del signor Darcy deve trovare necessariamente tali risorse di felicità nel suo stato da non avere, tutto sommato, alcun motivo di lagnarsi.»

«Ragazza testarda e ostinata! Mi vergogno per lei! E questa è la sua riconoscenza per tutte le mie gentilezze della scorsa primavera? Non mi deve nulla per esse? Sediamoci. Deve intendere, signorina Bennet, che sono venuta col deliberato proposito di ottenere il mio intento; né mi lascerò dissuadere. Non sono avvezza a sottostare ai capricci di nessuno. Non ho l'abitudine che mi si mettano i bastoni tra le ruote.»

«Questo renderà più sgradevole la condizione attuale di Vossignoria, ma non avrà alcuna presa su di me.»

«Non voglio essere interrotta! Mi stia a sentire in silenzio. Mia figlia e mio nipote sono fatti l'uno per l'altra. Discendono entrambi, per parte materna, dallo stesso nobile lignaggio e, da quella del padre, da rispettabili, onorevoli, antiche famiglie, anche se non titolate. I patrimoni di entrambi sono vastissimi. Sono stati destinati l'uno all'altra dai voti di tutti i membri delle due famiglie, e che cosa dovrebbe dividerli? L'improvvisa pretesa d'una giovane senza famiglia, senza parentele e senza mezzi! Si può tollerarlo? Non deve essere e non sarà! Se lei avesse coscienza del suo bene, non bramerebbe uscire dall'ambiente dove è venuta su.»

«Sposando suo nipote, non mi sembrerebbe di

uscire dal mio ambiente. Egli è un gentiluomo e io sono la figlia d'un gentiluomo. Sin qui siamo pari.»

«È vero. Suo padre è un gentiluomo. Ma chi era sua madre? Chi sono i suoi zii e le sue zie? Non creda ch'io ignori la loro posizione sociale.»

«Quali che siano i miei parenti,» disse Elizabeth «se non sono un ostacolo per suo nipote, a lei non gliene deve importare.»

«Mi dica piuttosto una buona volta: è o non è fidanzata con mio nipote?»

Benché Elizabeth provasse una gran voglia di non rispondere e di non dare questa soddisfazione a Lady Catherine non poté a meno di dire, dopo un momento di riflessione:

«Non lo sono.»

Lady Catherine parve contenta.

«Ora mi prometta di non fidanzarsi nemmeno mai.»

«Questo non glielo prometto.»

«Lei mi stupisce e mi colpisce, signorina Bennet. Mi aspettavo di trovare una ragazza più assennata. Ma non s'illuda ch'io retroceda. Non me ne andrò finché non mi avrà dato l'assicurazione che esigo.»

«Da me, stia certa, non la avrà. Non mi lascerò mai intimidire da una pretesa così irragionevole. Vossignoria vuole che il signor Darcy sposi sua figlia. Se le facessi la tanto desiderata promessa, crede che codesto matrimonio ne verrebbe facilitato? Supponendo ch'egli abbia dell'affetto per me, potrebbe il mio rifiuto portarlo a offrire la mano a sua cugina? Mi permetta di dirle, Lady Catherine, che le ragioni sulle quali si appoggia questa sua singolare pretesa sono inconsistenti e che l'averla fatta è stata una cattiva idea. Lei si è sbagliata completamente su di me, pensando che argomenti di codesto genere mi facciano effetto. Non saprei dire quanto suo nipote possa approvare questa intromissione negli affari suoi, ma lei non ha certamente il diritto d'impicciarsi dei miei. Sono perciò costretta a pregarla di non più importunarmi su questa faccenda.»

«Non corra tanto, per piacere. Non ho ancora finito. A tutte le obiezioni di già accampate se ne aggiunge un'altra. Non ignoro i particolari della vergognosa fuga di sua sorella minore. So tutto. Il suo matrimonio con quel giovane è stato un affare rimediato a spese di suo padre e di suo zio. E può una ragazza simile diventare cognata di mio nipote? Può il marito di lei, ch'è il figlio dell'amministratore di suo padre, diventare come suo fratello? Santi numi! Che cosa le salta in mente? Si profanano così le ombre di Pemberley?»

«E ora lei non ha più altro da dire» rispose Elizabeth risentita. «Mi ha insultato in tutti i modi possibili. La prego di lasciarmi tornare a casa.»

E dicendo così, si alzò. Lady Catherine si alzò anch'essa e ritornarono indietro. Sua Signoria era furibonda.

«Non ha, dunque, nessun rispetto per l'onore e il buon nome di mio nipote? Ragazza egoista e dissennata! Non vuol capire che un matrimonio con lei lo disonorerà agli occhi di tutti?»

«Non ho altro da aggiungere, Lady Catherine. Lei conosce ormai i miei sentimenti.»

«È dunque decisa a sposarlo?»

«Non ho detto questo. Ma sono decisa ad agire nel modo che, secondo me, farà la mia felicità, senza riguardo a lei o a qualsiasi altra persona che non ha alcun rapporto con me.»

«Benone. Lei rifiuta di farmi questo favore. Rifiuta di ascoltare i richiami del dovere, dell'onore e della riconoscenza. È decisa a rovinarlo nella stima di tutti i suoi amici e a renderlo il ludibrio del mondo?»

«Né il dovere né l'onore né la riconoscenza possono, in questo caso, nulla su me» rispose Elizabeth. «Nessuno di codesti doveri verrebbe violato da un mio matrimonio col signor Darcy. E in quanto al risentimento della sua famiglia o dell'indignazione del mondo, se egli mi sposasse, non mi farebbero né caldo né freddo; la gente, del resto, avrebbe troppo buon senso per mettersi dalla parte loro.»

«Questa è proprio la sua opinione? Questa la ultima decisione? Benissimo. Adesso so come comportarmi. Non si sogni, signorina Bennet, che la sua ambizione sarà mai soddisfatta. Sono venuta per metterla alla prova. Speravo di trovarla più ragionevole; ma, in ogni modo, ne verrò a capo.»

Lady Catherine seguitò a discorrere in questa guisa finché arrivarono allo sportello della vettura, quindi, voltandosi in fretta, soggiunse:

«Non mi accomiato da lei, signorina Bennet. Non stia a fare i miei saluti a sua madre. È un riguardo che non vi meritate. Sono oltremodo malcontenta di lei.»

Elizabeth non rispose: e, senza cercare di indurre Sua Signoria a ritornare in casa, si avviò tranquillamente per conto suo. Mentre saliva le scale, sentì la carrozza che partiva. Sua madre le venne incontro sulla porta dello spogliatoio chiedendo perché Lady Catherine non era rientrata a riposarsi.

«Non ha voluto» disse la figlia; «ha voluto andarsene.»

«Che donna distinta! E com'è stata gentile di venirci a trovare! Perché, mi figuro, lo ha fatto unicamente per portarci le buone notizie dei Collins. Doveva essere sulla strada e, passando da Meryton, deve aver pensato di venire a trovare anche te. Perché m'immagino non avesse nulla di speciale da dirti, vero, Lizzy?»

Elizabeth fu costretta a dire una piccola bugia, dato ch'era assolutamente impossibile poter riferire la sostanza della loro conversazione.

LVII

A stento Elizabeth riuscì a dominare il turbamento in cui la aveva messa questa visita singolarissima; per più ore non fece che ripensarci continuamente. A quanto pareva, Lady Catherine si era scomodata a muoversi da Rosings con l'unico intento di troncare il suo supposto fidanzamento col signor Darcy. Un'idea perfettamente ragionevole! Ma da che cosa fosse nata la voce del loro fidanzamento, non riusciva proprio a immaginarselo, fino a che, ripensando che lui era l'amico intimo di Bingley e lei la sorella di Jane, vide che questo poteva bastare a far nascere quell'idea in un momento in cui l'attesa di un matrimonio ne suggeriva anche un secondo. Lei stessa aveva subito visto che il matrimonio di sua sorella li avrebbe fatti incontrare, anche loro due, più spesso. E i conoscenti di casa Lucas, poiché soltanto per il tramite loro con i Collins la voce era potuta arrivare sino a Lady Catherine, avevano dato per certo e immediato quello che a lei era apparso appena possibile in un incerto avvenire.

Tuttavia, rimeditando le parole di Lady Catherine, non poté non provare una certa inquietudine su quello che sarebbe potuto succedere, se costei persisteva in questa idea. La sua dichiarata volontà di impedire quel matrimonio aveva fatto intravedere a Elizabeth ch'essa meditava di rivolgersi al nipote; e sul modo in cui questi avrebbe preso le rimostranze della zia per i danni di una simile unione, non osava pronunziarsi. Non sapeva sino a che punto fosse affezionato alla zia né quanto dipendesse dal suo giudizio, ma era logico ch'egli mettesse Sua Signoria più in alto di quello che avrebbe fatto lei; ed era certo che, prospettandogli i guai di un matrimonio che gli portava dei parenti così diversi dai suoi, lo colpiva nel punto più debole. Con le sue idee di dignità aristocratica, gli argomenti che a Elizabeth erano parsi fiacchi e ridicoli egli li avrebbe probabilmente trovati molto assennati e solidi.

Se in passato egli aveva oscillato, come spesso era sembrato, sul da fare, il consiglio e le insistenze di una così stretta parente potevano risolvere ogni titubanza e indurlo a non cercare felicità più piena di quella che gli consentiva una inviolata dignità. E in questo caso non si sarebbe più fatto vedere. Passando da Londra, Lady Catherine avrebbe avuto il modo di vederlo e il suo impegno con Bingley di ritornare a Netherfield sarebbe andato a monte.

"Così, se fra qualche giorno Bingley riceverà le sue scuse di non poter mantenere la promessa, saprò che cosa vuol dire. Allora" si disse Elizabeth "non avrò più da aspettarmi nulla dalla sua costanza. Se lui potrà contentarsi di rimpiangere il mio affetto e la mia mano, che avrebbe pur dovuto avere, io potrò senz'altro abbandonare qualunque rimpianto."

La sorpresa del resto della famiglia a sentire chi era la insigne visitatrice fu enorme; ma si contentarono di spiegarsela nel modo più cortese, facendo la stessa supposizione che era bastata alla curiosità della signora Bennet; e così fu risparmiato a Elizabeth questo fastidio.

La mattina seguente, mentre scendeva le scale, trovò suo padre che usciva dalla biblioteca, con una lettera in mano.

«Lizzy,» le disse «stavo cercandoti: vieni nella mia stanza.»

Essa lo seguì con la curiosità acuita dal pensiero che la ragione dell'invito fosse in quella lettera. Di colpo le venne l'idea che fosse di Lady Catherine e anticipò con sgomento tutte le spiegazioni che ne sarebbero venute.

Seguì suo padre presso al caminetto e si sedettero. Egli disse:

«Ho avuto stamani una lettera che mi ha fatto cascare dalle nuvole. Siccome riguarda soprattutto te, è necessario che tu ne conosca il contenuto. Non sapevo di avere due figlie sul punto di sposarsi. Permetti che mi rallegri con te di una conquista di prim'ordine.»

Un vivo rossore colorò le guance di Elizabeth all'improvviso pensiero che la lettera fosse del nipote, invece che della zia; non sapeva se esser contenta ch'egli si fosse apertamente dichiarato o sentirsi offesa che non si fosse invece rivolto direttamente a lei; ma suo padre proseguì:

«Si direbbe che tu sai già di che si tratta. Le signorine hanno una grande penetrazione in simili faccende, ma credo poter sfidare anche la tua sagacia nell'indovinare il nome del tuo ammiratore. La lettera è del signor Collins!»

«Del signor Collins? E che ha da dire lui?»

«Naturalmente qualche cosa di molto a proposito. Comincia col rallegrarsi per il prossimo matrimonio della mia maggiore, di cui sembra essere stato informato da qualcuno di quei cari pettegoli dei Lucas. Ma non voglio metterti alla prova leggendoti quello ch'egli dice su questo punto. Quello che si riferisce a te è questo: "Presentatele così le sincere congratulazioni della signora Collins e le mie per questo felice evento, permetta che accenni a un altro di cui siamo stati edotti dalla stessa autorevole fonte. Si presume che sua figlia non debba chiamarsi più a lungo signorina Bennet, tosto che la maggiore avrà dimesso questo nome, e l'eletto compagno della sua vita può a giusta ragione esser considerato quale uno dei più illustri personaggi di questa regione". Possibile, Lizzy, che tu non indovini a che vuol andare a parare?

«"Questo giovane nobiluomo è singolarmente provvisto di tutto quello che cuore umano può desiderare: splendide tenute, nobile parentela ed esteso patronato. Ma nonostante tutti questi allettamenti, mi permetta di mettere in guardia la mia cugina Elizabeth e Lei contro i mali in cui potrebbero incorrere accettando precipitosamente le proposte di questo gentiluomo, delle quali, com'è naturale, saranno inclini a trarre immediato profitto." Hai un'idea, Lizzy, chi possa essere questo gentiluomo? Ma, ecco, che vien fuori...

«"Il motivo per cui li metto in guardia è il seguente: abbiamo ragione di supporre che sua zia, Lady Catherine de Bourgh, non veda questo matrimonio di buon occhio" Lo vedi? È il signor Darcy. Non ti ho fatto strabiliare Lizzy? Avrebbero mai potuto, lui o i Lucas, andar a pescare nel cerchio delle nostre conoscenze un nome che potesse smentire più solennemente la loro invenzione? Il signor Darcy, che non guarda una donna se non per scoprirvi dei difetti e che in vita sua non ti ha, probabilmente, mai guardata. È grossa!»

Elizabeth avrebbe voluto condividere le facezie paterne ma non riuscì che ad abbozzare un mezzo sorriso. Mai quello spirito le era riuscito meno gradevole.

«Non ti diverti?»

«Eccome! Ma, per piacere, sèguiti a leggere.»

«"Avendo accennato a Sua Signoria, ieri sera, la probabilità di questo matrimonio, essa s'affrettò a esprimermi con la consueta degnazione il suo sentimento in proposito, manifestandomi che, a causa di alcuni ostacoli di famiglia da parte di mia cugina, essa non darebbe mai il suo consenso a quella che definisce una disonorevole unione. Ho creduto mio dovere darne immediata contezza a mia cugina, affinché essa e il suo nobile ammiratore sappiano ciò che si accingono a fare e non si precipitino in un matrimonio che non è stato convenientemente sanzionato." Inoltre il signor Collins aggiunge: "Mi rallegro sinceramente che la triste faccenda di mia cugina Lydia sia stata così ben messa a tacere e mi rincresce solo che la loro convivenza prima del matrimonio sia stata così universalmente conosciuta. Non debbo tuttavia trascurare i doveri del mio ufficio e ristare dal confessare il mio stupore nel sentire che lei ha ricevuto la giovane coppia in casa sua, appena sposata. È stato questo un incoraggiamento al vizio; e se fossi stato io il rettore della parrocchia di Longbourn, mi ci sarei opposto con ogni rigore. Certamente da buon cristiano doveva perdonar loro, ma non ammetterli mai al suo cospetto o permettere che si facessero i loro nomi in sua presenza". Questo è il suo perdono di buon cristiano! Il rimanente non riguarda che lo stato della sua cara Charlotte e la sua attesa di un piccolo germoglio. Ma non si direbbe, Lizzy, che ti diverti. Spero che non farai la svenevole e che non ti offenderai per un chiacchiericcio. A che scopo dobbiamo vivere, se non per essere presi in giro dai nostri vicini e ridere di loro a nostra volta?»

«Oh!» esclamò Elizabeth «mi diverto un mondo. Ma è assai strano!»

«Per questo appunto è così divertente! Se si fossero attaccati a qualsiasi altro uomo, non avrebbero avuto senso; ma la assoluta indifferenza di lui e la tua pronunziata antipatia fanno la cosa così deliziosamente assurda! Per quanto io detesti lo scrivere, non rinunzierei per nessuna ragione alla corrispondenza con il signor Collins. Non solo; ma, quando leggo una sua lettera, finisce che lo preferisco anche a Wickham, per quanto io tenga in debita stima la faccia tosta di mio genero. E dimmi, per favore, Lizzy, che cosa ha detto Lady Catherine su questa chiacchiera? È venuta apposta per rifiutarti il suo consenso?»

La figlia rispose soltanto con una risata, e siccome la domanda le era stata fatta senza alcuna malizia, non ebbe la pena di sentirsela ripetere. Mai si era sentita così imbarazzata a dover travisare i suoi sentimenti. Bisognava ridere, mentre avrebbe voluto piangere. Suo padre la aveva crudelmente mortificata parlandole in quel modo dell'indifferenza del signor Darcy; non potendo ammettere in lui una tale mancanza di perspicacia, doveva paventare invece che non già suo padre avesse veduto troppo poco, ma che fosse stata lei a immaginarsi troppo.

LVIII

Invece di ricevere dal suo amico quella lettera di scusa che Elizabeth quasi quasi si aspettava, Bingley condusse Darcy in persona a Longbourn, pochi giorni dopo la visita di Lady Catherine. I due signori arrivarono di buon'ora; e prima che la signora Bennet, con vago terrore di Elizabeth, avesse avuto tempo di dirgli che aveva visto sua zia, Bingley, che desiderava restar solo con Jane, lanciò la proposta di andare tutti a passeggio, il che piacque a tutti. La signora Bennet non aveva l'abitudine di camminare e Mary non aveva mai tempo da buttar via, ma gli altri cinque se ne andarono insieme. Bingley e Jane si lasciarono distanziare, rimanendo assai indietro, mentre Elizabeth, Kitty e Darcy s'intrattennero insieme. Ma ben poco fu detto. Kitty aveva troppa soggezione di Darcy per discorrere; Elizabeth stava prendendo dentro di sé una disperata risoluzione e Darcy stava forse meditando anche lui la stessa cosa.

Camminarono in direzione di casa Lucas perché Kitty voleva salutare Maria; e siccome Elizabeth non trovava che la cosa avrebbe interessato anche gli altri, quando Kitty li ebbe lasciati continuò coraggiosamente sola con Darcy. Era venuto il momento di mettere in atto la sua gran decisione, e fin tanto che il coraggio la sosteneva, disse:

«Sono una grande egoista, signor Darcy, e, pur di dar pace ai miei sentimenti, non bado se posso ferire i suoi. Non posso più tardare a ringraziarla della sua impareggiabile generosità verso la mia povera sorella. Da quando l'ho saputo, non ho desiderato che di dirle quanto, quanto le sono grata. Se anche il resto della mia famiglia ne fosse a conoscenza, non sarebbe soltanto la mia gratitudine che le esprimerei»

«Mi dispiace, mi dispiace proprio» rispose Darcy sorpreso e commosso «che la abbiano informata di cosa che, veduta sotto una luce non giusta, può averle dato imbarazzo. Credevo di potermi fidare di più della signora Gardiner.»

«Non incolpi la zia. Fu la leggerezza di Lydia a darmi prima sentore della parte che lei ha avuta in codesta faccenda e, naturalmente, non ebbi pace finché non seppi tutto per filo e per segno. Lasci che la ringrazi mille volte, a nome di tutta la famiglia, per la magnanima compassione che l'ha indotto a tanto disturbo e a sopportare tante umiliazioni per arrivare a scoprirli.»

«Se tiene a ringraziarmi,» rispose Darcy «mi ringrazi soltanto per sé. Non saprei negare che il desiderio della sua felicità non abbia aggiunto gran forza agli altri motivi che mi hanno guidato. Ma la sua famiglia non mi deve niente. Per quanto io la rispetti, credo di aver pensato soltanto a lei.»

Elizabeth rimase così confusa da non poter dire una parola. Dopo una breve pausa, il suo compagno seguitò:

«Lei ha un animo troppo generoso per prendersi gioco di me. Se i suoi sentimenti sono tuttora quelli dello scorso aprile, me lo dica subito. Il mio affetto e le mie intenzioni sono immutati, ma una sola sua parola mi farà tacere per sempre.»

Ora Elizabeth sentiva qualche cosa di più che premura e compassione per la situazione di Darcy e trovò la forza di parlare. Con parole un po' interrotte gli fece comprendere che i suoi sentimenti dall'epoca alla quale egli alludeva erano così profondamente cambiati da farle accogliere, adesso, con gioia e con riconoscenza le sue assicurazioni di simpatia. La felicità prodotta da questa risposta fu quale egli, probabilmente, non ne aveva mai provata: questa volta si espresse con tutto il sentimento e calore che può avere un uomo innamoratissimo. Se Elizabeth avesse avuto il coraggio di guardarlo negli occhi, avrebbe visto quanto era bella sul suo volto l'espressione di intima letizia che vi si era diffusa; ma se non osava guardarlo, poteva ascoltare; ed egli le esprimeva sentimenti che, provandole quanto lei era per lui, aggiungevano continuamente pregio al suo affetto.

Camminavano senza sapere dove. Troppe cose avevano da pensare, da sentire, da dire perché badassero ad altro. Elizabeth apprese che se ora erano d'accordo lo dovevano proprio agli sforzi della zia, che, ritornando, era passata da lui a Londra a riferirgli la sua gita a Longbourn e a ripetergli la sostanza del suo colloquio con Elizabeth; nel riferirglielo Lady Catherine aveva insistito sopra ogni frase di lei che, secondo Sua Signoria, denotava una particolare malizia e sfacciataggine, perché certo contava che quel colloquio, riportato, avrebbe aiutato i suoi sforzi per ottenere dal nipote quella promessa che Elizabeth aveva negata. Ma, disgraziatamente per Sua Signoria, il risultato era stato precisamente l'opposto.

«È stato questo che mi ha fatto sperare» egli disse. «Prima, non me lo ero mai permesso; ma conoscevo abbastanza il vostro carattere, per sapere che, se vi foste sentita portata assolutamente contro di me, lo avreste detto francamente a Lady Catherine.»

Elizabeth arrossì, e rispose ridendo:

«Sì, ne sapete abbastanza della mia franchezza. Dopo avervi offeso così iniquamente in faccia, non avrei avuto scrupolo a denigrarvi presso i vostri parenti.»

«Ma che cosa avete detto di me che io non mi fossi meritato? Per quanto le vostre accuse fossero infondate, costruite su delle false premesse, il mio contegno di allora verso di voi meritava tutti i rimproveri. Imperdonabile. Non posso pensarci senza orrore.»

«Non stiamo a disputare a chi spetta la maggiore colpa di quella sera» disse Elizabeth. «Né l'uno né l'altra ci siamo condotti, a rigore, in modo irreprensibile; ma spero che, da allora, tutti e due abbiamo fatto dei progressi in buon garbo.»

«Non riesco così facilmente a riconciliarmi con me stesso. Il ricordo di ciò che dissi allora, del mio contegno, dei miei modi e delle mie frasi, mi dà e mi ha dato da molti mesi un tormento che non saprei dirvi. Non dimenticherò; mai il vostro rimprovero così giusto: "Se lei si fosse comportato più da gentiluomo...". Queste furono le vostre parole. Non potrete, non credo che potrete comprendere quanto mi abbiano torturato, benché ci sia voluto del tempo, lo confesso, prima che diventassi ragionevole al punto da riconoscerne la giustezza.»

«Non mi sarei aspettata che vi avrebbero fatto tanta impressione. Non avevo la minima idea che avessero a toccarvi così in fondo.»

«Ci credo. Allora non mi credevate capace di un sentimento qualsiasi, ne sono sicuro. Non dimenticherò mai l'espressione che prendeste nel dirmi che, in qualunque modo mi fossi potuto rivolgere a voi, non vi avrei mai indotta a dirmi di sì.»

«Oh! non ripetete quello che dissi allora. Sono ricordi che non fanno bene. Vi assicuro che da un pezzo ne provo una grande vergogna.»

Darcy parlò della sua lettera.

«Vi fece già avere una migliore opinione di me?» disse. «Leggendola, ci credeste?»

Essa spiegò l'effetto avutone e come le sue prevenzioni fossero cadute poco per volta.

«Sapevo» disse «che quanto vi scrivevo vi avrebbe fatto pena, ma era necessario. Spero che avrete distrutto quella lettera. Vi era una parte, specie il principio, che mi farebbe spavento che voi rileggeste. Rammento alcune espressioni che potevano giustamente farmi prendere in odio.»

«La lettera verrà senz'altro bruciata, se lo credete indispensabile per mantenere la mia stima ma, per quanto tutti e due abbiamo qualche ragione per non ritenere immutabili le mie opinioni, queste non cambiano però con tanta facilità.»

«Quando scrissi quella lettera» disse Darcy «mi figuravo di esser calmo e tranquillo, ma dopo m'accorsi di averla scritta in uno stato di tremenda amarezza.»

«La lettera cominciava forse amara, ma non lo era sino in fondo. Il commiato era tutta bontà affettuosa. Ma non pensateci più. I sentimenti di chi la scrisse e di chi la lesse sono oggi così diversi che bisogna dimenticare quanto vi si connette di non gradevole. Imparate un po' della mia filosofia: del passato interessa solo quello che, a rammentarlo, dà piacere.»

«Non mi persuade codesta filosofia. I vostri ripensamenti del passato devono essere così puri da ogni rimprovero che la contentezza che ne deriva non sia quella di una filosofia ma piuttosto quella della innocenza. Ma il mio caso non è questo. Ci si mescolano dei ricordi dolorosi che non posso né devo scacciare. Non sono stato in tutta la mia vita che un egoista, in pratica se non per principio. Da ragazzo mi hanno insegnato quello che è bene, ma non a correggermi il carattere. Mi furono impressi dei buoni principi ma lasciarono che li seguissi secondo il mio orgoglio e la mia presunzione. Per mia disgrazia, solo maschio (per molti anni, anzi, figlio unico), sono stato viziato dai miei genitori. Buoni com'erano – mio padre specialmente fu la bontà e la gentilezza personificate – mi permisero, incoraggiarono, quasi mi insegnarono a essere egoista e altezzoso, a non curarmi di nessuno all'infuori del mio cerchio familiare, a giudicare mediocre tutto il resto del mondo o, per lo meno, a giudicare mediocri il senno e il merito altrui in paragone con il mio. Così sono stato dagli otto ai ventotto anni, e tale sarei ancora se non avessi trovata voi, mia cara, mia dilettissima Elizabeth! Che cosa non vi devo! Mi avete data una lezione, dura da principio, ma di quanto profitto! Da voi sono stato umiliato come dovevo. Mi rivolsi a voi senza il minimo dubbio di come sarei stato accolto. Voi mi avete insegnato quanto erano misere tutte le mie pretensioni di piacere a una donna a cui è onore piacere.»

«Eravate, allora, convinto che io avrei dovuto accettarle?»

«Certamente. Che pensate della mia vana presunzione? Ero sicuro che voi mi desideravate e che aspettavate soltanto la mia dichiarazione.»

«Nel mio contegno con voi devo avere sbagliato, ma non apposta, vi giuro. Non ho mai avuto la minima intenzione d'ingannarvi, ma il mio temperamento spesso deve avermi mal guidata. Come mi avrete avuta in odio da quella sera!»

«Odiarvi! Sul primo momento, sì, mi sdegnai, ma il mio sdegno prese ben presto una piega migliore.»

«Ho quasi paura di chiedervi che cosa pensaste di me quando ci incontrammo a Pemberley. Mi faceste un rimprovero d'esserci venuta?»

«Nemmeno per sogno. Non provai altro che sorpresa.»

«La vostra sorpresa non poté essere maggiore della mia nel trovare che vi interessavate ancora di me. La mia coscienza mi diceva che non mi meritavo nessuna speciale cortesia e confesso che non mi attendevo più di quanto mi spettava.»

«Il mio scopo» rispose Darcy «fu allora di dimostrarvi, con tutta la cortesia di cui ero capace, che non ero così gretto da adontarmi del passato; e, mostrando che i vostri rimproveri mi erano arrivati, confidavo di ottenere il vostro perdono e di migliorare il cattivo concetto che avevate di me. Quando fu che a questi miei desideri se ne aggiunsero altri non saprei dirvelo esattamente, ma deve essere stato una mezz'ora dopo avervi veduta.»

Le parlò quindi della sincera gioia di Georgiana a conoscerla e del suo rincrescimento che la conoscenza s'interrompesse così presto. Caduto così il discorso sulla causa di quella interruzione, Darcy raccontò che la decisione di partire dal Derbyshire e di seguirla a rintracciare sua sorella la aveva presa prima di lasciare l'albergo e che, se lì si era mostrato grave e meditabondo, non era stato che per le preoccupazioni della cosa che si era proposta.

Elizabeth gli espresse di nuovo la sua gratitudine, ma era un argomento per entrambi troppo increscioso per insisterci ancora.

Dopo aver camminato, a caso, per qualche miglio, troppo assorti per farci attenzione, finalmente, guardando l'orologio, si accorsero che era l'ora di essere già a casa.

«E che ne sarà di Bingley e di Jane?» Con questa esclamazione il discorso fu portato sui casi di questi.

Darcy era raggiante per il loro fidanzamento; era stato uno dei primi ad aver avuto l'annuncio dall'amico.

«Fu una grossa sorpresa?» fece Elizabeth.

«Per nulla. Quando me ne andai via, sentivo che presto doveva succedere.»

«Il che significa che gliene avevate dato il permesso. Ho colpito giusto?»

Benché egli protestasse contro una tale supposizione, lei vide che in questo caso era andata vicina al vero.

«La vigilia della mia partenza per Londra» disse Darcy «gli confessai una cosa che credo avrei dovuto fare da molto tempo. Gli dissi tutto quello che aveva contribuito a rendere illogica e fuori luogo la mia intromissione antecedente nelle cose sue. Bingley cadde dalle nuvole. Non l'aveva neanche lontanamente sospettato. Gli dissi anche che credevo d'essermi sbagliato asserendo, come avevo fatto, che era indifferente a vostra sorella, e siccome mi accorsi facilmente che il suo affetto per lei non era punto diminuito, non dubitai più un solo istante della felicità di tutti e due.»

Elizabeth non poté nascondere un sorriso sulla facilità con cui egli governava il suo amico.

«Quando gli diceste che mia sorella lo amava» disse lei «fu per vostra propria osservazione o soltanto per quello che ve ne avevo detto io questa primavera?»

«Per il primo motivo. La avevo attentamente studiata, nelle due ultime mie visite, e mi ero convinto del suo affetto.»

«E bastò che voi glielo assicuraste perché egli ne rimanesse subito persuaso, no?»

«Sì. Bingley è modesto e non per affettazione. La poca sicurezza che ha di se stesso gli ha impedito di affidarsi esclusivamente al proprio giudizio in un caso di tanta importanza, ma la sua fiducia nel mio ha facilitato tutto. Ho dovuto confessargli una cosa che, lì per lì, lo ha giustamente offeso. Non potevo tenergli nascosto che vostra sorella era stata tre mesi a Londra lo scorso inverno, che io lo sapevo e che mi ero guardato dal dirglielo. Se ne sdegnò. Ma sono sicuro che la sua collera cadde nello stesso momento in cui svaniva ogni dubbio sui sentimenti di vostra sorella. Ora mi ha perdonato di cuore.»

Elizabeth aveva voglia di fargli notare che il signor Bingley era stato un amico ideale; così facile a condursi, era un tesoro; ma si trattenne. Si rammentò che Darcy aveva ancora da imparare a esser preso ridendo ed era troppo presto per incominciare. Egli seguitò a discorrere, prospettando la felicità di Bingley che, naturalmente, sarebbe stata inferiore soltanto alla sua, fino a che giunsero a casa. Qui, sull'ingresso, si separarono.

LIX

«Ma dove sei stata a passeggiare fino a quest'ora, Lizzy?» fu la domanda di Jane, al suo entrare nella stanza, e di tutti gli altri seduti intorno alla tavola. Elizabeth non trovò da rispondere altro se non che era rimasta a girare più di quanto si fosse creduta. Così dicendo arrossì, ma né questo né altro fece per nulla sospettare la verità.

La sera trascorse calma, senza nulla di straordinario. I due innamorati riconosciuti non fecero che ridere e parlare; i non riconosciuti stettero zitti. Darcy non aveva un carattere in cui la gioia desse fuori in allegria, ed Elizabeth, turbata e confusa, aveva della sua felicità piuttosto l'idea che il sentimento perché, oltre il suo presente imbarazzo, vedeva altri guai davanti a sé. Prevedeva quello che sarebbe successo in famiglia quando la sua nuova situazione fosse conosciuta; sapeva che nessuno aveva simpatia per Darcy all'infuori di Jane e temeva persino che l'antipatia degli altri fosse tale che nemmeno la sua gran ricchezza potesse trionfare.

In serata aprì il suo cuore a Jane. Benché il dubitare fosse assai estraneo alla maggiore delle sorelle Bennet, questa volta non ci voleva proprio credere.

«Scherzi, Lizzy! Non può essere! Fidanzata col signor Darcy? No, no, non canzonarmi: so bene che non è possibile.»

«Si comincia male. Non mi fidavo che di te! E chi mi crederà se non mi credi tu? Eppure dico sul serio: è la verità. Egli mi ama sempre e siamo fidanzati.»

Jane la guardò incredula.

«Ma non può essere, Lizzy. So quanto lo hai a noia.»

«Tu non sai niente. Codesto bisogna tutto dimenticarlo. Forse non gli ho voluto sempre il bene di ora, ma in casi come questi una troppo buona memoria sarebbe imperdonabile. Questa è l'ultima volta che io stessa me ne ricorderò.»

La signorina Bennet seguitava a guardarla stralunata. Elizabeth le assicurò di nuovo e ancora più seriamente che tutto era vero.

«Cielo! E può essere? Ecco, ora ti credo» esclamò Jane. «Cara, cara Lizzy mia, vorrei, voglio congratularmi tanto; ma sei sicura, perdona la domanda, sei proprio sicura di poter essere felice con lui?»

«Su questo non c'è dubbio. Abbiamo già stabilito tra noi che saremo la coppia più felice del mondo. Ma tu sei contenta, Jane? Credi che ti farà piacere avere un simile cognato?»

«Molto, moltissimo. Niente potrebbe esserci più caro, a me e a Bingley. Ci pensavamo, ma ne parlavamo come di una cosa impossibile. E gli vuoi veramente bene, Lizzy? Qualunque cosa piuttosto che sposarsi senza amore! Sei sicura del tuo sentimento?»

«Sì! Quando ti avrò detto tutto, vedrai che ne ho anche più di quello che dovrei.»

«Che vuoi dire?»

«Ebbene, devo confessarti che gli voglio più bene che a Bingley. Non vorrei che te ne avessi a male.»

«Via, cara, sii seria ora! Ho bisogno di parlare proprio sul serio. Raccontami ogni cosa, subito. Mi dirai da quanto tempo lo ami?»

«È iniziato così a poco a poco che non saprei dirti quando; ma credo che deve essere dal giorno che vidi quel suo magnifico possesso di Pemberley.»

Jane tornò a supplicarla di essere seria e questa volta fu ascoltata. Elizabeth le dette le più solenni assicurazioni del suo attaccamento a Darcy. Soddisfatta su questo punto, la signorina Bennet non aveva altri desideri.

«Ora sì, sono completamente felice» disse «poiché tu sarai felice con me. Ho sempre avuto stima di Darcy. Non fosse altro che per il suo amore verso di te, l'ho sempre tenuto in gran conto e adesso, come amico di Bingley e tuo marito, più cari di lui non mi possono essere che due persone: Bingley e tu. Come sei stata riservata e guardinga con me! Quante poche cose mi hai raccontate di quello che è successo a Pemberley e a Lambton! Tutto quello che so lo devo a un altro, non a te.»

Elizabeth le spiegò i motivi per cui era stata così segreta. Non aveva voluto nominare Bingley, e l'incertezza sui suoi stessi sentimenti le aveva fatto egualmente evitare il nome dell'amico; ma adesso non voleva tenere più nascosta la parte che egli aveva avuto nel matrimonio di Lydia. Raccontò ogni cosa, e mezza nottata se ne andò a discorrere.

«Buon Dio!» esclamò la mattina dopo la signora Bennet, che era alla finestra «ma guarda un po' che quell'antipatico signor Darcy ritorna col nostro caro Bingley! Che cosa vuole, che ci secca sempre col venire da noi? Credevo che fosse venuto da queste parti per andare a caccia o per qualunque altro motivo, ma non per importunarci con la sua compagnia. E ora che ne faremo? Lizzy, bisogna che anche questa volta tu lo porti a passeggiare, che non stia tra i piedi a Bingley.»

Elizabeth trattenne a stento una risata davanti a una

proposta così opportuna; ma era veramente irritata che sua madre parlasse sempre di lui a codesto modo.

Appena entrati, Bingley la guardò con tanta espressione e le strinse la mano con tanto calore da non lasciarle il dubbio che era bene informato; poi, ad alta voce:

«Signora Bennet, mi dica, non vi sono qui all'intorno altri viali dove Lizzy si possa perdere anche oggi?»

«Consiglierei il signor Darcy, Lizzy e Kitty» rispose quella «di fare stamani una passeggiata a Monte Oakham. È lunga ma bella e il signor Darcy non conosce quella veduta.»

«Sta bene per gli altri» replicò Bingley «ma ho paura che sia troppo lunga per Kitty. Non è vero, Kitty?»

Kitty riconobbe che sarebbe rimasta più volentieri a casa. Darcy mostrò una grande curiosità per la vista da quel monte ed Elizabeth accondiscese senza dir nulla. Mentre saliva a prepararsi, la signora Bennet le fu dietro a dirle:

«Mi rincresce tanto, Lizzy, che tu debba stare sola con quell'antipatico, ma spero che non ci baderai. È per il bene di Jane, sai; e siccome con lui non c'è da parlare che di quando in quando, non prendertela troppo.»

Durante quella passeggiata fu stabilito che in serata sarebbe stato domandato il consenso del signor Bennet. Elizabeth si riservava di parlarne alla madre. Non sapeva come questa avrebbe presa la cosa; a volte dubitava se tutta la ricchezza e la signorilità di lui sarebbero bastate a farle vincere il suo turbamento per l'uomo; ma sia che avesse a mostrarsi contrarissima, sia che avesse a entusiasmarsi per questo matrimonio, certo era che si sarebbe comportata in modo da non fare onore al suo senno; ed Elizabeth non poteva tollerare che Darcy avesse a subire i primi trasporti della sua gioia o il primo impeto della sua disapprovazione.

Nella sera, poco dopo che il signor Bennet si fu ritirato in biblioteca, essa vide alzarsi anche Darcy e seguirlo, ed entrò in grande agitazione. Non che temesse che suo padre fosse contrario, ma sapeva che contento non sarebbe stato; le dispiaceva che proprio lei, la sua prediletta, dovesse con la sua scelta dargli una afflizione e riempirlo di timori e di rammarichi al momento di disporre di essa; era un pensiero triste che la tenne in grande ambascia fino a che non ricomparve Darcy, e, vistolo sorridere, si sentì un po' sollevata. Egli si accostò alla tavola a cui essa sedeva con Kitty e, facendo finta di ammirare il suo lavoro, le mormorò:

«Andate da vostro padre: vi aspetta in biblioteca.» Essa ci andò subito.

Suo padre passeggiava su e giù per la stanza, pensieroso.

«Che cosa mi stai combinando, Lizzy?» le chiese. «Ti dà di volta il cervello, che accetti per marito quel signore? Non lo hai sempre avuto a noia?»

Quanto avrebbe voluto che i suoi giudizi del passato fossero stati più ragionevoli, le sue espressioni più caute! Avrebbe risparmiato spiegazioni e chiarimenti che oggi le riuscivano quanto mai incresciosi, ma necessari; così, un po' confusa, lo rassicurò del suo sentimento affettuoso per il signor Darcy.

«Ossia, in altri termini, hai deciso di sposartelo. Certo, è ricco e potrai avere vestiti e carrozze anche più belle di Jane. Ma ti faranno felice?»

«Non ha altra obiezione» disse Elizabeth «che questa di credermi indifferente verso di lui?»

«Nessun'altra. Tutti sappiamo che lui è un uomo orgoglioso e sgarbato, ma se tu gli vuoi davvero bene, questo non conta.»

«Ma io gli voglio bene» rispose lei con le lacrime agli occhi. «Lo amo! Il suo non è orgoglio presuntuoso. È amabilissimo. Lei non sa affatto come egli è in realtà, perciò non mi affligga parlandomi di lui a codesto modo.»

«Gli ho dato il mio consenso, Lizzy» disse suo padre. «A un simile tipo non oserei rifiutare nulla di quanto si degnasse di chiedere. E ora se sei decisa a volerlo, te lo do. Lasciami però consigliarti a rifletterci meglio. Conosco il tuo carattere, Lizzy, e so che non sarai né felice né ti sentirai onorata se non stimerai veramente tuo marito, se non lo potrai considerare come superiore a te. Con i tuoi talenti vivaci, a fare un matrimonio ineguale ti esponi a un grosso rischio. Non riusciresti a evitare l'umiliazione e l'afflizione. Bambina mia, non darmi il dolore di vederti incapace di rispettare il compagno della tua vita. Tu non sai che cosa stai per fare.»

La risposta di Elizabeth, sempre più toccata sul vivo, fu seria e solenne, e, tornando a garantirgli che proprio il signor Darcy era l'oggetto della sua scelta, spiegandogli il graduale mutamento dell'opinione che lei si era fatta di lui, dandogli la certezza assoluta che l'affetto di lui non era cosa di un giorno ma che aveva resistito a molti mesi di prova ed enumerando con calore tutte le sue belle qualità, riuscì a vincere lo scetticismo paterno e a riconciliarlo con questo matrimonio.

«Ebbene, cara,» disse il padre quando essa ebbe finito «non ho altro da dire. Se le cose stanno così, egli è degno di te. Non avrei potuto separarmi da te, Lizzy mia, per un uomo di minor merito.»

A completare la sua favorevole impressione, essa gli raccontò allora quello che il signor Darcy aveva fatto spontaneamente per Lydia. Il padre la ascoltò attonito.

«Ma questa è la serata delle meraviglie. E così Darcy ha fatto tutto, ha organizzato il matrimonio, ha dato il denaro, pagato i debiti di quel mariuolo e gli ha procurato il brevetto! Tanto meglio. Mi risparmierà un mondo di fastidi e di economie. Se l'avesse fatto tuo zio, avrei dovuto e voluto pagarlo, ma questi giovani innamorati e ardenti fanno ogni cosa a modo loro. Gli proporrò di rimborsarlo domani; lui mi terrà un'arringa sul suo amore per te e così non se ne parlerà più.»

Si rammentò allora l'imbarazzo che la figlia aveva mostrato alcuni giorni avanti a leggere la lettera del signor Collins e, dopo averla un po' canzonata, la lasciò andare, dicendole mentre esciva:

«Se ci sono dei pretendenti per Mary o per Kitty, mandameli pure: do udienza.»

Elizabeth si sentiva ora sollevata da un grandissimo peso; e dopo una mezz'oretta di calma riflessione in camera sua, fu in grado di raggiungere gli altri, abbastanza tranquilla.

Tutto era ancora troppo nuovo per tradursi in gaiezza, ma la serata passò pacificamente; non vi era più nulla da temere: il conforto della familiarità e dell'intimità sarebbe venuto a suo tempo.

Quando, sul tardi, la madre salì al suo spogliatoio, Elizabeth le andò dietro e le fece l'importante comunicazione. L'effetto fu più che straordinario: da prima la signora Bennet rimase immobile, incapace di articolare una sillaba. Ci vollero parecchi minuti prima che comprendesse ciò che udivano le sue orecchie, benché, di solito, fosse tutt'altro che tarda a credere tutto quello che fosse di utilità alla famiglia o apparisse sotto forma di un pretendente per le sue ragazze. Alla lunga si riebbe e cominciò a dimenarsi sulla sedia, ad alzarsi, a rimettersi a sedere, a dare in esclamazioni di stupore e di beatitudine.

«Buon Dio! Che il Signore mi benedica! Solo l'idea! Il signor Darcy! Chi l'avrebbe pensato? Ma è proprio vero? Oh! tesoro mio, come sarai ricca e nobile. Che spillatico, che gioielli, che vetture avrai! Jane non ha nulla in confronto, proprio nulla. Sono così contenta, così felice! Un uomo così seducente! Così bello! Così alto! Oh! Lizzy cara, ti prego di scusarmi se prima io l'ho così poco apprezzato. Spero che ci passerà sopra. Pensa, Lizzy, una casa a Londra. Tutto così bello! Tre figlie maritate! Diecimila sterline all'anno! Oh Dio! cosa succederà di me? Io ci perdo la testa...»

Ce n'era abbastanza per non aver dubbi sul consenso materno, ed Elizabeth, rallegrandosi che quell'effusione non era stata udita che da lei, si affrettò ad andarsene. Ma saranno stati tre minuti che era in camera sua che sua madre le venne dietro.

«Non riesco a pensare ad altro, bambina mia» esclamò la madre. «Diecimila sterline all'anno e forse anche più! Proprio come se tu sposassi un Lord. E l'autorizzazione ecclesiastica speciale per il matrimonio, perché la autorizzazione speciale la dovete avere. Ma dimmi ora, amore mio, quale è la pietanza preferita del signor Darcy. Vorrei farla fare per domani.»

Era un gran brutto presagio di quello che sarebbe stato il contegno della signora Bennet con quel signore, ed Elizabeth si accorse che, nonostante la sicurezza di possedere tutto l'affetto di lui e il consenso dei genitori, le rimaneva ancora qualcosa da desiderare. Ma l'indomani passò meglio che non ci fosse da temere, poiché la signora Bennet, fortunatamente, fu presa da una tale soggezione per il futuro genero che non osò rivolgergli la parola se non per esprimere profonda deferenza per tutte le sue opinioni.

Elizabeth ebbe la gioia di vedere la premura di suo padre per prendere confidenza col signor Darcy e di sentirgli poi dire che questi cresceva di ora in ora nella sua stima.

«Ammiro altamente tutti e tre i miei generi» disse Bennet. «Wickham resta, forse, il mio prediletto, ma credo che vorrò bene a tuo marito quanto a quello di Jane.»

LX

Ripresi tutti i suoi spiriti, Elizabeth chiese a Darcy di spiegarle quando aveva iniziato a innamorarsi di lei.

«Come hai potuto incominciare?» disse. «Comprendo che, una volta iniziato, tu abbia dolcemente seguitato; ma che cosa può avertici indotto da prima?»

«Non saprei stabilire esattamente l'ora o il luogo o lo sguardo o le parole che ci hanno messo il primo fondamento. Troppo tempo è passato. Mi ci trovai nel bel mezzo prima di accorgermi che avevo iniziato.»

«La mia bellezza la negasti alla prima e in quanto ai miei modi, al mio contegno verso di te, ha rasentato sempre la villania e non ti ho mai rivolto la parola senza un certo desiderio di ferirti. Suvvia, sii sincero, mi hai ammirata per la mia impertinenza?»

«No; per la vivacità del tuo spirito.»

«Chiamala pure impertinenza. Poco ci mancava. Il fatto è che eri sazio di cortesie, di riguardi e di complimenti. Eri disgustato delle donne che non parlavano, guardavano e pensavano se non per cercare la tua approvazione. Io eccitai il tuo interesse perché ero diversa da loro. Se non avessi avuto realmente un buon temperamento, mi avresti presa in odio. Ma con tutti gli sforzi per mascherarti, i tuoi sentimenti sono stati sempre elevati e giusti; e in cuor tuo hai sempre disprezzato chi ti faceva la corte. Ecco qui, ti ho risparmiato il disturbo di stare a spiegarmelo e, tutto considerato, principio a credere che sia perfettamente ragionevole. Di me sicuramente non conosci alcuna bontà effettiva, ma nessuno ci pensa quando è innamorato.»

«Non era bontà la tua affettuosa condotta verso Jane quando si ammalò a Netherfield?»

«Cara Jane! Chi avrebbe fatto di meno per lei? Ma, se vuoi, prendilo per un merito. Le mie buone qualità sono sotto la tua protezione e tu devi esagerarle quanto puoi. In compenso tocca a me cogliere tutte le occasioni possibili di contrariarti e di contrastarti; e posso incominciare anche subito, chiedendoti che cosa ti fece così restio ad arrivare alla conclusione. Che cosa ti tenne lontano da me quando prima venisti a farci visita e poi fosti a pranzo? Perché, specie quando venivi a trovarci, avevi l'aria di non curarti punto di me?»

«Perché eri seria e taciturna e non mi incoraggiavi.»

«Ma io ero confusa!»

«E anch'io lo ero.»

«Quando venisti a pranzo, avresti potuto parlare un po' più con me.»

«Lo avrebbe fatto un uomo con il cuore più freddo.»

«Che sfortuna che tu abbia sempre una risposta pronta e sensata e che io sia così ragionevole da ammetterla! Sarei però curiosa di sapere quanto saresti andato avanti, se fossi stato lasciato in balìa di te stesso. Vorrei sapere quando ti saresti deciso a parlare, se io non te lo avessi chiesto. La mia decisione di ringraziarti per quanto avevi fatto per Lydia produsse un grande effetto. Troppo, temo, poiché cosa succede della morale, se una consolazione deve venir fuori dal mancare a una promessa, come quella che io aveva fatta di non accennare mai a quell'argomento? Questo proprio non va.»

«Non devi fartene un cruccio. La morale è salva. Gli ingiustificabili sforzi di Lady Catherine per dividerci sono stati il mezzo migliore per rimuover tutte le mie incertezze. Non vado debitore della mia felicità di ora alla tua ardente brama di manifestarmi la tua gratitudine. Non ero in disposizione d'animo da dover aspettare un tuo incitamento. Quel che mi aveva detto mia zia mi aveva fatto sperare, e allora volli sapere subito ogni cosa.»

«Lady Catherine ci è stata davvero molto utile, il che dovrebbe farla felice, poiché essa tiene tanto a rendersi utile agli altri. Ma dimmi, per qual motivo tornasti qua a Netherfield? Soltanto per fare una cavalcata sino a Longbourn e metterti nell'imbarazzo? O ti eri proposto qualche cosa di più importante?»

«Il mio vero scopo era quello di vederti e di giudicare se avrei mai potuto sperare di essere amato da te. Quello confessato, ossia quello che avevo confessato a me stesso, era di vedere se tua sorella seguitava a interessarsi a Bingley e in questo caso di rivelargli tutto, come poi ho fatto.»

«Avrai mai il coraggio di annunciare a Lady Catherine che cosa sta per capitarle?»

«Me ne manca forse più il tempo che il coraggio, Elizabeth; ma occorre farlo. Se mi dai un foglio, lo faccio subito.»

«E se non avessi io stessa da scrivere una lettera, resterei seduta accanto a te ad ammirare la tua bella calligrafia, così unita, come fece una volta un'altra signorina. Ma anch'io ho una zia che non deve più essere trascurata.»

Per la sua contrarietà a dover confessare che la sua intimità col signor Darcy era minore di quella che lei supponesse, Elizabeth non aveva ancora risposto alla lunga lettera della signora Gardiner; ma ora che aveva da comunicarle cosa che sapeva le sarebbe riuscita graditissima, provò quasi vergogna per aver fatto perdere ai suoi zii già tre giorni di felicità e scrisse senz'altro quanto segue:

> Avrei voluto ringraziarla prima, mia cara zia, come era mio dovere, per il suo lungo, gentile e particolareggiato resoconto; ma, a dire il vero, ero troppo stizzita per scrivere. Lei supponeva di più di quello che non ci fosse, allora, in realtà. Ma ora pensi pure tutto quello che vuole: dia libero sfogo alla sua fantasia, secondi la sua immaginazione in ogni possibile slancio, e, a meno che non pensi che io sia già sposata, non si sbaglierà di molto. Mi scriva prestissimo e mi canti le sue lodi con

maggiore abbondanza che nell'ultima. Torno ancora a ringraziarla che non siamo andati ai Laghi. Come ho potuto essere così sciocca da desiderarlo? La sua idea dei cavallini è carina assai. Faremo ogni giorno il giro del parco. Sono la creatura più felice dell'universo. Forse altri lo hanno detto prima di me, ma nessuno con tanta ragione. Sono persino più felice di Jane: essa sorride soltanto, mentre io rido. Darcy v'invia tutto l'affetto che gli può avanzare su quello che ha per me. Dovrete venire tutti quanti, per Natale, a Pemberley. La sua ecc.

La lettera del signor Darcy a Lady Catherine fu di tono molto diverso, e ancora più diversa da tutte e due quella che il signor Bennet mandò al signor Collins, in risposta alla sua ultima:

Caro Signore,
sono costretto a importunarLa col chiederle delle nuove felicitazioni. Elizabeth sarà quanto prima la moglie del signor Darcy. Cerchi lei di consolare Lady Catherine, come potrà. Ma se fossi in Lei, terrei per il nipote. Può dare di più. Il suo, ecc.

Le congratulazioni della signorina Bingley al fratello per il suo matrimonio furono non meno calorose che insincere. Per la circostanza scrisse anche a Jane, esprimendole la sua gioia e rinnovandole tutte le precedenti dichiarazioni di stima. Jane non si lasciò trarre in inganno, ma pure fu toccata e, benché non avesse alcuna fiducia in lei, non poté fare a meno di risponderle molto più gentilmente di quello che si meritasse.

La gioia della signorina Darcy a ricevere l'annuncio fu altrettanto sincera quanto quella del fratello nell'inviarglielo. Quattro pagine non bastarono a contenere tutta la sua letizia e l'ardente desiderio di avere l'affetto della sua nuova sorella.

Prima che potesse giungere una risposta del signor

Collins o le congratulazioni di sua moglie a Elizabeth, la famiglia di Longbourn apprese che i Collins stavano per venire loro stessi a casa Lucas. Il motivo ne fu ben tosto palese. Lady Catherine era entrata in tale furore per la lettera del nipote che Charlotte, la quale sinceramente si rallegrava di quell'unione, era stata sollecita a girare al largo finché non passasse la bufera. In un momento come quello, l'arrivo della sua amica fu un vero piacere per Elizabeth, quantunque, nei loro incontri, sentisse che la pagava cara, sottoponendo Darcy allo sfoggio di ossequiosa cortesia del marito di lei. Ma Darcy sembrava sopportarlo con ammirevole calma. Era capace persino di ascoltare con conveniente posatezza Sir William Lucas, quando questi gli faceva i rallegramenti per esser venuto a rapire il più brillante gioiello della regione o quando esprimeva la speranza di ritrovarsi di frequente con lui a Corte. A fare una spallucciata, aspettava quando Sir William era fuori di vista.

La volgarità della signora Phillips fu un'altra, forse anche più grande, prova della sua tolleranza; ché, benché la signora Phillips sentisse, come sua sorella, troppa soggezione di lui per parlare con quella familiarità che la lieta affabilità di Bingley incoraggiava, non poteva lo stesso aprir bocca senza essere trivialuccia. Né il riguardo per lui, benché riuscisse a tenerla più tranquilla, le dava maggior finezza. Elizabeth faceva tutto quello che poteva per metterlo al riparo dalle attenzioni dell'uno e dell'altra e per tenerlo tutto per sé e per quelli della sua famiglia coi quali poteva discorrere senza averne vergogna; e benché il senso di disagio che le veniva dall'insieme le togliesse gran parte del piacere che avrebbe avuto questa fase del fidanzamento, in compenso accresceva le sue speranze per l'avvenire; pregustava con gioia il tempo in cui da una società così poco gradevole a entrambi sarebbe passata alle confortevoli eleganze della casa di Pemberley.

LXI

Beato fu per i sentimenti materni della signora Bennet il giorno in cui essa si disfece delle sue due più preziose figlie.

Con quale orgoglio soddisfatto visitasse, dopo, la signora Bingley o parlasse della signora Darcy è facile immaginarlo. Per l'onore della sua famiglia, vorrei dire che il compimento del suo voto supremo, la sistemazione di tante delle sue figlie, producesse un effetto così felice da fare di lei una donna assennata, simpatica e colta per tutto il resto della vita; ma forse fu una fortuna per il marito ch'essa seguitasse a essere a volte nervosa e invariabilmente stupida, perché forse egli non sarebbe riuscito a gustare la felicità coniugale in una forma così insolita.

Il signor Bennet sentì moltissimo il distacco della sua secondogenita, e l'affetto per lei riuscì a condurlo fuori di casa come nessun'altra ragione avrebbe potuto. Aveva grande piacere di andare a Pemberley, specie quando meno lo aspettavano.

Bingley e Jane rimasero un anno solo a Netherfield. Tanta vicinanza a sua madre e ai parenti di Meryton non era desiderabile neanche per il buon temperamento di lui e per il cuore affettuoso di lei. Il desiderio più caro delle sorelle di Bingley si avverò: egli comprò un possesso in una contea confinante col Derbyshire, e Jane ed Elizabeth aggiunsero a tutte le altre ragioni di felicità quella di trovarsi a meno di trenta miglia l'una dall'altra.

Kitty, con suo grande vantaggio, passava il più del tempo con le due sorelle maggiori. In una compagnia così superiore a quella che aveva sino allora frequentata, migliorò non poco. Non aveva il carattere indomabile di Lydia e, allontanata dall'influenza di questa, diventò, convenientemente, vigilata e guidata, meno incolta e insipida. Naturalmente fu tenuta con ogni cura a distanza da Lydia, e quantunque la signora Wickham la invitasse di continuo da lei, con promesse di balli e di spasimanti, suo padre non la lasciò mai andare.

Mary fu la sola che rimanesse a casa e fu per forza distolta dalle sue ricerche di alta cultura dal dovere di tenere compagnia alla signora Bennet, che non era capace di stare sola. Fu costretta a venire più a contatto col mondo ma poté lo stesso fare la morale su ogni visita mattutina; e siccome non era più umiliata dal confrontare la sua bellezza con quella della sorella, suo padre convenne che si era adattata senza troppa ripugnanza al cambiamento.

In quanto a Wickham e Lydia, i loro temperamenti non subirono grandi trasformazioni per il matrimonio delle sorelle. Egli accettò filosoficamente l'idea che Elizabeth sarebbe stata messa ora al corrente di tutte le sue ingratitudini e menzogne che aveva sino allora ignorate e, nonostante tutto, continuò ad accarezzare la speranza che Darcy si sarebbe lasciato indurre a fargli fare fortuna.

La lettera di congratulazioni che Elizabeth ebbe da Lydia per il suo matrimonio le rivelò che tale speranza veniva nutrita per lo meno dalla moglie. La lettera diceva:

Mia cara Lizzy,
mi congratulo con te. Se vuoi a Darcy la metà del bene che io voglio al mio caro Wickham, devi essere felicissima. È un grande conforto saperti così ricca e, se non avrai altro da fare, spero che ti ricorderai di noi. Sono sicura che a Wickham piacerebbe moltissimo un posto a Corte, ma non credo che i nostri mezzi ci basterebbero per mantenerci senza qualche aiuto. Ci sono posti per cui basterebbero sulle trecento o quattrocento sterline all'anno; ma non parlarne al signor Darcy, se credi meglio di no. La tua ecc.

Siccome Elizabeth credette molto meglio di no, cercò nel risponderle di tagliar corto a ogni richiesta e speranza del genere. Invece le mandò di frequente degli aiuti sulle economie che in pratica riusciva a fare sulle sue spese personali. Aveva sempre visto che delle entrate come le loro, per due persone così stravaganti nei loro bisogni e noncuranti del futuro, non sarebbero mai potute bastare; e ogni volta che ebbero a cambiare di guarnigione, tanto Jane quanto Elizabeth sapevano che si sarebbero rivolti a loro per essere aiutati a saldare qualche conto. Il loro sistema di vita, anche quando, restaurata la pace, egli fu mandato in congedo, rimase quanto mai disordinato. Traslocavano continuamente da un luogo all'altro, in cerca di un posto a buon mercato, spendendo sempre di più di quello che avrebbero dovuto. L'affetto di lui per Lydia si convertì ben presto in indifferenza: quello di Lydia durò un po' più a lungo e, nonostante la sua gioventù e i suoi modi liberi, conservò tutto il diritto alla buona reputazione che il matrimonio le aveva dato.

Benché Darcy non potesse riceverlo mai a Pemberley, pure, per amore di Elizabeth, seguitò ad aiutarlo nella sua carriera. Lydia fu di tempo in tempo loro ospite, mentre il marito era a divertirsi a Londra o a Bath; e in casa dei Bingley tanto l'una che l'altro facevano delle soste così lunghe e frequenti, che persino il buon Bingley non ne poteva più e arrivava persino a dire che gli avrebbe fatto capire di andarsene.

La signorina Bingley restò molto male per il matrimonio di Darcy, ma, siccome le pareva sempre buon consiglio mantenere il diritto all'ospitalità di Pemberley, lasciò andare ogni rancore; fu più affezionata che mai a Georgiana, riguardosa verso Darcy quasi come per l'addietro e saldò tutti gli arretrati di cortesia che doveva a Elizabeth.

Pemberley divenne adesso la dimora di Georgiana, e l'affetto delle due cognate fu tutto quello che Darcy aveva desiderato. Erano arrivate a volersi bene proprio come se l'erano proposto. Georgiana aveva altissimo concetto di Elizabeth benché da principio il modo vivace e scherzoso con cui questa parlava a suo fratello le producesse uno stupore che rasentava lo spavento. Lo vedeva ora trattato apertamente a facezie, lui che le aveva sempre ispirato un rispetto tale da superare quasi l'affetto! La mente le si arricchiva di cognizioni che prima non aveva mai avuto occasione di incontrare. Dagli ammaestramenti di Elizabeth iniziò a capire che una donna può permettersi col proprio marito delle libertà che un fratello non può sempre permettere a una sorella di più di dieci anni minore di lui.

Lady Catherine fu indignatissima per il matrimonio del nipote, e siccome nel rispondere alla lettera che glielo annunciava aveva dato sfogo a tutta la sua innata franchezza, lo fece con termini così ingiuriosi, specie per Elizabeth, che ogni rapporto fra di loro cessò per qualche tempo. Ma da ultimo, persuaso da Elizabeth, Darcy si lasciò convincere a passare sopra l'offesa e a cercare una riconciliazione. Dopo un po' di resistenza il rancore della zia cedette un po' all'affetto per suo nipote, un po' alla curiosità di vedere come si comportava sua moglie; ed ebbe la condiscendenza di andare a trovarli a Pemberley, tra quei boschi profanati non solo dalla presenza di una simile padrona ma anche dalle visite dei suoi zii commercianti.

Con i Gardiner essi si mantennero sempre in intimità: Darcy, alla pari di Elizabeth, voleva loro veramente bene, e tutti e due conservarono sempre la più calda riconoscenza verso coloro che, per averla condotta nel Derbyshire, erano stati il tramite della loro unione.

Postfazione*

di W. Somerset Maugham

I

Gli eventi della vita di Jane Austen possono essere riportati brevemente. Gli Austen erano un'antica famiglia le cui fortune, come per la maggior parte delle più grandi famiglie d'Inghilterra, erano dovute al commercio della lana, all'epoca la principale risorsa del paese; raggiunta la ricchezza, come altre più importanti famiglie, comprarono della terra, entrando così nella schiera della nobiltà inglese.

Jane nacque nel 1775 a Steventon, un villaggio dell'Hampshire, nel quale suo padre, il reverendo George Austen, era rettore di parrocchia. Era la più giovane di sette figli. Quando ebbe sedici anni, il padre si dimise dal proprio incarico e, con le due figlie Cassandra e Jane, dato che i figli maschi vivevano già per conto loro, si trasferì a Bath. Morì nel 1805; la vedova e le figlie si trasferirono allora a Southampton. Non molto tempo dopo uno dei figli, Edward, ereditò dei possedimenti nel Kent e nell'Hampshire, e offrì alla madre un cottage in ciascuna di queste due regioni. Scelse Chawton nell'Hampshire; era il 1809 e lì, a eccezione di qualche visita a parenti e amici, Jane rimase fino a che le cattive condizioni di salute non la obbligarono a spostarsi a

* Lo scritto qui riportato è tratto da: W. Somerset Maugham, *Pride and Prejudice*, in «Atlantic», 181, 5, May 1948, pp. 99-104 (trad. it. di Marco Fiocca).

Winchester, per mettersi nelle mani di dottori migliori di quelli che si trovavano nel villaggio. Morì a Winchester nel 1817 e fu seppellita nella cattedrale.

Si dice che fosse una persona molto affascinante: «Era alta e sottile, con passo leggero e deciso, la sua intera figura esprimeva salute e vivacità. Aveva una chiara carnagione da ragazza bruna, di un bel colore; zigomi ben pronunciati e naso e bocca piccoli e ben disegnati, vivi occhi color nocciola e capelli castani che ne incorniciavano il viso con riccioli naturali.» L'unico suo ritratto che io abbia mai visto mostra una ragazza dalla faccia piena e dai tratti mediocri, grandi occhi tondi e un busto ingombrante; ma può darsi che l'artista non le abbia reso giustizia. Possedeva un raro e acuto senso dell'umorismo, e dato che ella afferma che la sua conversazione era in tutto analoga alle sue lettere e le lettere sono ricche di osservazioni spiritose, ironiche e pungenti, è impossibile dubitare che la sua conversazione fosse brillante.

La maggior parte delle sue lettere ancora disponibili erano indirizzate alla sorella Cassandra. Le era molto legata. Durante tutta la gioventù e la maturità furono sempre insieme, e di certo condivisero la stanza da letto fino alla morte di Jane. Quando Cassandra fu mandata a scuola, Jane la seguì, dato che, benché fosse troppo giovane per ricevere il tipo di istruzione impartita da un seminario, si sarebbe sentita perduta senza la sorella. «Se Cassandra avesse dovuto farsi rasare i capelli,» disse la madre «Jane avrebbe insistito per condividere con lei la stessa sorte.» Cassandra era più bella di Jane, di carattere più freddo e più posato, meno espansiva e di natura meno solare; aveva il merito «di saper sempre tenere sotto controllo il proprio carattere, ma Jane aveva la fortuna di avere un carattere che non doveva essere mai tenuto sotto controllo».

Molti tra i più accesi ammiratori di Jane Austen sono rimasti delusi leggendo le sue lettere, ritenendo che esse mostrino quanto ella fosse fredda e distaccata e quanto banali fossero i suoi interessi. Ne sono sorpreso. Io le trovo molto naturali. Jane Austen pensava che non le avrebbe lette nessun altro all'infuori di Cassandra e raccontava alla sorella esattamente quel tipo di cose che sapeva le sarebbero interessate. Le raccontava come la gente si vestisse e quanto avesse pagato la mussola a fiori che aveva appena comprato, quali conoscenze avesse fatto, quali vecchi amici avesse incontrato e quali pettegolezzi avesse udito.

Negli ultimi anni, molte collezioni di lettere di eminenti scrittori sono state pubblicate e, da parte mia, quando le leggo, sono spesso portato a pensare che i loro autori le abbiano scritte tenendo presente, in un angolo della loro mente, che un giorno avrebbero potuto essere pubblicate. Non raramente, ne ricavo l'impressione che le si sarebbe potute usare, come infatti fu, sulle colonne di una rivista letteraria.

Per non offendere i devoti di questi scrittori recentemente scomparsi, non farò i loro nomi, ma Dickens è morto da molto tempo, e mi pare possibile dire cosa piaccia di lui senza il timore di offendere qualcuno. Ogniqualvolta partiva per un viaggio egli scriveva lunghe lettere agli amici nelle quali descriveva con eloquenza ciò che aveva visto, lettere che, come giustamente osserva un biografo, avrebbero potuto essere pubblicate senza cambiare una sola parola. A quei tempi le persone erano più pazienti: in ogni caso, doveva essere una delusione ricevere la lettera di un amico che descriveva montagne e monumenti quando si desiderava sapere se aveva conosciuto qualcuno di interessante, a quali feste aveva partecipato e se era riuscito a procurarsi i libri o le cravatte o i fazzoletti che gli si era chiesto di riportare.

II

Jane Austen non scrisse forse una sola lettera che non contenesse una risata o un sorriso, e per il diletto del lettore darò qualche esempio del suo stile. Rimpiango solo di non avere più spazio.

> Le donne non sposate hanno una terribile propensione a diventare povere; è un forte argomento, questo, in favore del matrimonio.

> Pensa solo alla morte della signora Holder! Povera donna, ha fatto l'unica cosa al mondo che poteva fare perché smettessero di perseguitarla.

> La signora Hall, di Sherborne, è stata portata a letto, ieri, ha partorito un bambino nato morto, alcune settimane prima di quanto si aspettasse, a causa di un forte spavento. Dev'essersi trovata di fronte, di sorpresa, il marito.

> Abbiamo assistito alla morte della signora W.K. Non avevo idea che potesse piacere a qualcuno, e d'altronde non provai nessun sentimento per le persone rimaste in vita; ora, però, sono a disagio per suo marito, penso che avrebbe fatto meglio a sposare la signorina Sharpe.

> Rispetto la signora Chamberlain per la sua acconciatura, ma non riesco a provare per lei nessun altro sentimento. La signorina Langley è come ogni altra ragazza bassa, con naso grosso e bocca larga, vestita alla moda e con un seno ingombrante. L'ammiraglio Standhope assomiglia a un gentiluomo, ma ha gambe troppo corte e coda troppo lunga.

Jane Austen era amante dei balli. Ecco alcuni commenti legati ai ricevimenti ai quali partecipò:

Ci furono solo dodici danze, io partecipai a nove di esse, ma non mi unii alle altre, convinta da un partner.

C'era un gentiluomo, un ufficiale del Cheshire, un uomo molto bello che, mi dissero, desiderava ardentemente di venirmi presentato, ma non lo desiderò abbastanza da fare lo sforzo necessario e non se ne fece nulla.

C'erano alcune bellezze, non troppo belle a dire il vero. La signorina Iremonger non aveva un grande aspetto e la signora Blunt fu l'unica davvero ammirata. Si presentò esattamente come si era presentata in settembre, con la stessa faccia tonda, cerchio di diamanti, scarpe bianche, marito rubizzo e collo grasso.

Charles Powlett diede un ballo giovedì, con grande disturbo dei suoi vicini, certo, i quali hanno un vago interesse per lo stato delle sue finanze e vivono nella speranza di una sua rapida rovina. Si è scoperto che sua moglie è esattamente come la desidererebbero i suoi vicini, sciocca, bisbetica e stravagante.

Il signor Richard Harvey si sposerà presto, ma dato che è un gran segreto e che lo sa solo la metà del vicinato, non farne parola.

Il dottor Hall è in un tale lutto da far pensare che sua madre, sua moglie o lui stesso siano morti.

Quando la signorina Austen viveva con la madre a Southampton, ricevette un invito; ecco cosa scrisse poi a Cassandra:

In casa trovammo solo la signora Lance, e benché si vantasse di avere chissà quali natali, non vi era che un grande pianoforte... Vivono con uno stile grandioso e sono ricchi, e a lei sembra piacere essere ricca; le la-

> sciammo intendere di essere ben lontane dalla sua condizione; presto, dunque, si renderà conto che non siamo all'altezza della sua amicizia.

Una relazione di Jane pare aver dato adito a pettegolezzi riguardo al comportamento di un certo dottor Mant; tale comportamento avrebbe spinto la moglie a trasferirsi a casa della madre. Sul fatto Jane scrisse:

> Essendo il dottor M. un ecclesiastico, il loro attaccamento, benché immorale, mantiene un'aria decorosa.

Aveva una lingua tagliente e un prodigioso senso dell'umorismo. Amava ridere e amava far ridere. È chiedere troppo a un umorista aspettarsi che lui, o lei, quando pensa qualcosa di buono, lo tenga per sé. E, lo sa il cielo, è difficile essere divertenti senza essere, a volte, un poco maliziosi. Non c'è molto di eccitante nel latte della benevolenza. Jane aveva un acuto senso dell'assurdità degli altri, della loro pretenziosità, delle loro affettazioni e delle loro insincerità; solo per proprio merito ella ne veniva divertita e non annoiata. Era troppo educata per dire alle persone cose che le avrebbero ferite, ma certo non vide alcun male nel divertirsi con Cassandra a loro spese. Non vedo una natura malevola nemmeno nella più pungente e arguta delle sue osservazioni; il suo umorismo si basava, come sempre dovrebbe essere, sull'osservazione meticolosa e sulla franchezza.

Si è notato che, benché abbia vissuto in concomitanza con alcuni dei più burrascosi eventi della storia, la Rivoluzione francese, il Terrore, l'ascesa e la caduta di Napoleone, ella non faccia alcun riferimento a tutto ciò nei suoi romanzi. A questo proposito, è stata accusata di eccessivo distacco.

Occorre ricordare che, alla sua epoca, la politica

non era qualcosa di cui le donne ben educate si occupavano, era una cosa da uomini; le donne non leggevano nemmeno i giornali; ma non c'è motivo di pensare che, dato che non scrisse su questi eventi, Jane Austen non ne fosse toccata. Amava la propria famiglia, due dei suoi fratelli erano in marina, abbastanza spesso in pericolo, e le lettere mostrano che essi erano sovente nei suoi pensieri.

Ma fu forse una dimostrazione di buonsenso, non scrivere di questi argomenti? Era troppo modesta perfino per supporre che i propri romanzi sarebbero stati letti ancora molto tempo dopo la sua morte, ma se questo fosse stato il suo obiettivo, non avrebbe potuto essere più saggia, evitando di trattare temi che, da un punto di vista letterario, sono destinati a perdere d'interesse. Già oggi, i romanzi scritti negli ultimi anni sulla Seconda guerra mondiale sono morti stecchiti. Erano effimeri quanto i giornali che giorno per giorno ci raccontano cosa sta succedendo.

C'è un passaggio, nella *Vita* di Austen-Leigh, dal quale, con l'esercizio di un po' d'immaginazione, è possibile farsi un'idea di che tipo di esistenza la signorina Austen dovesse condurre durante quei lunghi, calmi anni in campagna:

> Può essere affermata come verità generalmentre valida che meno fosse lasciato al compito e alla discrezione dei domestici, e che il più fosse fatto, o diretto, dai padroni o dalle padrone. Riguardo alle padrone, è, credo, generalmente compreso che ... esse prendevano parte personalmente ai più importanti lavori di cucina, come nella preparazione di vini fatti in casa e nella distillazione d'erbe per le medicine domestiche. ... Le signore non disdegnavano di filare i gomitoli con i quali si sarebbe tessuta la biancheria di casa. Ad alcune signore piaceva lavare con le proprie mani le porcellane migliori, dopo la colazione o il tè.

La signorina Austen sviluppò un sano interesse per gli abiti, le cuffiette e gli scialli; ed era bravissima sia nel cucire che nel ricamare. Le piaceva, com'è normale, che gli uomini giovani avessero un bell'aspetto, e non trovava nulla di strano nel flirtare con loro. Le piacevano i balletti, il teatro, le carte e altri divertimenti più semplici. Riusciva

> in qualsiasi cosa facesse con le mani. Nessuno di noi sapeva far cadere gli shangai in cerchio in maniera tanto perfetta, o riprenderli con mano tanto ferma. Era stupefacente con la tazza e la palla. A Chawton ne usavamo una facile, e lei fu capace di centrare il buco un centinaio di volte di seguito, fino a che non ebbe più forza nelle mani.

Non ci si stupisce ad apprendere delle sue grandi capacità con i bambini, i quali amavano i suoi modi divertenti e le sue storie, inventate all'occasione.

Nessuno descriverebbe Jane Austen come una donna saccente (un tipo di persona per la quale non aveva alcuna simpatia), ma era certamente una donna colta. R.W. Chapman, la massima autorità riguardo ai suoi romanzi, ha compilato una lista dei libri che aveva di sicuro letto: è una lista molto lunga. Chiaramente, lesse romanzi: quelli di Fanny Burney, di Maria Edgeworth e della signora Radcliffe (*I misteri di Udolpho*); lesse inoltre romanzi tradotti dal francese e dal tedesco (tra gli altri, *I dolori del giovane Werther* di Goethe) e quant'altro riuscisse a trovare nelle librerie di Bath e di Southampton. Conosceva bene Shakespeare e tra i moderni lesse Scott e Byron, ma il suo poeta preferito sembra essere stato Cowper. Non è difficile comprendere perché i suoi versi freddi, eleganti e sensibili la affascinassero. Lesse poi il dottor Johnson e Boswell, molta storia e non pochi sermoni.

III

Tutto ciò mi porta a quello che è ovviamente il punto più importante riguardo a Jane Austen: i libri che scrisse. Cominciò a scrivere molto giovane. In punto di morte, a Winchester, scrisse un messaggio a una nipote che cominciava a scrivere, raccomandandole di seguire il suo consiglio di smettere fino a che non avesse compiuto sedici anni e affermando di aver spesso rimpianto di non aver letto di più e scritto di meno negli stessi anni (quelli tra i dodici e i sedici) della sua vita. Al tempo, scrivere libri non era segno di grande femminilità. Il monaco Lewis scrisse:

> Ho avversione, pena e disprezzo per tutte le donne con velleità da scribacchine. L'ago, non la penna, è lo strumento che dovrebbero tenere in mano e l'unico che sappiano davvero usare con destrezza.

Il romanzo era un genere che godeva di pochissima stima e la stessa Jane Austen fu non poco sorpresa nello scoprire che Sir Walter Scott, un poeta, scrivesse romanzi. Si preoccupava

> che la sua occupazione non venisse intuita dai domestici, o dai visitatori, o da chiunque non fosse di famiglia. Scriveva su piccoli fogli che poteva rapidamente ritirare, o coprire con un pezzo di carta assorbente. Tra la porta d'ingresso e gli studi, c'era una porta a ventola che cigolava ogni volta che veniva aperta; ella si oppose alla riparazione del piccolo inconveniente, poiché costituiva, per lei, un segnale d'avviso dell'arrivo di qualcuno.

Suo fratello maggiore, James, non disse mai a suo figlio, che allora andava ancora a scuola, che i libri che leggeva con tanto piacere erano di sua zia

Jane; e un altro fratello, Henry, afferma nelle sue memorie

> Nessuna promessa di fama l'avrebbe mai convinta, da viva, ad associare il suo nome ad alcun prodotto della sua penna.

Così, il suo primo libro pubblicato, *Senso e sensibilità*, portava in copertina la sola nota «Scritto da una signora».

Non era il primo libro che aveva scritto. Il primo fu un romanzo dal titolo *Prime impressioni*. Suo fratello, George Austen, scrisse a un editore, offrendogli per la pubblicazione, anche a spese dell'autore o in un altro modo, un «romanzo manoscritto, in tre volumi, più o meno della lunghezza di *Evelina*, della signorina Burney». L'offerta venne rifiutata in una lettera di risposta.

Prime impressioni fu cominciato nell'inverno del 1796 e ultimato nell'agosto del 1797; si ritiene che fosse sostanzialmente lo stesso libro che sedici anni dopo venne pubblicato con il titolo *Orgoglio e pregiudizio*. Poi, in rapida successione, Jane Austen scrisse *Senso e sensibilità* e *Northanger Abbey*, ma non ebbe, con essi, maggior fortuna; solo dopo cinque anni un certo signor Richard Crosbie comprò il secondo, allora intitolato *Susan*, per dieci sterline. Non lo pubblicò mai e finì per rivenderlo allo stesso prezzo che aveva pagato. Dato che i romanzi della signorina Austen erano stati pubblicati anonimi, non poteva in alcun modo sapere che il romanzo che si era accaparrato per una somma tanto misera era dell'acclamata e popolare autrice di *Orgoglio e pregiudizio*.

Tra il 1798, anno in cui terminò *Northanger Abbey*, e il 1809, Jane Austen non pare aver scritto altro che un frammento intitolato *Gli Watson*. È un lungo intervallo per una scrittrice tanto dotata; si è così suggerito che il suo silenzio fosse dovuto a una storia d'amore che la assorbì totalmente, a discapito di ogni altro interesse. Ma è solo una congettura. Nel 1798 era giovane, aveva ventitré anni, ed è plausibile che si sia innamorata più di una volta, senza mai esserne pienamente appagata, così come è plausibile che la fine di queste relazioni sia avvenuta senza grandi ferite per lo spirito.

La spiegazione più ragionevole per il suo lungo silenzio è che ella fosse scoraggiata dalla propria incapacità di trovare un editore che pubblicasse i suoi libri. I suoi cari, ai quali leggeva le proprie opere, ne rimanevano incantati, ma ella era tanto sensibile quanto modesta e dovette concludere che i suoi romanzi piacevano solo alle persone che le volevano bene e che avevano, forse, un'idea precisa di chi avesse fatto da modello ai suoi personaggi.

IV

In ogni caso, nel 1809, anno in cui si trasferì con la madre e la sorella nella quiete di Chawton, si mise a revisionare i propri manoscritti e, nel 1811, *Senso e sensibilità* fu infine pubblicato.

A quel tempo, non era più disdicevole che una donna scrivesse. Il professor Spurgeon, in una conferenza su Jane Austen tenuta alla Royal Society of Literature, cita una prefazione a *Lettere originali dall'India*, di Eliza Fay. La signora Fay fu esortata a pubblicarle nel 1782, ma l'opinione pubblica era tanto avversa alle «opere scritte da donne» da convincerla a declinare. Nel 1816, tuttavia, scrisse:

> Da allora si è gradualmente riscontrato un significativo cambiamento nel pubblico sentire e nei suoi

sviluppi; oggi non troviamo soltanto, come tempo fa, donne che fanno onore al loro sesso come personaggi, ma anche molte donne modeste che, senza paura degli insidiosi pericoli che un tempo accompagnavano il viaggio, si arrischiano a guidare le loro piccole barche nel vasto oceano attraverso il quale si porta divertimento o istruzione al pubblico.

Orgoglio e pregiudizio fu pubblicato nel 1813. Jane Austen vendette i diritti per centodieci sterline.

Dopo i tre romanzi già menzionati, ne scrisse altri tre: *Mansfield Park*, *Emma* e *Persuasione*. Su questi libri poggia la sua fama, e su di essa non v'è alcun dubbio. Dovette attendere molto tempo per trovare un editore, ma non appena lo trovò il suo incantevole talento venne riconosciuto. Da allora, molte persone eminenti le hanno portato tributo. Citerò solo ciò che disse Sir Walter Scott, con particolare generosità:

> Quella giovane donna aveva, secondo me, il miglior talento che io abbia mai incontrato per descrivere i coinvolgimenti, i sentimenti e i personaggi della vita quotidiana. Del grande babau io scrivo come nessun altro; ma mi è negato lo squisito tocco che rende interessanti cose e personaggi comuni attraverso la verità della descrizione e del sentimento.

È strano che Scott non abbia menzionato il più prezioso talento della giovane donna; possedeva un attento spirito di osservazione e un'edificante capacità sentimentale, ma era il suo senso dell'umorismo a dare acume alle sue osservazioni e una sorta di sussiegosa leggerezza ai suoi sentimenti. Aveva una gamma ristretta. I suoi libri narrano quasi sempre lo stesso tipo di storia e mettono in scena personaggi poco vari. Spesso si tratta delle stesse persone osservate sotto differenti punti di vista. Aveva un buon senso sviluppato al massimo grado, e nessuno conosceva meglio di lei i suoi limiti. La sua esperienza di vita si limitava a un ristretto circolo della società di provincia ed è con quest'ambito che si accontentò sempre di confrontarsi. Scrisse solo di ciò che conosceva; si è notato tra l'altro che non tentò mai di riprodurre una conversazione tenuta esclusivamente tra uomini, dato che non ne aveva mai potuta ascoltare una.

Condivideva le opinioni attuali al suo tempo e, per quanto si possa affermare leggendo i suoi libri e le sue lettere, era piuttosto soddisfatta della situazione corrente. Non aveva alcun dubbio riguardo al fatto che le distinzioni sociali fossero importanti e trovava naturale che ci fossero ricchi e poveri. Il figlio minore di un gentiluomo riceveva il proprio sostentamento prendendo gli ordini e godendo di un'ingente rendita familiare; i giovani riuscivano a fare carriera, servendo il re, grazie all'influenza di potenti protettori; una donna aveva come unico obiettivo quello di sposarsi, per amore, certo, ma in circostanze economiche favorevoli. Tutto ciò era nell'ordine delle cose, e non c'è traccia del fatto che la signorina Austen vi vedesse qualcosa di biasimevole. La sua famiglia era legata al clero e alla nobiltà latifondista, e i suoi romanzi non trattano di nessun'altra classe sociale.

V

È difficile decidere quale sia il suo miglior romanzo, dato che tutti sono di grande valore e tutti hanno i loro devoti, persino fanatici, ammiratori. Macaulay pensava che *Mansfield Park* fosse il suo lavoro migliore; altri critici, egualmente illustri, hanno preferito *Emma*; Disraeli lesse *Orgoglio e pregiudizio* diciassette volte; oggi molti guardano a *Persuasione* come alla sua opera più squisita e raffinata. La maggior parte dei lettori, credo, ha accettato *Orgoglio e pregiudizio* come il suo capolavoro e, in questo caso, penso sia giusto accettarne il giudizio. Ciò che rende tale un classico non è il fatto che venga acclamato dai critici, analizzato dai professori, studiato nei corsi universitari, ma che i lettori, una generazione dopo l'altra, vi traggano piacere e giovamento spirituale.

Io ritengo, per quello che vale il mio giudizio, che *Orgoglio e pregiudizio* sia, nel complesso, il romanzo più soddisfacente. *Emma* mi irrita per lo snobismo della sua protagonista, la quale è davvero troppo accondiscendente nei confronti delle persone che vede come socialmente inferiori; e non riesco ad avere nessun particolare interesse nelle vicende di Frank Churchill e Jane Fairfax. È l'unico romanzo della signorina Austen che trovo prolisso. In *Mansfield Park* l'eroe e l'eroina, Fanny e Edmund, sono intollerabili moralisti e tutte le mie simpatie finiscono per i senza scrupoli, allegri e affascinanti Henry e Mary Crawford.

Persuasione ha un fascino raro e se non fosse per la vicenda del Cobb a Lyme Regis sarei portato a ritenerlo il più perfetto di tutti. Jane Austen non aveva particolare talento per inventare le vicende di un personaggio inusuale e questo mi pare un espediente davvero rozzo. Louisa Musgrove si trova in cima ad alcuni ripidi gradini e viene aiutata a «saltare giù» dal capitano Wentworth, suo ammiratore. Lui la manca, lei cade e perde i sensi. Se lui le stava tendendo le mani, dato che, secondo quanto ci viene detto, egli aveva l'abitudine di prenderla mentre lei saltava, lei non poteva essere più in alta di un paio di metri ed è dunque impossibile che potesse cadere sulla testa. In ogni caso, sarebbe caduta sul robusto marinaio e, per quanto scossa e impaurita, difficilmente si sarebbe fatta male. Comunque, perde semplicemente conoscenza e tutto il trambusto che ne segue è poco credibile. Tutti perdono la testa. Il capitano Wentworth, un uomo d'azione che ha costruito la propria furtuna con i premi in denaro, resta paralizzato dall'orrore. Il successivo comportamento di tutti i presenti è talmente ebete che stento a credere che la signorina Austen, capace di prendere la malattia e la morte di amici e conoscenti con considerabile forza d'animo, non ritenesse la loro condotta esageratamente folle.

Il professor Garrod, un colto e acuto critico, ha asserito che Jane Austen non era in grado di scrivere una storia, intendendo con questo termine, ha spiegato, una successione di avvenimenti, romantici o insoliti. Ma non era questo il talento di Jane Austen, e non era questo ciò che tentava di fare. Aveva troppo buonsenso e troppo ispirato umorismo per essere romantica e non aveva interesse per gli eventi poco comuni, ne aveva piuttosto per quelli assolutamente comuni. Li rese insoliti grazie all'acume delle sue osservazioni, alla sua ironia, al suo spirito divertito.

Con il termine storia, la maggior parte di noi pensa a una narrazione connessa e coerente con un inizio, uno sviluppo e una fine. *Orgoglio e pregiudizio* comincia al momento giusto, con l'arrivo sulla scena dei due giovani il cui amore per Elizabeth e per sua sorella Jane costituisce il tema centrale del romanzo, e finisce al momento giusto, con il loro matrimonio. Il tradizionale finale felice. Questo finale ha suscitato lo scherno dei più sofisticati: è certamente vero che molti matrimoni, forse la maggior parte, non sono felici e che inoltre il matrimonio non conclude nulla; si tratta semplicemente di entrare in un altro ordine di esperienza. Molti autori hanno così cominciato i loro romanzi con un matrimonio per seguirne poi l'esito. È loro diritto farlo.

Ma ritengo che ci sia qualcosa da dire in favore delle persone semplici che guardano al matrimonio come al finale soddisfacente per un'opera di narrativa. Ritengo che essi la pensino così perché hanno un profondo, istintivo senso del fatto che, incontrandosi, un uomo e una donna abbiano compiuto la loro funzione biologica; l'interesse che è naturale provare per i passi che hanno portato a un tale compimento, la nascita dell'amore, gli ostacoli, le incomprensioni, le rivelazioni, giunge qui al proprio esito, verso il quale tutti questi passi conducono: la generazione che ne segue. Dal punto di vista della natura, ogni coppia non è altro che l'anello di una catena e l'unica importanza di un anello è la possibilità di aggiungervi un nuovo anello. Ecco dunque la giustificazione dello scrittore per il finale felice. Nei libri di Jane Austen la soddisfazione del lettore viene considerevolmente accresciuta col sapere che lo sposo ha una forte rendita proveniente dai propri beni immobili e che porterà la propria sposa in una bella casa, circondata da un parco, e arredata con mobili costosi ed eleganti.

Orgoglio e pregiudizio mi sembra un libro molto ben costruito. Gli eventi si susseguono in maniera molto naturale e nulla appare improbabile al lettore. È forse strano che Elizabeth e Jane siano tanto gentili e ben educate, mentre la madre e le tre sorelle minori hanno un'educazione tanto mediocre; ma questo fatto doveva essere essenziale per la storia che la signorina Austen intendeva raccontare. Mi sono permesso di domandarmi perché non abbia reso esplicita questa situazione poco convincente, facendo di Jane e di Elizabeth le figlie nate da un primo matrimonio del signor Bennet, e facendo della signora Bennet del romanzo la seconda moglie, madre delle tre figlie minori.

Elizabeth era l'eroina preferita di Jane Austen. «Devo confessare» scrisse «che penso a lei come alla creatura più deliziosa mai apparsa sulla pagina.» Se, come molti hanno pensato, era lei stessa l'originale del ritratto di Elizabeth – e certamente le diede la propria allegria, il proprio spirito e il proprio coraggio, il proprio acume e la propria prontezza, il proprio buon senso e il proprio senso della giustizia –, non è avventato ritenere che, quando ritrasse la tranquilla, cortese e bella Jane Bennet aveva in mente sua sorella Cassandra.

Darcy è stato spesso considerato un terribile mascalzone. La sua prima offesa è il rifiuto di danzare con gente che non conosce e che non intende conoscere, a un ballo pubblico al quale è andato con un gruppo di amici. Non mi sembra un comportamento tanto odioso. È vero che quando fa la proposta a Elizabeth, la fa con un'insolenza intollerabile, ma l'orgoglio, orgoglio per la nascita e per la ricchezza, è il tratto caratteristico del suo personaggio e senza di esso non ci sarebbe nessuna storia da raccontare. Il tono della sua proposta, inoltre, dà a Jane Austen l'opportunità per la scena più drammatica del libro. Probabilmente, con l'esperienza che accumulò in seguito, Jane Austen sarebbe stata in grado di delineare i sentimenti di Darcy in modo tale da creare lo scontro con Elizabeth senza mettergli in bocca discorsi inverosimili al punto di scandalizzare i lettori.

Forse, le figure di Lady Catherine e del signor Collins sono un po' esagerate, ma, secondo me, sono spinte solo poco più in là di quanto la commedia permetta. La commedia osserva la vita sotto una luce più viva, ma più fredda, di quella della vita ordinaria, e un tocco di esagerazione, di farsa, come una spruzzata di zucchero sulle fragole, può renderla più gustosa.

Riguardo a Lady Catherine, va ricordato che ai tempi di Jane Austen il rango conferiva ai suoi possessori un senso di immensa superiorità sulle persone di condizione più umile, le quali a loro volta accettavano la situazione senza risentimento. Se Lady Catherine vede Elizabeth come una nullità, non dobbiamo dimenticare che Elizabeth ha per sua zia Phillips, moglie di un procuratore, una considerazione solo poco più alta. Durante la mia infanzia, un centinaio d'anni dopo i romanzi di Jane Austen, conobbi importanti signore il cui senso della propria importanza, benché non così sfacciata, non era tanto lontano da quello di Lady Catherine. E a proposito del signor Collins, chi di noi non ha mai incontrato, perfino ai nostri giorni, uomini con la medesima combinazione di pomposità e servilismo?

Nessuno ha mai pensato a Jane Austen come a un'autrice dal grande stile. La sua ortografia è bizzarra e la sua grammatica spesso incerta, ma ha un buon orecchio. Penso che nella struttura delle sue frasi si possa ritrovare l'influenza del dottor Johnson. È capace di usare le parole di origine latina come quelle dell'inglese corrente, le astratte come le concrete. Tutto questo conferisce alla sua prosa una certa formalità, per nulla spiacevole; di certo, ciò aggiunge spesso profondità in un'osservazione acuta e un non so che di contegnoso in una maliziosa. Il suo dialogo è probabilmente il più naturale possibile. Mettere sulla carta un dialogo, nella stessa forma in cui viene pronunciato, può essere molto tedioso, e qualche aggiustamento può rendersi necessario. Dato che molti dei dialoghi hanno la stessa identica forma che avrebbero oggi, dobbiamo supporre che alla fine del diciottesimo secolo le giovani ragazze si esprimessero, nelle loro conversazioni, in un modo che oggi apparirebbe pomposo. Jane, parlando delle sorelle del suo innamorato, osserva:

> Non avevano certo alcuna simpatia per la sua relazione con me, e posso comprenderle, dato ch'egli avrebbe potuto scegliere molto più vantaggiosamente sotto molti aspetti.

Voglio credere che l'espressione fosse proprio questa, ma, lo ammetto, la cosa mi richiede un certo sforzo.

Non ho ancora detto nulla su quello che secondo me è il più grande merito di questo incantevole romanzo: è incredibilmente leggibile, più leggibile di alcuni dei più grandi e famosi romanzi. Come disse Scott, la signorina Austen è attenta alle cose comuni, i coinvolgimenti, i sentimenti e i personaggi della vita ordinaria; nulla succede davvero, eppure, non appena si arriva al fondo della pagina, la si volta con impazienza per sapere cosa succederà dopo; nulla ancora accade, eppure si volta nuovamente la pagina, con la stessa impazienza. La capacità di provocare quest'impazienza è il più grande dono che un narratore possa avere e io mi sono spesso chiesto cosa la provochi. Come mai anche quando si è letto il romanzo, più e più volte, l'interesse non cala mai? Penso che per Jane Austen ciò sia dovuto al fatto che ella era immensamente interessata ai propri personaggi e alle loro vicende, e al fatto che credeva in essi profondamente.

Indice